W0357563

Collection dirigée par Glenn Tavennec

L'AUTRICE

Kiera Cass est l'autrice de *La Sélection*, série best-seller du *New York Times*, et de *La Sirène*. Si elle pouvait fabriquer une couronne à partir du matériau de son choix, elle utiliserait les torrents de larmes versés par ses lectrices.

Vous pouvez en apprendre plus sur Kiera et ses livres sur www.kieracass.com.

***La Sélection* :**
Tome 1 : *La Sélection*
Tome 2 : *L'Élite*
Tome 3 : *L'Élue*
Tome 4 : *L'Héritière*
Tome 5 : *La Couronne*

Hors-séries :
La Sélection, Histoires secrètes : Le Prince & Le Garde
La Sélection, Histoires secrètes : La Reine & La Préférée

La Sirène
La Fiancée, Livre 1
Amoureuse (La Fiancée, Livre 2)

Retrouvez tout l'univers de
MILLE BATTEMENTS DE CŒUR
sur les réseaux sociaux de la Collection R

COLLECTION R

KIERA CASS

MILLE BATTEMENTS DE CŒUR

traduit de l'anglais (États-Unis)
par Madeleine Nasalik

Loi n° 49-956 du 16 juillet 1949
sur les publications destinées
à la jeunesse et aux jeunes adultes.

Titre original : *A Thousand Heartbeats*
First published in the United States by HarperTeen,
an imprint of HarperCollins Publishers.
Copyright © 2022 by Kiera Cass
All rights reserved including the rights of reproduction
in whole or in part in any form.
Traduction française : © Éditions Robert Laffont, S.A.S., Paris, 2023
ISBN : 978-2-221-26299-3
ISSN : 2258-2932
Dépôt légal : janvier 2023
Éditions Robert Laffont – 92, avenue de France, 75013 Paris

PREMIÈRE PARTIE

À l'instant où Annika tend le bras pour vérifier que son épée est toujours en lieu sûr, sous son lit, Lennox essuie le sang qui macule la lame de la sienne. D'un regard circulaire il balaie la colline. Trois âmes à ajouter à son tableau de chasse – même s'il a arrêté depuis bien longtemps de tenir le compte des infortunés qu'il a passés au fil de son épée. Dans l'armée dahrainienne, nul ne conteste l'autorité de ce soldat émérite. Quant à Annika, elle n'a jusqu'ici blessé qu'un seul de ses adversaires. Sans le faire exprès, d'ailleurs. Son statut à elle est également incontestable même si, à l'inverse de Lennox, elle a du mal à se faire respecter de certaines personnes.

La jeune fille se met debout avec mille précautions, les jambes encore endolories. Elle s'étire jusqu'au moment où elle se sent capable de marcher et, encouragée par sa cameriste, va s'asseoir à sa coiffeuse sans quitter des yeux le lit reflété dans le miroir. Elle ne pourra pas ressortir son épée avant un jour ou deux et cela lui paraît déjà bien long.

Elle a hâte de briser à nouveau le protocole en vigueur au palais royal.

De son côté, Lennox rengaine son arme et descend avec agilité le versant de la colline plongée dans un grand silence. Il compte apporter à Kawan des nouvelles qui lui feront forcément plaisir. Très attentif à la position qu'il occupe dans la hiérarchie militaire, Lennox s'assure de ne jamais contrarier son supérieur. Le jour où Dahrain aura triomphé de Kadier, le royaume rival, le jeune soldat pourra réclamer sa part du gâteau.

Séparés par des centaines de lieues, Annika et Lennox se concentrent sur la journée qui s'annonce. Ils ignorent encore tout l'un de l'autre et ils sont loin de se douter que leurs destins vont bientôt dévier de leur cours…

… et qu'ils ont déjà irrémédiablement basculé.

LENNOX

Alors que je regagne le château, je suis pris d'une hésitation : vais-je d'abord passer par ma chambre ou par le réfectoire ? Je jette un coup d'œil à mon manteau et à mes bottes, puis je m'essuie la joue. J'ai le visage recouvert d'une pellicule de terre, de sueur et de sang mêlés, et ma chemise est elle aussi en piteux état.

Va pour le réfectoire. Que tout le monde constate que j'ai accompli mon devoir.

Je me dirige vers l'entrée est du Castel Vosino. Ici, plus personne ne prend la sécurité au sérieux. Pour être franc, la surveillance s'est aussi relâchée dans les autres secteurs de la forteresse.

Mes mots vont sans doute paraître brutaux, mais Vosino offre un spectacle désolant. Une ruine abandonnée par quelque hobereau jeté aux oubliettes de l'histoire. Pourtant, c'est ici que nous avons élu domicile. Il faudrait le restaurer, hélas nous n'en avons pas les moyens, ni financiers ni humains. Et Kawan nous a promis que cette situation était un arrangement temporaire, en attendant mieux.

À l'instant où je franchis le seuil du réfectoire, je découvre Kawan assis à la table principale. Comme de coutume, ma mère occupe la chaise voisine. Personne ne se joint jamais à eux. Moi-même, je n'ai jamais été invité à partager leur repas. Le reste de mes camarades prennent place où bon leur semble, sans se soucier des grades ou de la hiérarchie.

Les regards se braquent sur moi à mon arrivée et je remonte l'allée centrale avec une allure désinvolte, le poignet posé sur le pommeau de mon épée. Les conversations s'éteignent, tous se tordent le cou pour mieux me voir.

C'est ma mère qui me remarque la première ; elle darde sur moi ses yeux bleu myosotis et m'accueille les sourcils froncés. Lorsque les volontaires sont venus grossir les rangs de notre armée, les parures et les toilettes luxueuses ont été abandonnées au profit d'une sorte d'uniforme et la plupart de ces gens se sont délestés d'une grande partie de leurs effets personnels. Cela a fait le bonheur de Mère : elle descend chaque jour, vêtue d'une robe qui a naguère appartenu à une autre et il n'y a qu'elle au Castel Vosino qui jouisse du privilège de changer aussi souvent de tenue.

Kawan boit à une timbale qui dissimule son visage et qu'il repose violemment sur la table avant de s'essuyer la barbe d'une manche à la propreté douteuse. Il pousse un gros soupir et il me toise.

— Tu m'expliques ? lâche-t-il en montrant mes habits maculés de sang.

— Trois soldats ont tenté de déserter ce matin. Je vous suggère d'envoyer des charrettes récupérer les cadavres avant que les loups ne s'y attaquent.

— Et c'est tout ?

C'est tout ?

Non, ce n'est pas tout. C'est mon fait d'armes, le dernier à ajouter à une longue série d'exploits militaires accomplis au nom de notre peuple, au nom de Kawan, afin de faire mes preuves. Ce matin je me présente à lui, humblement, couvert du sang de l'ennemi, dans l'espoir qu'il daigne enfin – enfin – reconnaître ma valeur.

— Permettez, monseigneur. J'ai maîtrisé, seul et en pleine nuit, trois jeunes recrues passablement entraînées. J'ai réussi à m'en acquitter en toute discrétion, et à sortir de cet affrontement sans une égratignure. Si j'osais, je qualifierais cela d'impressionnant. Mais je peux faire erreur.

— Tu fais souvent erreur, grommelle Kawan. Trista, dis à ton fils de baisser d'un ton.

Je pose un regard furtif sur ma mère, qui garde le silence. Kawan cherche à me provoquer, c'est d'ailleurs l'un de ses passe-temps favoris. J'admets que je ne suis pas loin de mordre à l'hameçon. Par chance, il y a du remue-ménage dans le couloir et Kawan se désintéresse de moi. Un jeune garçon déboule dans le réfectoire.

— Faites place ! Faites place !

Ça y est, nos hommes reviennent de la dernière mission.

Aldrik se présente avec ses sbires à l'entrée de la salle. Ils mènent six vaches par la longe. Kawan laisse échapper un rire gras. Je m'écarte d'un pas ; avec le butin qu'ils rapportent, les missionnaires m'ont volé la vedette.

Aldrik est tout ce que Kawan recherche chez un soldat. Les épaules carrées, l'esprit malléable. Il se prosterne à l'endroit où je me tenais il y a encore quelques secondes et sa tignasse brune retombe sur son front. Derrière lui se postent les deux hommes qu'il a choisis pour l'épauler durant cette opération. Ils sont recouverts d'une boue rouge, l'un d'eux est torse nu.

Les bras croisés, je m'esclaffe intérieurement. Six vaches dans la salle principale du Castel. Quel spectacle grotesque. Aldrik aurait pu les laisser dehors mais il a préféré frapper un grand coup en fanfaronnant. Je le comprends : la dernière fois, il a rapporté un cadavre dans un sac en toile de jute.

— Puissant Kawan. Voici six têtes de bétail que j'offre à l'armée dahrainienne. Je te fais ce don, preuve de ma loyauté et de ma valeur, déclame Aldrik.

Des applaudissements retentissent. Comme si ces pauvres vaches pourraient suffire à nourrir nos troupes. Kawan se met debout et s'en approche. Une fois son inspection terminée, il met une tape vigoureuse sur l'épaule du missionnaire et lance à la cantonade :

— Qu'en dites-vous, camarades ? Cette offrande est-elle à votre goût ?

— Oui ! rugissent mes frères d'une seule et même voix.

Kawan part d'un rire guttural.

— Je suis d'accord avec nos soldats. Lève-toi, Aldrick. Tu as bien servi ton peuple.

Des clameurs se font entendre et, très vite, les trois hommes sont portés en triomphe. J'en profite pour m'éclipser, désolé pour le malheureux paysan à qui Aldrik a dérobé ces vaches. Et désolé qu'il tire orgueil de cette rapine. Alors je pose le regard sur ma tenue, je repense aux trois corps sans vie que j'ai laissés en pleine nature un peu plus tôt et je me dis que je suis mal placé pour juger, ou critiquer, qui que ce soit.

À présent, je monte me reposer. À condition que la seule créature à laquelle je tiens entre les murs du Castel me laisse fermer l'œil...

À la seconde où je pousse la porte de ma chambre, Grisette se met à glapir. Je ris doucement et je la gratouille derrière les oreilles, puis je me dirige vers mon lit, que j'ai fait à la va-vite la veille au soir.

— Je sais, je sais, ma belle.

J'ai recueilli Grisette alors qu'elle n'était encore qu'un renardeau. Elle était blessée, sa famille l'avait abandonnée. Un peu comme moi, en un sens. Les renards gris sont des animaux aux mœurs nocturnes – je l'ai appris à mes dépens, et aux dépens de mon sommeil –, mais Grisette a toujours un sursaut d'énergie lorsqu'elle me voit rentrer.

Elle bondit sur le lit et me présente son ventre. Je la caresse, puis je vais retirer les planches qui occultent ma lucarne.

— Désolé. Ça m'embête que tu m'aies vu avec une épée. Et encore plus dans cet état. Vas-y, sors te balader. Profite de ta liberté.

Grisette préfère rester à mes côtés tandis que j'étudie mon reflet dans le petit miroir fêlé sur la table de travail. J'ai le visage marqué par les combats – le front barbouillé de boue, du sang sur la joue. Accablé, je plonge une serviette dans une cuvette remplie d'eau et je nettoie ma conscience.

À présent ma petite renarde fait les cent pas sur mon lit, et je jurerais qu'il y a de l'inquiétude au fond de ses yeux. Elle a les sens aussi affûtés qu'un loup et je suis à peu près certain qu'elle arrive à identifier, par l'odorat, tout ce que je porte sur moi. J'ai le sentiment que je ne peux rien lui cacher – ni les crimes que j'ai commis, ni ce qui souille mon âme. Pour autant je ne la retiens pas prisonnière et, comme elle revient toujours de ses virées nocturnes, j'ai bon espoir qu'elle apprécie ma compagnie.

Comme si l'opinion de Grisette pouvait atténuer, même en partie, cette culpabilité qui me ronge…

ANNIKA

Noemi fiche une épingle dans l'étoffe de mon bustier.

— Et voilà, Votre Grâce. C'est la dernière.

Elle se mord la lèvre, passe une main nerveuse dans ses boucles brunes. Elle n'est pas convaincue de la qualité de son travail. Comme elle est touchante ainsi. J'essaie de la rassurer d'un sourire.

— Je ne sais pas ce qui te déplaît dans cette robe, mais dis-moi ce que tu as sur le cœur. Depuis quand avons-nous des secrets l'une pour l'autre ?

— Ce n'est nullement un secret, Votre Grâce. Je me demande si vous êtes prête à le revoir. À vous montrer en public.

— C'est demain que le royaume rend hommage à nos Fondateurs. Le peuple doit voir que sa princesse se porte bien. Mon rôle est d'apporter du réconfort à nos sujets et je compte bien m'y tenir.

Si Noemi avait été ma sœur, elle aurait sans doute protesté. Comme elle n'est que ma camériste, elle répond :

— Entendu, Votre Grâce.

Après avoir mis la dernière main à ma coiffure et ma tenue, elle m'aide à enfiler mes souliers les plus solides. Je quitte alors ma chambre.

Même si j'y ai vécu toute ma vie, je ne cesse d'être émerveillée par l'architecture du manoir de Meckonah, avec ses immenses baies vitrées, le marbre qui habille ses sols et ses interminables couloirs. Meckonah est peut-être un joyau du patrimoine de Kadier, c'est avant tout mon chez-moi. C'est ici que mes parents se sont mariés, préférant organiser la cérémonie dans les jardins du palais plutôt qu'à l'église. Et c'est ici que je suis née. Mes premiers mots, mes premiers pas, toutes mes premières fois, je les ai vécus ici. Je suis si fière de cet endroit ; j'aime tellement mon manoir, mon pays. Pour eux, je suis prête à tous les sacrifices. Je ne reculerai devant rien au nom de Kadier.

Je me dirige d'un pas lent vers la salle de réception. Lorsque j'aperçois la porte, je fais halte. Peut-être Noemi a-t-elle raison – peut-être est-ce trop tôt. Mais des courtisans m'ont vue. Si je rebrousse chemin je perds la face.

Escalus m'avise le premier. Il quitte précipitamment sa chaise, traverse la salle pour venir à ma rencontre et me serre contre lui. Un large sourire s'affiche sur mon visage ; cela fait des semaines que je n'ai pas souri aussi franchement.

— Noemi m'a dit que tu préférais rester seule, alors je n'ai pas voulu te déranger, m'explique mon frère en chassant d'un geste vif une mèche de ses yeux.

Evelina, notre mère, nous a légué ses cheveux blond cendré et ses chaleureux yeux noisette, mais il est difficile de nier qu'Escalus est la copie conforme de notre père, Theron Vedette.

— Tu n'as rien raté, je t'assure. À part me lamenter sur mon sort je n'ai pas fait grand-chose de mes journées. Et j'imagine que tu avais des questions bien plus importantes à gérer.

— Tu m'as l'air différente, fait remarquer Escalus, une main réconfortante posée sur mon épaule.

— Sans doute parce que je me sens différente.

— Il n'y a pas moyen de changer les choses, alors ?

— Hélas non. Père doit encore fixer la date, et c'est une affaire réglée.

— Viens manger. Il n'est aucun malheur que la cannelle ne puisse adoucir.

Je réponds à son commentaire par un petit rire. Ma mère connaissait de nombreux remèdes aux maux de l'âme. Le soleil, la musique, la cannelle… Mais mon rire meurt dans ma gorge lorsque je contourne la table pour saluer mon père d'une révérence. Dans quelle humeur vais-je le trouver ?

— Votre Majesté.

— Annika. Content de voir que tu es dans de meilleures dispositions, assène-t-il.

Une petite dizaine de mots qui laissent entendre qu'aujourd'hui, rien ne pourra percer les ténèbres qui envahissent parfois son esprit. Le moral au plus bas, je m'installe à sa gauche, la place qui m'est dévolue par le protocole, et je promène mon regard sur les membres de la cour qui petit-déjeunent tranquillement. Lorsque les couverts heurtent la vaisselle en porcelaine, leur tintement compose une mélodie qui se détache sur la rumeur des conversations. Les flots de lumière que déversent les fenêtres cintrées nous promettent une journée radieuse.

Mon père se tourne vers moi :

— Maintenant que tu es fraîche et dispose, il y a certains sujets que nous devons aborder. Tu n'es pas sans savoir que nous célébrons nos Fondateurs demain, et Nickolas arrive dès ce soir. C'est l'occasion idéale pour que tu demandes sa main.

Je sais que je dois lier mon destin à celui de Nickolas et j'ai fini par me résigner à mon sort, mais je ne peux m'empêcher de trouver tout cela précipité.

— Si vite ? Qui vous a dit que j'allais reparaître à la cour ce matin, d'ailleurs ?

— Je l'ignorais. Mais il faut bien que cela se fasse un jour. Ton cousin ne vient que rarement à Meckonah, donc le plus tôt sera le mieux. Tu pourras faire ta demande après le dîner.

Eh bien, mon père n'a laissé aucun détail au hasard.

— Et… c'est à moi de lui poser la question ?

— C'est le protocole. Tu occupes un rang beaucoup plus élevé que lui. Et il s'avère que tu as un tempérament plus… énergique que ce que nous sommes en droit d'attendre d'une demoiselle de sang royal. Ce n'est pas toi qui vas tomber en syncope parce que tu dois prendre l'initiative.

Face à ces yeux pleins d'une rage rentrée, un hurlement se bloque dans ma gorge. À quel moment mon père va-t-il me revenir ? Où est passé l'homme qui me comprenait, qui voyait ma mère dans mes traits ? Cet homme-là me manque tellement que je dois me faire violence pour ne pas mépriser ce qu'il est devenu.

Mais je suis toujours la fille de ma mère. Et, par égard pour elle, je plaque un sourire sur mon visage, résolue à sauvegarder ce qu'il reste de notre famille.

— Certes, Votre Altesse. Il en sera fait selon vos ordres.

— Bien, lâche-t-il avant de retourner à son assiette.

Escalus n'a pas menti. Des petites brioches à la cannelle, saupoudrées de sucre glace, m'attendent sur la table. La tentation est grande, mais cette conversation m'a coupé l'appétit.

LENNOX

Je me réveille quelques heures plus tard, la truffe de Grisette sur la cuisse. Elle a préféré rester dormir dans ma chambre au lieu de passer la journée dans son repaire. Peut-être a-t-elle deviné que j'ai besoin d'elle, besoin de réconfort.

Je récupère dans ma ceinture les baies que j'ai glanées au petit matin, j'en fais un tas que je lui laisse au bord du lit, puis je m'habille. Un pantalon et un gilet noirs, des bottes en cuir de même couleur, une chemise blanche. Et ma cape, même si je n'ai pas l'intention de monter aujourd'hui.

Je quitte le castel et je m'aventure dans la lumière du jour. Le vent venu de l'océan me décoiffe. Depuis le sentier caillouteux qui m'emmène vers les terres, j'aperçois la mer et les pêcheurs qui jettent leurs filets à l'eau, travaillant en tandem à bord des frêles esquifs à notre disposition. D'autres sont dispersés dans les champs, où les moissons vont bon train. On trouve aussi des fruits et des noix à profusion dans la forêt et la montagne environnantes. Dommage que notre survie exige autant de travail.

Un peu plus loin, je distingue le fracas des épées qui s'entrechoquent et je me dirige vers la zone d'exercices, où je dois encadrer un groupe de nouvelles recrues. À mon arrivée je découvre qu'Inigo les a déjà prises en charge. Je m'installe au pied des gradins et je m'apprête à étudier leur technique, dans l'espoir de dénicher une pépite.

— C'est lui, chuchote quelqu'un. Il a tué trois soldats ce matin, trois déserteurs. On raconte qu'il est les yeux et les oreilles de Kawan.

— Les prisonniers importants, il est le seul qui peut... s'occuper de leur cas, répond un autre. Il est plus cruel encore que les lieutenants de Kawan.

— Kawan est fort, mais il n'est pas cruel, renchérit un troisième.

— Tu crois qu'il nous entend ?

— Si je suis les yeux et les oreilles de Kawan, mieux vaut partir du principe que j'entends tout, dis-je sans vérifier qui a parlé.

Puis je commets l'erreur de balayer les gradins d'un regard circulaire. Sous mon inspection, les autres baissent la tête ou se détournent précipitamment. Je sais quel effet cela fait d'avoir une réputation. En revanche j'ignore la sensation d'être reconnu pour ce qu'on est.

Une douleur profonde remonte à la surface et je réalise que j'ignore également ce que cela fait d'être pardonné. Impassible, j'observe les combattants mais la tempête se déchaîne en moi et les pensées se télescopent sous mon crâne.

— Tu en vois un qui t'impressionne ?

Kawan m'a rejoint au pied des gradins. Je me tiens plus droit et je prends le risque de poser les yeux sur lui. Pourvu que j'arrive à maquiller mon mépris. Il ne prend aucun soin de son apparence, sous prétexte qu'il ne veut pas gaspiller son énergie en futilités. Il est vêtu de vieilles guenilles en peau. Ses cheveux noir corbeau, il les porte en queue-de-cheval mais il ne prend pas la peine de les brosser, jamais, et une longue natte pendouille par-dessus son épaule droite. J'ai moi aussi des cheveux de jais, ce qui explique pourquoi les recrues de fraîche date croient que Kawan est mon père.

J'offre une réponse prudente :

— Difficile à dire.

— Cette semaine nous avons enrôlé deux garçons originaires de Sibral, enchaîne-t-il.

Sa déclaration reste en suspens dans l'air. Le comté de Sibral est situé à l'extrémité ouest de notre royaume. Presque en territoire ennemi, autrement dit.

— Sibral ? Pas la porte à côté.

— En effet. Ce n'est pas nous qu'ils cherchaient, figure-toi. Ils ne savaient même pas qu'on existait. Mais nous les avons appréhendés à la frontière et ils n'ont pas protesté quand on leur a proposé un toit et des vêtements chauds.

Les dents serrées, je répète :

— Ils ne savaient pas qu'on existait.

— Ne t'inquiète pas. Bientôt, on ne parlera que de nous. À ce propos, pour en revenir à la discussion de ce matin. Trois contre un, ce n'est pas rien. Mais j'aimerais mieux que tu les empêches de déserter, plutôt que de leur courir après. Une façon plus judicieuse d'employer ton temps. Et chaque homme compte.

Je me mords la langue. Est-ce ma faute à moi, si ce qu'il appelle son royaume n'est pas à la hauteur des attentes du peuple ?

— Que suggérez-vous, alors ?

— Des mises en garde appuyées. On m'a rapporté que tu donnais une autre leçon ce soir. Assure-toi que les conséquences soient comprises de tous.

— Fort bien, mon seigneur.

Kawan me met une grande tape dans le dos.

— Bien. Reste vigilant. Si l'un de ces gars montre qu'il a du potentiel, signale-le-moi.

Là-dessus il s'éloigne à grandes enjambées. Les soldats s'écartent sur son passage et c'est la réaction que je provoque aussi quand je me rends quelque part, à plus petite échelle cependant. Je le regarde partir, en songeant qu'il y a une leçon à en tirer. Si je ne peux obtenir ni la reconnaissance, ni le pardon, peut-être que je peux me contenter de susciter la peur.

ANNIKA

L'odeur des vieux livres prend mes narines d'assaut à l'instant où je pousse la porte de la bibliothèque. Je sens un poids quitter mes épaules et je promène mon regard autour de moi, étudiant le moindre détail, savourant la paix qui s'installe dans mon âme.

La bibliothèque est une mine de connaissances. Des meubles bas ont été disposés à l'entrée, de façon à évoquer un labyrinthe et, un peu plus loin, l'espace s'ouvre pour laisser la place à des tables de travail et à des bureaux. Lorsque la lumière de l'après-midi entre par les fenêtres, le spectacle est de toute beauté ; je peux à la fois étudier et me prélasser au soleil comme un gros chat. Le paradis.

C'est aussi une salle aux dimensions phénoménales. Une passerelle s'enroule autour du second niveau, tout au fond, et les rayonnages les plus élevés sont accessibles par des échelles dont la simple vue me donne le vertige. Certains volumes, les plus anciens et les plus inestimables, sont reliés par une chaînette à leur étagère et la personne qui souhaite les consulter doit d'abord demander l'autorisation au roi en personne, puis amadouer Rhett – le gardien féroce de ces archives. Notre fonds est si riche que les royaumes voisins viennent parfois nous emprunter les ouvrages qui présentent un intérêt pour eux. On trouve sous les bancs en bois sculpté des seaux remplis de sable, lequel a pour vertu d'étouffer tout départ de feu et limiter les dégâts en cas d'incendie. Par chance, ces seaux n'ont encore jamais servi.

Surgissant au coin d'un casier, Rhett m'accueille avec un petit rire enjoué.

— Votre Grâce, je pensais ne jamais vous revoir ! s'exclame-t-il.

Il dépose une pile de livres sur un secrétaire puis vient me serrer dans ses bras.

Rhett est la seule personne qui ne s'embarrasse pas de l'étiquette avec moi. Peut-être parce que nous nous connaissons depuis l'enfance, ou peut-être parce qu'il a commencé par travailler aux écuries et qu'il m'a vue en tenue de cavalière, échevelée, les bottes boueuses… Quoi qu'il en soit, il me traite comme si le diadème dans mes cheveux était un simple colifichet.

— Je n'étais pas en très grande forme.

— Rien de grave, j'espère.

— Non, rassure-toi.

— Alors, qu'êtes-vous d'humeur à lire aujourd'hui ?

— Des contes de fées. Dans lesquels les personnages voient leurs rêves se réaliser, où tout est bien qui finit bien pour tout le monde.

Rhett me fait signe de l'index comme pour me dire « suivez-moi ». Le sourire espiègle ne quitte pas son visage.

— Vous avez de la chance, nous avons reçu une nouveauté la semaine dernière. Et comme je vous connais par cœur, Votre Grâce, je sais sans le moindre doute que vous n'avez pas relu… celui-ci depuis très longtemps.

Il retire de son rayonnage un livre écorné et le dépose entre mes mains. Je me demande si quelqu'un, en dehors de moi, a déjà tourné ces pages jaunies. J'ai parfois l'impression d'être la seule occupante du palais à savoir où se trouve la bibliothèque.

— Tu as tapé dans le mille, Rhett. Ce roman va me mettre du baume au cœur.

— Et prenez-en un autre qui vient de paraître. Vous lisez à une vitesse !

— Pas assez vite à mon goût.

— Souhaitez-vous rester prendre le thé ? Ou, mieux encore, j'ai trouvé une autre serrure…

Je pousse un soupir, tiraillée. Malheureusement, la journée de demain s'annonce épuisante. Et la soirée, cauchemardesque.

— Garde la serrure pour une prochaine fois, Rhett. Un jour l'élève dépassera le maître, je te le garantis.

— Deviendrez-vous une souveraine sans égale ? Oui. Une lectrice qui aura dévoré des bibliothèques entières ? Bien entendu. Mais serez-vous plus rapide que moi à crocheter une serrure ? Jamais ! lâche Rhett avec une indignation feinte.

— Ne t'avance pas trop vite. Et tu oublies que jamais je ne prendrai les rênes du royaume. Je me soumettrai volontiers à l'autorité de mon frère. Dans un avenir plus ou moins lointain. Merci pour les livres, en tout cas.

— Ne me remerciez pas, Votre Altesse.

Je quitte la bibliothèque. Je savais que mes jambes allaient me faire souffrir, mais je ne m'attendais pas à avoir aussi mal. Lorsque les livres m'échappent des mains dans l'escalier, je me penche pour les ramasser, un peu trop brusquement – et c'est là que les choses se gâtent. Une douleur lancinante me perfore la cuisse gauche et m'arrache un sifflement. Je vérifie d'un coup d'œil qu'il n'y a personne aux alentours. Par chance, je suis seule. Je reprends mon chemin à pas prudents, sans me presser. Au bout d'une marche qui me paraît interminable, je finis par atteindre ma chambre.

— Votre Altesse ! s'écrie Noemi.

Elle se précipite vers moi et referme la porte. Je retrousse mes jupes avec une grimace.

— Alors, ton verdict ?

— On dirait que l'entaille s'est rouverte. Je vais vous aider à vous étendre sur le lit. Tenez, allongez-vous sur le ventre… mais qu'avez-vous fait pour vous retrouver dans un état pareil, bon sang ?

— J'ai pris le petit déjeuner. Je suis allée à la bibliothèque. Tu me connais, une vraie casse-cou.

— Cela fait plaisir de vous entendre plaisanter à nouveau, me dit-elle avec un petit rire.

— Tu veux bien m'apporter mes livres, s'il te plaît ? Pour que j'aie de quoi m'occuper ?

Elle pose les livres sur ma table de chevet. J'observe les reliures, l'une flambant neuve, l'autre abîmée par le temps, contente d'avoir accepté la suggestion de Rhett. Je vais être clouée au lit tout l'après-midi.

— Sa Majesté m'a fait savoir que vous aviez une réunion importante ce soir, déclare Noemi. Il veut que je prépare votre plus belle toilette. En temps normal j'aurais proposé la robe argentée, mais comme vous êtes blessée, je me demande si du rouge foncé ne serait pas plus judicieux.

— Très bonne idée, Noemi. Merci.

— Attention, ça va piquer.

— Je suis prête.

J'essaie de ne pas émettre un son pendant qu'elle désinfecte la plaie. Il vaut mieux qu'elle ne sache pas que la douleur est insupportable. Étendue là, je compose mentalement ma demande en mariage. On m'ordonne d'épouser un homme qui n'a, à mes yeux, pas le moindre intérêt. Je soupire, tâchant de mettre mon mépris en sourdine. Le mariage de mes parents était arrangé et pourtant, ils s'aimaient d'un amour si pur que mon père a été anéanti quand cet amour a pris fin. Après la disparition de Mère, il a été inconsolable pendant des mois. Je sais donc, pour en avoir été témoin, qu'un mariage arrangé n'est pas forcément synonyme d'enfer conjugal. Par ailleurs, le palais est si grand qu'il est tout à fait possible que je ne croise mon cher époux qu'à l'heure des repas. Ma chambre, ma bibliothèque, mon frère, Noemi… ils seront toujours là. Avec mes chevaux adorés, et tous ces visages à qui j'ai donné mon affection et ma confiance. Un mari viendra se greffer sur mon quotidien. Rien de plus.

Noemi a fini de me soigner. J'ouvre l'un des livres et je me plonge dans un univers où tous les rêves deviennent réalité.

LENNOX

— Ne traînez pas.

J'ai pris la tête du groupe et je conduis les recrues au sommet de l'escarpement, en contournant l'endroit où j'ai exécuté les déserteurs. Le vent redouble de violence et fait bruisser les hautes herbes. Je dois hurler pour me faire entendre. Ce n'est pas un problème. Tout le monde est habitué à mes hurlements.

— Par ici, approchez. Imaginez que vous êtes en mission, et que vous vous retrouvez séparé du groupe. Vous vous perdez dans cette forêt, vous avez égaré votre boussole. Que faites-vous ?

Seul me répond un silence tendu. Ils sont une dizaine à rester plantés là, les bras croisés, en grelottant.

— Personne ?… Très bien. Si vous vous déplacez de jour, c'est facile. Le soleil décrit une trajectoire d'est en ouest. Vous prenez un bâton d'environ un mètre de long et vous le plantez dans le sol, dis-je en joignant le geste à la parole. Quand le soleil se lève, ou dès qu'il y a assez de lumière, vous placez un caillou au bout de l'ombre projetée par votre bâton. Puis vous attendez un petit quart d'heure. L'ombre aura suivi le soleil. Posez un second caillou au bout de cette ombre-là. La ligne imaginaire tracée entre ces deux cailloux, c'est la ligne est-ouest. Si vous mettez cap à l'est et virez au nord, vous finirez par trouver la forteresse. Ou l'océan. J'espère que tout le monde a assez de neurones pour ne pas les confondre.

Aucune réaction. Moi qui pensais avoir de l'humour.

— La nuit, c'est une autre paire de manches. Vous allez devoir vous fier aux étoiles pour vous déplacer.

Les uns sautillent sur place pour se réchauffer, d'autres se frottent les bras. Pourquoi ai-je l'impression d'être le seul à peser l'importance de ces informations ? À comprendre qu'il y a un royaume à la clef ? Je suis entouré de gamins qui claquent des dents...

— Levez la tête. Vous voyez ces quatre étoiles qui dessinent une sorte de carré ?

Le silence, encore.

— Oui, finit par répondre l'une des recrues.

— Les autres, vous les voyez ? Si vous ne voyez rien, n'attendez pas pour me le dire. Cette leçon ne sert à rien si vous avez déjà perdu le fil. C'est bon ? Très bien. C'est la Grande Ourse. Si vous tracez une ligne à partir des deux étoiles de sa queue, vous devriez tomber sur l'étoile la plus brillante du ciel nocturne : l'étoile Polaire, *Polaris.* Tout le monde la situe ?

Des murmures incertains se font entendre.

— *Polaris* indique le pôle nord céleste. Elle reste immobile dans le firmament, ce sont les autres étoiles qui décrivent un cercle autour d'elle. Si vous regardez le ciel exactement au-dessus de nos têtes et laissez vos yeux dériver vers *Polaris,* elle vous indiquera le nord. Je vous garantis que vous retrouverez le château si vos pas vous portent vers le nord.

J'étudie les visages, pour m'assurer que je n'ai perdu personne en cours de route. Cette leçon me paraît évidente, mais j'ai appris à lire le ciel avant même d'avoir appris à lire tout court – à l'époque où les livres faisaient encore partie de notre vie. Comme personne ne pose de questions, je ferme ce chapitre.

— L'autre possibilité, c'est de vous munir de deux bâtons, puis de choisir une étoile particulièrement brillante dans le ciel et ensuite de poser vos deux bâtons par terre, avec un écart d'un mètre, dans l'alignement de l'étoile que vous avez désignée. Et d'attendre une vingtaine de minutes qu'elle progresse dans le ciel, comme avec le soleil. Si l'étoile se lève au-dessus, vous êtes face à l'est, mais si elle décline derrière, c'est l'ouest que vous avez face à vous. L'étoile se décale sur la droite, vous regardez le sud, et sur la gauche, le nord. Retenez bien tout ça, autrement jamais vous ne retrouverez votre chemin.

» Ces prochaines nuits, votre tâche consistera à venir sur cette colline et à vous entraîner, même s'il y a des nuages. D'ici un mois, vous maîtriserez ces techniques sur le bout des doigts.

» À présent, regardez-moi. Je vous ai expliqué comment retrouver votre chemin en pleine nature grâce aux étoiles. Mais que les choses soient bien claires. Si vous vous servez de ce moyen pour déserter, vous me trouverez sur votre chemin. Et je vous le ferai payer très cher.

— Oui, sire, marmonne une âme valeureuse.

— Bien. Vous pouvez disposer.

Lorsque la dernière silhouette disparaît derrière la crête de la colline, je lâche un soupir et je m'allonge dans l'herbe, les yeux levés au ciel.

La vie à Vosino ne me laisse aucun répit. Je suis poursuivi par son tohu-bohu jusque dans ma chambre. Les pas qui résonnent, les disputes pour des vétilles, les rires stupides. Ici, en pleine nature… ici, je me retrouve seul avec mes pensées.

Un bruit dans les fourrés me fait sursauter. Grisette a retrouvé ma trace.

— Oh, tu es sortie chasser ? Tu as attrapé quelque chose ?

J'essaie de lui flatter la tête mais elle a déjà filé, et je me replonge dans la contemplation du ciel. Ce ciel si beau, qui nous rappelle que nous sommes des grains de poussière à l'échelle de l'univers. Quand j'étais petit, Père me montrait les constellations, il me racontait les histoires et les légendes qui y étaient rattachées. Je ne sais toujours pas dans quelle mesure je devais le prendre au sérieux à l'époque mais j'imagine qu'en cet instant même, un autre père raconte à son fils des histoires identiques, et ce garçon médite sur les possibilités que lui offre l'existence : sera-t-il le genre de personne qui laissera son empreinte dans la légende, qui finira immortalisée dans les étoiles ?

Le pauvre. Un jour ses illusions seront brisées. Mais pas tout de suite, pas cette nuit, du moins je l'espère.

ANNIKA

La lune s'expose aux regards dans toute sa splendeur, auréolée d'étoiles qui scintillent comme des diamants. Certaines paraissent bleues ou jaunes, d'autres rougeâtres. Le ciel nocturne a revêtu ses plus beaux atours ce soir, les étoiles sont ses joyaux et le disque lunaire sa couronne.

Les convives, jeunes ou plus âgés, dansent par couples au rythme de la musique. La joie se lit sur les visages. Moi, je fais tapisserie et je regarde par la fenêtre. Nickolas, mon cousin, est là comme il l'a promis. Il se tient raide comme un piquet et il a l'air de s'ennuyer à mourir. En même temps, il donne toujours l'impression de s'ennuyer.

Nickolas – plus connu sous son titre, le duc de Canisse – est grand et svelte, avec des cheveux châtains et des yeux méfiants. Jamais un mot de trop. Moi qui ai pour habitude de dire ce qui me passe par la tête, c'est un trait de caractère que j'ai longtemps admiré chez lui. Il réussit tout ce qu'il entreprend, il sait se tenir et, d'après mon père, il est l'héritier de l'unique famille importante de Kadier.

Mon grand-père avait soupçonné ses parents de fomenter un complot pour le chasser du pouvoir et donné l'ordre de les exécuter. La mère de Nickolas, dame Leone, avait du sang royal dans les veines, quelques gouttes tout au plus, et elle appartenait à une branche si éloignée de notre arbre généalogique qu'elle avait fini par dépérir. Nickolas, nourrisson à l'époque, avait été épargné et, arrivé à l'âge de raison, il a juré loyauté à notre famille. Il n'est pas impossible qu'il ait des partisans à la cour mais il a toujours témoigné un soutien indéfectible à la dynastie des Vedette et jamais il ne s'est écarté de cette voie. Cela n'a pas empêché les courtisans de jaser et certaines médisances sont parvenues aux oreilles de mon père, qui a décidé de tuer les prétentions de Nickolas dans l'œuf. Cela fait bien longtemps qu'il a les yeux braqués sur sa postérité, sur mon avenir et sur celui d'Escalus.

Escalus a l'embarras du choix : les jeunes filles bien nées dont il peut briguer la main ont soit une dot importante, soit un intérêt quelconque pour le royaume. Moi ? Le seul noble digne de lier son destin au mien est celui qui peut me subtiliser mon titre. Unir nos lignées, c'est s'assurer qu'Escalus peut monter sur le trône sans avoir de rival. Pas besoin de calculs compliqués, ni de discours alambiqués. C'est simple comme bonjour pour tout le monde… tout le monde sauf moi.

Lorsque mon père m'a soumis son idée, j'ai répondu non, un non franc et direct qui a été immédiatement étouffé. Ainsi donc, je me retrouve avec Nickolas qui ne me lâche pas d'une semelle, même quand je veux discuter avec les convives. Impossible de le semer. Il me retrouve à chaque fois dans la foule et je sens sa présence importune derrière moi, son souffle sur ma nuque.

— Vous dansez, d'habitude, fait-il remarquer.

— Oui. J'ai été souffrante, je ne suis pas tout à fait rétablie.

Il répond d'un grommellement qui n'engage à rien et reste à mes côtés, les yeux braqués sur les danseurs.

— Vous aimez monter à cheval, si je ne m'abuse ? Nous avons prévu une sortie demain, votre éminent père, votre frère et moi. Vous serez des nôtres, n'est-ce pas ?

Cette manie qu'il a de conclure chacune de ses phrases par un point d'interrogation, ce qui lui permet de passer pour un parangon de politesse.

— En effet, j'aime faire du cheval. À condition que ma santé le permette, je ne vois pas ce qui m'empêcherait de me joindre à vous.

— Fort bien.

Pourquoi ne sourit-il pas ? Pourquoi cette tête d'enterrement, alors que l'heure est aux réjouissances ?

J'essaie d'imaginer une vie entière à ses côtés. Comme cela m'arrive souvent, je me demande ce que ma mère aurait fait à ma place. D'abord, elle ne m'aurait jamais abandonnée. Cela, je le sais sans le moindre doute possible. Et même s'il avait fallu aller contre la volonté de mon père, même s'il avait fallu essuyer son courroux, elle m'aurait épaulée. Ensuite, elle aurait choisi l'optimisme. Elle aurait étudié la question sous tous les angles, inlassablement, jusqu'à trouver des raisons de se réjouir.

Je dévisage à nouveau mon cousin. Certes, il est austère, il est froid. Mais c'est peut-être le signe qu'il prend ses responsabilités très au sérieux. Qu'il est capable de préserver et de promouvoir des valeurs qui lui tiennent à cœur. Me protéger et me soutenir moi, j'imagine, si je deviens un jour sa femme.

Quant à l'amour… je ne sais pas si c'est un sentiment que Nickolas est capable d'éprouver. Moi-même, j'ai dû me contenter de miettes d'affection durant l'enfance. Me reviennent alors en mémoire cette promenade à cheval avec Mère, la maison au bord de la route, et je souris. Nos expéditions dans le vaste monde me manquent. Ses conseils avisés me manquent.

Je croise le regard de mon père, qui m'exhorte d'un signe à en finir une bonne fois pour toutes. La gorge nouée, je me redresse.

— Nickolas ?

— Vous avez faim, c'est ça ? Vous n'avez pas mangé grand-chose au souper.

Bon sang, rien ne lui échappe.

— Non. Mais merci. Vous voulez bien me suivre un instant ?

Mon cousin fronce les sourcils, étonné par ma demande, mais il se laisse conduire dans un couloir, un peu à l'écart.

— En quoi puis-je vous être utile ? me demande-t-il avec cette mine sévère qui ne le quitte jamais.

En arrêtant de m'imposer votre présence, me dis-je en mon for intérieur.

— Je vous avouerais, Nickolas, que je ne sais pas comment aborder ce sujet, mais j'espère que vous aurez l'amabilité de m'écouter jusqu'au bout.

Je déteste l'écho que me renvoie ma voix. Elle est désincarnée, monocorde. Nickolas ne semble rien remarquer. Il hoche brièvement la tête, comme si parler lui demandait une énergie considérable. Je sens la sueur perler à mes tempes, je me racle la gorge. Comment me sortir de ce guêpier ?

— Pardonnez-moi, mais le protocole exige que ce soit moi qui prenne l'initiative, en raison de mon rang. Nickolas, voulez-vous m'épouser ? Si vous ne le souhaitez pas, je comprends tout à fait et soyez assuré que…

— Oui.

— Oui ?

— Oui. Il faudrait être aveugle pour ne pas voir que c'est la décision la plus sensée.

Sensée. Oui, c'est le terme qui traverse spontanément l'esprit d'une jeune femme qui songe au mariage. *Passion tumultueuse, destinée…* tout cela, c'est bon pour les romans à l'eau de rose.

— En effet. Et je pense que cela apportera beaucoup de joie à nos sujets. Comme ils auront la joie de voir Escalus prendre femme.

— Montrons l'exemple, dans ce cas.

Alors Nickolas m'embrasse, ce qui me prend totalement de court. J'aurais dû me douter qu'une bouche qui ne sait pas sourire ne sait pas embrasser. Atroce. En l'espace de quelques secondes deux des expériences phares de ma vie de jeune femme – ma demande en mariage et mon premier baiser – sont bâclées. Ma déception est immense.

— Rejoignons les autres, suggère-t-il en m'offrant sa main. Sa Majesté va vouloir apprendre la bonne nouvelle.

— Absolument.

J'accepte le bras qu'il me tend et nous retournons dans la salle de bal. Père, qui nous a vus sortir dans le couloir, m'interroge de son regard perçant. Je lui réponds par le même moyen. Voit-il que mon cœur se brise en mille morceaux ? Voit-il la tempête qu'il a déclenchée ? Je ne sais pas ce qui est pire : qu'il ignore tout de ce qui se joue en moi, ou qu'il en soit parfaitement conscient et qu'il s'en soucie comme d'une guigne.

Non. Je refuse de le croire. Mon père n'a pas pu changer à ce point. C'est impossible.

Escalus surgit à mon côté et m'attrape par le coude.

— Pardonnez-moi, cousin Nick, mais…

— Nickolas, corrige mon fiancé. Pas Nick, jamais.

À voir sa grimace, on pourrait penser que mon frère l'a insulté. Escalus réprime un sourire amusé.

— Si c'est là votre préférence. Nickolas, permettez-moi de vous emprunter ma sœur. Cela fait des siècles que je n'ai pas dansé avec elle.

— Mais nous avons une grande nouvelle à…

— Une nouvelle qui peut sans doute attendre la fin de cette valse. Viens, Annika.

Escalus me tire sans ménagement par le bras. Une fois certain que notre cousin ne peut plus nous entendre, il chuchote :

— On dirait que tu vas éclater en sanglots. Essaie de te dominer, encore quelques petites minutes.

— Ça va aller. Change-moi les idées.

Nous prenons position sur la piste de danse et je crois bien que j'arrive à afficher un sourire… mais je n'en jurerais pas. Je sens en moi un vide étrange qui me rappelle tristement le jour où Mère a disparu.

— Je t'ai raconté la fois où j'ai fait une fugue ? me demande Escalus.

— Arrête tes sottises.

— Ce ne sont pas des sottises. J'avais dix ans, et je venais de découvrir qu'un jour j'allais me retrouver sur le trône à la place de Père. C'est drôle, non ? J'ai eu l'impression d'être le dernier à l'apprendre. Alors que mes journées étaient planifiées heure par heure sans que j'aie mon mot à dire. Qu'on choisissait mes amis à ma place. Que mes parents me cherchaient déjà une femme.

— Oui, c'est drôle. Je savais que tu allais monter sur le trône avant de savoir parler.

— Je n'ai jamais prétendu être aussi intelligent que toi. Je l'ai compris quand Père m'a mis notre arbre généalogique sous le nez. Nos noms étaient écrits avec une encre plus foncée, je me souviens de ce détail. Enfin bref. J'ai pris peur. J'ai entendu Père parler de frontières à protéger, de pactes à sceller, d'autres choses encore qui m'ont paru terrifiantes.

Je le dévisage, le regard plein de compassion.

— Personne ne te demandait de prendre les rênes du royaume à dix ans, gros bêta.

— C'est une information que je n'ai pas retenue sur le moment, vois-tu. Dès que j'ai compris que j'allais succéder à Père, j'ai eu la sensation que cela allait me tomber dessus dans la minute qui suivait. Et que je n'avais pas droit à l'erreur. Comme cette perspective ne m'enchantait guère, j'ai décidé de faire mon baluchon.

» Cela s'est passé environ six mois après l'arrivée de Rhett, et lui-même était encore haut comme trois pommes. Mais je lui faisais une confiance aveugle et il m'a aidé à préparer mon sac, et nous avons même choisi le cheval que j'allais monter.

— Une petite minute. Tu es en train de me dire que Rhett, notre bon vieux Rhett, t'a aidé à fuguer l'année de tes dix ans ?

— Oui. Il n'a pas hésité une seule seconde. Je pense qu'aujourd'hui, il y réfléchirait à deux fois.

— Il est devenu plus raisonnable en grandissant.

— Effectivement. Donc, il m'a aidé à préparer mon sac et j'ai écrit une lettre aux parents. Dans cette lettre, je leur présentais mes excuses et j'ai ajouté à la fin : « Surtout n'oubliez pas de donner la couronne à Annika. Elle s'en sortira mieux que moi. »

— Je ne te crois pas.

— Tu devrais. J'étais certain que du haut de tes sept ans, tu serais plus à la hauteur de la tâche que moi, même si j'étais l'aîné. Je pense toujours que tu pourrais prendre les rênes du royaume le cas échéant, Annika. Nos sujets sauteraient du haut d'une falaise si tu leur en donnais l'ordre.

— Tu racontes n'importe quoi.

— Annika, si le royaume prospère sous mon autorité, c'est parce que je t'aurai à mes côtés. Je sais que je peux toujours compter sur toi pour me remettre dans le droit chemin, pour me rafraîchir la mémoire. Et je sais que ce soir, tu as l'impression qu'une partie de toi est morte. Je l'ai vu dès que tu as tourné le coin du mur.

J'évite soigneusement le regard de mon frère. Nickolas a raison : on lit en moi comme dans un livre ouvert.

Escalus poursuit :

— Mais tu dois trouver cette force au fond de toi et t'accrocher. Nous avons tous besoin de toi. Moi le premier.

Avec toute la douceur dont il est capable, il m'entraîne au milieu des autres danseurs et je médite sur ce qu'il vient de me dire. Ses paroles me font monter les larmes aux yeux. Nickolas a étouffé en moi la flamme de l'espoir. Escalus, en revanche, a soufflé sur les braises mourantes et l'a ravivée.

— Au fait, pour en revenir à ta fugue. Tu as réussi à tromper la vigilance des gardes ? Est-ce que Père s'est lancé à ta poursuite ?

— J'ai fait l'erreur de dire à la cuisinière qu'il me fallait un panier de pique-nique, pour partir en cavale l'estomac plein. Elle l'a répété à Mère… qui m'a trouvé aux écuries et qui m'a persuadé de rester.

— Cela ne m'étonne pas d'elle.

— Évidemment. En résumé, même si le ciel vient de te tomber sur la tête, sache que ta présence à mes côtés est une bénédiction et que tu peux compter sur moi, quoi qu'il arrive.

Je pose les yeux sur le visage de mon grand frère, si merveilleux, si courageux, si imprudent.

— Tu peux compter sur moi aussi.

LENNOX

Au réfectoire, rien n'a changé. Toujours aussi bruyant, toujours aussi chaotique, et on a l'impression qu'il fait nuit alors que le soleil est déjà haut dans le ciel. Je franchis le seuil et, d'instinct, j'approche la main du pommeau de mon épée avant de me rappeler que j'ai laissé l'arme dans ma chambre. Quand je vois les trognes patibulaires qui m'entourent, je regrette de l'avoir oubliée.

Lorsque c'est possible, je descends manger en dehors des heures de repas. Si la salle est bondée, j'attrape un en-cas et je m'en vais sans demander mon reste. Ce matin je décide qu'un quignon de pain fera l'affaire, même si je meurs de faim.

C'est là qu'une fillette s'approche, tremblant des pieds à la tête, et pose sur moi un regard innocent.

— Qu'est-ce que tu me veux ?

Elle ouvre la bouche et reste ainsi, sans parler.

— Ne t'inquiète pas, petite. Je ne tue jamais le messager.

Elle n'a pas l'air convaincue, mais elle prend malgré tout son courage à deux mains.

— Kawan vous réclame.

— Il me réclame ?

Elle hoche gravement la tête puis, sa mission accomplie, pivote sur ses talons et s'éloigne aussi vite que ses jambes le lui permettent.

Kawan veut me voir ? Pour quel motif ? Je pousse un soupir exaspéré, tirant un trait sur mon petit déjeuner, et je me dirige vers ses appartements. Il s'est approprié les pièces les plus fastueuses quand il s'est rendu maître du Castel.

Je prends mentalement note de trois choses. Premièrement, c'est lui qui m'a convoqué, pas moi qui ai demandé audience en rampant à ses pieds. Deuxièmement, je ferais mieux de ravaler ma fierté. Et, enfin, de respecter les règles.

Ne jamais fuir, ne jamais détourner le regard, ne jamais se justifier. Ce sont les règles que je me suis fixées pour survivre.

Je frappe à la porte et je patiente quelques secondes, le temps qu'il envoie quelqu'un m'ouvrir. C'est Aldrik qui m'accueille, une expression suffisante sur le visage. Il me laisse entrer et je vois Kawan assis à sa table de travail. Derrière lui, sa garde rapprochée : Slone, Illio, Maston – aussitôt rejoints par Aldrik. On aurait pu penser qu'une position aussi convoitée aurait dû me revenir, non ? Après tout, je suis le fils de la femme qui se pavane à son bras. Je suis celui qui se salit les mains à sa place. Je suis l'un de ceux que les occupants du château craignent le plus. Mais si je veux obtenir quelque chose de Kawan, je dois l'arracher de ses mains. Et je refuse de m'abaisser à cela.

— Vous m'avez fait mander, monseigneur ?

J'appuie sur son titre pour lui témoigner mon respect, même si je n'en pense pas moins. Je devrais lui donner du « Sa Majesté », car il est l'unique héritier de notre défunt monarque, mais il a décrété qu'il doit récupérer son royaume avant que cet honneur lui soit fait. À chaque fois que j'imagine Kawan, avec son allure de loqueteux, le front ceint d'une couronne en or, je me dis qu'il serait plus à sa place dans une porcherie.

Il braque son regard sur moi et j'ai la sensation qu'il s'apprête à me sanctionner.

— En effet. L'heure est venue de faire tes preuves. Je te confie une mission.

Je réprime un sourire. Une mission ! Enfin !

Les missions, c'est la méthode que Kawan a élaborée pour mettre ses partisans à l'épreuve, vérifier jusqu'où va leur loyauté. Les seuls candidats envisagés sont ceux dont nous sommes certains qu'ils n'en profiteront pas pour déserter. L'homme mis à l'épreuve choisit des équipiers et se fixe un but précis. Seul impératif : que la mission bénéficie à la communauté dans son ensemble. L'objectif est de rapporter de la nourriture, du bétail, voire des nouvelles recrues. Ceux qui reviennent de mission deviennent intouchables. Mon épée m'a aussi rendu intouchable, mais je veux que mon nom soit respecté, pas seulement craint. Et, pour ma part, je pense que ces missions ne servent à rien. Je compte changer cela.

— J'accepte, monseigneur. Avec joie.

— Comme tu le sais, c'est à toi de décider en quoi ta mission va consister. Cependant…

Kawan s'interrompt. Il fait durer le plaisir. Une fois encore, j'ai la sensation qu'il me prépare un châtiment exemplaire.

— C'est moi qui désignerai les braves qui t'accompagneront, assène-t-il.

— Quoi ?!

Kawan ébauche un sourire moqueur. Il s'amuse. Du regard, je consulte ma mère. Elle s'est réfugiée dans le silence, et dans une indifférence complète.

— Il faut que tu fasses tes preuves, mais tu es trop imprudent. Je t'envoie avec un groupe de soldats triés sur le volet, des combattants qui sauront corriger le tir si tu franchis la ligne rouge, explique-t-il.

Des boulets, autrement dit.

— Tout d'abord, je t'adjoins André.

— Quoi ? Celui qui s'exprime par monosyllabes ?

— Et Griffin.

— Un guignol, dis-je en levant les yeux au plafond.

— Sherwin.

— Je ne sais même pas qui c'est.

— Blythe.

— Une fille ?

— Et Inigo.

Là, Kawan a du mal à cacher sa jubilation. S'il y a bien quelqu'un qui risque de faire capoter ma mission, c'est Inigo. Cet homme porte sur son visage une balafre qui est mon œuvre. Il refusera forcément de se plier à mes ordres.

Posté derrière son chef, Slone plaque une main sur sa bouche, hilare. Après tout ce que j'ai fait, après toutes les vies que j'ai prises, je dois encore me donner du mal pour gagner le respect de ces énergumènes ?

Je me tourne vers ma mère :

— Tu comptes rester là sans réagir ? Une mission planifiée par des incompétents t'a pris ton mari et maintenant ils veulent te prendre ton fils. Tu n'as aucun commentaire là-dessus ?

Ma réaction la laisse de marbre. Ses cheveux argentés flottant sur son épaule, elle me répond avec un sourire au fond des yeux :

— Si tu es le meneur d'hommes que tu prétends être, ce groupe ne devrait te poser aucun problème. J'ai foi en toi.

Une fois encore, elle trace une ligne dans le sable. Une fois encore, je suis obligé de reculer d'un pas.

— Fort bien. Je vais vous montrer ce que j'ai dans le ventre.

ANNIKA

J'ai toujours eu un faible pour les cloches. Un jour, Mère m'a emmenée au campanile et elle a demandé au sonneur de m'expliquer en quoi consistait son métier. J'ai eu le privilège de toucher le bourdon en airain et j'ai eu le droit de tirer sur la corde, même si je n'ai pas réussi à le faire sonner. Nos cloches sortent de leur silence pour annoncer la naissance d'un enfant de sang royal, pour marquer une grande victoire militaire et rappeler les commémorations.

Aujourd'hui, elles marquent le début de la Fête des Fondateurs. La coutume veut que la famille royale se réunisse sur le balcon du palais et salue ses sujets de la main. Cela peut paraître futile pour certains, mais je n'ai pas souvent l'occasion de montrer au peuple de Kadier que je suis là et que je me préoccupe de son bien-être. Alors je m'assure de les regarder droit dans les yeux, j'accepte les baisers qu'ils m'envoient du bout des doigts et je camoufle mon désarroi derrière un sourire.

Le vent me décoiffe et je replace mes cheveux par-dessus mon épaule, puis je me tourne vers Escalus. Il a fière allure dans son uniforme, avec les médailles de l'école militaire épinglées à son torse. Je le vois rougir jusqu'aux oreilles lorsqu'une jeune femme crie son nom.

— Il va falloir t'y habituer. Seul le mariage pourra tenir tes admiratrices à distance. Même marié, tu continueras à voir des mouchoirs atterrir à tes pieds. Arrête de les ramasser, et peut-être que cette habitude cessera.

— Quelle idée saugrenue ! proteste Escalus. Une demoiselle bien née ne peut se passer de son mouchoir !

Mon rire se mêle au carillonnement des cloches. Masqué à ma vue par Escalus, Père se penche et me lance un regard. Je devine à l'étincelle au fond de ses yeux qu'il est lui-même ce matin, vraiment lui-même.

— Tu es son portrait craché aujourd'hui, me dit-il. Coiffée de cette manière, les cheveux dénoués sur l'épaule, et de si joyeuse humeur.

— Vraiment ?

Quand il est ainsi, quand le brouillard de la colère qui s'est installé après la disparition de Mère se dissipe, je sens un bouleversement se produire en moi. Je reprends espoir. Je revois l'homme qui mettait sa fille sur un piédestal, qui lui tressait des lauriers à longueur de temps. Je me demande si cet homme-là serait capable de demander pardon pour ce qu'il m'a dit, pour ce qu'il m'a fait ; je me demande s'il m'autoriserait à me libérer de mes chaînes. Je suis très tentée de lui poser la question… mais je ne veux pas courir le risque de me tromper et de le voir s'emmurer dans la colère.

Son portrait craché.

Il ne se passe pas une journée sans que quelqu'un ne relève cette ressemblance, et parfois cela me fait réfléchir. J'ai hérité de Mère son nez retroussé et ses cheveux blond cendré, et il y a dans le couloir un portrait d'elle qui me rappelle en permanence qu'elle m'a aussi légué ses yeux. Je pense à la façon dont Escalus se tient parfois, à cette habitude qu'il a de faire porter son poids sur sa jambe gauche, imitant notre père. Est-ce que moi aussi, je marche sur les traces de ma mère depuis qu'elle nous a quittés ? Est-ce que je lui ressemble trait pour trait – même si j'ai effacé de ma mémoire une multitude de détails ?

Nickolas nous rejoint au bord du balcon.

— Bonjour, mon chaton, me dit-il.

Mon chaton ? Qu'est-ce qui lui passe par la tête ? Je me demande si Mère savait elle aussi sourire sur commande.

— Bonjour, Nickolas.

— Allez-vous participer à la battue rituelle ? me demande-t-il tout en saluant la foule.

Cela m'ennuie de laisser passer une occasion pareille, car il est de plus en plus rare que Père m'autorise à quitter l'enceinte du palais. Mais je n'ai pas envie de chasser le renard, et je désire plus que tout être seule.

— Je vous en ai parlé hier soir, je suis incommodée. J'aimerais beaucoup me joindre à vous mais je vais devoir regagner ma chambre et m'aliter. Vous êtes un cavalier hors pair, je suis certaine que vous allez impressionner toute la cour.

— Je suppose, oui. À moins que vous préfériez que je vous tienne compagnie.

Je dois me faire violence pour ne pas l'envoyer promener et je garde les yeux braqués sur la foule en contrebas, souriant et agitant la main comme si ma vie en dépendait.

— Inutile. De toute façon je compte faire une sieste.

— J'ai beaucoup réfléchi, Annika. Je ne veux pas que nos fiançailles s'éternisent. Pensez-vous que vous pouvez organiser nos noces d'ici un mois ?

D'ici un mois ? J'ai l'impression qu'une main me prend la gorge en étau.

— Il… il faudrait que je consulte Sa Majesté. Ce sera le premier mariage que j'organise, dis-je, espérant camoufler ma terreur sous une plaisanterie.

— Je comprends. Mais ne perdons pas de temps.

Je cherche un prétexte pour gagner au moins quelques semaines, malheureusement rien ne me vient.

— Si tel est votre souhait, mon cher cousin.

Les cloches finissent par se taire ; nous saluons une dernière fois la foule massée sous le balcon et nous regagnons le salon de réception. Plus tard, les nobles iront chasser le renard et les jeunes filles du bourg danseront sur la place du marché en agitant des rubans. Si j'étais restée sur mon perchoir, j'aurais pu profiter du spectacle. L'après-midi, nous ouvrons le palais aux enfants de Kadier pour la traditionnelle chasse aux pierres peintes et la journée se clôturera sur un banquet. À mes yeux, rien ne vaut la Fête des Fondateurs.

Nickolas me suit, tout sourire.

— Je suis heureux de vous voir si accommodante, lance-t-il. J'espérais discuter d'un autre sujet avec vous.

Alors il prend mes mains dans les siennes. Il y a tellement de tendresse dans son geste que je me demande une fraction de seconde pourquoi j'ai si peur de lui. Ce n'est que Nickolas, après tout. Je le connais depuis ma plus tendre enfance, même si, à bien des égards, il reste un étranger. Il ne correspond peut-être pas à mon idéal masculin, mais ce n'est pas non plus un monstre.

— Vous avez dix-huit ans à présent, poursuit-il. Vous êtes une demoiselle de haut lignage, princesse de surcroît. Après l'officialisation de nos fiançailles, je vous serai reconnaissant de porter vos cheveux en chignon.

Mon cœur se tord. Il y a dix minutes à peine, mon père me faisait des compliments sur mes cheveux.

— Je… ma mère se coiffait comme ça. Je préfère les laisser détachés.

— Dans l'intimité, faites comme bon vous semble. Mais vous n'êtes plus une enfant, Annika. Une dame digne de ce nom doit porter un chignon.

Quelle insolence. Il s'aventure en terrain miné.

— Vous insinuez que ma *mère* n'était pas une dame digne de ce nom ?

Je sens le sang bouillir dans mes veines. Lui incline la tête et me répond sur un ton calme et mesuré.

— Je n'essaie pas de vous chercher querelle, Annika. Je pense simplement que vous devriez montrer votre maturité et votre sens des convenances. Je conçois que les femmes d'un certain âge ne relèvent pas toutes leur chevelure, mais c'est le cas pour la grande majorité. Si je vous ai à mon bras, j'attends de vous une tenue décente.

Je lâche les mains de Nickolas et je promène mes doigts dans mes cheveux, qui m'arrivent dans le dos. La même couleur que ma mère, les mêmes boucles. J'en prends grand soin et, noués ou laissés libres, je n'ai pas à en avoir honte.

Je suis prête à en découdre – ce ne serait pas la première fois – mais ce n'est ni le lieu, ni l'heure.

— Est-ce tout, Nickolas ?

— Pour l'instant. Je vous laisse, je vais me changer.

Il me fait le baisemain et s'éloigne. À l'autre bout du couloir Père m'adresse un sourire – un sourire sincère. Je ne veux pas qu'il me voie triste. Pas un jour de liesse populaire. Il faut que je mette tout cela loin derrière moi, et vite.

Je reste cachée dans un cabinet pendant que les courtisans se préparent pour la battue au renard et, une fois le calme revenu, je retourne là où personne n'aura l'idée de me chercher.

Lorsque je franchis le seuil de la bibliothèque, je ne retrouve pas mes repères et il me faut quelques secondes avant d'en comprendre la raison : cela manque de lumière. Rhett a oublié d'ouvrir les rideaux et la pénombre règne dans la salle.

Un calme inquiétant m'enveloppe mais je ne suis pas seule. Mon ami est là, près de la porte, renfoncé dans un fauteuil capitonné de velours, une serrure entre les mains. Il lève la tête quand il m'entend arriver, mais je n'ai pas droit à l'accueil habituel. Je vais m'asseoir à côté de lui.

— C'est ta dernière trouvaille ?

Il hoche la tête et me tend la serrure. Je la soupèse. Plus lourde qu'il n'y paraît. J'ôte une épingle de ces cheveux qui offensent tellement Nickolas et son souci des convenances et je m'attelle à la tâche. Le but du jeu : crocheter la serrure en un minimum de temps.

— D'où vient-elle ? On dirait une antiquité.

— Quelqu'un l'a retrouvée par hasard au fond d'un seau dans la cuisine et personne ne sait où est la clef, explique Rhett d'une voix monocorde.

Avant d'arriver au palais et de gagner honnêtement sa vie, Rhett avait embrassé une carrière de voleur à la sauvette dans les cités prospères aux frontières du royaume, où les occasions de faire les poches de riches bourgeois ne manquaient pas. Ma mère lui a donné une seconde chance, comme elle le faisait toujours. Il a travaillé dur aux écuries tout en montrant une soif inextinguible d'apprendre.

Lorsque notre vieille archiviste est décédée, j'ai soufflé à ma mère l'idée de confier le flambeau à Rhett, dont l'intelligence et le zèle nous avaient fait forte impression, et elle est allée dans mon sens. Tout lui venait facilement. Dans tous les domaines, que ce soit à la bibliothèque ou ailleurs. Il m'a aidée à affiner ma technique à l'épée, même si ce n'est pas mon maître d'armes officiel, et il a encore trouvé le temps de m'enseigner les ficelles de ses amis bandits et autres vide-goussets. Je sais que je suis loin d'avoir sa dextérité et son expérience mais j'y prends plaisir, et c'est tout ce qui compte.

— Il y a un problème, Rhett ? dis-je sur un ton désinvolte à l'instant où mon épingle localise un point vulnérable dans le mécanisme.

— Une rumeur est parvenue à mes oreilles.

— Les rumeurs. Je n'arrive jamais à décider si je les trouve amusantes ou horribles. Cela dépend du sujet, j'imagine. Est-ce que ce que l'on raconte à l'office est aussi croustillant que ce qui se chuchote dans les salons ?

— Eh bien… c'est une rumeur que m'a rapportée un gentilhomme, précise Rhett.

— Oh ?

— Est-il vrai que vous êtes fiancée à Nickolas ? Pourquoi ne m'avoir rien dit ?

— Oui. C'est vrai. J'ai demandé sa main hier soir. Je n'essayais pas de te le cacher. C'est simplement que je n'ai pas envie de le crier sur tous les toits.

— Alors c'est bien vrai ? Vous allez l'épouser ?

— Oui.

— Pourquoi ?

— Parce que j'y suis obligée, évidemment.

— D'accord. Donc vous n'êtes pas… amoureuse de lui ?

— Non, je ne l'aime pas. Mais parce que j'aime Kadier, je vais m'unir à Nickolas. Même si j'ai l'impression d'avoir le thorax comprimé dans un étau. Peut-être… peut-être que j'ai lu trop de livres. Mais j'avais espéré vivre une grande passion, un amour qui attraperait la raison par les épaules et la jetterait du haut d'une falaise. J'avais espéré jouir d'une certaine liberté malgré le carcan de mon existence… mais je dois tirer un trait sur tout cela. Nickolas n'est pas mon âme sœur, ni même mon bien-aimé. Il est celui que le sort a désigné, voilà tout. J'essaie simplement de me faire une raison.

— Est-ce que vous l'appréciez, ne serait-ce qu'un peu ?

— Rhett, même entre nous, je trouve ces questions déplacées.

Il referme sa main sur la mienne alors que je tiens toujours la serrure. Je sens chaque cal, chaque cicatrice, qui racontent l'histoire de sa vie.

— Ce n'est pas à cela que ça sert, les amis, à poser les questions qui fâchent ? Vous pouvez toujours vous ouvrir à moi, Annika. Sincèrement.

Je plonge mon regard dans ses yeux bruns remplis d'affection. Les personnes à qui je peux me confier, je les compte sur les doigts d'une main. Escalus, pour qui je n'ai aucun secret, Noemi également. Mère n'est plus là, et je ne peux plus me reposer sur Père. Mais Rhett… il a raison. Je ne lui ai jamais rien caché.

— Que dois-je répondre ? Un rôle très particulier m'a été assigné à la naissance. Un rôle qui s'accompagne de certaines responsabilités. J'essaie de l'assumer avec toute l'élégance dont je suis capable. Suis-je amoureuse ? Non. Mais l'amour n'est pas forcément le socle d'un mariage solide. C'est le respect que je vise.

— Très bien, est-ce que vous le respectez ?

Je sens une boule se former dans sa gorge. Rhett n'y va pas par quatre chemins !

— Annika, vous ne pouvez pas l'épouser.

— Je t'assure qu'aucun cas de figure n'a été négligé. Si un prince et une princesse ne peuvent s'y opposer, je ne vois pas comment un simple bibliothécaire pourrait aller contre la volonté du roi.

Je laisse échapper un rire sans joie. C'est un coup bas et je regrette ces paroles à la seconde où elles franchissent mes lèvres.

— Pardon. Si tu veux m'aider, apporte-moi ton soutien. En ce moment j'ai plus que jamais besoin d'amis. Besoin de gens qui me rappelleront que tout n'est pas si noir.

Rhett étudie le tapis quelques instants, puis il me dit :

— Il se tient vraiment… très droit. Si vous avez besoin de mesurer quelque chose un jour, il fera un excellent double décimètre.

Je lâche un rire sonore qui n'est pas digne de mon rang, ce qui semble amuser Rhett, et je ris encore plus fort.

— Tu vois, je me sens déjà beaucoup mieux grâce à toi.

— Vous pouvez toujours compter sur moi, Annika.

Le regard de Rhett respire la sincérité. Oui, je peux toujours compter sur lui.

C'est là qu'il commet l'impensable : il attrape mon visage entre ses mains et il scelle ses lèvres aux miennes, avec brutalité. Je me détache d'un bond, faisant tomber la serrure par terre, et je m'essuie la bouche du revers de la main.

— Mais qu'est-ce que tu fais ?!

— Vous savez forcément ce que je ressens pour vous. Et je sais que ces sentiments sont réciproques.

— Tu ne sais rien de rien ! Si quelqu'un était entré à cet instant, as-tu idée du châtiment qu'on nous aurait réservé ? Tu n'en serais jamais sorti vivant !

Il se met debout et me prend par les mains.

— Dans ce cas, Annika, reprenez votre destin en main.

— Quoi ?

— Enfuyez-vous avec moi.

Mes épaules s'affaissent. Je suis si lasse. Ai-je mal interprété ses témoignages d'affection depuis le premier jour ?

— Rhett.

— Vous venez de dire que vous rêvez d'un amour qui défie la raison. Je suis là, face à vous, et je vous offre cet amour.

— Je ne peux pas.

— Bien sûr que si. Réfléchissez. Vous pourriez retourner dans votre chambre et prendre tous vos bijoux. Moi, aucune serrure ne me résiste. Une fois la frontière de Kadier franchie, vous deviendrez anonyme. Nous pourrions construire une maison. Trouver un travail. Être enfin nous-mêmes.

— Rhett, ne dis pas de pareilles inepties.

— Ce ne sont pas des inepties ! Pensez-y, Annika, nous pourrions être libres.

J'envisage un instant sa proposition. Nous pourrions profiter des festivités pour voler des chevaux à l'écurie et notre disparition ne serait pas remarquée avant demain matin. Et Rhett a raison, qui reconnaîtrait la princesse de Kadier ? J'ai vécu comme une recluse ces trois dernières années, j'ai à peine le droit de mettre le pied dans les jardins. Si je voyage incognito, j'arriverai à me fondre dans la foule sans le moindre souci.

Oui, si j'en avais vraiment envie, je pourrais me volatiliser dans la nature.

— Rhett…

— Vous n'êtes pas obligée de décider immédiatement. Prenez le temps de la réflexion. Vous n'avez qu'à prononcer un mot, un seul, Annika, et je vous emmènerai loin d'ici. Je vous aimerai toute ma vie.

LENNOX

Je passe le reste de la journée à fulminer contre la terre entière. Après toutes ces années, c'est ainsi que ma mission va se dérouler ? Et je ne peux pas refuser, certainement pas. Je ne recule jamais. En fin d'après-midi, ma colère retombe et j'ai à nouveau les idées claires. Je charge des jeunes recrues de porter un message aux cinq soldats que Kawan a désignés et je les attends à la lisière d'un champ, loin des oreilles et des yeux indiscrets.

Inigo et Griffin arrivent ensemble, suivis de près par Blythe, que je repère à ses cheveux blonds. J'ai protesté quand j'ai entendu Kawan prononcer son nom mais, en toute honnêteté, elle est rapide. Très rapide. Griffin a sans doute des qualités qui compensent tous ses défauts – il va falloir que je trouve lesquelles. Et même si je n'ai aucune sympathie pour Inigo, je dois reconnaître qu'il est redoutable une épée à la main. Et il n'a pas peur de la bagarre.

— On peut savoir pourquoi tu nous as fait venir ? demande-t-il.

— Nous attendons encore deux retardataires. Les voilà.

Deux silhouettes vêtues de gris foncé et de noir s'approchent. André et Sherwin. Blythe s'appuie à un rocher et les salue d'un signe de tête, puis elle me toise longuement.

— Vous vouliez me voir ? s'enquiert André d'une voix nerveuse.

— Oui. Et j'imagine que tu es Sherwin ? dis-je en m'adressant au garçon trapu qui se cache derrière.

— Oui. Chef. Je veux dire, oui chef.

— Félicitations à tous. Kawan vous a sélectionnés pour m'aider à accomplir ma mission.

— Sélectionnés, tu dis ? répète Inigo. Ce n'est pas comme ça que ça marche.

— Tu crois que je ne le sais pas ? Et pourtant, c'est le cas. Il semblerait que je doive faire mes preuves en prenant la tête d'un groupe qui n'a aucune cohérence.

— Attends voir. Il faut encore que tu fasses tes preuves ?

C'est bien la première fois que j'entends Inigo reconnaître que j'ai une longue liste d'exploits à mon actif. Jusqu'ici personne ne s'est donné la peine d'applaudir mes prouesses. J'esquisse alors un geste d'impuissance.

— Apparemment.

Inigo garde les yeux fixés au sol, plongé dans ses réflexions, puis il relève la tête. De toute évidence, il est arrivé à la même conclusion que moi.

— Exact. C'est un piège, je confirme.

— Pourquoi ne voir la vie que du mauvais côté ? lâche Griffin, un grand sourire sur le visage.

— Fais marcher ta cervelle, rétorque Inigo, soudain très sérieux, et tous les regards se tournent vers lui. En temps normal Kawan laisse s'écouler un mois entre deux missions, voire plus, mais là il en confie une sans tarder à Lennox pour que les gens comparent son butin à celui d'Aldrik.

Comme si cela ne suffisait pas, il forme son équipe à sa place et l'empêche de planifier tout cela correctement. Il ne veut pas que tu réussisses cette épreuve, assène-t-il en vrillant son regard sur moi. Ce qu'il veut, c'est que tu échoues.

— Absolument. Sherwin, je n'avais jamais entendu parler de toi avant ce matin. André et Blythe, j'ignore tout ou presque de vos compétences, Griffin, je ne peux pas te prendre au sérieux parce que tu ne prends rien au sérieux. Et, Inigo… je pense qu'il est de notoriété publique qu'on ne s'apprécie guère, toi et moi.

Inigo ricane.

— C'est vrai, je préférerais te jeter du haut du mont Gotavar que de te rendre service.

— Et c'est réciproque. Donc tu es là pour me mettre des bâtons dans les roues. Nous sommes voués à l'échec.

Un grand silence accueille cette annonce qui proclame la mort de mes ambitions personnelles. À ce moment, Blythe prend la parole.

— Navrée de te décevoir mais moi, l'échec, je ne connais pas, lance-t-elle avec du dégoût dans la voix.

Inigo lâche un petit rire.

— Elle a raison. Personne ne lui arrive à la cheville avec un arc et une flèche et, quand elle a quelque chose en tête, eh bien… il n'y a pas grand monde qui parvienne à la détourner de son objectif.

— Merci.

— Pas de quoi.

— Ça m'arrive d'être sérieux, geint Griffin, faisant rire notre assemblée. Vraiment ! J'en suis capable.

— Tu ne fais qu'amuser la galerie, dis-je d'une voix lasse. Tu papillonnes, tu fais le clown.

— Il faut bien que quelqu'un s'y colle. Notre quotidien est tellement sinistre.

Sur ce point, Griffin n'a pas tort. Récapitulons. Blythe se débrouille avec un arc, et elle est véloce. Griffin… eh bien, si on oublie ses facéties ininterrompues, il sait se battre en corps à corps. Et Inigo ? Inigo est capable de tout dès l'instant où il décide de se retrousser les manches.

Je m'intéresse enfin à Sherwin.

— Et toi ? Quel est ton point fort ?

— Je suis agriculteur. Mais Inigo m'enseigne des techniques de combat.

— Il a du potentiel avec une lame, confirme Inigo. Pour ce qui est de l'arc, il y a encore pas mal de travail. Quant à André, il ne paie pas de mine comme ça mais, à cheval, il sait manier l'épée comme personne. C'est impressionnant.

Tiens donc. Kawan comptait réunir autour de moi une équipe de bras cassés. S'il s'était renseigné, jamais il ne m'aurait adjoint des hommes – et une femme – aussi habiles.

Je me tourne vers Inigo. C'est lui qui a l'avenir de ma mission entre les mains.

— Je n'ai aucune intention d'échouer, déclare-t-il. Pas pour toi, mais pour moi.

— Si vous voulez tout savoir, j'avais un plan absolument génial mais j'ai décidé de tracer une croix dessus et de revoir mes ambitions à la baisse. À la place, nous ne prendrons pas beaucoup de risques mais, si nous réussissons, les retombées vont être spectaculaires.

— Plus spectaculaires que six nouvelles recrues ? veut savoir Sherwin.

— Oui.

— Que six vaches ? lance Griffin, ce qui déclenche l'hilarité générale – moi-même, j'esquisse un sourire.

— Oui.

— Qu'est-ce que c'est ? insiste Blythe.

Je prends une grande respiration et songe à la chose qui nous fait le plus cruellement défaut depuis si longtemps.

— L'espoir.

ANNIKA

On frappe à la porte et je devine qu'Escalus est venu me rendre visite. Immédiatement, mon moral remonte en flèche.

Noemi se précipite pour ouvrir, le visage fendu d'un large sourire. Je reste assise près de la fenêtre, mon tambour de broderie sur les genoux.

— Qu'est-ce que tu fabriques ici ? Ce n'est pas l'heure de la chasse aux pierres peintes ?

Je lance à mon frère un regard éloquent. L'année dernière, il a collecté la moitié des cailloux essaimés dans les jardins du palais et une vingtaine de bambins se sont mis à lui grimper dessus pour lui chaparder sa récolte.

— Oh, elle s'est achevée il y a des heures. Et je t'annonce que cette année encore, c'est moi qui ai trouvé le plus de cailloux. Eh oui. Oui, moi. Ensuite j'ai remarqué que ma sœur n'était pas descendue dîner et je me suis dit qu'elle aurait sans doute faim.

Il tend à Noemi une grosse part de brioche aux raisins secs. Ma cameriste l'accepte, radieuse.

— Merci, Votre Altesse.

— Je vous en prie. C'est le moins que je puisse faire. Et celle-là, elle est pour toi. Encore toute chaude du four.

Comme j'ai les mains occupées, il pose mon morceau de brioche sur le rebord de la fenêtre.

— Qu'est-ce que tu es allé faire aux cuisines ? Tu as raté le dîner, toi aussi ?

Il s'affale sur une chaise et lève au ciel des yeux exaspérés.

— Non, mais j'ai pris la tangente après le dessert. Nickolas tenait absolument à me montrer les plans qu'il a en tête pour nos fortifications. Il a étudié les frontières, soi-disant, et il pense qu'il faudrait faire édifier quelques postes de guet.

— Hmmm, est-ce qu'il a raison ?

— Qui sait ? Où est mon ouvrage ?

— Dans le panier.

Escalus sort son propre tambour du panier qui contient le nécessaire de broderie et s'installe sur le banc en pierre placé contre la fenêtre. Nous bénéficions d'une éducation unique ; chacun fait profiter l'autre de ce qui lui est enseigné.

Noemi risque un coup d'œil par-dessus son épaule.

— C'est très joli, ce que vous faites, Votre Altesse.

Escalus pose le tambour sur ses genoux et lève vers elle un regard reconnaissant.

— Merci mille fois, Noemi. Enfin quelqu'un qui apprécie mon talent à sa juste valeur.

À moi de le taquiner :

— Que veux-tu qu'elle dise d'autre ? Noemi ne va quand même pas insulter son futur roi.

— Je ne puis le croire ! s'indigne Escalus. Expliquez-vous, Noemi.

— Cela ne me viendrait pas à l'esprit de vous insulter, mon prince, mais je ne vous ferais pas non plus de compliments s'ils n'étaient pas mérités.

— Tu entends, sœur cruelle ?

— Oh, tais-toi.

J'adresse un clin d'œil complice à Noemi. Escalus lâche un petit rire et retourne à son tambour de broderie. On dirait qu'il travaille sur une succession de cercles qui s'emboîtent en se servant pour chacun d'un point différent jusqu'à le maîtriser parfaitement. J'ai un faible pour les fleurs et toute la palette des roses ; lui préfère les motifs abstraits et le bleu.

— Père a été d'excellente humeur toute la journée, fait-il remarquer sans décoller les yeux de son ouvrage.

— C'est ce que j'ai vu. J'aurais voulu passer plus de temps avec lui mais… j'étais à fleur de peau.

— Tu veux m'en parler ?

— Pas encore. Je ne sais pas si j'ai eu une réaction puérile ou non avec Nickolas.

— Où vois-tu de la puérilité ? Se marier pour assurer la stabilité du royaume, c'est un acte tellement… noble.

— Tu trouves ?

— Annika, Nickolas serait un sérieux prétendant au trône s'il arrivait quelque chose à Père, ou à moi. Ce mariage assure que nous n'aurons aucun motif de lui déclarer la guerre. Et s'il m'arrive malheur, ton statut est assuré en tant qu'épouse royale. C'est difficile, je sais, parce qu'il est si… si…

— Ne m'en parle pas.

Quand il s'agit de décrire mon cousin, je n'arrive pas à trouver les mots. *Ennuyeux* n'est pas assez fort, ni *austère*, et *malintentionné* est sans doute exagéré. Ce qui est certain, c'est qu'il est compliqué de lui trouver des bons côtés.

— Eh bien, il a… de sévères lacunes, personne ne le conteste. Mais il ne manque pas de qualités. Intelligent, excellent chasseur, excellent cavalier. Riche, même si tu es riche aussi.

— Il n'a rien à me proposer. Rien à m'offrir.

— Hmmm.

Je jette un coup d'œil à mon frère et je le vois sourire.

— Quoi ?

— Je me demande simplement si tu ne soupires pas après un autre.

— Par pitié.

— Tu peux me le dire.

Une fraction de seconde, je pense à Rhett. Le statut et l'étiquette ne sont pour lui que des concepts vides. Je veux bien admettre qu'il y a quelque chose qui m'attire dans sa proposition… mais je ne vois pas comment l'avouer à voix haute.

— Je n'ai rien à te dire. Si un homme me dérobait mon cœur, tu t'en rendrais compte bien avant moi.

— Comme si je ne le savais pas ! Noemi, combien de fois vous a-t-elle raconté cette anecdote, celle avec ce garçon qui lui a donné une pomme ?

— J'ai arrêté de compter ! répond Noemi depuis le cabinet de toilette.

— Pour un garçon de dix ans, c'était très romantique, dis-je en essayant de couvrir les rires moqueurs de mon frère. Ce que j'essaie d'expliquer, c'est que j'avais établi certains critères dans mon imagination. Des critères que j'ai revus à la baisse depuis. Je vais devoir me contenter d'un mari gentil. Et affectueux, avec de la chance.

— Cela viendra, me rassure mon frère. Père et Mère ont connu l'amour, après tout.

— Te rappelles-tu s'il y a eu une période où leur couple a battu de l'aile ? Ont-ils été heureux ensemble dès le premier jour et jusqu'au dernier… ?

— Eh bien… je me souviens que Père est tombé gravement malade. Il a failli y rester. Tu étais encore toute petite. Et Mère a pris soin de lui sans l'aide de quiconque. Je ne sais pas si c'est l'amour ou le sens du devoir qui l'ont motivée, mais ils ont traversé cette épreuve et leur couple s'est renforcé. Après cela, il a vénéré jusqu'au sol qu'elle foulait de ses pieds.

— J'ai du mal à envisager un scénario où Nickolas finirait par m'idolâtrer.

— J'ai trouvé ! s'exclame Escalus en délaissant sa broderie. On n'a qu'à l'empoisonner !

— Escalus !

Derrière moi, j'entends Noemi glousser. Elle s'approche et se poste à côté de moi. J'enroule un bras autour de sa taille.

— Je crois que c'est illégal, Votre Altesse, déclare-t-elle sur le ton de la plaisanterie.

— Rien qu'un tout petit peu ! rétorque Escalus. Il va croire qu'il a l'estomac barbouillé et tu pourras t'occuper de lui, et hop, un souci en moins.

— Une idée désastreuse.

— Une idée excellente, tu veux dire. Noemi, un avis ?

— Je trouve dommage, soupire-t-elle, que votre sœur ne soit pas la première-née.

Je ris tellement que je me tiens les côtes et Escalus apprécie sa repartie. Noemi me passe la main dans le dos à plusieurs reprises avant de retourner vaquer à ses tâches.

Escalus et moi nous remettons à notre ouvrage sans échanger un mot. Je suis soulagée qu'il ne ressente pas le besoin de meubler le silence avec des paroles futiles. Au bout d'une heure de concentration totale, il finit par se frotter les yeux.

— J'arrive à ma limite. Où est ton épée ?

— À sa place habituelle.

Il va chercher l'arme sous mon lit. Depuis le jour où je lui ai entaillé le bras par mégarde, j'ai pour règle – une règle que nous avons instituée ensemble – d'envelopper la lame dans un pan d'étoffe, pour la rendre inoffensive, avant chaque séance d'entraînement.

Je n'ai jamais demandé à Escalus où il s'est procuré cette épée. J'imagine que c'était la sienne quand il était plus jeune et qu'il a décidé de me la donner, ou qu'il l'a fait forger en grand secret pour sa petite sœur. Il trace de grands cercles en l'air avec et frappe une colonne du lit.

— Hé !

— Ton lit s'en remettra. Debout. C'est l'heure de ta leçon d'escrime.

Je repose mon ouvrage et je mords dans la part de brioche qu'il a rapportée des cuisines.

— Montre-moi comment tu te tiens.

Je me campe devant lui, les pieds dans l'axe de mes épaules, les talons solidement plantés sur le parquet.

— Bien. Tes mains, où les mets-tu ?

Je les place au niveau du menton, sur la droite, tenant l'épée par sa poignée.

— Plus bas, les épaules. Bien. Très bien. Montre-moi ce que tu sais faire.

Je prends une profonde inspiration et j'avance, en me servant de la colonne comme d'une cible. Contrairement à Escalus, je n'ai pas l'intention de la frapper de ma lame.

Mon but, c'est de doser puissance et maîtrise – viser avec précision et contenir mon élan tout à la fois.

Escalus m'observe patiemment, corrigeant mes erreurs, m'adressant des encouragements. Tout va bien jusqu'au moment où je force. Je lâche mon épée, qui tombe au sol dans un grand fracas, et je m'attrape la cuisse à deux mains, les traits tordus par la douleur.

— Annika !

— Votre Grâce !

Noemi se rue vers moi mais elle arrive trop tard. Escalus m'a cueillie dans ses bras et il me dépose précautionneusement sur le lit. La plaie s'est rouverte, j'essaie d'empêcher le sang d'imbiber mes jupons.

— Ça va aller. C'est seulement une blessure qui a du mal à cicatriser.

Il plonge son regard limpide dans le mien.

— Je n'aurais jamais imaginé que la situation pouvait dégénérer à ce point entre vous. Même dans ses pires moments, Père…

— Je sais. Mais je peux soit passer le restant de mes jours à ruminer ma haine soit accepter. Choisir le pardon. Tu devrais partir. Je suis entre de bonnes mains.

Escalus jette un coup d'œil à Noemi qui hoche la tête, lui faisant la promesse muette de me protéger. Ce serait un vrai cataclysme si quelqu'un arrivait à soudoyer Noemi et à lui soutirer tout ce qu'elle sait de la famille royale. Elle connaît chacun de nos secrets, du plus scandaleux au plus anodin.

— Nous nous reverrons demain matin, au petit déjeuner, déclare-t-il. Avec le sourire, j'espère.

— Bien sûr, je n'oublierai pas de l'apporter avec moi.

— Tant mieux. Parce que cela fait quelque temps que tu n'es plus toi-même, et tu me manques.

Des yeux, je m'efforce de le tranquilliser.

— Je suis toujours là. Ne crois pas que tu vas te débarrasser aussi facilement de moi.

LENNOX

Je suis réveillé par Grisette qui rentre se coucher. Avec un petit glapissement, elle enfouit sa truffe derrière mon oreille.

— Cela ne m'aide pas beaucoup, Grisette. La journée s'annonce chargée. Il faut absolument que je me repose.

Elle me répond en poussant un long soupir. Je capitule et je lui offre les gratouilles qu'elle réclame si fort.

— Très bien. Autant me lever. Peut-être que la chance va enfin tourner en notre faveur. Peut-être que nous réussirons à quitter cet endroit. Peut-être que je vais marquer l'histoire, selon mes propres termes, d'ici quelques jours. Surtout, je ne dois laisser aucun détail au hasard.

Je me passe la main sur le visage, balayant ma chambre du regard. Il n'y a pas grand-chose ici que je peux considérer comme mes effets personnels : quelques souvenirs qui datent de mon enfance et de l'époque où Kawan n'était pas encore entré dans nos vies. Un arc et un carquois rempli de flèches sont posés dans un coin, à côté d'une guitare qui a perdu ses cordes il y a bien longtemps. Sur ma table de travail, dont je me sers rarement, quelques traités d'astronomie s'empilent à côté d'une plume et d'un encrier. J'écris de moins en moins, et de plus en plus mal. Un télescope que m'a offert mon père se dresse à l'angle du bureau ; je l'ai fait tomber et, depuis ce jour, la lentille est fêlée. Le reste de mes affaires se résume à des vêtements plus ou moins propres. Je me dis en mon for intérieur que ma vie, aussi humble, aussi insignifiante soit-elle, vaut que je me batte pour elle, que je dois me montrer patient et ne pas abandonner mes rêves.

Par la fenêtre je vois que la brume a envahi le ciel, alors je me drape dans ma cape et je fixe mon épée à mon ceinturon. Arrivé sur la zone d'entraînement, j'aperçois mes équipiers qui me rejoignent en longeant les remparts. C'est un jour à marquer d'une pierre blanche. Je prends mon courage à deux mains, je m'éclaircis la voix et je me lance :

— J'ai fait en sorte que vous soyez libérés de vos obligations aujourd'hui. Il est impératif que j'évalue par moi-même vos aptitudes avant de partir en mission. Donc, ce matin, vous allez soit m'affronter moi, soit affronter Inigo.

Malaise général. Seule Blythe ne semble pas surprise.

— D'abord, je veux vous expliquer pourquoi il est capital que vous soyez préparés à ce qui se profile à l'horizon. Nous allons franchir la frontière et nous rendre à Kadier. Une fois là-bas, nous allons voler la couronne kadiérienne. Non, oubliez ce que je viens de dire. Nous allons récupérer notre couronne. Et la rapporter ici.

Inigo et Blythe échangent un regard. Sherwin donne l'impression qu'il va tourner de l'œil. Quant à Griffin, il lâche un rire tonitruant.

— Ça me plaît, ça ! s'exclame-t-il.

— C'est du suicide, souffle Inigo.

— Croupir ici, être condamnés à la clandestinité, c'est un suicide d'un genre différent. Vous n'en avez peut-être pas assez mais moi, je suis las d'attendre. Si nous atteignons notre objectif, nous donnerons à notre peuple ce que la nourriture, les habits et les nouvelles recrues ne peuvent lui donner. Si nous menons à bien notre mission, Kawan sera obligé de voir que nous sommes prêts à revendiquer ce qui nous appartient et il ne pourra plus se voiler la face.

— Comment envisages-tu de mettre la main sur cette couronne ? demande Blythe. Entrer dans Dahrain paraît extrêmement compliqué, pour ne pas dire impossible.

— Compliqué, oui, mais pas impossible. Ça s'est déjà produit deux fois.

— Même si les anciennes cartes peuvent nous aider à nous orienter, et en admettant qu'on arrive à s'introduire dans leur palais, je pense que cette couronne est forcément sous bonne garde. La trouver pourrait nous prendre des jours.

— Nous allons employer la ruse. Il y a des vêtements quasiment neufs qui prennent la poussière dans la réserve. Nous choisirons ceux qui sont taillés dans la meilleure étoffe et nous nous ferons passer pour des sujets de Kadier. Nous bivouaquerons ensuite quelque part à Dahrain, nous infiltrerons la cour et, une fois dans la place, nous observerons les allées et venues.. Les aristocrates sont des créatures paresseuses et prévisibles, enkystées dans leur routine. Nous découvrirons très vite où ils conservent leurs bijoux et leurs joyaux. Le danger viendra des gardes. Nous ignorons leurs effectifs. Je peux me battre contre quatre hommes à la fois, et Inigo, j'imagine que quatre adversaires ne te font pas peur non plus.

Inigo confirme d'un signe de tête.

— J'ai besoin de voir si vous autres, vous êtes capables de résister à la pression. Besoin d'évaluer nos chances de réussite.

— C'est osé, commente Griffin.

— Osé ? J'aurais employé un terme un peu plus… brutal, rétorque Inigo.

— Il n'y a qu'un seul souci, soupire Blythe. Les vêtements féminins ne partent pas à la réserve, ils vont directement dans l'armoire de ta mère.

— J'ai déjà réfléchi à cela. Ce soir, quand tout le monde sera descendu au réfectoire, je m'introduirai dans sa chambre.

— Lui demander, ce n'est pas plus simple ? suggère Sherwin.

— Non, répond Inigo. Kawan compte sur notre échec, donc il va falloir se passer de sa permission. Et prendre tout ce dont on a besoin pour s'équiper correctement. Si nous revenons avec la couronne, personne ne le retiendra contre nous. Mais si nous ratons notre coup…

— Ce n'est pas un scénario que j'envisage. Nous serons patients, nous serons prudents, et nous reviendrons avec la couronne.

— Très bien. Au boulot, fait Blythe en mettant un coup de pied dans les gradins.

Elle prend l'épée des mains d'André et va se poster au centre du terrain.

— Je me charge d'elle, propose Inigo. Toi, occupe-toi de Sherwin. Ne le brusque pas. Laisse-le gagner en confiance. Il a une nette marge d'amélioration, mais il réagit mieux aux encouragements qu'aux insultes.

— Merci, lui dis-je.

Inigo a un mouvement de recul, comme si je l'avais ébouillanté.

— De rien, répond-il, mal à l'aise.

Il rejoint Blythe, André et Griffin s'installent un peu plus loin pour s'entraîner ensemble et Sherwin se présente devant moi, de la panique au fond des yeux. Je l'aurais pris pour un inconscient s'il n'avait pas peur de moi, mais cela ne me rassure pas de le voir trahi aussi aisément par son visage.

Je suis les instructions d'Inigo et je laisse Sherwin prendre ses marques. Au bout d'un quart d'heure ses gestes se font plus fermes, plus sûrs. Il gagne en précision et ses réflexes deviennent plus rapides. Il semble plus appliqué, également, et je me dis que j'ai face à moi un vrai soldat. Je lui vole dans les plumes et il réplique avec une belle agressivité. C'est très prometteur, tout cela. À un moment, je vois qu'il décroche et qu'il regarde par-dessus mon épaule, et je me retourne pour voir ce qui a attiré son attention.

Inigo et Blythe croisent le fer dans un fracas hypnotisant. Ils se déplacent avec des mouvements fluides, l'un anticipant les manœuvres de l'autre avec une facilité déconcertante. On dirait une chorégraphie. Je les observe, fasciné, osant à peine cligner des yeux. Après un coup parfaitement paré, Inigo lève le bras gauche et Blythe esquive son attaque alors qu'elle-même se préparait à charger, abaissant sa lame. Derrière moi, Griffin et André battent des mains, aussitôt imités par Sherwin. Blythe et Inigo étudient ce parterre ébloui par leur technique et affichent un sourire.

— Excellent travail, Blythe.

— Ça vaut pour toi aussi, Sherwin. Simplement, n'attends pas quinze minutes avant de montrer de quoi tu es capable. Fais-toi confiance dès l'entame du combat. Tu en es capable.

— Oui, chef, répond Sherwin.

— Griffin. Prêt à passer un mauvais moment ?

Griffin tend les bras, comme s'il voulait étreindre la terre entière, avec ce sourire moqueur qui ne quitte jamais ses lèvres.

— À ton service.

Et c'est ainsi que la matinée se déroule, entre combats d'entraînement et analyse suivie de conseils. Quand sonne l'heure du déjeuner, je suis plus convaincu que jamais que Kawan est un imbécile. Il a à sa disposition des combattants prodigieux et pourtant, il laisse ces talents en friche. Et c'est à mon service qu'il les a mis.

ANNIKA

J'aurais mille fois préféré rester dans ma chambre mais nous sommes mercredi et le mercredi, Père fait la leçon à Escalus. Pas question de rater cela.

À l'instant où je m'apprête à franchir le seuil de la bibliothèque Rhett passe les portes, les bras chargés d'ouvrages qu'il va livrer à un lecteur. Son sourire est revenu, il a l'air parfaitement serein. Une pensée me foudroie : *il m'a embrassée.* Rhett a travaillé si dur pour obtenir la fonction qu'il occupe au palais. Le statut, le faste de la vie à la cour… les gens vendraient leur âme pour en bénéficier. Et je n'ai qu'à claquer des doigts pour qu'il jette tout cela aux orties.

C'est le genre de passion qu'on croise dans les livres, un comportement qui attise les braises de l'amour. Alors pourquoi ? Pourquoi ne suis-je pas prête à renoncer à mon destin de princesse pour lui ? S'il m'aime comme il le prétend, ce serait un beau gâchis de ne pas ouvrir un nouveau chapitre de ma vie à ses côtés.

La porte se referme et il me salue d'une révérence.

— Votre Altesse. Dois-je faire préparer les chevaux ? demande-t-il sur un ton badin.

— Pas encore.

— Pas encore… mais bientôt.

Son assurance m'arrache un petit rire.

— Tu crois me connaître si bien que ça ?

— Vous doutez de moi ? Je sais que vous préférez les petites serrures aux grosses, et que vous raffolez de la cannelle. Votre couleur fétiche, pour une raison qui m'échappe, c'est le blanc, et vous détestez avoir froid. La pluie, par contre, ne vous dérange pas.

Il marque un temps d'arrêt puis il secoue la tête, et je le trouve soudain irrésistible.

— Quoi d'autre ? enchaîne-t-il. Vous êtes du soir, pas du matin. Vous avez tendance à faire passer les autres avant vous-même. Si vous pouviez rester toute la journée dans l'herbe, au soleil, avec un livre, vous ne vous en priveriez pas. Surtout dans le coin tout au fond du jardin.

— C'est vrai que j'adore cet endroit. Avec cette profusion de fleurs et cette pierre ronde et lisse qui me sert de siège.

— Je sais. Je sais tout de vous. Et je sais aussi que vous rêvez de plus, que vous méritez plus, fait Rhett en montrant du menton la porte de la bibliothèque.

Il se remet en marche dans le couloir. Désarçonnée, j'entre dans la salle. Père et Escalus occupent la table habituelle. Nickolas est là aussi, ce qui me prend totalement de court.

Vous méritez plus. Oui, j'imagine qu'il a raison.

— Tu es en retard, aboie Père. La leçon d'aujourd'hui vous concerne tous. C'est vous, la nouvelle génération, qui allez reprendre le flambeau de la monarchie à Kadier. Comment as-tu pu nous faire attendre ainsi ?

Je suis tentée de lui rappeler qu'il ne m'a jamais invitée officiellement à ces leçons et que j'y assiste pour la seule raison qu'Escalus m'a traînée là. Que je suis restée parce que cela m'intéresse au plus haut point.

— Pardonnez-moi, Votre Majesté. Je suis tout à fait prête à recevoir votre enseignement, dis-je en prenant place sur ma chaise.

Je comprends qu'il n'est pas d'humeur à plaisanter aujourd'hui. Devant lui sont disposés plusieurs livres. Le volume le plus épais est ouvert sur une carte du continent. Les frontières sont représentées par un trait épais et les cours d'eau qui serpentent à travers tout le territoire tissent une véritable dentelle. Au nord, au centre d'une mer intérieure, un confetti que nous avons rattaché à notre royaume et qu'on appelle l'Île. Des chaînes de montagnes, des océans, des plaines qui se déploient sur des centaines de lieues… rien d'inhabituel. Mais il y a trois mots sur cette carte qui font courir des frissons le long de ma colonne vertébrale. Ces trois mots désignent une contrée qui partage une frontière avec les comtés de Stratfel, de Roshmar et de Ducan : « territoire non revendiqué ».

Il y a quelques années, mon père a survécu à une tentative d'assassinat. J'ai longtemps cru que l'homme qui en voulait à sa vie venait de cette région. Et je pensais également que ma mère se trouvait là-bas. La distance à franchir n'est pas insurmontable – un cavalier chevronné est tout à fait capable de la couvrir en une journée, voire une journée et demie – mais il y a un obstacle qui se dresse sur la route : une forêt si dense et si périlleuse que personne, à ma connaissance, ne l'a traversée. On peut emprunter la voie maritime mais au Sud-Est, au large de la côte, les rochers présentent un danger fatal pour les navires. De l'équipage que nous avons envoyé à la recherche de Mère, un seul homme est revenu, à pied.

Père s'éclaircit la voix et mes yeux se posent sur lui. Il nous regarde, la mine grave.

— Vous êtes l'avenir de ce royaume. Et j'ai voulu vous accorder un moment pour réfléchir à ce que vos ancêtres ont accompli avant vous, et à ce que vous pouvez accomplir à leur suite.

Il tend le bras, ouvre un autre livre à une page marquée par un signet et le place sur la carte que je suis en train d'étudier. Une carte, encore, sur laquelle je reconnais les contours de Kadier. Sauf que ce n'est pas Kadier.

Il y a de cela cent cinquante ans, notre royaume n'existait pas. Six clans – Jeonile, Cyrus, Crausia, Etesh, Obro Tine et Straystan – se partageaient le continent, unis par une même langue, divisés par la cupidité. Cette terre était tellement fertile, tellement généreuse, que ces rapaces n'en avaient jamais assez et menaient des razzias chez leurs voisins. Mais ces guerres nous conduisaient droit à la catastrophe. Le dos à l'océan, le visage orienté vers les royaumes de Kialand et de Monrie, dont l'unique objectif était de nous affaiblir définitivement, nous étions tous en position précaire. Après des décennies de conflits, de défaites et de massacres, les six clans se sont réunis et mis d'accord pour faire bloc sous une seule et même bannière. Mon aïeul – mon quadrisaïeul, pour être plus précise – a été désigné pour prendre la tête de cette coalition. Notre clan, le clan des Jeonile, avait pris le nom de Kadier en l'honneur d'une femme courageuse qui, d'après la légende, s'était illustrée sur le champ de bataille. Je n'ai pas réussi à trouver sa trace dans nos livres d'histoire, donc j'ignore tout d'elle. Mais son nom a servi à rassembler des factions rivales.

Après avoir évalué les compétences, réuni les effectifs militaires, mis les ressources en commun et planifié ce qu'il y avait à planifier, la toute jeune puissance a lancé une offensive contre Kialand. Kadier ne s'est pas contenté de repousser l'ennemi, il a réussi à se rendre maître d'une partie de leur territoire. Lorsque la nouvelle est parvenue à la cour de Monrie, une délégation est venue à nous les bras chargés de cadeaux afin de signer un pacte de non-agression. La couronne que je porte contient de l'or monrien qui date de cet épisode-là.

Quand notre royaume n'en était qu'à ses balbutiements, plusieurs chefs de clan ont tenté de s'emparer du pouvoir, prétendant appartenir à une dynastie plus prestigieuse, être d'une autre trempe que nous. Mais nous savions nous battre et ceux qui ne voulaient pas plier le genou goûtaient au tranchant de notre épée. Au fil du temps, ces revendications sont tombées aux oubliettes et les mariages entre membres de clans rivaux ont fini par étouffer les querelles. À l'heure actuelle, ces rivalités se limitent à mon frère et moi d'un côté, Nickolas de l'autre. Si nous devenons membres de la même famille, seul Escalus pourra prétendre au trône. Nous allons faire entrer Kadier dans une ère de paix inégalée.

Nous étudions les frontières dessinées dans une encre qui a perdu ses pigments, ces lignes tracées à la plume qui, jadis, nous séparaient de l'ennemi. Mon père sait se faire comprendre en quelques mots.

— Nous avons célébré hier le souvenir des Fondateurs. Nous annonçons demain l'union d'Annika et de Nickolas. Au bout de sept générations, avec votre mariage, Kadier sera passé de six clans qui se livraient une guerre sans merci à un seul royaume où règne l'harmonie. Ce qui n'était qu'un rêve que caressaient nos chers ancêtres.

La gorge nouée, il plante son regard dans le nôtre, à tour de rôle, avant de reprendre la carte qui représente notre continent dans sa configuration actuelle.

— Et c'est pour cela que vous devez faire front, ensemble. Vous montrerez l'exemple au reste du pays, un exemple d'unité et de solidarité. Vous rencontrerez des obstacles sur votre route, c'est certain. Et il y aura toujours des escrocs qui essaieront de rentrer dans vos bonnes grâces.

» Quand votre mère a disparu, ajoute-t-il d'une voix étranglée, nous avons soupçonné un pays voisin, une puissance qui voulait réduire à néant nos efforts en faveur de la paix. En fait, j'étais certain que c'était ta famille qui avait œuvré en coulisse, Nickolas. Quand Jago m'avait attaqué quelques mois plus tôt… je savais qu'il travaillait pour le compte de quelqu'un. Un autre souverain me veut mort ; tous veulent s'emparer de Kadier. Il en a toujours été ainsi.

Je découvre ces théories à l'instant même où Père nous les livre. Je ne sais pas si elles se fondent sur des faits concrets ou s'il passe ses nuits à échafauder des hypothèses au lieu de dormir. Les yeux dans le vague, il poursuit :

— Jago… c'était un simple exécutant. Il a essayé de me tuer pour faire avancer la cause d'un autre. J'en suis intimement persuadé. Et comme il a échoué, ils ont enlevé votre mère dans le but de me briser.

Il me fait peur, à parler ainsi. Je n'ai pas oublié cette nuit où l'assassin s'est introduit dans le palais pour commettre son méfait. C'est le hurlement de ma mère qui a réveillé mon père et lancé l'alerte. Il s'en était fallu de quelques secondes. Comme Mère a disparu peu de temps après, Père s'est mis en tête que les deux incidents étaient liés. Impossible de savoir si c'est le cas ou non. Personne n'a réclamé de rançon, elle n'a pas laissé de lettre derrière elle. Rien n'indiquait qu'elle avait lutté contre un agresseur, ni qu'elle s'était débattue. Même si je savais que jamais, au grand jamais, elle ne ferait le choix de m'abandonner, on aurait pu croire qu'elle avait décidé de quitter le palais de son plein gré et de ne jamais revenir.

— Mais personne ne nous brisera. Nous garderons notre sang-froid et nous nous tiendrons prêts. Le jour où nous identifierons le coupable, la main de la justice s'abattra sur lui. En attendant, nous aurons un comportement irréprochable. Escalus, nous te choisirons une épouse avec d'infinies précautions : toutes ces princesses se présenteront avec leurs propres desseins, mais une alliance judicieusement nouée assurera notre stabilité. Annika, une fois vos noces célébrées, tu feras avec Nickolas la tournée des cours étrangères, pour te présenter à nos voisins. Dans cette perspective, je vais te demander d'étudier l'étiquette en vigueur à Caporé, Sibral, Monria, Halsgar et au Kialand. Ces cinq-là, c'est le minimum.

J'acquiesce d'un signe de tête. Rhett saura m'aiguiller dans mes lectures.

— Je ne comprends pas que ce ne soit pas l'inverse, grommelle Nickolas. Ce serait plutôt à eux de se déplacer et de venir présenter leurs vœux de bonheur au jeune couple.

J'échange un regard avec Escalus avant de répondre, prenant mon père de vitesse :

— En tant que couple nouvellement établi, la coutume veut que nous nous mettions au service de nos royaux aînés.

— Si vous y tenez, rétorque Nickolas, manifestement contrarié. Est-ce tout ?

À nouveau, je lance un regard à Escalus. Quel culot.

— Oui, pour aujourd'hui, répond Père.

Nickolas se tourne vers moi, comme s'il souhaitait me parler, mais Escalus lui coupe l'herbe sous le pied.

— J'espère ne pas passer pour un malotru mais si cela ne vous dérange pas, messieurs, je souhaiterais discuter en privé avec ma sœur. Nous avons des questions personnelles à régler.

Sans attendre de réponse, j'attrape mon frère par le bras et je me laisse conduire dans un salon voisin. N'importe où, tant que j'échappe à la présence de Nickolas.

— Pas trop secouée ? me demande Escalus.

— C'est vraiment dommage qu'accomplir mon devoir aille à contre-courant de mes sentiments… que voulais-tu me dire ?

— Une chose d'une importance capitale… ma couleur préférée, c'est le bleu.

— Très drôle, je dis en levant les yeux au ciel.

— Je voulais simplement te demander si ta jambe te fait encore mal. J'ai eu une sacrée frousse hier.

— Je n'ai pas à me plaindre. Ça a l'air de cicatriser. Je m'attendais à pire.

— Vraiment ? Dans ce cas, quand veux-tu programmer la leçon suivante ?

— Ce soir ! Mais il va falloir aller aux écuries. Je me sens à l'étroit dans ma chambre.

— Moi, je trouve qu'il y a assez de place, proteste Escalus.

— J'aimerais pouvoir faire du bruit, taper de toutes mes forces… tu veux bien ?

Je tire sur sa manche, comme un enfant capricieux.

— Tu es insupportable, et tu arrives à te plaindre de Nickolas ? D'accord. Va pour les écuries.

— Je savais que tu m'aimais.

— Parce qu'il y en a qui ne t'aiment pas ? rétorque mon frère en m'embrassant sur le front.

LENNOX

Assise à la table principale ma mère se love contre Kawan, les doigts enroulés autour du col de sa blouse. Notre chef est tout sourire, il lui chuchote quelque chose à l'oreille. Posté près de la porte, je les vois ainsi et une brique se loge au creux de mon estomac.

Ensuite, j'avise les membres de mon équipe. Inigo et Griffin sont assis à la même table, aussi loin que possible l'un de l'autre. Kinton – le jeune garçon qui avait annoncé en s'égosillant le retour d'Aldrik – a pris André dans un coin de la salle et il le bombarde de questions, curieux de savoir en quoi ma mission consiste. Parfait. Sherwin dîne seul et, comme je ne le connaissais pas encore avant-hier, j'imagine qu'il passe souvent ses repas sans compagnon. Blythe s'est attablée avec d'autres filles, que je connais de vue pour la plupart.

Le plan est simple. J'ai pour objectif de monter dans la chambre de ma mère et de lui voler une robe. Si, pour une raison ou pour une autre, elle quitte la table, ou si Kawan fait mine de se lever, Griffin et Inigo vont déclencher une bagarre. Kawan n'ira certainement pas séparer deux hommes qui ont été affectés à ma mission, c'est tout bénéfice pour lui s'ils se blessent, donc il va laisser la situation s'envenimer et ne rien rater du spectacle. Et si ce plan-là tombe à l'eau, Blythe va elle aussi mettre en scène une rixe avec une complice. Cette complice, j'ignore de qui il s'agit, mais elle a toute mon admiration.

Comme Kawan et ma mère ont le nez dans leur assiette je gagne le second étage à toutes jambes, ne croisant en route que quelques traînards qui descendent au réfectoire. Presque trop facile.

Je pousse la porte de sa chambre et je la trouve vide, comme prévu. À chaque fois que je me rends chez ma mère, j'ai l'impression de mettre le pied dans un souvenir déformé. Autrefois, trois personnes vivaient ici. Mon vieux lit a laissé la place à une coiffeuse. À présent on sent partout la main féminine, les traces qu'avait laissées mon père ont été gommées. Je dois m'arrêter quelques secondes et respirer un grand coup. Comment a-t-elle pu effacer si facilement sa présence ? Comment peut-elle vivre dans le luxe alors que le petit peuple sue sang et eau pour se préparer à la guerre ? Comment peut-elle laisser Kawan traiter son fils comme il le traite ?

Toutes ces questions en appellent d'autres. Pourquoi Kawan me confie-t-il toujours la sale besogne ? Pourquoi n'est-il jamais satisfait du résultat ? Qu'ai-je fait pour mériter une existence pareille ? Je voue à tout cela une haine féroce. Ce château, ce destin, moi-même, je les ai en horreur.

Cet instant de faiblesse passé, je cuirasse à nouveau mon cœur. Pas question de perdre pied si près du but à cause de mes émotions. La penderie de ma mère se trouve tout au fond de la chambre et c'est là que je me dirige, en prenant soin de ne rien déranger sur mon passage.

Ce n'est qu'au moment où j'ouvre l'armoire que je prends conscience d'avoir commis une terrible erreur : je n'y connais rien en mode féminine. Et d'ailleurs, faudra-t-il plusieurs robes ? Mon manque de préparation va-t-il nous mener à notre perte ?

Réfléchis, Lennox. Blythe a les cheveux blonds. Jaunes, autrement dit. Le jaune, ça va bien avec le bleu. Ou le vert. Je me trompe ?

J'attrape une robe de chaque couleur, je les roule en boule et je les fourre dans ma besace, puis je jette un autre coup d'œil au contenu de la penderie, pour m'assurer que tout a l'air normal, avant de la refermer. Je regagne le couloir sur la pointe des pieds et je descends quatre à quatre l'escalier branlant, trébuchant sur une pierre qui s'est descellée. Grisette m'attend dans ma chambre. Elle se tient fièrement devant mon lit, une souris morte à ses pattes. Elle a dû sentir mon anxiété. À chaque fois que le stress me gagne, elle me rapporte de quoi manger. Elle désigne sa proie d'un coup de truffe, me regarde. Je me dirige vers elle et je ramasse son cadeau, que je glisse aussitôt dans ma poche pour lui faire croire que je l'accepte, et que je vais me régaler. Enfin, je la remercie d'une gratouille.

— J'apprécie ton geste. C'est très gentil de ta part. Écoute, ne touche pas ça, dis-je en montrant ma besace. Si ces affaires sont abîmées, je vais avoir de gros ennuis. En même temps, ça n'a aucune importance. Kawan en a toujours après moi, donc ça ou autre chose… J'ai appris à relativiser.

Je lui flatte la tête.

— Et ne va pas croire que je tiens à toi, Grisette. Ce n'est pas le cas. Je suis très sérieux.

La renarde me fixe du regard. Puis elle lâche un jappement, bondit sur le rebord de la fenêtre et disparaît dans la nuit.

Je pousse un soupir et je quitte ma chambre. Arrivé sur le palier du réfectoire, je jette la souris par la fenêtre, puis je m'essuie la main sur mon pantalon. Sherwin est toujours seul. Le regard de Blythe croise le mien et elle se détourne vivement. André a rejoint Griffin et Inigo à leur table.

Je m'approche d'Inigo et je lui souffle à l'oreille :

— C'est fait… par hasard, tu t'y connais en chiffons ?

Il m'observe, les yeux grands comme des soucoupes.

— Tu te moques de moi.

— J'aimerais bien.

Là-dessus il rejette la tête en arrière et il éclate d'un rire tonitruant. Une manifestation de joie franche et totale ? On ne voit pas ça souvent entre les murs du château. Son rire est contagieux, en plus. Je lance un coup d'œil par-dessus mon épaule. Blythe n'a pas perdu une miette de la scène et elle sourit, elle aussi.

Étrange. Une fraction de seconde, un rayon de lumière perce les ténèbres.

ANNIKA

Noemi jaillit de sous mes jupons, les cheveux en désordre.

— Ça va comme ça ?

— Oui, tu es géniale. Merci encore.

Elle se remet debout, un sourire sur le visage. C'est elle qui a eu l'idée de cette ceinture qui se boucle sous ma tenue, et c'est elle qui l'a fabriquée. Ainsi, je peux emporter mon épée partout sans que personne ne le remarque.

— Combien de temps durera cette leçon d'escrime ? me demande-t-elle. Et que dois-je dire aux personnes qui viendront vous rendre visite ?

Sa question douche mon enthousiasme. Il est peu probable qu'on vienne frapper à ma porte à cette heure mais on ne sait jamais… je suis fiancée à présent. Si les courtisans venaient à apprendre que je passe mes soirées en dehors de ma chambre, cela ferait jaser.

— Aucune idée, Noemi. Je n'ai pas réfléchi à cela… Je n'en pouvais plus d'attendre mais maintenant je me demande si c'est une bonne idée.

— Votre Grâce, emmenez-moi avec vous. Si quelqu'un se montre trop curieux, nous lui répondrons que vous étiez d'humeur mélancolique et que vous aviez envie d'une promenade dans les jardins. Et, tout naturellement, votre femme de chambre vous a servi de chaperon. Les convenances seront respectées.

— Es-tu certaine de vouloir te rendre complice de mes transgressions ?

— Oh, j'y suis déjà plongée jusqu'au cou.

— C'est tellement vrai ! Il ne se passe rien dans ma vie sans que tu te retrouves aux premières loges. Et toi, Noemi, quand vas-tu vivre de grandes aventures ? Il faut que tu me confies tes secrets.

— Vos secrets suffisent largement pour nous deux. J'espère que vous savez qu'ils ne craignent rien avec moi.

— Si je te disais que je compte m'enfuir, me blâmerais-tu ?

— J'espère sincèrement que ce sont des paroles en l'air mais non, je ne vous blâmerais pas. Et par pitié, prévenez-moi.

— Ne t'inquiète pas… c'était une simple plaisanterie. Je dois trouver un meilleur moyen de rire de mes peurs. La peur de me marier, par exemple.

— Haut les cœurs, Votre Grâce. Essayons de passer une bonne soirée, ne serait-ce qu'une fois.

Nous rabattons sur notre visage la capuche de notre pèlerine et nous empruntons l'escalier pour rejoindre le rez-de-chaussée. Le pas léger de Noemi fait écho au mien et ce bruit à peine audible me rassure. Tandis que nous traversons la cour je tends le bras derrière moi et ma main rencontre la sienne.

— Tu veux me promettre quelque chose, Noemi ?

— Bien sûr.

— Ne reste pas éternellement à mon service. Marie-toi quand tu te sentiras prête ; j'étais très sérieuse quand je t'ai suggéré de vivre tes propres aventures. Mais reste encore un peu à mes côtés, s'il te plaît.

— Je ne partirai pas d'ici, Votre Grâce. Meckonah tient une place énorme dans mon cœur.

La voix de Noemi transpire la sincérité. Et, même si c'est égoïste de ma part, cela m'apaise de savoir qu'elle ne m'abandonnera pas.

Nous arrivons aux écuries, où nous trouvons Escalus et Rhett en plein conciliabule au fond du bâtiment. Escalus se tient debout, dominant Rhett de toute sa hauteur, détendu et souriant. D'excellente humeur lui aussi, mon ami est en train de donner une pièce à Grayson, le lad, pour qu'il se trouve une autre occupation une heure ou deux.

C'est Rhett qui nous aperçoit le premier. Son regard s'illumine à l'instant où il se pose sur nous. Cette étincelle a-t-elle toujours été là ? Comment ai-je pu être sotte au point d'y voir de l'amitié ? Étrange de se dire que cette lumière qui embrase ses yeux, c'est moi qui la déclenche.

— Tiens donc, Noemi, enfin prête à croiser le fer avec moi ? lance Escalus, le visage fendu d'un large sourire.

— Non, Votre Altesse, répond ma femme de chambre de sa voix sucrée. Je sers d'alibi à ma maîtresse.

— Non, non. Je crois que vous êtes venue recevoir une leçon. Tenez, prenez mon épée, lui dit-il en conduisant Noemi dans un box resté ouvert. Surtout évitez de me tailler en pièces, comme l'a fait mon empotée de sœur.

Rhett me rejoint. Je sens son regard sur moi, un peu trop appuyé. Je prends une profonde inspiration et j'ose enfin affronter ses yeux.

— Épousez-moi. Je vous adore, Annika. Je consacrerais ma vie à vous rendre heureuse. D'ailleurs, Escalus serait ravi. Il ne peut pas supporter Nickolas.

— Ce n'est pas parce qu'il ne supporte pas Nickolas qu'il voudrait nous voir mariés. Ce n'est pas très compliqué de le détester, de toute façon.

— En effet. Pour ma part, je le trouve odieux. Quand comptez-vous annoncer vos fiançailles ?

— Demain, j'en ai bien peur. Mon champ d'action est très limité.

— Eh bien, le jour où vous déciderez de l'élargir, je serai là, à vous attendre. J'exaucerai tous vos souhaits.

— Dans ce cas, puis-je te demander de m'aider à faire taire ces pensées qui m'importunent ces derniers temps ?

— Disposez de moi selon votre fantaisie.

Rhett a au fond du regard une lueur espiègle mais je sais qu'avec lui, je ne risque rien. Je dégaine mon épée, le tenant à distance respectueuse. Sa lame heurte la mienne et je pare la botte qu'il allonge, esquissant un pas de côté. Il approuve ma manœuvre d'un hochement de tête et se déplace pour se retrouver face à moi.

— Ne sois pas trop dure avec lui, Annika, me lance Escalus depuis le fond des écuries.

Le rire cristallin de Noemi résonne à ses côtés.

— C'est mal me connaître ! dis-je d'une voix forte.

Je connais le style et la manière de Rhett alors je prends un risque calculé. Lorsqu'il se précipite sur moi, je me sers de son poids et je le retourne contre lui. Je m'élance, la coquille de mon épée entre en contact avec celle de Rhett, j'appuie de toutes mes forces. Il lâche son arme, que je regarde s'envoler et atterrir, inutile, dans une botte de foin.

Dans le silence qui suit, je sens l'enthousiasme grandir autour de moi. Escalus s'exclame :

— Annika ! Tu l'as désarmé !

Je laisse tomber ma propre épée, la main plaquée sur la bouche. C'est la première fois que j'arrive à prendre le dessus sur un adversaire.

— Bien joué, Annika ! s'écrie Rhett.

Mon frère se rue sur moi et me fait tournoyer dans ses bras.

— Alors c'est entendu. Dès que je monte sur le trône, je te nomme chef de ma garde rapprochée.

— Je n'arrive pas à le croire !

Je suis tellement fière que j'en ai la tête qui tourne. Soudain, j'ai l'impression que rien ne peut m'arrêter. Si j'ai réalisé une prouesse qui me semblait impensable il y a encore quelques semaines, rien ne m'interdit de penser que tout est possible, même ce qui me paraît totalement hors de portée.

LENNOX

J'installe de mes propres mains le verrou à ma porte. Le mécanisme consiste en une tige que l'on glisse entre deux anneaux en fer et qui reste bloquée même si on soulève le loquet. Pas très sophistiqué, ni très esthétique, mais je ne m'en plains pas : je suis beaucoup mieux loti que les autres occupants du Castel.

Je me claquemure dans ma chambre et j'attends que les autres me rejoignent, planifiant dans les moindres détails les journées qui vont suivre. J'ai déjà commencé à préparer mon paquetage.

Les cartes dont nous disposons sont obsolètes, et rares sont ceux qui ont eu l'audace de s'enfoncer avant nous dans les régions situées à l'ouest. Mais rien ne nous empêche d'atteindre le royaume de Dahrain – ou Kadier, comme on l'appelle actuellement –, à condition de nous servir de toutes nos facultés.

Je ne possède pas beaucoup d'informations sur Kadier. Je sais qu'il y a un roi, je sais qu'il habite un palais fastueux qui aurait dû revenir à Kawan. Je sais aussi, grâce aux quelques cartes qu'il nous reste, que c'est le pays le plus vaste du continent. Je sais que son peuple a spolié le nôtre, et continue à le spolier.

On frappe à la porte, je vais ouvrir. Inigo, Sherwin, André, Griffin et Blythe font leur entrée.

— Désolé de m'être moqué de toi tout à l'heure, déclare Inigo de but en blanc. Mais avoue que c'était du plus haut comique.

— J'avoue. Tu as des vêtements pour moi ?

— Oui, me rassure Griffin. Tout est déjà prêt. On s'est dit que ce serait plus intelligent que de monter les sacs dans ta chambre.

— Bien vu. Blythe, j'espère qu'elles sont à ta taille.

Je tire la besace de sous mon lit. Blythe sort les robes, les déplie et les inspecte sous toutes les coutures.

— Ça devrait faire l'affaire, commente-t-elle. Tu as l'air soucieux.

— Je n'ai pas anticipé le problème du choix des tenues.

— Ne t'inquiète pas. Je n'ai pas oublié comment faire pour avoir l'allure d'une noble dame.

Sa voix trahit une certaine nostalgie. Je fais mine de n'avoir rien entendu et je passe à l'affaire qui nous concerne tous.

— Tenez-vous prêts à partir demain matin. Allez chercher les tentes, et une épée chacun au dépôt d'armes. Cela ne va pas être une promenade de santé de traverser cette forêt, alors assurez-vous d'emporter assez de vivres. Je ne sais pas combien de temps ça prendra.

La gorge nouée, j'aborde un sujet que j'aurais préféré éviter :

— Je sais que vous prenez tous la mesure du danger que nous allons affronter. Si cela tourne mal, si l'un de nous se fait capturer, qu'il ne laisse pas à l'ennemi la possibilité de lui extorquer des informations. Mieux vaut mourir que de trahir notre armée. Si vous craignez de reculer devant le sacrifice ultime, dites-le-moi tout de suite.

Sherwin prend une profonde inspiration, puis il se redresse de toute sa hauteur. Un signe rassurant. André affiche un sourire serein et Griffin hoche la tête, même s'il a les yeux vitreux. Inigo hausse les épaules, comme blasé. Blythe, les bras toujours chargés des robes, incline la tête.

— Je te l'ai déjà dit : l'échec, je ne connais pas, répète-t-elle.

Je tente de réprimer un sourire.

— Très bien. Allez dormir. Rendez-vous après le petit déjeuner aux écuries.

— Ouste ! lâche Griffin en faisant un geste en direction de la lucarne. Désolé, j'ai cru qu'une bestiole essayait de rentrer. Un conseil, cloue des planches dessus, c'est plus prudent.

Je jette un coup d'œil furtif dehors. J'espère que Grisette a réussi à se cacher dans les environs. Comment expliquer que j'héberge un animal sauvage ?

— Merci. À demain matin.

Mes équipiers s'en vont et je garde les yeux braqués sur la lucarne, attendant le retour de Grisette. Mon cœur se serre lorsque je me dis qu'elle sera la seule à souffrir de mon absence.

Une douce brise effleure mon visage. Une douceur que, de ma vie, je n'ai jamais ressentie. Et un parfum sucré flotte dans l'air, on dirait qu'une tarte aux pommes cuit au four. Le paysage ne m'est pas familier alors je tourne sur moi-même, cherchant de quoi me repérer. Rien. Pas de montagne, pas d'océan déchaîné, pas de forteresse en ruine.

Mon regard embrasse des hautes herbes qui ondulent au gré du vent, caressant l'horizon tandis que le soleil décline. Ce coucher de soleil est si différent de ceux que je vois d'habitude que je tends le bras. Est-ce la réalité, ou un rêve ?

C'est alors que je découvre que mes doigts laissent des traces dans le ciel, comme des traînées d'encre. Plume humaine, j'écris mon nom entre les nuages.

Lennox.

J'ai aussi un patronyme, mais les noms de famille ne sont plus en usage chez nous... j'ai décidé que je n'en avais plus besoin de toute façon. Le ciel m'appartient à présent. Comblé, je m'allonge dans l'herbe. Elle est si touffue qu'elle dresse une muraille autour de moi et je reste là, regardant le firmament s'assombrir, souriant dans le noir. Il fait encore doux.

Alors une main me caresse la joue. Contrairement au paysage qui m'entoure, ce contact me semble familier, comme si je le connaissais depuis toujours.

— Te voilà, dis-je dans un murmure.

— Oui, c'est moi, susurre une voix.

— Reste. J'ai besoin de compagnie.

Seul le silence me répond. La caresse revient, sur ma joue, dans mes cheveux. J'ai la sensation de pouvoir enfin trouver un repos bien mérité, d'être à la fois invisible et vu de tous.

Cela me procure un soulagement indescriptible mais... ce n'est qu'un rêve, après tout. À l'instant où je me réveille, les larmes me montent aux yeux. Non. Je ne peux pas pleurer. Même si j'en ai terriblement envie. Je renifle et, sur ces entrefaites, Grisette enfouit son museau dans le creux de mon cou.

— Quand est-ce que tu es rentrée, toi ? Je viens de faire un rêve merveilleux.

Elle lâche un glapissement.

— Non, tu n'étais pas dedans. Mais ne t'inquiète pas, dès que je récupère ce qui me revient de droit, tu viens avec moi. La fin approche. Tout s'accélère.

Le ciel change de couleur, annonçant le lever du jour. Grisette s'installe sur mon oreiller, sa tête contre la mienne, et pousse un gros soupir avant de succomber au sommeil.

— Qu'est-ce qui fait que tu reviens chaque nuit ? Tu ne sais pas qu'il est dangereux de dormir à mes côtés ? Tout le monde le sait.

Je sens son petit corps tiède contre mon flanc et je regarde la lumière revenir par la lucarne. Grisette ne m'apporte pas la même paix que la main dans mon rêve… mais je ne peux guère espérer mieux. Bientôt je pourrai me passer de réconfort. Aujourd'hui, c'est la première étape.

ANNIKA

Je me réveille éreintée et excitée comme une puce. J'ai dormi sur le ventre. J'oublie chaque nuit que je pourrais me remettre sur le côté.

— Noemi ? dis-je d'une voix rauque.

— Votre Grâce ?

— Quelle heure est-il ?

— Le petit déjeuner vient de s'achever, mais j'ai fait monter une assiette. J'ai pensé que vous méritiez un peu de repos.

Du bras elle montre un plateau posé sur une table, à côté de la cheminée.

— Quel ange tu fais. Merci.

Je me lève, les bras et les jambes perclus de douleurs. Noemi m'apporte mon peignoir. Je vais m'affaler dans un fauteuil et, le pied posé sur un coussin, j'attaque ma brioche, laissant des miettes consteller ma chemise de nuit. Ce petit plaisir m'arrache un sourire. Je prends une nouvelle bouchée et je pousse un soupir de contentement.

Quelqu'un toque à la porte et je me redresse. Noemi vient m'aider à mettre de l'ordre dans mon apparence, elle m'essuie le visage et met ma chevelure en évidence par-dessus mon épaule. Puis elle vérifie qu'elle-même n'a pas un cheveu de travers et elle va ouvrir.

— Le duc de Canisse, Votre Altesse.

Nickolas se présente sur le seuil.

— Oh, lâche-t-il en me découvrant en robe de chambre. Je… je peux revenir plus tard.

— N'en faites rien. En quoi puis-je vous être utile ?

— J'ai choisi ce gilet bleu pâle pour aujourd'hui. Je me suis dit que vous aimeriez porter une tenue assortie ?

Je dévisage mon cousin. Si seulement mon cœur voulait bien se dégeler.

— Noemi, as-tu à me proposer une robe assortie à ce bleu ?

— J'en ai quelques-unes qui feront parfaitement l'affaire, déclare-t-elle, la tête dans mon armoire.

Elle en sort deux robes. Nickolas donne son avis sans y être invité.

— Celle à gauche. Une merveille. Nous reverrons-nous avant l'annonce officielle ?

— Je vous retrouverai dans la galerie d'honneur près du balcon. Je suis certaine que nous n'aurons qu'à saluer la foule.

— Très bien. À tout à l'heure.

Nickolas tourne les talons et quitte ma chambre. Décidément, m'enfuir avec un bibliothécaire a beaucoup de bons côtés. Rhett ne me dirait pas comment m'habiller. Rhett ne me dirait pas non plus comment je dois me coiffer. Non seulement il m'encouragerait à manier l'épée, mais il se laisserait désarmer avec le sourire…

Cette situation m'est de plus en plus intolérable. Je déteste ce qui se passe en moi, la sensation que les murs de ma chambre se referment à la façon d'une cage. Je sais que je fais preuve d'un égoïsme phénoménal en cédant à cette angoisse… mais je ne peux m'empêcher de penser que je respirerais plus librement dans une cabane aux confins du royaume.

À la seconde où cette pensée me traverse l'esprit, je vois le visage de mon frère. Et je sais que je vais rester, pour Escalus.

LENNOX

J'avance dans l'herbe, les cheveux fouettés par le vent, Grisette sur les talons. Elle me paraît plus nerveuse qu'à l'ordinaire. C'est ainsi qu'elle se comporte à l'approche de l'orage, son instinct doit capter des choses qui m'échappent. Pourtant, aucune menace n'apparaît à l'horizon. Le soleil brille à travers les nuages qui s'effilochent. Ce qui ne l'empêche pas de me suivre comme mon ombre tandis que je gravis la colline qui mène au cimetière.

J'ai encore du mal à croire, après toutes ces années, que nous avons réussi à récupérer la dépouille mortelle de mon père. C'est avec dégoût que je revois les taches verdâtres qui mouchetaient sa peau. Et le regard de Kawan, qui avait eu des difficultés à cacher sa joie lorsque mon père était revenu en deux morceaux. Je m'estime heureux d'avoir eu un corps à enterrer, la possibilité de faire mon deuil. Un luxe auquel tous n'ont pas droit.

Une fois le cadavre de mon père identifié, il a été rapporté ici, pour recevoir les honneurs dus au premier homme tombé à la guerre, une guerre qui n'a pas encore commencé. Il a été enterré à côté d'une autre personne qui a marqué notre histoire de son empreinte, une personne qui a elle aussi le privilège d'avoir sa propre sépulture. Lorsque les autres me voient ici, ils pensent que je viens parler à mon père. Ils se trompent.

— Kawan m'envoie en mission. J'ai des soldats sous mes ordres, figurez-vous. Je crois que cela va vous réjouir d'apprendre que je n'aurais à tuer personne. J'espère ne pas parler trop vite. Si quelqu'un veut me faire prisonnier, je serais sans doute obligé de me débarrasser de lui.

Puis je demande, tout à trac :

— Est-ce que votre mère vous a aimée ? J'imagine que oui. Les gens qui ont connu l'amour maternel, cela se voit sur eux. Je ne sais pas si la mienne a éprouvé un jour de l'affection pour moi. Pas vraiment. À une époque, du vivant de Père, j'aurais peut-être réussi à m'en convaincre, mais c'est du passé. J'ai l'impression d'être un pion dont elle se sert pour assurer son emprise sur Kawan, pour accéder au trône lorsqu'il aura récupéré son royaume.

» Ne vous inquiétez pas. Quand nous envahirons Kadier, j'ai l'intention de laisser la vie sauve au petit peuple. Cela va sans doute vous étonner, après tout ce que j'ai fait, mais je peux me montrer clément.

J'étudie la pierre tombale, qui ne porte aucun nom. Logique. Si l'histoire nous a oubliés, ce n'est que justice que son souvenir soit lui aussi effacé de la mémoire collective.

— Bref, je me suis dit que vous aimeriez être informée de ce nouveau rebondissement. Je reviens vous voir après avoir mené ma mission à bien, promis.

Le vent venu de la côte danse autour de nous et je reste ainsi un long moment, comme statufié, près de la tombe de la première âme à laquelle j'ai ôté la vie. Je me demande s'il existe un autre monde, un endroit d'où les morts observent les vivants. Si cet endroit existe, est-ce que mon père y a élu domicile ? Est-ce que cela le peine de voir que ce n'est pas sa compagnie que je recherche ? Je n'arrive pas à m'expliquer pourquoi mon cœur se serre lorsque je me décale de six pas sur la droite de sa tombe. Si cet au-delà existe, j'espère qu'il me comprend.

Grisette s'enfonce dans un buisson. Quelqu'un arrive. C'est Inigo, qui remonte le sentier.

— Lennox ?

— Il y a un souci ?

— Désolé, on a rencontré des problèmes quand on a voulu accéder au garde-manger.

— Je vais régler ça directement avec les cuisiniers. Inigo, est-ce que… as-tu gardé des souvenirs de mon père ?

Ses yeux trahissent son étonnement.

— Ce n'est pas que je l'ai oublié, dis-je précipitamment. C'est juste que je me demande quelle impression il a laissée aux autres.

— Je me rappelle qu'il savait prendre des décisions, comme toi. Il avait la tête sur les épaules, aussi ; tu pouvais lui poser n'importe quelle question, il avait toujours une réponse. Ou des bribes de réponse mais, ce qui est certain, c'est qu'il n'était pas avare de conseils et de suggestions. Je me souviens de la fois où le vieux Theo est tombé dans un abreuvoir, ton père a tellement ri qu'il en avait les larmes aux yeux. Jamais je n'ai entendu quelqu'un rire aussi fort ; mes tympans ne s'en sont toujours pas remis.

Je souris. C'est vrai qu'il avait un rire assourdissant ! Aussi retentissant que le tonnerre.

— Bon, nous ferions mieux d'y retourner.
— Comme il vous plaira, mon bon sire.
Inigo m'enfonce son coude dans les côtes et, pour la première fois depuis une éternité, je me sens en paix avec moi-même.

ANNIKA

Je fais les cent pas dans le salon qui débouche sur le balcon d'honneur. Cela fait dix minutes que les cloches sonnent à la volée, officialisant mes fiançailles. Je vois la foule se masser sous le balcon, des clameurs et des vivats s'élèvent derrière les remparts. Le peuple nous attend.

— Ça va bien se passer, me rassure Escalus, qui a du mal à camoufler sa propre nervosité.

— Non. Pas pour moi.

Je n'arrive pas à prononcer plus de trois mots à la suite. Le souffle me manque.

— Annika… tu es très pâle.

— Je me sens… je me sens…

Soudain, je me plie en deux et je m'appuie au mur d'une main. De l'air. J'étouffe. Père nous rejoint en quelques enjambées.

— Annika ? Qu'est-ce qui ne va pas ?

Je tombe à genoux, puis je m'effondre pour de bon. Le marbre des dalles me rafraîchit le visage. Au ras du sol, mes poumons se remettent à fonctionner. Il faut simplement que je me concentre sur ma respiration.

— À votre avis, qu'est-ce qui ne va pas ? s'énerve Escalus. C'est vous qui êtes responsable ! Il y a forcément un autre moyen. Vous la condamnez à mort avec ces fiançailles.

— Nous en avons déjà parlé. Tu dois épouser une princesse étrangère, et Annika cimenter notre lignée. Il faut préserver la paix, proteste mon père.

— Mais à quel prix, s'insurge Escalus.

— Pas moyen de faire machine arrière. Les gens se rassemblent déjà dehors.

Je commence à compter. J'inspire pendant cinq secondes, j'expire. Je vais y arriver. J'en suis capable.

— Escalus, aide-moi.

Je tends les bras, mon frère m'aide à me remettre debout. Pendant qu'il défroisse ma jupe je passe les doigts dans mes boucles, à la façon d'un peigne, et je les arrange sur mon épaule. Escalus me rassure d'un regard : je suis tout à fait présentable.

Nickolas surgit à nos côtés.

— Que se passe-t-il ?

Je choisis de lui mentir :

— J'ai trébuché.

— Vous ? Mais vous avez le pied si léger. Peut-être que cela va vous aider à oublier la douleur de la chute, me dit-il en me tendant un coffret.

Dans les romans, c'est le genre de scène où l'homme met un genou en terre et prend la main de sa bien-aimée dans la sienne, comme s'il s'agissait d'un trésor. Nickolas a-t-il déjà entendu parler de romantisme ? Je soulève le couvercle. À l'intérieur, blottie entre deux petits coussins en velours, une bague. La pierre aux reflets verts est de forme ovale et rehaussée de petits diamants. Très jolie, bien que pas du tout à mon goût.

— Ravissant, fait remarquer mon père, et son intervention me rappelle comment je dois me comporter.

— Oui. Merci, Nickolas.

Je glisse la bague à l'annulaire de ma main gauche. Elle est un peu trop grande, mais elle ne bougera pas.

— La pierre, vous le savez certainement, vient des mines de… Annika, je croyais que nous nous étions mis d'accord, lance Nickolas.

Je le fixe du regard. De quoi parle-t-il ?

— Vos cheveux, précise-t-il, contrarié.

— Après l'annonce de nos fiançailles. Vous avez été très clair là-dessus.

— Notre mère portait ses cheveux dénoués, intervient Escalus, répétant ce que j'ai dit à Nickolas à la Fête des Fondateurs.

— Oui, et je comprends que vous soyez attaché à ce souvenir, mais je pense qu'un chignon serait plus convenable pour Annika. Faites venir sa femme de chambre. Sur-le-champ.

Escalus se redresse de toute sa hauteur et s'exprime sur un ton qui n'admet pas de réplique. Je ne reconnais pas mon frère, d'ordinaire si doux.

— Monsieur, vous oubliez votre rang. Vous n'avez aucun ordre à me donner. Par ailleurs, la camériste de Son Altesse royale est un membre du personnel qui a toute notre confiance et qui est trop occupée pour satisfaire votre caprice. Enfin, si vous avez dit à Annika qu'elle pouvait attendre l'annonce de vos fiançailles, il n'est pas déraisonnable qu'elle veuille se montrer une dernière fois à ses sujets coiffée comme elle l'entend.

» Vous pensez être la seule option viable pour notre famille mais croyez-moi, c'est loin d'être le cas. De très beaux partis se sont bousculés pour demander la main d'Annika et nous les avons écartés. Si vous la rendez malheureuse, nous n'hésiterons pas à vous montrer la porte.

Nickolas jette un coup d'œil à mon père. La peur qu'il lit dans son regard renforce sa position.

— Comme vous y allez, répond-il à Escalus, sans malveillance et sans la moindre trace de menace. Mais, si cela peut désamorcer la situation, je veux bien mettre de l'eau dans mon vin aujourd'hui. Ne faisons pas attendre notre bon peuple. Êtes-vous prête, mon chaton ?

J'espère qu'il ne va pas faire de ce petit nom ridicule une habitude.

Il ajuste son col et me présente son bras. Je lance un regard furtif à Escalus, qui donne l'impression d'être prêt à mettre le feu au palais si cela peut le libérer de la présence de Nickolas, et je pose ma main sur celle que m'offre mon fiancé.

— Bien sûr.

Père n'a pas prononcé le moindre mot. Un souvenir d'enfance me revient inopinément. J'avais refusé d'aller me promener parce que mon frère m'avait dit que des dragons et des sorcières vivaient dans la forêt, prêts à me dévorer toute crue. Et je n'étais pas rassurée, même si Mère me tenait par la main. Alors Père m'avait pris mon ombrelle des mains et l'avait brandie à la façon d'un sabre. Puis il m'avait promis de s'en servir comme d'une baguette magique si d'aventure une sorcière osait s'attaquer à nous, et de combattre contre les dragons qui se dresseraient sur notre chemin. J'avais vraiment cru à l'époque qu'il me protégerait. J'ai du mal à me faire à l'idée qu'il est à la fois loin de moi et tout proche. Il faut être aveugle pour ne pas voir qu'il est tourmenté par le remords.

Il s'approche et s'adresse à moi à voix basse :

— Je suis navré, Evelina. Pardon… Annika.

Et je me demande, une fraction de seconde, s'il souhaiterait demander pardon à ma mère, elle aussi. Je lui réponds sur le même ton.

— Je vais très bien, Père. Je vous assure.

Il tire sur les manches de sa veste et affiche un sourire contraint. L'étiquette exige que lui et Escalus se présentent les premiers à la foule. Nickolas et moi attendons qu'ils prennent place sur le balcon.

— Le roi n'a pas l'air dans son assiette, me chuchote Nickolas.

— Il est en pleine forme. Je pense simplement qu'il se serait passé de cette scène.

Nickolas se drape dans sa dignité, puis il se tient raide comme un piquet.

— Ce n'est pas moi qui ai provoqué un esclandre.

Après avoir salué nos sujets massés en contrebas, Père et Escalus s'écartent et nous laissent passer, Nickolas et moi, pour que nous prenions le relais. Je laisse le soleil jouer avec ma bague, qui confirme la bonne nouvelle au royaume tout entier. Et je souris. Parce que le bonheur de mon peuple me tient à cœur, je prétends que cet effort ne me coûte rien. La bouche déformée par un rictus, Escalus déclare sans desserrer les dents :

— Je vais le tuer.

— Surtout pas. S'il meurt, cela pourrait déclencher une guerre civile. Ne mets pas tout en péril pour moi. Je vais survivre.

Voilà ma nouvelle ambition. M'épanouir, profiter de la vie ? Non. Survivre.

LENNOX

Quatre objets ne quittent jamais mon ceinturon : une longueur de corde, une barre de flocons d'avoine au miel, un canif qui me sert là où mon épée ne m'est d'aucune utilité, et un bouton que j'ai récupéré sur le pardessus de mon père.

Je fourre dans mon paquetage des vivres, une outre remplie d'eau, des pansements, des vêtements de rechange, ma tente. Mon arc et mes flèches, je les glisse dans un compartiment fixé à ma selle, mais je pense qu'ils ne me seront d'aucun secours. Je prends aussi les cartes, en espérant qu'elles nous montreront, même vaguement, dans quelle direction progresser.

Ce que j'aimerais emporter, c'est un esprit plus serein. Est-ce que j'ai les yeux plus gros que le ventre ? Si je mène ma mission à son terme, j'arriverai à prouver que nous aurions dû remettre la main depuis longtemps sur notre royaume et que Kawan nous a fait perdre un temps précieux.

Blythe me rejoint la première aux écuries. Je saute sur mon cheval, elle m'imite.

— Inigo est retourné au dépôt d'armes pour y prendre une épée de secours et Griffin ne va pas tarder. Il a dû faire ses adieux à sa douce.

— Griffin a une bonne amie ?

— Hier soir, quand je t'ai dit que j'avais une complice prête à faire le coup de poing avec moi si Inigo et Griffin n'arrivaient pas à détourner l'attention de Kawan, je parlais d'elle. Rami. Elle ne reculerait devant rien pour Griffin.

— Ça fait longtemps qu'ils sont ensemble ?

— Environ un mois. Elle fait partie de ce groupe qui a débarqué il y a cinq mois, tu t'en souviens ?

Comment oublier cette vingtaine de loqueteux qui sont arrivés, certains en rampant, après avoir passé quatre jours à chercher leur chemin dans la forêt ? Une bonne nuit de sommeil, un bon repas, et ils ont juré loyauté à Kawan si vite que j'en ai eu le tournis.

— Griffin lui a dit qu'il y avait des risques qu'il ne revienne pas vivant de cette mission, alors elle a pleuré toute la nuit, ajoute Blythe.

— Il s'est bien gardé de me parler d'elle.

— J'imagine qu'il voulait que cela reste secret… c'est tellement dur de garder un secret par ici.

Je pousse un soupir. C'est précisément pour cela que les relations amoureuses vous empoisonnent la vie.

Inigo arrive quelques instants plus tard, deux épées à la main et son paquetage jeté par-dessus l'épaule.

— Hé, tu savais que Griffin a une copine ?

— Oui, Rami.

Donc, tout le monde est au courant à part moi ?

Sherwin se joint à nous peu de temps après, menant son cheval par la longe. La mine sérieuse, concentré sur la tâche qui l'attend. Une attitude que j'apprécie. Il voyage léger et se déplace d'une démarche assurée. Je trouve qu'il fait un soldat plus que correct.

André se présente à son tour, déterminé, suivi de Griffin qui traîne des pieds. Les yeux injectés de sang, il essaie de se cacher derrière sa monture. Pourtant, cela ne l'empêche pas de nous bombarder de boutades et de calembours. Je me rends compte à quel point cet endroit va souffrir de son absence.

Je jette un regard à Inigo, qui semble avoir lu dans mes pensées.

— J'imagine qu'on pourrait se débrouiller sans lui, chuchote-t-il.

J'acquiesce d'un mouvement de tête, puis je m'adresse à Griffin.

— Griffin ?

— Oui, chef.

— Tu restes ici. Notre équipe est en sureffectif.

— Je peux vous accompagner, Lennox. Je suis prêt.

— Je vois bien que tu es prêt. Mais je te donne l'ordre de rester. Je n'ai pas besoin de toi.

Je braque mon regard sur lui, inflexible. Je sais qu'il ne veut pas passer pour un lâche. Je le comprends. Mais ce n'est pas ce qui est en jeu ici.

— Merci, Lennox, lâche-t-il.

— Pas de quoi. En notre absence, assure-toi que Vosino tienne debout.

— Oui, chef.

— Allez, débarrasse-moi le plancher.

J'éperonne mon cheval, imprimant le rythme. La petite troupe s'ébranle. Je veux mettre autant de distance que possible entre nous et la forteresse avant que Kawan découvre que j'ai laissé derrière moi l'un des soldats qu'il a pris tant de soin à sélectionner. Et je veux me rapprocher de Dahrain.

L'expédition rencontre ses premières difficultés très rapidement. Une étendue boisée marque la frontière de notre territoire, rien d'insurmontable cependant. Au-delà se déploient des plaines tapissées d'herbes hautes et de fleurs sauvages, et lorsqu'il m'arrive de les parcourir à cheval, j'ai l'impression de galoper à travers un tableau. Dommage que personne n'en connaisse l'existence. À la lisière de ces plaines se dresse la forêt, une véritable jungle pratiquement infranchissable où le soleil a le plus grand mal à se frayer un chemin. Un labyrinthe de broussailles et de ronces qui déchirent les vêtements et lacèrent la peau. Bon courage à l'audacieux qui s'y aventure, quand il arrive à trouver un point d'entrée. Impossible ou presque de ne pas s'égarer en chemin. Bien entendu, comme personne ne se risque là-dedans, ni marcheurs, ni cavaliers, il n'y a pas de piste fiable qui a été tracée.

La traversée de la forêt nous demande plusieurs heures mais, par chance, nous en débouchons avant la tombée de la nuit. Je pousse un soupir de soulagement lorsque nous apercevons de la lumière. La délivrance, enfin.

La région que nous occupons actuellement n'est pas inhospitalière. Nous avons un accès à la mer, des terres cultivables, et nous sommes à l'écart du reste du monde, ce qui ne me déplaît pas. Mais, tandis que nous progressons dans les terres, la beauté des paysages qui défilent me coupe le souffle. Des prairies à perte de vue, des ruisseaux qui gazouillent au fond de leur lit rocailleux. À chaque fois que nous traversons un village, des enfants nous courent après et nous saluent avec de grands éclats de rire. Des murets délimitent les parcelles, de grands bâtiments signalent les exploitations agricoles. Tout est cloisonné, protégé des intrusions.

Nous ne perdons pas de temps et nous poussons nos chevaux jusqu'à l'épuisement. Comme Aldrik s'est rendu au Nord-Halsgar pour y voler les vaches, je préfère contourner cette zone et passer par le sud en longeant Cadaad. Au coucher du soleil, nous atteignons la frontière de la Monrie. La vieille carte nous montre qu'une quantité phénoménale d'arbres a été abattue mais je vois que nous sommes au bon endroit.

— Ici, dis-je en la montrant à Inigo.

— Euh… je ne sais pas lire, avoue-t-il à voix basse.

J'ai un mouvement de recul. Loin de moi l'intention de l'humilier.

— Tu n'as pas besoin des mots. Regarde le dessin. Je crois que cette forêt, là, on l'a devant nous, et qu'on vient de longer ce lac.

Inigo s'empare de la carte, étudie la représentation des arbres et des rochers, relève la tête et balaie du regard le territoire qui se déploie autour de nous. Je vois une lumière s'allumer au fond de ses yeux.

— Tu as raison.

— Bien. Vous autres, nous allons camper sous ces arbres et repartir au point du jour.

Je gagne l'endroit que j'ai désigné au petit trot, je mets pied à terre et j'attache mon cheval. Inigo sort sa tente de son paquetage.

— Que les choses soient claires entre nous, je suis content que tu nous aies fixé cet objectif. Si nous réussissons, ce sera une mission qui laissera une trace indélébile dans l'histoire de notre peuple.

— Absolument. En revanche, si nous échouons… je préfère ne pas y penser.

— Alors n'y pense pas. Tu as une équipe qui tient largement la route. En restant discrets, en nous fondant dans le décor, nous nous ferons justice.

— Espérons-le.

J'attire Inigo un peu plus loin, à l'écart des oreilles indiscrètes.

— S'il m'arrive quelque chose, lui dis-je, arrange-toi pour sauver la mission. Ne retourne pas à Vosino bredouille. Même si je n'y survis pas, je veux récupérer Dahrain. Les autres te suivront. Ils t'obéiront sans doute mieux qu'ils m'obéissent à moi.

— Compte sur moi. Mais il ne va rien t'arriver. Tu es trop malin.

— Mon père était malin. Et il est revenu à Vosino en deux morceaux. Kawan sera ravi que je connaisse le même destin. Ne lui donnez pas cette joie : persévérez. Accrochez-vous tant que notre royaume est entre les mains de ces usurpateurs.

Inigo m'adresse un signe de tête et retourne monter sa tente. Je fais de même. La soirée est fraîche, mais il ne fait pas assez froid pour allumer un feu. J'entends un bruit de pas et je me retourne. Blythe s'approche.

— Je peux t'aider ?

Elle lance un coup d'œil par-dessus son épaule, pour vérifier que personne ne nous épie, puis elle me demande :

— Tu as déjà tué quelqu'un ?

Une question si absurde qu'elle m'arrache un rire.

— Blythe, depuis combien de temps vis-tu à Vosino ?

— Un an et demi. Je suis arrivée avec le groupe de Roshmar, après que notre blé a pourri sur pied.

C'est à ce jour le groupe le plus nombreux à avoir rallié Vosino. Roshmar est séparé de nous par une chaîne de montagnes. Un tiers des réfugiés souffrait d'engelures et ils avaient perdu une dizaine d'hommes au cours de ce périple.

— Tu devrais savoir, alors. Trois déserteurs en début de semaine. Encore trois ou quatre il y a quelques mois. Tu te rappelles les pirates qui ont réussi à contourner les rochers et tenté de nous donner l'assaut depuis la mer ? Il y avait tellement de sang sur la lame de mon épée, j'ai bien cru ne jamais en venir à bout. J'ai arrêté depuis longtemps de tenir le compte. Aucun autre soldat de l'armée n'a un tableau de chasse pareil.

— Dans ce cas, pourquoi tu as autorisé Griffin à rester derrière ? Si tu fais si peu de cas de la vie, pourquoi l'épargner ?

Je la regarde dans le blanc des yeux.

— Je ne l'ai pas épargné. Je n'ai pas besoin de lui. En plus, je me réjouis de savoir que Kawan est entré dans une colère noire quand il a compris que je lui ai désobéi. Ce n'est pas une grande perte pour moi.

— C'est tout de même généreux, de ne pas séparer deux personnes qui s'aiment.

— Tu peux croire ce que tu veux.

— Oui… tu sais, même dans les endroits où il fait nuit noire, même au cœur de la tourmente, les gens trouvent la lumière chez les autres.

Soudain, je comprends ce que ses yeux expriment. Elle me pose des questions auxquelles je ne veux pas répondre. Je sens la main glacée de la peur remonter le long de ma colonne vertébrale.

— Je vais considérer que l'adrénaline t'est montée à la tête et faire comme si cette conversation n'avait jamais eu lieu.

Blythe sourit et recule d'un pas.
— Nous verrons bien, lâche-t-elle.
— Blythe, ce n'est pas… ne va pas t'imaginer des choses.
Elle s'éloigne déjà, sereine, sûre d'elle.
— Je te l'ai déjà dit. Je n'échoue jamais.

ANNIKA

La nuit, lorsque tout le monde dort, le palais prend un tout autre aspect. Des chandelles éclairent les couloirs principaux et, passé minuit, l'unique source de lumière est la lune. Assise à la baie vitrée j'observe les constellations, camouflées en partie par les arbres du parc, puis je remonte le couloir sur la pointe des pieds et je gagne l'aile la plus reculée du palais, où mon père a fait déplacer l'un des portraits les plus remarquables de notre collection.

Je vérifie que personne ne m'a suivie et je m'assieds par terre au pied d'un tableau qui représente ma mère, en grandeur nature. Elle a des traits si purs, si sereins. Même figée sur la toile, elle respire la bonté. Rien qu'à l'angle de sa tête, on devine qu'elle pardonnera tous vos péchés et son sourire bienveillant vous invite à lui ouvrir votre cœur.

On me dit souvent que je lui ressemble. Et j'aspire à lui ressembler. Je veux être apaisée, heureuse, généreuse. Plus facile à dire qu'à faire.

— Cela fait longtemps que je ne suis pas venue te voir, maman. Désolée. Je vais t'expliquer pourquoi, mais je crois que ça va te briser le cœur.

Je n'exagère pas. Si elle avait assisté aux événements qui se sont produits le mois dernier, elle ne l'aurait pas supporté. Je suis venue à elle les yeux secs mais j'ai l'impression que les larmes ne vont pas tarder à couler.

Elle est toujours à mes côtés, n'est-ce pas ? Elle est bien là, quelque part, vivante. Peut-être qu'on la garde prisonnière… ou qu'elle est amnésique. Cela arrive, dans les livres. Donc il n'est pas inconcevable que trois ans après sa disparition, elle apparaisse aux grilles du palais et me serre dans ses bras, comme elle le faisait quand j'étais petite. Il faut que je m'accroche à cet espoir. Même si, parfois, l'espoir cause une souffrance indescriptible.

— Je suis fiancée. À Nickolas.

Je lui montre ma bague. Aucune réaction dans ses yeux, deux lacs que nulle émotion ne vient troubler. Impossible de dire si elle juge que j'ai perdu l'esprit, ou si j'ai eu raison de lier mon destin à celui de mon cousin.

— Escalus ne cesse de me répéter que c'est très noble de ma part. Et s'il y a un cadeau que je peux faire à Escalus, c'est de rendre son règne plus facile. Mais le ton sur lequel Nickolas me parle… je ne sais pas trop. J'ai l'intuition que sa gentillesse n'est qu'une façade.

» Mais il faut que je te raconte… j'ai une issue de secours. Rhett est amoureux de moi. Il veut que je m'enfuie avec lui. Je pense que si tu étais encore là, cela te paraîtrait raisonnable. C'est toi qui l'as placé à son poste actuel, alors tu as dû voir ses qualités. Et s'il y a bien un homme qui saura pourvoir à mes besoins, c'est lui. Il vendrait jusqu'à la chemise qu'il a sur le dos. Là-dessus, je n'ai aucun doute.

» Le seul souci… c'est que je ne l'aime pas. Pas comme lui m'aime. Et il prétend que ma seule compagnie lui suffit pour être heureux. Et c'est important pour moi, je l'admets. Mais… je ne pense pas que cela justifie que j'abandonne le trône. S'il y avait une étincelle entre nous ? J'accepterais. Parce que l'amour, c'est une question d'alchimie, non ?

» C'est ainsi que cela se passe dans les romans. Même quand l'histoire commence mal, on sait qu'elle va bien se finir. On devine que le prince va voir que la soubrette est pétrie de qualités, et elle l'a toujours aimé, et une fois qu'ils ont traversé la tempête ils bâtissent ensemble quelque chose de si beau qu'un écrivain doit s'emparer de leur histoire. Moi, je n'ai pas ça. Avec personne. Et peut-être ne le vivrai-je jamais. J'imagine que je n'ai pas à me plaindre.

» J'aimerais tant que tu sois là. J'aimerais tant avoir à mes côtés une personne qui m'aime aussi fort que tu m'as aimée.

C'est là la source de mon chagrin. Ceux qui m'entourent m'aiment, chacun à sa façon. Mais rien ne vaut l'amour d'une mère.

— J'ai pris une grande décision. Le jour de mes noces, je vais enfin noter ton décès dans le registre d'état civil. Je sais qu'il n'y a pas eu de mariage royal depuis des décennies, et je sais que la nouvelle va très vite se propager. Et je sais aussi que si tu apprenais que ta fille est sur le point de se marier, tu reviendrais. Donc, si tu n'es pas là, je l'écrirai dans le registre, et ce sera une page qui se tourne. J'arrêterai d'espérer.

Je renifle, peinée de devoir en arriver là. Mais je dois en passer par cette étape, aussi douloureuse soit-elle, si je ne veux pas perdre complètement la raison. Vivre dans le doute constant, c'est mille fois pire que la douleur du deuil.

— Je continuerai malgré tout à venir te voir. Je te parlerai comme si tu étais devant moi. Et je te raconterai tout, même ce dont je ne suis pas fière… mais pas aujourd'hui.

» Je tiens beaucoup à toi. Je voudrais tellement que tu reviennes, dis-je en me massant les tempes. Bon, je ferais mieux d'aller dormir. Nous partons à la campagne demain. Père veut que Nickolas et moi nous présentions à nos sujets en dehors de la capitale. Comme je sors rarement du palais, je ne veux pas rater cette occasion. Tu étais capable d'apaiser une querelle d'un sourire… comment t'y prenais-tu ? Apprends-moi. Notre ressemblance ne peut pas s'arrêter aux cheveux et aux yeux. Je veux aussi ton cœur d'or, et je veux ta force morale. J'espère que ces qualités se tapissent au fond de moi.

Je me mets debout et j'envoie un baiser au portrait.

— Je t'aime. Jamais je ne t'oublierai.

Je me tiens sur une plage de sable noir. Je ne savais pas que cela existait, un sable de cette couleur-là. Et pourtant, mes orteils s'enfoncent dedans – je suis pieds nus. Le vent souffle, il se déchaîne, et il fait claquer ma jupe qui vole en tous sens. Cet endroit, je ne le connais pas. Et je suis seule, désespérément seule.

Mais je n'ai pas peur.

Je lève la main et je la passe dans mes cheveux, qui flottent dénoués dans mon dos, libres.

Libres.

Je reste postée là un long moment, admirant les vagues, le regard braqué sur la ligne où le ciel rencontre la mer. Au bout d'un moment, à ras de l'horizon, les étoiles commencent à se déplacer. Elles fusionnent avec les planètes et donnent naissance à un point lumineux qui m'éblouit et m'aveugle comme le soleil. Je me couvre les yeux de la main. Lorsque je tourne la tête, je découvre une silhouette, une ombre, à quelques mètres de là.

Il est debout, non loin de moi. Je suis certaine qu'il s'agit d'un homme. J'attends que la clarté émise par les étoiles le fasse disparaître de la plage. Ce n'est qu'une ombre, après tout. Il suffirait d'une lumière trop vive pour l'effacer. Mais il reste campé sur ses jambes, comme s'il y était indifférent, comme si ce qui peut le détruire ne saurait se dresser entre nous.

J'examine cette silhouette. C'est une ombre, d'accord, mais l'ombre de quoi ? Je tourne autour de lui à pas prudents, cherchant une faille, une brèche dans laquelle plonger mon regard. Il n'y a rien, rien à part lui. Et il ne bouge pas alors que je l'examine sous toutes les coutures.

— Qui es-tu ?

Pas de voix pour me répondre ; je sens qu'il n'a aucune identité. Et je sens aussi qu'il se pose des questions à mon sujet, qu'il veut connaître mon nom, savoir d'où je viens, comment j'ai découvert cette plage. Je le regarde bien en face, pile à l'endroit où devraient se trouver ses yeux. Je perçois sa tristesse.

— Je ne suis personne, moi non plus.

Il tend le bras, ses doigts me frôlent la joue. C'est à ce moment que je sens qu'il est froid comme la glace, qu'au fond de lui tout est gelé. Je scrute son visage, espérant y trouver un sourire, un regard bienveillant, un signe qui prouve que c'est un ami, qu'il ne m'est pas hostile.

De la glace, une vaste étendue glacée.

Et je me redresse vivement dans mon lit, le souffle court.

Noemi délaisse la cheminée, où elle disposait des bûches.

— Que se passe-t-il ?

— Tout va bien, tout va bien. Un cauchemar. Je crois que j'ai fait un cauchemar.

— Vous voulez que je vous apporte quelque chose ? Un verre d'eau ?

— Non, ne t'inquiète pas Noemi. Ce n'était qu'un mauvais rêve, je t'assure.

Je dirige mon regard vers la fenêtre. La nuit touche à sa fin, l'aube commence à poindre derrière le rideau des arbres.

Je me recouche en essuyant la sueur qui s'est accumulée sur mon front. Cette ombre, je la vois encore, et je sens un frisson me parcourir l'échine. Jamais je ne vais réussir à me rendormir. Et pourtant je vais avoir besoin de toute mon énergie pour arriver au bout de cette journée – une journée entière en compagnie de Nickolas.

LENNOX

Je suis réveillé par le pépiement des oiseaux. Quelle expérience étrange. Il n'y a que des mouettes qui ont élu domicile sur le littoral et c'est Grisette qui me réveille, d'ordinaire, en me pétrissant le torse. Je reste allongé sous ma tente quelques instants, les oreilles grandes ouvertes. Je me demande si les mêmes oiseaux vivent à Dahrain, si ce sont là des bruits auxquels je vais finir par m'habituer.

J'essaie de faire remonter à ma mémoire des souvenirs de mon enfance, de la vie que je menais avant Vosino. Je me rappelle un logis modeste, et le ventre de ma mère qui s'arrondit, accueillant un frère ou une sœur que je n'ai jamais connu. Je me rappelle les formes dessinées dans la boue, le pain au goût divin par rapport au brouet qui fait désormais notre ordinaire.

Je me rappelle le jour où j'avais trouvé en moi le courage de dire à une fille qu'elle était belle. Elle m'avait remercié de sa voix mélodieuse. Je me rappelle les bons moments passés avec mon père, ce mauvais tour que je lui jouais en mettant des cailloux dans ses souliers. Je me rappelle que j'étais comblé par la vie, et que je dormais sur mes deux oreilles à l'époque. Je me rappelle la paix, la stabilité.

Ce que je ne me rappelle pas, ce sont les oiseaux.

Leur chant est bientôt remplacé par d'autres bruits. Inigo qui discute avec Blythe, Sherwin qui démonte sa tente. Des sons rassurants, car ils me disent que chacun fait ce qu'il a à faire. M'autorisant quelques secondes supplémentaires de répit, je finis par me lever, je m'habille et je démonte, à mon tour, ma tente.

Je suis tellement concentré que je ne me rends pas tout de suite compte que Blythe a troqué ses guenilles contre une des robes volées dans l'armoire de ma mère. J'ai mis dans le mille : le vert met en valeur ses boucles blondes. Elle a défait sa natte et elle laisse sa longue chevelure tomber, en cascade, sur ses épaules. Elle me jette un regard à la dérobée, je me racle la gorge et je détourne la tête. Son examen attentif me trouble.

Sherwin approche, un ballot dans les bras.

— Pour vous, chef, me dit-il, et il me tend des vêtements roulés en boule.

Je n'ai pas quitté mon pantalon noir et ma chemise blanche pour dormir. Je viens d'enfiler mon gilet, sans le boutonner, et ma cape de cavalier m'attend. J'examine les étoffes bariolées que j'ai entre les mains et je prends conscience que je préfère rester fidèle au contraste noir et blanc. Je n'ai pas envie de me déguiser en saltimbanque et d'attirer tous les regards.

— Remballe-moi tout ça. Je me changerai plus tard si c'est nécessaire.

Sherwin plisse les yeux et, du regard, consulte Inigo qui le rassure d'un hochement de tête.

— Bien, chef.

J'en suis encore à vérifier que je n'ai rien oublié qu'André est déjà en selle, tandis que le cheval de Blythe piaffe d'impatience. J'enfourche ma propre monture et je déplie la carte à l'instant où Inigo arrive à ma hauteur.

— Je peux y jeter un œil une fois que tu as fini ?

— Prends-la. Je ne sais pas si elle peut encore nous être utile. Si nous mettons le cap sur le nord-est, nous devrions être en mesure de traverser la Monrie et de franchir la frontière du Kialand d'ici quelques heures – à condition de ne pas nous égarer. En espérant que ce soit la bonne route.

Inigo consulte la carte, analysant longuement ce qu'il a sous les yeux.

— Il va falloir s'en remettre à la chance, je crois. Très bien. On s'en tient toujours au plan ?

— Toujours. Infiltrer le palais, échapper aux gardes. Il n'est pas impossible que nous devions nous séparer, pour ne pas éveiller les soupçons. Restons aussi discrets que possible. Je ne sais pas encore si le palais est facile d'accès. Peut-être qu'aujourd'hui, nous irons en repérage. Cela va dépendre de ce que nous trouverons sur place.

— J'ai du mal à contenir mon excitation à la perspective de voir Dahrain aujourd'hui… nos frères méritent de connaître la même excitation.

— À condition que tout se passe bien.

— Aucune raison que ça se passe mal. La discrétion, c'est la clef.

Je balaie du regard le reste de l'équipe. Tous sont prêts à lever le camp.

— Remettons-nous en route.

Nous éperonnons nos montures et nous allons bon train, même si ce n'est pas au triple galop. Inigo vérifie d'un coup d'œil que les autres sont à bonne distance avant de me dire :

— Écoute, je te dois des excuses. Donc, voilà, excuse-moi.

Je le considère un instant. C'est une conversation que nous aurions dû avoir il y a bien longtemps et, maintenant qu'il met le sujet sur le tapis, je ne sais pas si je me sens capable d'aller jusqu'au bout.

— C'est moi qui ai failli te crever l'œil. Moi qui aurais dû te présenter des excuses, il y a bien des lunes. Sans vraiment chercher à faire amende honorable car, comme tu le sais, ce n'est pas mon fort.

— Tu aurais retenu tes coups si j'avais retenu les miens. J'y ai beaucoup réfléchi, tu sais, mais je n'arrive pas à me rappeler comment j'ai pu me convaincre qu'il fallait que je te rabatte le caquet. Nous sommes nombreux à être convaincus de la même chose, Lennox, et je ne comprends toujours pas pourquoi.

» Tout s'est passé comme si… comme si je devais me montrer distant envers toi pour que les autres m'acceptent. J'ai la sensation qu'on aurait dû faire équipe. On a été alliés, à un moment, non ? Puis on s'est déclaré la guerre. Ensuite ton père est mort, et tu as abaissé tes défenses, et j'ai… je me suis acharné sur toi. Et j'aurais continué si tu ne t'étais pas réfugié derrière ta cuirasse.

— Une cuirasse, hein ?

Il m'arrive de repenser à ce jour où j'ai fait couler le sang pour la première fois. Seize ans, m'entraînant en secret pour devenir plus fort, humilié par Inigo qui m'avait tancé quelques heures plus tôt. Quand l'occasion s'était présentée de donner un autre cap à ma vie, je l'ai prise. Je me suis jeté dessus.

Après cela les gens ont arrêté de me chercher des ennuis, sauf Inigo. Je l'ai provoqué en duel et j'en suis sorti vainqueur en lui laissant pour souvenir une cicatrice indélébile, ce qui a complètement changé la donne. Je suis devenu intouchable.

— Pour ce que vaut mon opinion, je te comprends, lui dis-je. J'ai l'impression de faire la même chose aujourd'hui, surtout avec les nouvelles recrues. Il faut que je sois ferme pour qu'elles s'endurcissent.

— Tu n'es pas aussi ferme que tu le crois. Et je n'assurais pas ton éducation. J'essayais de te briser.

— Tu as bien failli y parvenir.

— Désolé.

— Moi aussi, je suis désolé. Je n'avais pas l'intention de te tuer.

— Tu te hausses un peu du col, là. Horriblement défiguré ? Certes. Presque mort ? Non. Dans tes rêves. Je suis fait d'un autre métal.

Un bruit semblable à un éclat de rire jaillit de ma bouche.

— Tu n'es pas horriblement défiguré. Au contraire, cette cicatrice te donne l'air distingué. Ça m'ennuie de l'avouer, mais je t'ai rendu plus beau.

— C'est grâce à mon charme naturel. Rien ne peut en venir à bout.

Derrière moi j'entends Blythe pouffer. Je me retourne et elle fait mine de scruter l'horizon. Je m'adresse alors à Inigo :

— Donc, c'est réglé ? Amis ?

— Si tu es capable d'être ami avec quelqu'un, alors oui.

— Bien.

Inigo projette son regard vers l'ouest, vers ce qui nous attend. Tandis que le soleil se lève progressivement dans notre dos, je sens l'espoir me gagner.

— J'ai parlé sincèrement hier soir. S'il m'arrive quoi que ce soit, prends le relais. Pour cette mission, et au château aussi. Tu sais diriger les hommes.

— Bien sûr que je sais les diriger. À la baguette. Mais tu es trop têtu pour mourir.

ANNIKA

Je réprime un bâillement sous le regard amusé d'Escalus.

— Votre Altesse s'ennuie en notre compagnie ? plaisante-t-il.

— J'ai mal dormi. Des rêves bizarres. La nervosité, j'imagine.

— Comme je te comprends. Nous pouvons faire cette expédition ensemble, si tu préfères.

— Non. Cela m'arrache la langue de l'avouer, mais je crois que je ne pourrais pas supporter la mauvaise humeur de Père et la sévérité de Nickolas en même temps. Par ailleurs, j'ai une faveur à demander à mon fiancé. J'espère qu'il sera disposé à m'écouter.

— Je l'espère aussi. Ah, oui, dit-il en prenant son épée des mains d'un page. Merci, jeune homme.

— Tu sors armé ?... J'aimerais tellement emporter mon épée.

— Je sais. Tiens, je te promets de monter te voir ce soir. Et, si tu es sage, nous enlèverons les bandes de tissu qui entourent la lame et tu pourras te faire plaisir en tranchant tout ce que tu veux. Tant que ce n'est pas moi.

— Je te l'ai déjà dit mille fois, je ne l'ai pas fait exprès ! Et c'était une petite coupure de rien du tout.

— Va dire ça à ma chemise préférée ! Même Noemi n'a pas pu ravoir les taches de sang.

— Mes condoléances pour ta chemise.

Escalus semble apprécier mon sarcasme. Heureusement que nous avons le même sens de l'humour. Il fait pivoter son cheval et se penche pour déposer un baiser sur mon front.

— Cette chemise a été enterrée il y a bien longtemps, et je vais faire graver un hommage digne d'elle sur sa pierre tombale. Bonne chance, me lance Escalus avant de partir rejoindre Père.

Perché sur sa monture, Nickolas vient me voir.

— Ce garçon d'écurie est une catastrophe, grommelle-t-il.

J'aperçois Grayson, le lad, qui ramasse un balai et une couverture par terre, la mine défaite. C'est bien la première fois que je le vois aussi triste.

— On pourrait croire qu'un gamin qui travaille aux écuries royales saurait seller un cheval. J'ai dû tout reprendre à zéro.

Nos palefreniers figurent parmi les meilleurs du royaume. Mais on peut compter sur Nickolas pour estimer qu'ils sont incompétents.

— Je vais demander au responsable de lui remonter les bretelles, lui dis-je, même si je n'en ai pas la moindre intention.

— Excellente idée, mon chaton. Et vos cheveux… je vous félicite pour votre coiffure.

Je passe une main sur le chignon que Noemi m'a fait ce matin. Je suis habituée à porter mes cheveux dénoués quand je monte ; j'aime sentir le vent jouer avec. J'ai hâte que cette journée se finisse et que Noemi enlève jusqu'à la dernière épingle.

— C'est un peu lourd.

— Mais cela vous donne une allure si distinguée.

Bien sûr que j'ai une allure distinguée : je suis de sang royal. Nickolas semble prompt à l'oublier.

— J'espérais vous poser une question. Voyez-vous…

À cet instant Père s'approche, l'angoisse se lit au fond de ses yeux.

— Alors, tout le monde est prêt ? Tu sais que nous pouvons vous accompagner, Escalus et moi.

— Escalus me l'a déjà proposé. Ne vous faites pas de souci, Père. Ce n'est qu'une rapide escapade à la campagne. Quelques saluts de la main à l'adresse de nos braves paysans, et nous serons rentrés. Rien d'extraordinaire.

— Je me demande si nous ne ferions pas mieux de rester ensemble.

— Père, il ne va rien nous arriver.

— Mais…

— Nous serons sous bonne escorte et je n'ai rien à craindre en compagnie de Nickolas. Notre sécurité est assurée.

— Tu as sans doute raison.

Pourtant, Père n'a pas l'air convaincu. Je le trouve très nerveux. Et je remarque que c'est la première fois depuis la disparition de Mère qu'il m'autorise à quitter l'enceinte du palais.

— Tout va bien se passer, Père. Nous nous retrouverons ce soir et nous porterons un toast à l'avenir de Kadier.

— À ce soir, alors.

Notre relation est devenue si distante qu'il n'est même pas capable de dire *Je t'aime*. Quand bien même, je ne sais pas si j'aurais été en mesure de lui répondre.

Chacun éperonne sa monture et nous partons dans des directions opposées. Je suis tellement démoralisée par ces adieux que je m'enferme dans le silence. Nous longeons les champs et les pâtures sans échanger le moindre mot. Apercevant l'étendard royal que tenait l'un des gardes, les enfants accourent au bord de la route pour m'offrir des fleurs que je pique dans mon chignon. La nouvelle de mes fiançailles s'est propagée à toute vitesse dans les campagnes et notre bon peuple nous congratule.

Je m'aperçois, trop tard, que nous avons mis le palais loin, très loin, derrière nous. Un petit pont en bois qui enjambe une ravine marque la frontière entre Kadier et le Kialand. Les gardes savent bien que je n'ai pas mis les pieds en dehors du palais depuis trop longtemps et franchir ce pont apparaît comme une audace inconcevable. Nickolas n'a pas l'air de comprendre que nous avons poussé jusqu'aux limites du royaume. Je le dépasse et j'interroge du regard le garde responsable de notre groupe. Rompant avec le protocole, il m'adresse un signe de tête et un clin d'œil qui signifient « poursuivons notre aventure ». Savourant cette nouvelle bouffée de liberté, je lui souris.

Nickolas entame la conversation :

— Tout à l'heure vous m'avez dit que vous aviez une question à me poser. La dernière fois que vous vouliez me parler, vous m'avez demandé ma main. Que me préparez-vous cette fois-ci, mon chaton ?

Je suis condamnée à l'entendre m'appeler « mon chaton » tout le temps que durera notre mariage, c'est ça ?

— Je me demandais s'il serait possible de nous installer ailleurs après nos noces.

Et, devant le regard ahuri qu'il me lance, j'ajoute :

— Au début, en tout cas.

— Ailleurs qu'au palais, vous voulez dire ? Quelle idée. Meckonah est gigantesque. Les jardins sont de toute beauté. Votre père vous a assuré des conditions de vie paradisiaques.

— Je me suis mal exprimée. J'adore Meckonah. Mais vous et moi... Nickolas, nous nous connaissons depuis longtemps, et pourtant j'ai l'impression que vous êtes un étranger. Si nous voulons donner l'image d'un couple bien assorti – un couple qui servira d'exemple à nos sujets –, je dois me familiariser avec vous et vice versa. Et je n'y arriverai pas si les courtisans épient nos moindres faits et gestes. Je veux que nous soyons heureux.

J'aimerais tant lui faire comprendre que je veux me former ma propre opinion sur lui loin des regards indiscrets, et loin du protocole. Il faut que je sache qui il est vraiment.

Tirant sur les rênes, il ordonne à son cheval de tracer des cercles autour de moi au petit trot.

— Personne au monde ne sera aussi heureux que nous, déclare-t-il. Je sais que vous me trouvez un peu... raide, mais vous finirez par voir mes bons côtés. Je tiens plus que tout à votre bonheur. Vous verrez, Annika, je saurai prendre soin de vous.

— Et je vous en serai infiniment reconnaissante. Mais j'aimerais quand même établir une certaine distance avec le palais les premiers temps. J'avais tablé sur une année, mais quelques mois devraient suffire.

— Quelques mois ? Annika, je ne vois pas ce que nous aurions à y gagner. De toute façon chacun jouira à chaque instant de la compagnie de l'autre et, si nous restons au palais, nous profiterons du confort qu'il nous offre, mais également des conseils de votre père et de votre frère. Que penseront-ils s'ils nous voient quitter le palais ? Ils m'accuseront de vouloir vous isoler.

— Pas si nous présentons nos arguments.

— Annika, je dois admettre que…

Nickolas laisse sa phrase en suspens et je me retourne pour voir ce qui a capté son attention. À sa gauche, et devant moi, cinq cavaliers débouchent des arbres. Rien ne les distingue de cavaliers ordinaires, bien qu'ils se déplacent avec une discrétion surprenante, presque furtivement. La jeune femme vêtue d'une robe défraîchie est accompagnée de quatre gentilshommes qui offrent un tableau étrange : leur tenue est en désordre et ils semblent un peu perdus… mais ce n'est pas cela qui attise ma curiosité.

Le jeune noble à la tête du groupe me regarde droit dans les yeux. Son visage éveille des souvenirs dans ma mémoire, ce qui me perturbe grandement, et les poils sur ma nuque se hérissent. Pâle comme un linge, il me donne l'impression de contempler un fantôme. Il secoue la tête et s'adresse à ses compagnons :

— Changement de programme. Occupez-vous d'eux. La fille est à moi.

Il n'en faut pas plus à Nickolas pour talonner sa monture et détaler au triple galop. Je fais de même. Les gardes m'encadrent, leur épée dégainée, m'offrant leur protection. Nickolas est loin devant, il file comme le vent.

Je regrette de tout cœur de ne pas être remontée dans ma chambre pour y prendre mon épée. Je regrette d'avoir refusé la proposition de mon père. Je regrette d'être une cible aussi facile. Je m'enfonce dans un taillis, espérant zigzaguer entre les arbres et semer l'homme qui s'est lancé à ma poursuite. J'entends les sabots de sa monture marteler le sol mais je ne me retourne pas. Je refuse de lui montrer la terreur qui s'est peinte sur mon visage.

J'ai Nickolas dans ma ligne de mire, je vois l'un des malfrats le rattraper et, arrivé à son niveau, le frapper du pommeau de son épée. Nickolas s'affaisse sur sa selle et s'appuie lourdement au cou de son cheval.

— Non !

Immédiatement, je me précipite au secours de mon fiancé. Le temps d'atteindre Nickolas, son agresseur a pris la fuite, pourchassé par l'un des gardes. D'un bond je descends de mon cheval et je me rue sur le blessé, en espérant qu'il respire toujours, que son cœur bat encore. Mauvaise idée : à la seconde où mon pied touche le sol, mon poursuivant se rue sur moi.

Je me retourne et je le vois sauter à bas de sa monture, les yeux braqués sur moi. Me voilà acculée. Je ne peux pas me rendre aussi facilement. J'attrape l'arme de Nickolas et je me prépare à vendre chèrement ma peau.

LENNOX

Je suis pris au dépourvu par la rapidité avec laquelle elle se met en garde, fermement campée sur ses jambes, l'épée tenue au niveau du menton. Difficile d'imaginer que cette malheureuse est capable de croiser le fer – avec cette chevelure constellée de fleurs sauvages, cette toilette immaculée et la douceur exprimée par ce visage… un visage que j'ai déjà vu. Au moins elle sait tenir une arme dans les règles de l'art.

Planté devant elle, je sens le fou rire monter. Elle me foudroie d'un regard qui me refroidit aussitôt. Elle l'aura cherché. Je dégaine ma propre épée et je me prépare au combat, signalant d'un hochement de tête que je l'attends de pied ferme. À peine a-t-elle reçu le signal qu'elle fond sur moi et abat sa lame de toutes ses forces, espérant sans doute me trancher le bras. J'esquive son coup et je pivote sur moi-même, amusé.

Elle, en revanche, ne s'amuse pas du tout. Elle fulmine. Elle revient à la charge, son épée brandie à deux mains. Elle jette toutes ses forces dans la bagarre, mais de manière calculée ; ce n'est pas la première fois qu'elle a une lame entre les mains, je suis prêt à le parier. Elle me toise d'un regard méprisant puis elle rajuste son corset, contrariée, empêtrée dans sa robe qui entrave ses mouvements. Même ainsi, elle est vive et véloce – une adversaire respectable.

Je ne prends pas la peine d'attaquer, attendant qu'elle vienne à moi. Elle va finir par se fatiguer, et c'est là que j'entrerai en scène. J'entends autour de nous le fracas des lames qui s'entrechoquent et, à la lisière de mon champ de vision, j'aperçois Inigo qui s'est lancé aux trousses d'un garde. Nous avons un net avantage. En attendant, à chaque fois que je pense que mon adversaire va abandonner, épuisée par notre face-à-face, elle puise dans ses réserves et elle repart à l'assaut. Une boule de rage et d'énergie débridées. Infatigable.

Elle finit par se servir de son épée comme d'un poignard. Un style pas très académique. Moi qui croyais qu'elle jetterait l'éponge, je ne m'attendais pas à une telle opiniâtreté. On dirait que le combat vient à peine de commencer. Ajustant sa prise sur la poignée, elle se rue sur moi et je dois m'écarter en sautant à pieds joints pour ne pas finir embroché comme un cochon.

Je baisse la tête et je m'aperçois qu'elle a entamé l'étoffe de mon gilet. C'était moins une. À la détermination que je lis dans son regard, je comprends que je vais devoir prendre les choses en main. Je fais des grands moulinets de mon épée, ce qui la prend au dépourvu. Elle arrive à parer mes coups mais elle a du mal à tenir le rythme. Je concentre mes assauts sur son arme, pas sur elle, avec l'objectif de la forcer à desserrer sa prise ou, au minimum, de l'effrayer. Au bout de plusieurs minutes d'un combat acharné, elle perd l'équilibre et glisse dans l'herbe.

Lorsque ses jambes se dérobent elle me regarde avec, au fond des yeux, une déception profonde. Je me fige. Ces yeux, je les connais. Cela fait des années qu'ils me hantent.

Profitant de mon hébétude, elle saute sur ses pieds, lève son épée et l'abat sur moi, m'entaillant le torse. Je lâche un grognement de douleur puis, comme un enfant qui cherche à se venger après avoir reçu une gifle, je riposte et ma lame lui ouvre le bras gauche. Elle pousse un cri et se laisse tomber à genoux, la main sur sa blessure.

Mettant la situation à mon profit, j'approche la pointe de mon épée de son cou et je lance :

— Lâche ton arme.

Au regard qu'elle me jette, je ne serais pas étonné qu'elle désobéisse. Elle balaie les environs du regard, semble se résigner à son sort. Elle laisse tomber son épée et j'arrête de la menacer.

— Debout.

Elle obtempère, non sans me fusiller du regard. Je suis habitué à la peur et à l'angoisse chez elle, mais je m'attendais plus à une dignité tout en retenue. Cette rage à peine contenue me désarçonne. J'attrape la longueur de corde attachée à mon ceinturon et j'entreprends de la ligoter. Des menottes. Nous avons oublié les menottes.

Une fois son sort réglé, je regarde si un de mes équipiers a besoin d'aide. Sherwin a maîtrisé un garde, Inigo en a garrotté un autre. Blythe et André approchent, encadrant un troisième homme.

— C'est tout ?

— Oui. L'autre garde est mort, m'apprend André.

Ma captive lâche un petit glapissement. Inigo montre du doigt le noble qui s'est évanoui sur son cheval.

— Et lui ? On l'emmène ?

— Non. Vous avez vu comme il s'est carapaté sans un regard en arrière ? C'est un bon à rien.

À cet instant le regard de la jeune fille reflète une souffrance qui, étrangement, me fend le cœur. Je plonge une main dans ma besace, j'en sors un rouleau de gaze et je lui bande le bras à la va-vite, pour éviter qu'elle se vide de son sang.

— Merci, marmonne-t-elle.

La voilà, la dignité tout en retenue.

Inigo s'approche de moi et me demande d'une voix qui vibre de colère :

— Qu'est-ce qu'on vient de faire, exactement ?

— Ils viennent de Dahrain, lui dis-je.

— Comment le sais-tu ?

— Je le sais, c'est tout. Ces trois gardes. Que nous apprendront-ils une fois qu'on les aura convaincus de parler ?

Il gamberge quelques instants, puis il montre la fille d'un mouvement de la tête.

— Et elle ?

— J'ai quelque chose de prévu pour celle-là.

Si elle est effrayée par mes paroles, elle n'en montre rien. Mes équipiers forcent les trois gardes capturés à se remettre en selle, les mains ligotées et les yeux baissés.

— Debout.

Je lui offre ma main et je l'aide à se relever, puis à remonter sur son cheval. Elle s'agrippe au pommeau de sa selle, glisse le pied dans un étrier et s'apprête à prendre son élan.

— Votre Altesse, lance l'un des gardes. Pardonnez-nous.

Ainsi donc, elle est princesse. Elle me repousse brutalement et regarde par-dessus mon épaule les hommes qui mâchonnent quelque chose. Quelques secondes plus tard ils s'écroulent par terre, l'écume aux lèvres, l'un après l'autre. Morts.

— Non, chuchote-t-elle. Pas comme ça. Pas pour moi.

Je l'attrape par son bras valide.

— Toi aussi, princesse, tu as du poison sur toi ? Si c'est le cas, donne-le-moi, et fissa.

Une larme, une seule, roule le long de sa joue et elle secoue la tête, abattue, les yeux fixés sur les trois cadavres.

— Je te ferai fouiller.

— Je suis impatiente de voir ce que cette fouille va donner, rétorque-t-elle crânement.

— Et maintenant ? veut savoir Inigo.

Les pensées se bousculent dans mon esprit. Si l'on se fie aux cartes nous n'avons même pas atteint Dahrain, mais le hasard veut que nous ayons capturé leur citoyenne la plus éminente. Ce qui prouve qu'une invasion se ferait sans difficulté, contrairement à ce que Kawan a voulu nous faire avaler. Cela prouve également que j'ai le cran de marcher sur les pas de mon père. Par ailleurs, une princesse détient forcément des informations précieuses. Si cela ne fait pas renaître l'espoir dans le cœur de notre peuple, je ne sais pas ce qui pourrait raviver la flamme.

— Elle nous sera utile. Si nous voulons retourner à Vosino avant la tombée de la nuit, il faut nous mettre en route immédiatement. Ne perdons pas une seconde.

J'installe la princesse sur mon cheval, je prends place derrière elle et je tourne le dos à Dahrain.

ANNIKA

Notre chevauchée s'achève au pied d'un bâtiment délabré. Les ruines d'un château.

Si je me fie à la trajectoire du soleil dans le ciel, mon kidnappeur m'a emmenée à l'est. J'ai l'impression qu'à un moment nous avons viré au nord, mais rien qui me permette de m'en assurer. J'étudie l'architecture du château, afin de le graver dans ma mémoire et de pouvoir le décrire le cas échéant.

La crapule avec qui je partage ma selle met pied à terre et m'aide à descendre de notre cheval. Il a des manières de gentilhomme et je ne saurais dire pourquoi, mais cela m'agace au plus haut point. Contrairement à ceux qui composent sa bande, il se tient la tête haute, le dos bien droit. C'est pour cela qu'il est responsable du groupe, j'imagine.

Il me faut un petit moment pour me rendre compte qu'il doit avoir mon âge, mais il est tellement renfrogné qu'il paraît plus vieux, plus menaçant. Ses cheveux noirs offrent un contraste saisissant avec le bleu de ses yeux et sa mâchoire carrée n'arrive pas à faire oublier son nez légèrement tordu, sans doute cassé quand il était enfant. La mine sombre, il m'entraîne le long d'un vestibule qui garde les traces de sa splendeur passée et je m'aventure dans les entrailles du château.

— Tu veux que je m'occupe d'elle ? propose la fille en surgissant derrière nous.

— Non. Elle est à moi, répond-il, sans tourner autour du pot.

— Tu devrais jeter un œil à cette blessure, Lennox, insiste-t-elle.

— Pas la peine. Laisse-moi.

— On a chevauché longtemps. Ça pourrait s'infecter. Il faudrait qu'on…

Il fait volte-face, serrant mon bras comme dans un étau.

— Par tous les diables, Blythe, ça suffit !

Ils se défient du regard quelques secondes.

— Pas besoin de t'énerver contre elle, intervient un autre.

— Pas maintenant, Inigo.

— Lennox ?

Nous nous retournons pour découvrir un jeune couple qui arrive main dans la main.

— Rami, tu veux bien nous laisser ? J'arrive tout de suite, dit la moitié masculine.

Sa compagne lui lance un regard malheureux mais elle obéit, et elle me toise sur son passage.

— Je pensais que ça te prendrait des jours, voire des semaines, chuchote le nouveau venu.

— Les plans ont dû être modifiés à la dernière seconde. Que peut-on obtenir en échange d'une princesse, à ton avis ?

— Une princesse ? Il faut que je voie la tête que va faire Kawan.

Je récolte des informations depuis la seconde où j'ai été placée sur ce cheval. J'ai étudié les paysages que nous avons traversés, je tente de mémoriser la disposition des couloirs et des salles et j'analyse à présent la dynamique à l'œuvre dans ce groupe. Il faut que je prenne une décision. Soit je casse les plans de ce brigand et je lui occasionne les pires tracas, soit je reste sans parler et sans bouger. S'il perd ne serait-ce qu'une fraction de sa crédibilité, cela ne m'apporterait rien, et s'il s'apprête à me présenter à son chef, les chances sont minces pour que j'arrive à me dépêtrer de cette situation.

C'est décidé : je vais m'emmurer dans un silence plein d'orgueil.

Lennox, donc, m'entraîne dans une salle qui me rappelle fortement le salon d'honneur de Meckonah. Il y fait sombre, car il n'y a presque pas de fenêtres, et même les flambeaux ont du mal à percer la pénombre. Encombré de tables et de bancs qui semblent aussi vieux que le château, l'endroit a été reconverti en réfectoire. À notre arrivée, les gens qui sont en train de manger délaissent leur assiette et nous observent. Ils ne s'intéressent pas à moi, pas le moins du monde ; c'est lui qu'ils regardent. Ce Lennox.

Celui-ci remonte à grandes enjambées l'allée centrale et s'arrête devant un homme aussi large qu'une barrique. Difficile d'estimer sa taille ou son poids car il est affalé dans un fauteuil, une sorte de trône. Une femme d'âge mûr très belle est pendue à son bras, un spectacle que j'aurais jugé indécent à la cour de Kadier. Leurs yeux se fixent sur moi.

— Qu'est-ce que c'est que ça ? demande l'homme, les traits figés dans une expression d'horreur.

— La princesse de Dahrain. L'héritière du monstre.

La femme me scrute, bouche bée.

— Elle ressemble trait pour trait…

— Je sais, l'interrompt Lennox. Comme vous dites depuis des années que nous allons partir à la reconquête de Dahrain, j'ai pensé que ce serait elle, la clef qui nous donnerait accès au palais.

Dahrain. C'est seulement maintenant que cela fait tilt dans mon esprit. Il a déjà employé ce terme. Il ne sait pas que Dahrain n'existe plus ?

— Tu… tu es allé à Dahrain ? bafouille l'homme.

— Oui. C'était très simple. J'ai tué quelques gardes, kidnappé une princesse. Imaginez la facilité avec laquelle nous pourrions envahir le royaume si nous avions les informations qu'il nous faut. Voulez-vous que je vous apporte des réponses ?

On dirait qu'il les accuse de quelque chose… mais de quoi ?

La barrique humaine hoche la tête sans mot dire, comme fasciné par ma personne.

— Alors mettons-nous au travail, et tout de suite.

Lennox m'attrape sans ménagement par le bras – je le soupçonne d'en rajouter, pour la galerie – et il me tire derrière lui, remontant l'allée et regagnant le couloir, où il retrouve la jeune femme qu'il a envoyée promener tout à l'heure. Blythe, c'est bien ça ?

— Emmène-la au cachot et mets-lui les chaînes. Et ne la quitte pas une seconde des yeux en attendant mon retour, lui ordonne-t-il.

— Oui, chef, répond-elle sur un ton amer. Viens, toi.

Et elle m'entraîne à sa suite. Sa prise est beaucoup plus ferme que celle de Lennox, ce qui me surprend. Je trébuche à plusieurs reprises dans l'escalier mais elle s'en moque et quand nous nous engageons dans un passage qui dessert les cachots, elle me plaque contre le mur avec une violence telle que j'ai des étoiles devant les yeux et le souffle coupé.

— Ne bouge surtout pas.

Je reste docilement collée au mur tandis qu'elle va chercher des chaînes pendues à un crochet.

— Il n'aurait pas dû vous hurler dessus, lui dis-je à voix basse.

— Et boucle-la.

Elle me met les fers avant de retirer la corde. Elle sait ce qu'elle fait. J'ai l'impression que tout le monde ici sait ce qu'il fait. Puis elle pousse un soupir et me jette dans un cachot. Je distingue les contours d'une paillasse posée à même le sol. Un soupirail scellé d'un barreau fait office de fenêtre.

— Est-ce que… j'aurais besoin…

Elle me montre un seau dans un coin.

— Oh, charmant !

— Nos conditions d'accueil vous déçoivent, Votre Altesse ?

Je n'ai pas le choix : je retrousse mes jupes du mieux que le permettent mes mains entravées et je m'accroupis au-dessus du seau en évitant le regard de ma geôlière. Si je survis à ma captivité, c'est l'unique détail que je ne mentionnerai pas dans mon compte rendu.

— Vous pouvez me dire où je me trouve, au moins ? Jamais je n'ai voyagé aussi loin à l'est. Je ne savais même pas que ces terres étaient habitées.

— Cela ne m'étonne pas. Vous nous avez pris tout ce qu'il y avait à prendre, pas vrai ? Vous n'avez aucun scrupule à laisser les miettes aux autres ?

Je me relève et fais quelques pas vers elle.

— Alors, est-ce que ces miettes ont un nom ?

— Le Castel Vosino, crache-t-elle. Et si cette contrée a un jour porté un nom, il est tombé dans l'oubli.

Je hoche la tête. Il semblerait qu'une bande de va-nu-pieds se soit approprié le « territoire non revendiqué ».

— Remarquable. Vous êtes ici depuis longtemps ? Votre « castel » nécessiterait des travaux de réfection.

— Nous l'avons trouvé il y a une dizaine d'années, et nous nous donnons un mal de chien pour l'entretenir. Mais nous n'avons pas les coffres pleins, pas comme vous, n'est-ce pas, Votre Altesse ?

Elle se met à faire les cent pas devant mon cachot.

— Je me demande ce qu'ils vous réservent, lâche-t-elle avec une nonchalance étudiée. Cela fait bien longtemps que le pilori prend la poussière.

J'essaie de ne rien trahir de mon désarroi.

— Comme vous êtes de sang royal, peut-être qu'ils feront preuve d'une certaine délicatesse. Qu'en pensez-vous ?

— Étant donné que la torture est interdite à Kadier – parce que je viens de Kadier, pas de Dahrain – je n'ai aucune opinion sur le sujet. Une brutalité en vaut bien une autre.

— Ce qui me plairait, c'est qu'ils me laissent régler votre sort. Nous avons une zone d'entraînement à proximité du palais et j'ai vu que vous ne vous débrouilliez pas trop mal avec une épée. Un duel, cela ne vous tenterait pas ?

Je réponds poliment :

— Je n'ai pas envie d'avoir la mort d'une jeune femme sur la conscience. Par ailleurs, à la façon dont votre chef, Lennox, s'est comporté avec moi, il me semble qu'il serait plus de mon côté que du vôtre.

Elle me rejoint en trois enjambées et me flanque une gifle retentissante. Je laisse échapper un gémissement et je vacille un peu.

— Si ça ne tenait qu'à moi, je t'attacherais à un rocher et j'attendrais que la marée t'emporte, crache-t-elle.

— Dans ce cas, elle peut s'estimer heureuse que tu n'aies pas ton mot à dire, lance une voix calme et posée.

Nous nous retournons. Lennox est apparu sur le seuil. Il a mis de l'ordre dans son apparence. Le visage débarbouillé, les cheveux peignés, il a une allure encore plus inquiétante. Il a troqué son manteau, celui qui a vu d'un peu trop près la lame de mon épée, contre un autre du même modèle, intact.

— Tu peux t'en aller, Blythe.

La jeune femme reste plantée là quelques instants, les bras croisés, puis elle s'incline. Il attend qu'elle quitte le donjon pour refermer la porte. Je remarque que la clef fonctionne de l'intérieur comme à l'extérieur. Il pousse le verrou et s'adosse au mur en se rengorgeant.

— Tu dois être Annika, dit-il à voix basse.

— Je suis impressionnée par la quantité d'informations dont vous disposez à mon sujet. Dire qu'hier encore, j'ignorais votre existence.

Il détourne les yeux et arpente le cachot comme l'a fait Blythe un peu plus tôt.

— Moi aussi, hier encore, j'ignorais ton existence. Mais j'ai entendu ton nom, une fois. C'est le dernier mot que ta mère a prononcé avant de mourir.

LENNOX

Elle semble comme foudroyée. Son masque s'effrite, son regard devient vitreux.

— Quoi ?

— Je l'avoue, j'ai passé ces trois années à me demander si « Annika » était une prière dans une langue que je ne connaissais pas. Elle était si sereine, si pleine d'espoir quand elle a laissé échapper ces trois syllabes, que j'ai cru qu'elle implorait la miséricorde de son dieu, que c'était sa façon à elle de dire adieu à la vie.

— Ma mère est venue ici ? murmure-t-elle.

Je réponds par un signe affirmatif, presque apitoyé. Sa poitrine se soulève et c'est comme si je voyais les questions défiler dans son regard.

— Et elle est vraiment morte ?

— Oui.

— Vous étiez à ses côtés au moment où elle a rendu son dernier souffle ?

— En effet.

— Est-ce que… est-ce qu'elle a souffert ?

— Non. Elle a quitté cette vie aussi paisiblement, aussi promptement qu'on puisse l'espérer.

Une larme roule sur sa joue et son visage se couvre de zébrures rouges. Elle n'éclate pas en sanglots, elle ne s'évanouit pas, elle ne perd pas non plus le contrôle de ses nerfs. Je me demande si elle sait à quel point elle ressemble à sa mère.

— Merci pour votre franchise, lâche-t-elle.

— De rien. J'attends la même franchise en retour. Assieds-toi.

De la main, je lui montre un tabouret posé près du mur et elle obtempère, rendue docile par la terrible vérité.

— Que voulez-vous savoir ? me demande-t-elle, les sourcils en accent circonflexe.

— Des chiffres, princesse. Je veux savoir le nombre précis de colons qui se sont emparés de nos terres, combien votre marine compte de navires. Et aussi…

Elle m'interrompt en levant la main.

— Un instant. Nous ne nous sommes rien accaparé.

— Oh, détrompe-toi. Je connais mieux ton histoire que tu ne sembles la connaître, princesse. Je parie qu'on t'a martelé depuis la naissance que tes ancêtres ont été désignés pour prendre la tête des clans unifiés et refouler les envahisseurs, n'est-ce pas ?

— Oui. C'est ce qui s'est passé.

— Vous avez peut-être tenu en respect ceux qui ont tenté de détruire les sept clans, mais vous avez spolié les miens, spolié le clan de Dahrain. La plupart des gens que tu croiseras ici sont leurs descendants et, si c'est un usurpateur qui occupe actuellement le trône, c'est que tes arrière-grands-parents ont massacré la moitié de notre lignée et chassé de nos terres l'autre moitié, avant de s'arroger la place qui nous revient de droit.

Elle a l'audace de m'adresser un sourire narquois.

— Vous vous fourvoyez cruellement. Le territoire qu'occupe Kadier à l'heure actuelle hébergeait autrefois six clans, pas sept. Et ce sont mes aïeux qui en détenaient la plus grande partie. Si vous l'envahissez, vous violeriez les pactes scellés il y a plus d'un siècle.

Un rire incrédule franchit mes lèvres.

— On t'a menti. Les terres sur lesquelles se dresse ton petit château, où tu dors dans ton petit lit de plumes, appartiennent à mon peuple, les Dahrainiens. Cela fait des générations que nous vivons en exil. Et tu vas nous aider à récupérer ce qui nous revient de droit… ou bien tu le paieras de ta vie.

Elle braque sur moi un regard qui laisse paraître son scepticisme. J'insiste :

— C'est la pure vérité.

— En admettant que ce soit la vérité, je n'ai en ma possession aucune information qui vous serait utile. Les soldats qui se sont donné la mort non plus, d'ailleurs. Mon père garde sous clef les chiffres du recensement. Quant aux effectifs militaires et aux navires de guerre… je n'en ai pas la moindre idée. Je ne suis que la deuxième-née, une fille par-dessus le marché, et tout cela est confidentiel.

Je me plante devant elle, la dominant de toute ma hauteur, et je la force à me regarder bien en face. Ces yeux pénétrants… ils éveillent tant de souvenirs en moi. Sa mère réincarnée.

— Tu sais forcément certaines choses. Plus que ce que tu veux bien admettre. Une jeune femme qui chevauche sa monture comme un bandit de grand chemin et qui croise le fer à la manière d'un vulgaire soudard détient nécessairement des informations, des informations sensibles.

Soudain, son malaise devient palpable. J'ai trouvé le point sensible. Cachés sous cette cascade de boucles et sous cette robe froufroutante, je devine un cœur et un esprit remarquables, que le reste du monde a délaissés. Elle a pris soin de les verrouiller ; charge à moi de trouver la clef qui saura les ouvrir pour qu'ils me livrent leurs secrets.

Je fais le tour du cachot, plongé dans mes réflexions. Certains prisonniers ne peuvent supporter le silence et ils préfèrent parler que de le laisser s'éterniser. J'aimerais éviter de la torturer, car je n'ai jamais aimé le rôle de bourreau. Infliger de la douleur, ce n'est pas ce que je vise ; je vise la victoire.

— Je vais te faire une offre. Dis-moi combien d'hommes gardent le palais et, en échange, je te raconte ce que tu désires savoir plus que tout.

— C'est-à-dire ?

— Je vais te révéler comment ta mère est morte.

— Vous étiez vraiment à ses côtés ?

— Vraiment.

Elle pèse le pour et le contre, la tête baissée. Lorsqu'elle la relève, elle a les yeux fermés et les traits tordus par une grimace.

— Il y a soixante-huit soldats affectés à la surveillance du palais, récite-t-elle. En cas de festivités ou d'occasions spéciales, les effectifs sont renforcés. Mais ils sont rarement plus d'une centaine.

Je hausse les épaules. Si claire, si concise. Si seulement elle acceptait de parler, j'aurais tout Dahrain au creux de ma main.

— Bien joué, princesse. À mon tour de remplir ma part du marché. C'est à moi que ta mère a été confiée. J'ai essayé de la faire parler ici même, dans ce cachot, pendant plus de vingt minutes. Elle n'a rien voulu me dire. Elle n'a livré aucun renseignement que j'aurais pu exploiter. Alors, elle a été exécutée.

J'observe une pause avant d'asséner le coup de grâce :

— Et je l'ai décapitée.

Un nuage passe sur le visage de la prisonnière.

— Vous ?

— Moi.

— Comment avez-vous pu ?

— Il fallait qu'elle meure. Et je pense que tu sais déjà pour quelle raison.

Ses yeux… on dirait une mer déchaînée, une tempête qui va éroder son éducation royale. Elle respire par à-coups et je vois que certaines conclusions douloureuses s'imposent à elle.

— Essaie donc de deviner. À la seconde où je t'ai vue, la ressemblance m'a frappé. La copie conforme de ta mère. Tu m'as reconnu, toi aussi. Assemble les pièces du puzzle, Annika. Qui penses-tu que je sois ?

— Vous êtes le fils de ce monstre, Jago, dit-elle, horrifiée.

— Tu vois, ce n'était que justice. Tu as décapité mon père.

— Je n'ai décapité personne. Je ne l'ai ni jugé, ni condamné, même s'il méritait d'être châtié pour son crime. Et il a eu droit à un procès en bonne et due forme.

— Ton père a jeté son cadavre mutilé à l'arrière d'une charrette et s'est contenté de lancer cette charrette à travers la forêt ! C'est le hasard qui a bien voulu nous le rendre. Est-ce là le respect que vous témoignez aux morts ?

— Son cadavre… où est-il ? Est-ce qu'elle est enterrée ici ?

— Oui.

Annika détourne la tête, comme si elle ne voulait pas me donner le plaisir de la voir pleurer. Je lui accorde un moment pour qu'elle reprenne ses esprits.

— Si vous étiez un homme digne de ce nom, me dit-elle à voix basse, vous enlèveriez ces chaînes, vous me donneriez une épée et vous me conduiriez dehors. Je suis tout à fait capable de vous corriger.

— Toi, me corriger ? Tu as du talent, je te l'accorde, mais j'ai beaucoup plus d'expérience. Et je sais que tu commets des erreurs lorsque la colère t'anime. Je te taillerais en pièces.

Elle secoue la tête. Je n'arrive pas à dire si elle est en désaccord, si elle met de l'ordre dans ses pensées ou si elle est contrariée parce qu'elle n'arrive pas à refouler son chagrin. Les trois, peut-être.

— J'ai d'autres questions à te poser.

Elle lâche un rire sans joie.

— Si vous croyez que je vais répondre, de mon plein gré ou sous la contrainte, vous prenez vos rêves pour des réalités.

— À ta place je n'irais pas si vite en besogne. Je sais bien des choses sur ta mère, et j'échangerai volontiers mes informations contre les tiennes.

Elle croise les bras malgré les menottes qui lui entravent les poignets.

— Je me contenterai de mes souvenirs et vous pourrez expliquer à votre chef que votre arrogance a mis un terme à votre interrogatoire.

Le fiel dans sa voix et sa certitude que je préférerais me jeter dans les flammes que d'affronter Kawan me remplissent d'une rage froide. Je refuse de montrer qu'elle vient de me porter un coup dont je risque de ne pas me remettre.

Mon canif à la main, j'attrape une mèche de ses cheveux.

— Vous avez un cou fort gracieux, Votre Altesse. Je pourrais vous le trancher d'un seul coup de lame, comme ceci.

Je coupe la mèche d'un geste vif et je l'agite sous son nez.

— Parle.

— Pas question.

— J'ai pris toutes les précautions nécessaires pour que ta mère ne souffre pas, mais rien ne m'oblige à faire le même effort pour toi. J'accepte toujours de te parler de ses derniers moments, seulement si tu me dis ce que je veux entendre.

Je me dirige vers la porte et je pose une dernière fois les yeux sur elle avant de la laisser seule dans le cachot glacial. Elle ne détache pas son regard du mur en face.

— Je reviens d'ici une heure. Pèse bien tes choix, princesse.

ANNIKA

Une fois mon geôlier parti, je laisse couler mes larmes librement. Il vaut mieux savoir que rester dans le doute. Je n'aurai plus à me poser de questions. J'ai toutes les réponses qu'il me faut.

Ta mère est morte, Annika. Elle ne reviendra pas. À présent, tu le sais.

J'imagine que je peux puiser du réconfort dans le fait qu'elle n'a pas souffert, et qu'elle a eu droit à une sépulture décente. Il n'empêche qu'elle va me manquer encore plus cruellement.

Si quelqu'un aurait dû assister à ses derniers instants, c'est bien moi. Pas lui. Je trouve intolérable qu'il détienne des informations qui me sont inestimables, qu'il ait conscience du poids qu'elles ont sur moi et qu'il l'utilise pour me faire chanter. C'est proprement surréaliste de discuter avec l'homme qui a assassiné la personne à qui on tient le plus au monde. Je m'attendais à un barbare, à un ogre. Et ce n'est qu'un enfant. Comme moi.

Elle est tout près.

Si je lui livre d'autres informations, fausses elles aussi, peut-être qu'il voudra bien me conduire là où elle est enterrée. Me laisser faire mes adieux. Le problème, c'est que je ne veux rien lui donner. Ce que je veux, c'est le tuer. Trouver un moyen de le faire souffrir comme personne ne l'a fait souffrir.

Essuyant mes joues baignées de larmes, je tâche de mettre de l'ordre dans mes pensées. Comment sortir de ce cachot ? Réfléchis, Annika.

Je sors une épingle de mes cheveux et je m'attaque aux entraves. Les yeux fermés, je concentre toute mon attention sur le mécanisme de la serrure, sur la façon dont il réagit à mon exploration. Je suis fatiguée, j'ai faim, j'ai froid, et le contexte est bien différent des séances dans la bibliothèque sous le regard bienveillant de Rhett. Ici, je dois fournir un effort considérable pour ne pas laisser la pression m'envahir.

Je fais remonter à ma mémoire l'odeur des vieux livres, le rire franc et jovial de Rhett. Je souris et ma respiration ralentit. Au bout d'une minute, j'entends la serrure émettre un cliquetis et les entraves se détachent de mes poignets.

Je me dirige à pas de loup vers la porte. La torche solitaire fixée au mur éclaire une bonne partie du couloir. J'ai le sentiment que Lennox est parti sans prendre la peine de poster des gardes. Il ne me croit pas capable de m'évader.

La serrure de la porte m'a l'air d'être complexe, il va me falloir un outil plus solide qu'une simple épingle à cheveux. Je vérifie d'un nouveau coup d'œil que je suis bien seule. Cette bâtisse donne l'impression de pouvoir s'effondrer au moindre coup de vent. J'attrape la poignée à deux mains, je m'appuie du pied au mur et je tire dessus de toutes mes forces. La porte vacille mais à ce rythme, jamais je ne parviendrai à l'arracher à ses gonds.

Je vais inspecter la fenêtre. Qui n'est pas une fenêtre à proprement parler. Plutôt un trou dans le mur en forme de hublot, fermé par un barreau – pas de vitre, rien. S'il pleut, cet infâme grabat qui ne mérite pas le nom de lit sera inondé. J'empoigne le barreau et je tire dessus, comme j'ai tiré sur la poignée de la porte. Il reste en place… mais il est très mal fixé. Je l'inspecte de plus près. Le moellon dans lequel il a été fiché se désagrège et il me serait facile d'en gratter une bonne partie. Un homme adulte ne pourrait se faufiler par cette ouverture… mais si j'arrive à déplacer le barreau ne serait-ce que de quelques centimètres, j'ai de bonnes chances de m'évader.

Lennox a dit qu'il me laisserait une heure, mais je ne sais pas s'il est du genre à tenir parole. Je me sers de mes entraves pour racler la pierre. Avant son retour, je les remettrai en place et m'étendrai sur la paillasse, pour donner l'image d'une prisonnière résignée à son sort.

Je me récite à voix basse, en guise d'encouragement :

— Je vais y arriver. Oui, je vais y arriver.

LENNOX

Je pose sur ma table de travail la mèche de cheveux qui s'enroule sur elle-même, comme animée d'une vie propre. Je vais devoir la tuer, j'en ai bien peur. J'essaie de retrouver dans ma mémoire les souvenirs d'une époque où on m'aurait appris à faire preuve d'indulgence. Rien ne me vient.

Peut-être que ce sera différent avec Annika. La dernière fois que nous avons détenu une personne de sang royal, j'ai été le seul à avoir le cran de porter la main sur elle. Si je refuse de tuer la princese, qui s'en chargera ?

Postée près de la lucarne, Grisette lâche une plainte.

— Alors, tu entres ou pas ?

Elle prend son élan et atterrit sur mon lit, puis elle s'allonge, le museau sur les pattes. Je ne sais pas si les renards éprouvent de l'inquiétude mais son regard est éloquent.

— Ne te tracasse pas autant pour moi.

Je traverse la pièce et je lui flatte la tête. Ces mains qui témoignent de l'affection à Grisette, qui montrent les constellations aux nouvelles recrues, qui mobilisent une armée... vont-elles rompre la nuque d'Annika ?

La douleur m'arrache une grimace à l'instant où je me penche pour ramasser un rameau qui attend, posé par terre. Je jette ma cape en travers de mes épaules, je quitte ma chambre et je prends la direction du cimetière. Le vent souffle en rafales, faisant claquer ma cape, tandis que je dépose le rameau encore vert, muni de ses feuilles, sur l'empilement de brindilles sèches qui marque la sépulture de la mère d'Annika.

— Voici une autre offrande. Sachez que je l'ai rencontrée. J'ai rencontré votre dernière prière. Elle est furieuse. Elle essaie de mettre cette rage en sourdine, mais elle n'y parvient pas. Je me demande de qui elle la tient. Pas de vous, c'est certain.

J'observe la forteresse par-dessus mon épaule. D'ici, j'ai une vue imprenable sur les fenêtres en piteux état de l'aile qui sert de baraquement aux jeunes conscrits. La légende dit que nos ancêtres ont été de fameux bâtisseurs. Je n'ai encore jamais vu de preuve de ce savoir-faire.

— Malheureusement, je vais devoir la tuer. Pas de gaieté de cœur mais elle est... observatrice. Elle en sait déjà trop.

Les larmes me montent aux yeux, ce qui n'est pas arrivé depuis bien longtemps. Je suis fatigué. Fatigué, et en colère, et prêt à tourner la page. Pourtant je suis toujours là, lié à cette maudite terre, à ce château moribond et à ce carré de poussière qui accueille les restes d'une femme qui ne m'a connu que quelques minutes et qui m'a pourtant donné tout son amour. Soudain, je lui voue une haine viscérale.

— Je ne comprends pas pourquoi je reviens sans cesse ici. Vous êtes *morte* ! Vous n'avez pas pu vous sauver vous-même, comment pourriez-vous me sauver moi. Cette bienveillance dans votre regard, la sensation que je vais passer le restant de ma vie à implorer votre pardon… d'où cela peut-il venir ? Votre mari m'a pris mon père ! C'est à cause de lui que ma mère est dans les bras de ce porc. Œil pour œil.

Je me retourne et je hurle dans la nuit.

— Pourquoi avoir été si bonne envers moi ? Pourquoi ?

Je sais qu'elle me hantera éternellement. Quand je repense à tous ces malheureux que j'ai passés au fil de mon épée, c'est elle qui se démarque des autres. Elle n'a pas imploré ma pitié. Elle ne m'a pas craché au visage. Elle a accepté sa fin, elle m'a accepté moi, et elle a marché vers la mort en la regardant bien en face, comme si cela faisait des années qu'elle attendait ce moment.

— Moi aussi j'ai parfois ce sentiment. Je me dis que je serais plus heureux ailleurs, n'importe où. Je suis certain que nous serons séparés même dans l'au-delà : là où vous vivrez éternellement au paradis, j'ai une place réservée en enfer.

Une larme roule sur ma joue et j'étudie la pierre tombale. Je la vois encore devant moi, son souvenir a été ravivé par l'arrivée de sa fille.

Ne jamais fuir, ne jamais détourner le regard, ne jamais se justifier. Tel est mon credo. Je vais devoir le respecter à la lettre aujourd'hui. Soutirer à Annika des renseignements que je pourrai présenter à Kawan. Me montrer impitoyable. Je me suis mis tout seul au pied du mur. Impossible d'échouer si près du but.

Je retourne au château à grands pas et je descends l'escalier qui mène aux cachots. Personne ne m'arrête. Je décroche la clef, je l'enfonce dans la serrure. À travers les barreaux de la porte je la vois recroquevillée sur le matelas, le dos contre le mur, les genoux relevés sous le menton. Elle lève la tête et j'essaie de décrypter son expression. Toujours cette tristesse dans le regard, associée à une attitude de défi qui ne m'inspire rien de bon. Je ferme la porte derrière moi.

— Tu as réfléchi ?

— Je ne suis pas d'humeur à faire la causette, surtout pas avec un assassin.

Cette insulte me fait aussi mal que le coup d'épée qu'elle m'a mis ce matin.

— Je préfère le terme d'exécutant.

— Comment prendre au sérieux l'homme qui m'a kidnappée, dit-elle en levant les yeux au plafond.

Quel crève-cœur d'admettre qu'elle a raison.

— Votre Altesse, il me faudrait…

— Arrêtez de me donner du « Votre Altesse ». On ne choisit pas la famille dans laquelle on naît, on s'en remet au hasard. Et je ne mérite pas vos reproches.

— Pourtant tu ne te prives pas de nous rabaisser parce que nous ne sommes pas nés du bon côté de la frontière. Ton peuple méprise le mien au point de le spolier, et maintenant…

Elle m'interrompt d'un geste délicat.

— Je n'ai pas eu droit au tour du propriétaire. Pouvez-vous me dire s'il y a une bibliothèque dans cette bicoque ?

— Non.

— C'est bien ce que je pensais. D'où tenez-vous l'idée que vous avez des motifs valables pour prétendre à mon royaume ?

— Notre histoire se transmet oralement, de génération en génération. Tous ici le savent, du plus jeune au plus âgé.

— Je n'étais pas née quand Kadier a été fondé, et vous non plus. Vous avez votre version, moi la mienne. J'ai la prétention de penser, puisque je vis à Kadier, que je connais la vérité. Aucun mépris là-dedans ; aucune critique.

Par ailleurs, je sais que vous êtes la personne qui m'a enlevé ma mère. Et je ne veux rien avoir à faire avec vous.

— Fort bien, Annika. Puisque tu es si intelligente, je suis certaine que dans un coin de ton cerveau, tu détiens l'information qui m'intéresse. L'inverse est vrai aussi : je détiens des informations qui devraient t'intéresser, au plus haut point. Si tu te montres coopérative, il y a une chance que je te dise ce que tu veux entendre et que je te laisse la vie sauve.

— À d'autres. Je ne suis pas dupe, fait-elle d'une voix calme, comme résignée.

— Si c'est possible, je te reconduirai à Dahrain en personne.

— Avant ou après l'invasion ?

— Je te conseille d'arrêter de faire ta mauvaise tête.

— Je vous conseille d'arrêter d'assassiner des innocents.

D'un coup de pied, je projette le tabouret à l'autre bout du cachot. Un grand silence s'ensuit.

— Désolée, chuchote-t-elle.

Je lui lance un regard surpris. Elle baisse la tête et se tord les mains.

— Je suis fatiguée. En l'espace d'une journée, j'ai été emmenée loin de chez moi et j'ai assisté à la mort de quatre de nos plus braves soldats. J'ignore quel sort a connu mon fiancé et j'en ai plus appris sur ma mère en cinq minutes qu'au cours des trois dernières années. C'est épuisant. J'ai besoin de dormir. Laissez-moi dormir, et je parlerai.

Son fiancé, hein. Peut-être aurais-je dû lui régler son compte, à lui aussi.

J'avais l'intention de l'épuiser. De la plonger dans un état second, pour qu'elle se mette à délirer et qu'elle me livre ses secrets. Pour l'instant, à part la rendre agressive et passer pour un idiot, c'est un échec.

— Je reviendrai te voir à l'aube. Tiens-toi prête. Si tu choisis le silence, ils réclameront ta tête.

— Je comprends, répond-elle en papillonnant des paupières.

— Au fait, est-ce qu'il y a une constellation que tu préfères ?

Elle me dévisage, interloquée. On le serait à moins. Puis elle grimace, comme si elle avait du mal à croire qu'elle s'abaisse à répondre à une question aussi stupide.

— Cassiopée.

Je ricane.

— Elle reste pendue la tête en bas. Pour l'éternité. Pourquoi elle ?

Elle triture la bague à sa main gauche – une bague de fiançailles, je suppose.

— Il y a pire, comme existence, explique-t-elle d'une petite voix. Et la vôtre ?

— Orion.

— Ce n'est pas... Orion, c'est la constellation préférée de tout le monde.

— Précisément. Le gardien du paradis. Tout le monde connaît Orion.

Ses traits s'adoucissent.

— Un modèle à suivre, j'imagine.

— J'imagine.

— Vous savez qu'Orion était loin d'être un saint. Vous pourriez viser plus haut. Être plus ambitieux.

Mon cœur se met à marteler ma cage thoracique et je dois remettre ma cuirasse. Je refuse qu'Annika atteigne mon âme. Ses dernières paroles auraient pu sortir de la bouche de sa mère, dont la voix résonne encore dans mes oreilles.

— Je serai de retour à l'aube, lui dis-je, la gorge nouée.

— À l'aube, répète-t-elle.

Je ferme la porte derrière moi et je la verrouille – comme je verrouille mon propre cœur.

ANNIKA

J'avais le pressentiment que faire appel à l'humanité de Lennox sèmerait la confusion dans son esprit. Il arrive que les gens les plus imprévisibles soient tristement prévisibles.

Je reste aux aguets quelques instants puis je m'arme de mon épingle à cheveux. Je pense à Rhett, à la façon qu'il a de s'asseoir un peu trop près de moi, au soin qu'il apporte à son travail. Je pense à toutes ces fois où il m'a fait rire.

Clic.

La première entrave saute. À l'autre, maintenant.

Je change de main. Je ne suis pas gauchère et ma blessure me fait un mal de chien, mais je m'accroche. Cette fois-ci, je pense à Escalus. Je le revois au-dessus de son tambour de broderie, concentré, silencieux. Je le revois avec son épée à la main, tout aussi concentré. Je me dis que s'il se trouvait ici, à mes côtés, il ferait tout ce qui est en son pouvoir pour me sortir de ce pétrin. Il a l'habitude d'assurer mes arrières, et vice versa.

Clic.

Je me suis libérée de mes chaînes.

Je m'approche du soupirail et j'appuie sur le barreau pour le mettre à l'oblique. En grattant la pierre j'ai réussi à gagner quatre bons centimètres. Je suis certaine que cela suffira. Pas si je garde cette robe, cependant. Trop volumineuse. J'entreprends de défaire des agrafes et de dénouer des rubans, me débarrassant de plusieurs épaisseurs de jupons avant de retirer ma pèlerine. Si ma tenue se résume à ma chemise et à mon corset, j'ai une chance de m'en sortir.

Dernier détail : je retire la bague que m'a offerte Nickolas et je la pose avec grand soin sur le petit tas de vêtements. Je me hisse sur le rebord, la tête en biais, pour la faire passer entre le barreau et l'arête du mur. J'arrive à glisser mes épaules et une douleur lancinante me parcourt le bras, alors je me mords la langue et je continue. Je découvre au-dehors qu'un vent violent balaie le secteur et je me demande s'il ne serait pas plus sage de récupérer ma robe, mais le jeu n'en vaut pas la chandelle. Il faut que je mette un maximum de distance entre Lennox et moi.

Mes hanches restent coincées. Je m'acharne, millimètre par millimètre, en me tortillant.

— Tu vas y arriver.

C'est un supplice. Je suis certaine que la balafre sur mon bras s'est rouverte. Ma chemise en mousseline est déchirée par les pierres de la façade qui me lacèrent la peau. Mes vieilles blessures se rappellent à mon bon souvenir et déclenchent une douleur cuisante.

Je ne compte pas faire de vieux os dans ce cachot. Je refuse d'être prise au piège ; je refuse d'être mise à mort comme ma mère.

Lennox m'a dit qu'elle est enterrée ici. Si j'explore les environs, il est possible que je la trouve. Je veux savoir ce qu'elle lui a dit et pourquoi ses paroles semblent s'être gravées au fer rouge dans sa mémoire. Je veux aussi savoir de quoi elle avait l'air, et je veux arroser sa tombe de mes larmes. Je pense aussi à Escalus. Il faut que je regagne Meckonah pour mettre ma famille en garde. Le nuage de la guerre assombrit l'horizon.

Mes hanches finissent par passer, suivies de mes cuisses puis de mes mollets. Je me laisse tomber au sol comme une poupée de chiffon, les membres perclus de douleur, et je me mets péniblement debout. Pas de temps à perdre. J'ai jusqu'à l'aube avant que Lennox se rende compte que sa prisonnière s'est évadée. Si seulement je pouvais mettre la main sur un cheval, ce serait tellement plus simple... mais ne rêvons pas. Il faut simplement que je me fasse discrète et que j'avance.

Ma chemise est blanche. Mon corset, blanc aussi. Autant dire qu'on ne voit que moi dans la nuit. Je plonge les mains dans une boue glaciale et je m'en barbouille les vêtements et le corps, espérant me confondre avec les ombres. Je commence à grelotter.

Mets-toi en mouvement, Annika. Bouge, ça te réchauffera.

Je ne vois aucun soldat, aucune sentinelle qui fait sa ronde. Pourquoi se donneraient-ils cette peine ? Le monde entier ignore jusqu'à leur existence. Ce sont des prédateurs, pas des proies.

Je progresse ramassée sur moi-même, jetant des regards furtifs par-dessus mon épaule. Après avoir mis les ruines loin derrière moi, j'accélère le pas. Devant moi, j'aperçois l'orée d'une forêt. Je sais qu'au-delà se déploie une vaste plaine. Je zigzague entre les arbres, hors d'haleine. J'ai l'impression que cela me prend une éternité de traverser ce labyrinthe ; plus d'une fois je trébuche sur une racine, je me cogne contre un tronc. Enfin, la plaine s'étire devant moi, à perte de vue. Si Lennox a réussi à atteindre Kadier, j'en suis capable moi aussi. Je lève la tête, cherchant l'étoile Polaire, fouillant le firmament du regard. Lorsque je retrouve mes repères, je m'élance. Je cours jusqu'à ce que mes jambes ne répondent plus. Jusqu'à ce que mes poumons soient à deux doigts d'exploser. Jusqu'à ce que mon corps ne soit qu'un paquet de muscles, de tendons et de nerfs qui crient grâce.

Et je cours encore, ma vie et celle des miens en dépendent.

LENNOX

Quelqu'un tape comme un sourd à ma porte alors que le ciel est encore gris. Le soleil point à l'horizon et je regrette, amèrement, qu'une nouvelle journée commence.

J'ai à peine fermé l'œil de la nuit. Je n'ai cessé de voir Annika avec ses yeux pleins d'orgueil, qui me mettait au défi de s'opposer à elle, qui répétait que j'avais tort. Lorsque je fermais les paupières, je l'entendais prononcer « Cassiopée » de sa voix distinguée, me rappelant une époque où chaque constellation était pour moi un mystère et un émerveillement. À présent, alors qu'on s'acharne sur ma porte, je l'imagine enterrée à côté de sa mère.

La voix de Kawan retentit.

— Lennox ! Debout !

Je me redresse d'un bond sur mon lit et je m'assure d'un regard rapide que Grisette n'est pas dans les parages. Kawan ne nous autorise pas à garder d'animaux pour nous tenir compagnie – un gaspillage de ressources, d'après lui. Par ailleurs, à sa voix, je devine qu'il est d'une humeur massacrante. Je vais ouvrir la porte sans prendre la peine de mettre de l'ordre dans mon apparence. Il est rare qu'il me sollicite à une heure si matinale, alors je préfère ne pas le faire attendre.

— Oui, monseigneur ? En quoi puis-je vous être utile ?

Blythe se tient derrière lui, les bras croisés.

— Elle est partie, assène Kawan.

— Quoi ?

— La prisonnière. Je suis descendue la voir tout à l'heure, explique Blythe. Il y a un tas d'habits par terre près de la fenêtre. Elle a réussi à retirer ses entraves, elle a descellé le barreau et elle s'est enfuie.

Je reste planté là, sous le choc.

— Elle… elle a retiré ses entraves ?

Kawan me flanque une gifle retentissante.

— Elle s'est évadée ! Alors qu'elle était sous ta responsabilité ! Comment as-tu pu la laisser partir ? Et qu'est-ce que c'était que cette mission, d'abord ? En quoi va-t-elle servir notre armée ? Tu nous mets en grave danger ! Ton père était un imbécile, mais décidément, ce n'était rien à côté de toi.

Je dois fournir un effort surhumain pour ne pas me jeter sur lui. Je suis bien assez fort. Mais préserver mon amour-propre est le cadet de mes soucis à cet instant.

— Comment aurais-je pu deviner qu'elle était capable de défaire ses chaînes ?

— Et pourquoi tu n'es pas resté en bas avec elle, crétin ? Est-ce que le fantôme de sa pauvre mère est revenu te hanter ?

L'envie de lui envoyer mon poing dans la figure me démange. Une fois. Rien qu'une seule fois.

— Mon seul échec, c'est d'avoir méconnu mon ennemi. Ma mission avait pour objectif de vous montrer à quel point il est facile de noyauter le royaume que vous nous promettez depuis des années. Cette jeune femme aurait pu nous apprendre quelque chose d'extrêmement important aujourd'hui. Peut-être que dans son pays, on apprend aux enfants dès le plus jeune âge à se libérer des fers. Cela va changer nos conditions de détention à partir d'aujourd'hui, non ?

Kawan reste planté devant moi, contrarié par mon changement de cap. Je m'applaudis intérieurement pour mes talents d'improvisation.

— Trouve une solution, ordonne-t-il. Et vite.

Et il s'engouffre dans le couloir, martelant le sol de ses semelles.

— Toi, reste là, dis-je à Blythe.

Je referme la porte, j'enfile à la va-vite le gilet que je portais hier avec mon ceinturon, je chausse mes bottes et j'attrape ma cape. J'ai le sentiment qu'il va falloir battre immédiatement le rappel. Je quitte ma chambre et je prends la direction du réfectoire, Blythe sur les talons. J'ai besoin de renforts.

— Quand est-ce que tu es descendue au cachot ?

— Il y a une demi-heure, environ.

— Les chaînes sont restées là-bas ?

— Oui. Il y a de la poussière sur l'une des menottes. On dirait qu'elle s'en est servi pour gratter la pierre au niveau du barreau.

Ingénieux. Je me demande combien de mes camarades auraient eu pareille idée.

— Elle a retiré sa robe pour se faufiler dehors, précise Blythe. Si elle est en sous-vêtements, je ne sais pas si elle va survivre au froid.

— Bien vu.

Je hoche la tête, pensant au vent implacable qui souffle parfois de la côte, au fait qu'elle n'a rien mangé et rien bu depuis hier matin, qu'elle a dû chercher son chemin en pleine nuit et en territoire inconnu. La forêt va ne faire qu'une bouchée d'elle. J'imagine que cela réglerait le problème. De toute façon elle doit mourir. Que ce soit de ma main ou non, le résultat est le même.

— J'ai passé le cachot au peigne fin et je suis montée directement voir Kawan. Il n'était pas content que je le réveille aussi tôt. Je lui ai expliqué la situation, il s'est habillé et nous sommes venus te voir.

Cela signifie qu'elle a six heures d'avance sur nous.

— Tu sais si elle a volé un cheval ?

— Non.

— Une seconde, Blythe. Qu'est-ce que tu fabriquais au cachot ?

Un éclair traverse son visage, si fugace que je n'arrive pas à identifier l'émotion derrière.

— Je te cherchais, explique-t-elle. Je voulais voir comment se passait l'interrogatoire.

Mon intuition me dit qu'elle ment, mais je n'ai aucune preuve.

— La région grouille de bêtes sauvages. Et le terrain est accidenté. Elle n'a pas de matériel, elle est presque nue, et elle n'a aucune idée de l'endroit où elle se trouve. Il y a de fortes chances qu'elle soit morte.

— C'est probable.

— Il faut qu'on aille à sa recherche, sinon je n'ai pas fini d'en entendre parler.

— C'est sûr.

Je me plante à l'entrée du réfectoire.

— Inigo ! Griffin !

Je ne les attends pas ; je sais qu'ils vont me suivre. Je me rends sous l'auvent qui fait office d'écurie. À partir d'aujourd'hui, je vais tenir le compte des chevaux, au cas où l'un d'eux disparaîtrait. J'attrape deux outres remplies d'eau, l'une pour mon usage personnel, l'autre que j'envoie à Blythe. Griffin et Ingo nous rejoignent quelques secondes plus tard et se choisissent chacun une monture. Je talonne la mienne et je m'élance en direction de l'ouest. La chasse commence.

ANNIKA

Le soleil est haut dans le ciel et je n'ai nulle part où me cacher. Mes bottes de cavalière ne sont pas conçues pour la marche, encore moins la course, et je sens mes pieds se couvrir d'ampoules. Mes doigts engourdis peinent à se remettre du froid nocturne, à tel point qu'il m'est impossible de serrer les poings sans avoir mal. Aucune trace de civilisation depuis que j'ai quitté les ruines, donc aucun moyen de demander de l'aide.

Je sais que j'ai pris la direction de l'ouest, mais je ne vais pas pouvoir me fier éternellement au soleil. Il ne me sera plus d'aucune utilité dès que je mettrai le pied dans cette forêt. Je commence à avoir les idées embrouillées. L'adrénaline m'a servi de carburant ces dernières heures mais, à présent, je suis tourmentée par l'image des cadavres de nos quatre meilleurs hommes livrés aux charognards et par le fait que je ne suis pas rentrée au château comme je l'avais promis à mon père. Mon père, qui avait tant insisté pour nous accompagner et qui doit se faire un sang d'encre. Sans compter que j'ai dû abandonner ma mère. Ces pensées se bousculent sous mon crâne, mais elles n'arrivent pas à faire oublier le reste. La douleur, la faim, la fatigue.

À l'instant où j'atteins l'orée de la forêt, je me focalise sur l'essentiel : mettre le plus de distance possible entre Lennox et moi. J'ai la sensation que je n'aurais jamais dû sortir de ce cachot vivante, d'avoir échappé à une mort certaine. Je commence à avoir le tournis et je m'appuie contre un arbre. Une branche m'égratigne le bras, je lâche un hoquet de souffrance.

C'est alors que j'entends les chevaux.

Je regarde derrière moi et, à l'horizon, je distingue quatre silhouettes. Des cavaliers. Je reconnais Lennox à la cape qui ondule sur ses épaules. J'ai échoué. Je n'ai pas été assez rapide.

L'arbre auquel je m'appuie a le tronc creux et l'idée me vient de me cacher à l'intérieur. C'est loin d'être idéal, mais je n'ai pas d'alternative. Ils ne sont que quatre, ils ne savent pas où je me trouve précisément, il y a plus de probabilités qu'ils passent sans me voir. Ma respiration ralentit peu à peu et je me fais toute petite, les bras collés le long du corps.

Ne bouge pas, ne bouge pas, ne bouge pas.

— Dispersez-vous.

La voix de Lennox me fait frémir. Je ne m'attendais pas à ce qu'il soit si proche.

— Vous trois, élargissez vos recherches plus au sud. Elle doit être à moitié morte quelque part par là-bas.

— Oui, chef.

Je devine, au bruit des sabots, que trois chevaux se sont éloignés au galop. J'attends qu'il se remette en mouvement, lui aussi. Rien. Au bout d'une éternité j'entends le quatrième cheval faire un pas, puis un autre, et je comprends qu'il explore toujours le secteur. Mon cœur bat si fort que j'ai l'impression qu'il va me rendre sourde.

Au bout de quelques minutes je l'aperçois. Il monte la même bête qu'hier, un étalon au poil noir qui inspire la crainte. Il est renfrogné, comme d'habitude, et je me rends compte qu'il a une marque rouge sur la joue, des traces de doigts. Quelqu'un l'a giflé. Il pousse un soupir avant de passer une main gantée dans ses cheveux.

Il semble fatigué. Une fatigue qui n'est pas que physique… une fatigue qu'une bonne nuit de sommeil ne peut chasser.

Soudain il lève la tête, son attention captée par un bruit, alors que je suis parfaitement silencieuse. Un point d'interrogation sur le visage, il jette un regard par-dessus son épaule… et il me découvre au creux de mon tronc.

Je suis faite.

Il s'approche de moi au petit trot, imperturbable. Je pensais qu'il allait jubiler en découvrant qu'il a rattrapé la fugitive, mais non. Il me fixe des yeux quelques instants. Quelle humiliation de me montrer à lui en linge de corps, couverte de boue des pieds à la tête. Ce n'est pas la fin digne que j'espérais.

J'attends, résignée, qu'il se précipite sur moi. Il se contente de me dévisager, puis il plonge la main dans une bourse attachée à son ceinturon et en sort un objet.

— Attrape.

D'instinct, je tends les mains et je saisis au vol ce qu'il m'a lancé. Un petit rectangle qui tient au creux de ma paume. Des graines enrobées de mélasse et emballées dans du papier. Ensuite il détache une outre pendue à sa selle, l'approche de sa bouche, avale une grande lampée et la lâche.

— Oups.

Enfin, il dénoue les liens de sa cape, qui tombe par terre entraînée par son propre poids.

— Surtout, reste où tu es. À leur retour je vais leur faire traverser la plaine à laquelle tu tournes le dos et les conduire vers le sud. Quand tu n'entendras plus les chevaux, pas avant, repars dans cette direction-là. (Et il m'indique la direction que j'avais prise initialement.) La cape est assez épaisse pour empêcher les épines de se planter dans ta peau. Avant de retourner chez toi, débarrasse-toi de la cape et de l'outre. La dernière fois que tu m'as vu, c'était à la porte du cachot. C'est clair ?

Je n'en crois pas mes oreilles.

— La prochaine fois que nos chemins se croiseront, je ne serai pas aussi clément. Quand nous viendrons envahir ton royaume, tu n'auras pas la vie sauve.

— Merci de m'avertir. Sachez que je n'ai pas non plus l'intention de vous épargner, Lennox.

— J'en prends bonne note. À bientôt.

Il me salue d'un signe de tête, en parfait gentilhomme.

Je laisse pour l'instant la cape où elle se trouve, mais l'outre est à ma portée. Je tends la main et je l'attrape. Ses lèvres sont entrées en contact avec, mais tant pis : la soif a raison de mon dégoût. Je bois si vite que je finis hors d'haleine. J'étudie ensuite la barre de céréales et je mords dedans. Elle est sucrée, elle croustille. Un délice. Je pousse un soupir de contentement. À la bouchée suivante, je me rends compte que l'un des ingrédients m'est familier. De la cannelle.

Je souris intérieurement et je me réfugie dans le tronc, prenant mon mal en patience.

LENNOX

— Aucun signe de la prisonnière, avoue Blythe sans masquer sa contrariété.

Je me tourne vers Inigo et Griffin.

— Et vous ?

— Rien, répond Inigo, manifestement abattu.

Griffin se contente de faire non de la tête.

— Vous n'avez pas vu d'animal sauvage dans les parages ?

— Non plus, mais ça ne veut pas dire qu'elle n'a pas servi de casse-croûte. Je ne vois pas comment elle aurait pu survivre livrée à elle-même dans cette forêt.

D'un signe, j'indique que je me range à son opinion.

— Donc, c'est réglé. Retournons à Vosino. J'endosse l'entière responsabilité de ce fiasco. Je l'ai laissée s'évader et vous avez passé la région au peigne fin. Je suis l'unique fautif, l'unique coupable, et je l'assume.

— On peut faire bloc, suggère Inigo. Présenter un front uni, au moins. Pas ta faute si elle est sournoise, la demoiselle.

— Merci de me le proposer. Sincèrement. Mais j'étais chargé de la surveiller, à moi de faire face aux répercussions.

Mettons-nous en route. Et économisez l'eau. J'ai perdu mon outre quelque part.

— Tu veux qu'on retourne la chercher ? demande Blythe.

— Non. Je veux rentrer à Vosino et en finir une bonne fois pour toutes. Allons-y.

Je lance mon cheval à travers la forêt et vers le sud, comme je l'ai expliqué à Annika, talonné par mes équipiers. Nous débouchons dans la plaine et je m'arrête à côté d'un taillis.

— J'ai un souci avec ma selle. Continuez, je vous rejoins.

Je mets pied à terre et j'observe la forêt à quelques centaines de mètres de là, les yeux plissés. Au bout d'un moment j'aperçois un éclair noir entre les arbres, qui semble se diriger vers le sud-est. Qui l'eût cru ? Elle sait suivre des ordres, quand elle le veut.

Un arbre se dresse à proximité, j'en détache un rameau qui frôle le sol. Je suis certain que sa mère voudra que je lui relate chaque détail de notre rencontre.

Des doigts, Kawan pianote sur l'accoudoir de son fauteuil. J'imagine qu'il considère ce siège comme son trône, mais c'est simplement le fauteuil le plus ancien et le plus massif du Castel. Et ce n'est pas non plus la salle du trône, ni un salon de réception. C'est un simple réfectoire.

— Donc, elle s'est volatilisée ?

— Sans laisser de trace. Introuvable, alors que nous avons ratissé la région. Soit morte, soit hors d'atteinte.

Je réponds d'une voix claire et calme, comme si je prenais toute la salle pour audience. Kawan lève la main.

— Mais nous n'avons pas de corps ? Rien à renvoyer à l'usurpateur qui occupe le trône ?

— Non, rien. Pas de corps. J'endosse l'entière responsabilité de cet échec.

Kawan se met debout, l'air mauvais, et réduit de quatre pas la distance qui nous sépare.

— Tu veux bien m'éclairer, Lennox ? Cette mission, que t'a-t-elle apporté ?

— Nous avons appris que nous pouvons exterminer leur famille. Sachant cela, nous pouvons…

Là-dessus, Kawan prend son élan et m'assène une gifle qui résonne jusqu'au fond de la salle.

— Tu nous as mis à découvert ! Ton père était seul, lui, au moins. Tout comme le brave qui a enlevé leur reine. Toi, tu l'as ramenée au château, mon château ! Elle sait où nous vivons, elle sait combien nous sommes, espèce d'idiot ! Il est fort possible que tu aies réduit tous nos efforts à néant. Est-ce que tu veux récupérer ton territoire ou non, mon fils ?

Je serre le poing. Du coin de l'œil, je vois ma mère se redresser sur sa chaise, consciente que Kawan est allé trop loin cette fois-ci. Je le foudroie du regard.

— Je ne suis pas votre fils. Je serai votre soldat. Je serai celui qui se met du sang sur les mains pour que les vôtres restent propres. Je serai le meneur de toutes les missions que vous me confiez. Mais jamais, jamais, je ne serai votre fils.

D'un regard, il me remet à ma place.

— Ici, tout m'appartient. Ne t'avise pas de l'oublier.

Peut-être aurais-je mieux fait de mettre ma fierté en sourdine. Mais être humilié par Kawan deux fois dans la même journée, et sans raison valable, c'est deux fois de trop.

— C'est drôle, vous dites que tout vous appartient. Mais vous ne levez jamais le petit doigt. C'est moi qui tiens votre armée à bout de bras. Moi qui ai eu le cran de tuer une reine. Montrez-moi donc ce qui vous appartient, je suis impatient de le découvrir.

Sans s'embarrasser de paroles superflues, Kawan pivote sur ses talons et me met son poing en plein sur le nez. Je perds l'équilibre et m'effondre dans les bras d'Inigo.

— Si tu ne veux pas finir embroché au bout de mon épée, lance-t-il, tu vas apprendre le respect, et t'y tenir.

Le respect. Le lâche, il ne sait pas que le respect, cela se mérite.

Je pose les yeux sur ma mère. Si elle est triste de voir son fils le visage en sang, elle n'en montre rien.

— Hors de ma vue, crache Kawan.

— Volontiers.

Je me détache des bras d'Inigo et je quitte la salle la tête haute, le sang dégoulinant sur mon menton. Je tourne le coin, puis je m'aperçois qu'Inigo, Blythe et Griffin m'ont emboîté le pas.

Inigo me tend un mouchoir. En temps normal je l'aurais refusé, mais j'ai l'impression que je saigne beaucoup.

— Merci. Et merci de m'avoir rattrapé, dis-je en me tamponnant la narine avant de me tourner vers les autres. Vous n'étiez pas obligés de rester derrière moi, et vous n'êtes pas obligés de me suivre. Il me hait, il m'a toujours haï. Si vous restez à mes côtés, vous finirez par le regretter.

— Je crois qu'on le regrette déjà, observe Griffin.

Je laisse échapper un petit rire qui déclenche une douleur foudroyante sous mon crâne.

— Je suis certain qu'il va bientôt me confier une autre mission pour effacer cet échec. Et elle sera beaucoup plus périlleuse que celle-ci. Si vous préférez ne pas me suivre, dites-le tout de suite.

— Tu peux compter sur moi, répond Inigo sans une seule seconde d'hésitation.

— Sur moi aussi, renchérit Griffin. André et Sherwin voudront être du voyage.

J'interroge Blythe du regard.

— Tu connais déjà ma réponse, réplique-t-elle.

C'est la première fois, depuis d'innombrables années, que je ne suis pas seul. Je sais que nous devons nous préparer à la guerre – car c'est bien une guerre qui se profile – et si je veux que notre peuple en sorte vainqueur, je dois arrêter d'éviter les autres.

— Merci.

Je prends ces sourires timides pour un accord tacite.

Nous formons une équipe.

ANNIKA

Alors que j'avale la dernière goutte d'eau que contient l'outre, je pense à Kadier, ma terre natale. Et, même s'il est la dernière personne que j'ai envie de voir, mon esprit ne cesse de revenir à Nickolas.

Il ne s'est même pas donné la peine de vérifier, d'un simple coup d'œil par-dessus son épaule, si j'étais ou non en danger.

Je me repasse en boucle notre dispute, son refus de respecter notre intimité après les noces. Je ne sais pas trop ce que je vais pouvoir lui dire si je le recroise. Aurai-je l'occasion d'exprimer à voix haute ce que je ressens ? Nos fiançailles ont été rendues publiques. Désormais mon destin ne m'appartient plus, je le sais.

Tu viens d'échapper à tes ravisseurs, Annika. Tu as gardé la tête froide. Tu t'es évadée d'un cachot et tu as traversé une forêt réputée impénétrable. Tu as réussi, Dieu sait comment, à convaincre l'homme qui a tué ta mère de te laisser la vie sauve. Ton destin t'appartient, quoi que tu en penses.

Je m'autorise quelques instants de pause, debout au milieu d'un champ. C'est vrai. J'ai traversé une épreuve qui aurait même eu raison d'Escalus. J'ai survécu.

Je rejette la cape de Lennox derrière mes épaules pour qu'elle flotte au vent et je me tiens aussi droite que le permet ma fatigue. Je ne suis pas démunie. Ainsi ragaillardie, je me remets en marche. Quelques instants plus tard j'aperçois une ligne qui noircit l'horizon. Une armée. Annoncée par une quarantaine de cavaliers qui avancent de front. Le soleil couchant projette ses rayons sur une oriflamme vert pâle, la couleur de Kadier, tenue par le porte-drapeau à la gauche de mon père, dont la couronne scintille. Je reconnais Escalus. Et, à la droite de mon frère, la silhouette compassée de Nickolas, raide comme la justice sur sa selle.

J'accélère le pas et je me mets à hurler.

— Escalus ! Escalus !

— Halte, lance une voix, et les soldats s'immobilisent.

— Annika !

Escalus saute à bas de son cheval et se précipite vers moi. Derrière lui, l'armée tout entière lance une clameur : la princesse est saine et sauve.

Mon soulagement est tel que je fonds en larmes. J'arrive à peine à mettre un pied devant l'autre mais cela n'a aucune importance. Mon frère est là, je n'ai plus rien à craindre. Escalus se jette sur moi, les yeux voilés de larmes, et me serre contre lui de toutes ses forces, à me briser les os.

— Annika, mais qu'est-ce que tu fabriques ici ?

— Quoi ? Qu'est-ce que toi, tu fabriques ici ?

— Nous sommes venus à ton secours. En mettant cap sur l'est sans trop savoir où regarder, et en priant avec ferveur.

— Tout va bien. Je me suis sauvée moi-même, dis-je à travers mes larmes.

Escalus me soulève et me fait tourbillonner dans les airs.

— Ha ! Je n'arrive pas à y croire. J'avais tellement peur que nous t'ayons perdue.

— C'était moins une. J'ai tant de choses à te raconter.

Nous sommes rejoints par Père et par Nickolas. Mon père vrille son regard dans le mien et, une fraction de seconde, je me dis qu'il va prononcer les mots que j'aimerais tant entendre. *Pardonne-moi*, *Épouse qui tu veux* ou encore *Je t'aime.* Mais c'est le roi, et les affaires d'État occupent le premier plan de ses préoccupations.

— Qu'as-tu à nous dire ?

— J'ai rencontré le fils de Jago. Il monte une véritable armée, Père. Vous aviez raison : Jago a des complices. Mais ce n'est pas un royaume voisin qui compte nous attaquer ; c'est bien pire. Nous devons nous préparer à la guerre.

— En êtes-vous certaine ? veut savoir Nickolas.

— Tiens, vous êtes là, vous ? Merci d'avoir pris tous les risques pour me sauver la vie.

— Annika, gronde mon père. Sans Nickolas, jamais nous n'aurions su ce qu'il était advenu.

— Je vais te dire ce qu'il est advenu de moi, dis-je avec un regard de défi. J'ai été laissée en proie à un meurtrier.

— Dans ce cas, tu ne quitteras plus le palais.

— Ce n'est pas la solution.

— Faire des reproches à ton fiancé non plus.

— Il suffit. Nous ferions mieux de rentrer, suggère Escalus, comme toujours la voix de la raison. Annika, nous partagerons mon cheval.

Père rejoint nos hommes et leur annonce que je suis indemne. Tous lancent des hourras et se mettent à chanter d'une même voix, brandissant leur épée.

— Il vaudrait mieux les envoyer devant, non ? s'inquiète Nickolas. Après tout, elle n'est pas présentable dans cette tenue.

Escalus lance un regard à mon fiancé et répond en mon nom :

— Mon cher Nickolas, je vous serais reconnaissant de la fermer.

DEUXIÈME PARTIE

À l'instant où Lennox change de position sur son matelas inconfortable, les voilages fixés aux baldaquins du lit d'Annika se gonflent sous la brise matinale. Le ciel est en train de changer. Habitué à des vents impitoyables, Lennox n'en a cure mais Annika, dont la fenêtre a été laissée ouverte par erreur, se met à grelotter.

L'air glacé pénètre sa peau et la réveille. Elle s'assied un instant et balaie sa chambre de son regard vigilant. Elle qui n'a jamais été sensible au froid, voilà qu'elle a du mal à le supporter. Le traumatisme d'avoir été retenue prisonnière dans les geôles du Castel Vosino. Elle a prouvé qu'elle a du cran, mais cela ne signifie pas que ses peurs ont été effacées. Elle les sent qui parasitent son esprit tandis qu'elle se recouche, attendant que le soleil se lève et la réchauffe.

Un soleil que, de son côté, Lennox regarde déjà poindre à l'horizon, estompé par la brume qui monte de l'océan. Depuis l'évasion d'Annika, il ne se passe pas un jour sans qu'il l'imagine recroquevillée dans un coin de la forêt, sur le qui-vive, prête à frapper. Il se dit qu'en dépit de la ressemblance confondante qu'elle présente avec sa mère, il a été incapable de prévoir ses mouvements, d'anticiper ses actions.

Il se dirige vers sa table de travail et il prend la boucle de cheveux cendrés. Parfois il lui parle, il se dispute même avec, et cela lui laisse un goût étrange dans la bouche. Il ne sait pas trop quoi en penser. Le père d'Annika a sur la conscience le meurtre de son père à lui et le jour viendra où son armée envahira Kadier.

Mais sa constellation préférée, c'est Cassiopée. Elle se bat à l'épée. Et ses cheveux, il ne l'a pas oublié, embaument l'eau de rose.

Il n'a pas envie de la détruire. Pourtant, c'est ce qu'il va faire.

De son côté, Annika se met en position assise et pousse un soupir. Elle rejette l'édredon, s'approche de la fenêtre sur la pointe des pieds et la referme sans un bruit. Elle grelotte toujours mais, au lieu d'aller chercher une couverture dans l'armoire, elle préfère ouvrir le coffre au pied de son lit.

Au-dessus de ses vêtements de petite fille et des dessins que lui a laissés sa mère se trouve une cape noire munie de deux cordons. Elle la sort et s'emmitoufle dedans. Lennox a été son ravisseur, mais il a aussi fait preuve d'une générosité peu commune. Il aurait pu la tuer.

Sauf qu'il l'a épargnée.

Il lui a dit qu'il se rendrait maître de son royaume, mais qu'est-ce que cela signifie, au fond ? Ce palais, il est à elle, il l'a vue grandir. Elle croise sur sa poitrine les pans de la cape. Un parfum presque imperceptible monte à ses narines, celui de l'océan.

Il lui a sauvé la vie. Il l'a habillée. À sa manière, il a été plus soucieux de son bien-être que son propre fiancé.

Mais il lui a enlevé sa mère. Et s'il a l'intention d'envahir Kadier, elle prendra les armes contre lui. Et elle lui ôtera la vie, sans la moindre hésitation, parce qu'elle se battra pour Kadier jusqu'à son dernier souffle.

Annika et Lennox savent que la prochaine fois que leurs chemins se croiseront, l'un d'eux devra mourir.

ANNIKA

Après avoir échappé aux griffes de Lennox, je ne quitte pas ma chambre de la semaine. J'ai quelques plaies, des petites coupures, qui nécessitent des soins attentifs – et tant de pensées dans lesquelles j'essaie de mettre de l'ordre loin des regards inquisiteurs.

J'ai fait la paix avec la mort de ma mère. J'ai l'impression de pouvoir fermer ce chapitre de ma vie et, même si je me doute que nous ne pourrons jamais récupérer son corps, je vais faire tout ce qui est en mon pouvoir pour organiser des funérailles dignes de ce nom.

Le problème qui se présente à nous, c'est qu'il y a une armée quelque part, qui s'apprête à nous envahir. Les effectifs qui assurent la sécurité du palais, et aussi de la frontière, sont doublés. Nous nous préparons au pire.

Pour ma part, j'ai pris une grande décision. Et, cette fois-ci, je n'ai l'intention de m'incliner devant personne.

Je mesure à présent l'amour que mes sujets me portent. À mon retour j'ai reçu en cadeau six chevaux, des épices et des bouquets à foison, si bien que mes appartements se sont transformés en véritable jardin. Et ces lettres qu'ils m'envoient ! Toutes pleines d'éloges, certaines gardant encore la trace des larmes que la joie ou l'inquiétude leur ont fait verser. Moi qui ai passé tant d'heures, tant de jours à me soucier de mon peuple, à me préoccuper de notre avenir commun, je sais à présent que cet attachement est mutuel.

— C'est parfait, Noemi, dis-je en admirant mon reflet dans le miroir.

Ma cameriste pose sur ma tête un diadème tout en sobriété.

— Vous n'avez pas peur que cela le mette en colère, Votre Grâce ? me demande-t-elle.

— C'est justement la réaction que je vise.

J'arrange ma chevelure sur mon épaule, en me servant de ma main comme d'un peigne. C'est une déclaration à la fois simple et forte.

— N'oubliez pas que l'un de ces brigands l'avait assommé, fait-elle remarquer sur un ton qui manque de conviction.

— Ce n'est pas le problème, Noemi.

Chaque détail de la scène s'est gravé comme au fer rouge dans ma mémoire. La douleur dans mon bras à l'instant où Lennox m'a blessée, le chagrin insondable face au sacrifice de mes gardes qui ont préféré la mort au déshonneur, le rictus sur le visage de mon ravisseur quand il a fini par me rattraper. Comment oublier ? Et comment respecter Nickolas après cette manifestation de lâcheté ?

— Si être assommé, c'était son unique tort, alors je n'aurais rien à dire. Mais il a décampé sans demander son reste. Il a pris la fuite et il m'a abandonnée à ces crapules. Un gentilhomme, quel que soit son rang, aurait au moins eu la correction de regarder par-dessus son épaule. Il a perdu le droit de faire de moi sa femme.

— Pour quelqu'un qui a du sang noble dans les veines, son comportement n'est pas loin d'être scandaleux. Jamais votre frère ne se rendrait coupable d'une faiblesse pareille.

— Sang de noble ou pas, c'est indigne de lui. Et tu as raison, Escalus aurait fait don de sa vie avant de me voir prise en otage.

— N'y a-t-il que le comportement de Nickolas qui trouble votre esprit, Votre Grâce ? Vous semblez triste.

— J'imagine que oui, je suis triste.

Elle se rapproche de moi et chuchote :

— Vous vous êtes retrouvée face à l'homme qui a tué votre mère. Vous avez vu vos compatriotes mourir. Vous avez subi un interrogatoire. Vous vous êtes évadée d'une prison et vous avez parcouru des dizaines de lieues à pied. Je connais bien des hommes qui n'en seraient jamais sortis vivants. C'est normal d'être triste, ou en colère, ou d'éprouver les émotions que vous éprouvez.

— Il n'y a pas que ça.

— Qu'y a-t-il d'autre, alors ?

Les yeux fermés, je me remémore l'interrogatoire et les menaces, puis la question que Lennox m'a posée ensuite.

— Il m'a demandé ma constellation préférée. Celui qui m'a enlevée. Et je lui ai retourné la question.

Noemi écarquille les yeux.

— Comment avez-vous pu lui adresser la parole ?

— Je sais, je sais. Et c'est bien ce qui me tracasse. À présent je connais des choses à son sujet – je sais que c'est un être humain à part entière. Je sais qu'on l'a contraint à rentrer dans certaines cases. Tu aurais dû l'entendre parler des étoiles, la façon dont il s'exprimait en règle générale. Je sais que ses yeux sont d'une couleur qui hésite entre le ciel et la glace. Mais il a tué ma mère. Il veut voler ma terre natale et la couronne de mon père, et tout ce que je sers depuis ma plus tendre enfance.

— Cela ne peut être permis, déclare Noemi avec un regard débordant de compassion.

— Je suis prête à épouser Nickolas par amour pour mon pays, et pour assurer l'avenir de mon frère. Et je me battrai contre Lennox pour les mêmes raisons.

— C'est toujours difficile de croire que cet homme existe réellement, et qu'il a un nom.

— Oh, je te prie de croire qu'il existe, dis-je avant d'enfiler ma robe.

Je ne peux pas avouer à Noemi – ni à elle, ni à personne d'autre – que le nom de Lennox résonne sous mon crâne depuis que je l'ai entendu, m'inspirant tantôt de la crainte, tantôt de la colère et parfois, à ma grande horreur, de la gratitude.

Je fais mon entrée dans la salle de réception la tête haute. Je ne porte pas souvent mon diadème mais aujourd'hui, cela me semble tout indiqué. Les trois hommes de ma vie ont déjà pris place à la table d'honneur. Bien entendu, Père est assis au centre, sur sa chaise à haut dossier, et il étudie son assiette avec une moue dégoûtée. À sa gauche, mon frère bien-aimé. Avec ses yeux brillants et son sourire affable, il est tout ce que je suis en droit de demander d'un père.

À la gauche du roi, une chaise vide qui m'attend et, à côté de cette chaise, Nickolas. Tout en angles et lignes droites, il mâchonne d'un air lugubre. C'est au beau milieu d'une bouchée qu'il lève la tête et m'avise en train de traverser la salle les cheveux dénoués et les yeux braqués sur lui. Qu'il essaie donc de me critiquer, je saurai le recevoir.

— Bonjour, mon cher frère.

Je contourne la table et je me penche pour planter un baiser sur la joue de mon père. Il est aussi surpris que moi par ma témérité et il me dévisage, toujours sombre. Mon assiette pleine, je m'installe à ma place. Il s'écoule quelques secondes avant que mon fiancé ne puise en lui le courage de m'adresser la parole.

— Quel plaisir de vous revoir parmi nous.

Je souris sans répondre. J'ai interdit à tout le monde l'accès à ma chambre, à l'exception d'Escalus et du médecin. Personne ne m'a dit si Père est passé prendre des nouvelles mais Nickolas s'est présenté trois fois à ma porte et, par trois fois, Noemi l'a renvoyé.

— Mon chaton, je ne souhaite pas vous chercher querelle en cette matinée de retrouvailles, mais je vous saurais gré de changer de coiffure après le petit déjeuner, chuchote-t-il, en essayant de me prendre par la douceur.

Hélas, je ne suis plus d'humeur à me plier à cette comédie. Je me tourne lentement vers lui pour le foudroyer du regard, et il a l'intelligence de s'écarter de moi.

— Primo, si vous m'appelez une fois encore « mon chaton », je vous plante cette fourchette dans la gorge. Deuzio, je n'ai jamais consenti à relever mes cheveux. C'est vous qui l'avez exigé, et j'ai eu la sensation que je devais m'y résigner mais, maintenant plus que jamais, je veux ressembler à ma mère. Vous ne me prendrez pas cela. Et, tertio, je suis fascinée par votre culot. Vous vous croyez encore en position de me donner des ordres ?

Il a un mouvement de recul, comme si je venais de le brûler au moyen d'un fer chauffé à blanc. Ce qui risque de se produire s'il continue à m'agacer ainsi. Père secoue la tête.

— Quelle attitude puérile, gémit-il. Ta pauvre mère…

Je rétorque alors :

— Ma mère aurait été d'accord avec moi. Et si vous m'aviez parlé sur ce ton en sa présence, elle aurait eu honte de vous.

Ma remarque le touche au vif, je le vois bien. J'enfonce le clou :

— D'ailleurs, jamais elle ne m'aurait placée dans une situation où j'aurais été dépendante d'un individu pareil.

— Ne me force pas à prendre certaines décisions, Annika, gronde mon père. Tu risques de le regretter.

Je me penche vers lui et je murmure :

— Comme la dernière fois ?

Sa mâchoire se crispe. Je poursuis :

— Je n'essaie pas de revenir sur ces fiançailles. Notre peuple a besoin, plus que jamais, de stabilité. Mais vous, monsieur, dis-je en me tournant vers Nickolas, n'espérez pas être admis en ma présence plus d'une fois ou deux avant nos noces, qui seront célébrées à une date que je fixerai moi-même. Et attendez-vous à ce que je garde mes distances. Vous pouvez me dérober ma liberté, mais je ne vous permettrai pas de me voler ma joie.

Je me mets debout et je quitte la salle sans un regard en arrière. D'une main je ramasse mes jupes et je me rappelle que maman avait le même geste. Alors je pense *Telle mère, telle fille.*

LENNOX

Après l'erreur désastreuse que j'ai commise avec Annika, de nouvelles corvées sont ajoutées à nos occupations quotidiennes. Même si tout le monde semble s'accorder sur le fait qu'elle est morte, Kawan ne veut prendre aucun risque. Par conséquent, nous voilà obligés de patrouiller le périmètre de la forteresse et ce que nous appelons le camp de base à toute heure du jour et de la nuit.

— Merci de me laisser venir avec toi, répète Blythe pour la énième fois.

— Pas de quoi. Les rondes devraient toujours se faire par deux.

— Je sais… merci, c'est tout.

Nous longeons le bois, projetant notre regard aussi loin que possible. C'est plus compliqué la nuit, plus dangereux. La perspective de dormir à la belle étoile me paraît soudain séduisante. Le sommeil se dérobe à moi ces derniers temps.

— Lennox ?

— Oui ?

— Qu'est-ce qu'on fait ici, au juste ?

— On quadrille le secteur ?

— Non. Je veux dire, on s'entraîne, et on tue le temps… mais ça t'arrive de te demander si ce royaume vaut la peine qu'on se batte pour lui ?

J'entends dans ma tête l'écho de la voix d'Annika, qui m'assure que je fais fausse route. Mon père m'avait transmis une partie de notre histoire, par fragments, et Kawan avait rempli les blancs lorsqu'il s'était présenté sur le seuil de notre maison, déclamant notre patronyme à la façon d'une prière. En discutant autour de la table, mon père et lui avaient éveillé les fantômes du passé : le mot de *Dahrain*, des anecdotes de guerre, les chroniques des autres clans qui avaient sombré dans l'oubli. Rien ne nous oblige à vivre ainsi en parias, avait affirmé Kawan. Un jour nous aurons notre propre pays.

— Je veux simplement récupérer ce qui nous appartient, dis-je. C'est ce qui m'anime depuis toujours : être chez moi quelque part.

— Je peux te poser une question bête ?

— Bien sûr.

— Pourquoi pas ici ?

D'un geste ample du bras elle montre la campagne, dominée par les ruines du Castel Vosino.

— Oui, pourquoi pas ici ? répète-t-elle. On est déjà sur place. On connaît ces terres, on sait les cultiver. On a du matériel… qu'est-ce qui nous retient de construire des vraies maisons, des maisons à nous ?

Je l'étudie à mon tour, ce lieu qui nous sert de repaire. C'est ici que je suis devenu l'homme que je suis, ici que j'ai recueilli Grisette, ici que j'ai noué de rares amitiés. J'ai une chambre rien qu'à moi et, si j'y suis contraint, j'arriverai à subvenir à mes besoins. Ce n'est pas le paradis, certes, mais c'est mieux que rien…

— Je ne peux pas tirer un trait sur Dahrain. Et je ne vois pas comment rester ici tant que Kawan sera au pouvoir. Je préfère planter ma tente ailleurs et faire mienne une terre dont personne ne veut.

— Tu partirais de ton côté, tout seul, pour fonder ton propre pays ?

— Non, voyons. Simplement construire une maison. Ma maison. Un toit pour une famille, pas pour une armée.

Nos regards se croisent.

— Avec quelqu'un en particulier ?

— Blythe.

— Cette fille, par exemple ?

Cette fille.

— Tu étais presque… doux avec elle, poursuit Blythe. Cela ne te ressemble guère.

— Cette fille, comme tu l'appelles, incarne tout ce que je hais. Donc, si tu comptes être jalouse, à ta place, je me choisirais une autre rivale.

Ma réponse semble l'adoucir et elle reporte son attention sur la ligne de l'horizon. Il s'écoule moins d'une minute avant qu'elle ne lève le bras.

— Par là-bas, chuchote-t-elle.

J'observe l'étendue qui se déploie sous nos yeux et je repère trois silhouettes qui traversent la plaine à l'ouest. Des hommes. Les épaules larges, musclés. Ils ne courent pas, ils ne donnent pas l'impression de fuir un danger ni d'être en proie au désespoir. Le paquetage qu'ils ont à l'épaule indique qu'ils ne sont pas dans le dénuement. Ils sont vêtus du même vert pâle que les soldats qui servaient d'escorte à Annika.

— Des soldats kadiériens ?

Je confirme d'un hochement de tête.

— Si ce sont des hommes envoyés en éclaireurs, ce n'est que l'avant-garde. Faisons-nous discrets, ils vont peut-être rebrousser chemin. Il est possible qu'ils ne sachent pas ce qu'ils cherchent.

— Mais s'ils le savent…

Je retire mon épée de son fourreau et Blythe prépare son arc. Nous talonnons nos montures et les lançons dans la direction des trois visiteurs nocturnes. Ils remarquent immédiatement qu'ils ont été repérés. Je me demande s'ils vont s'armer, ou tourner les talons et prendre la fuite. Ni l'un ni l'autre, apparemment : ils se laissent tous trois tomber à genoux et celui qui se trouve sur la gauche sort de sa poche un petit mouchoir blanc qu'il agite en l'air.

— Pitié ! s'exclame-t-il.

— Nous venons en paix. Notre princesse est de retour, elle nous a raconté…

— La fille a survécu ?! l'interrompt Blythe.

— Elle nous a tout expliqué. Jago, la reine Evelina, l'histoire de nos deux peuples. Le roi Theron veut signer la paix.

— Oui, une paix durable, renchérit celui du milieu.

Lui, il m'inspire instantanément de la méfiance. Nerveux, il nous lance des regards furtifs.

— La paix ? s'étonne Blythe. Comment ça ?

L'homme qui a pris la parole en premier s'éclaircit la voix.

— Il propose une rencontre en terrain neutre, en vue d'entamer des pourparlers. Il y a une île au large de Kadier. Il souhaite ouvrir des voies commerciales, vous montrer sa générosité.

Voilà qu'il déplie maladroitement une carte et nous tend une liasse de documents. Cette offre me laisse sceptique. Comment croire que nos deux royaumes pourraient se réconcilier ? Après ce que nous avons enduré ? L'ennemi reconnaît notre existence et nous témoigne son respect, d'une certaine façon. Ce qui ne veut pas dire que je vais leur faire aveuglément confiance.

— Vous mentez. Vous mentez et vous vous êtes introduits sur nos terres. Je vais vous renvoyer à votre roi entre quatre planches.

— Non, non, non ! Nous disons vrai. Regardez, nous avons nos coutelas de chasse. Autrement, nous ne sommes pas armés. Nous sommes venus délivrer notre message et vous montrer l'île en question. Présentez-nous à votre chef, pour que nous puissions lui expliquer en détail.

Toutes mes alarmes se déclenchent en même temps. Décidément, c'est trop facile. Mais ce n'est pas moi qui donne les ordres.

— Lâchez vos armes. Et donnez-nous vos provisions.

Dociles, ils jettent au sol des couteaux. Je mets pied à terre et je m'approche de l'homme qui tient le mouchoir.

— Maintenant, tendez les bras. Nous répéterons à notre chef ce que vous nous avez dit. C'est lui qui décidera de votre sort.

ANNIKA

Je pousse la porte de la bibliothèque animée d'une énergie nouvelle. Comme Rhett ne se trouve pas à son bureau j'explore les allées, l'oreille tendue. Au bout de quelques instants, je distingue au fond de la salle le chuintement des livres que l'on déplace sur les rayonnages. Je tourne le coin d'une étagère, et le voici.

Les sourcils froncés, Rhett parcourt les titres alignés devant lui, vérifiant que chaque livre est rangé selon la bonne classification. Son professionnalisme est admirable. Je me rends compte qu'il met la même fougue, la même passion, dans tout ce qu'il entreprend. Il lève la tête et m'aperçoit. Ni une ni deux il pose les livres qui lui encombrent les bras sur un coin d'étagère et me rejoint en quelques pas, de l'inquiétude au fond des yeux. Il me serre dans ses bras et parle d'une voix précipitée :

— Oh, Annika.

Rien qu'à la façon dont il prononce mon prénom, je sens l'amour qu'il me porte, sa dévotion. Il s'écarte, plonge son regard dans le mien et pose sa main sur ma joue.

— Je n'arrive toujours pas à croire que vous m'êtes revenue saine et sauve. Comment vous sentez-vous ?

Quelle réponse apporter à cette question ? Moi-même, je suis incapable d'expliquer ce qui se passe en moi, ce tourbillon. Je me sens survoltée et épuisée, fière et humiliée, reconnaissante et déçue tout à la fois.

— Difficile à dire. J'imagine que tu es au courant pour ma mère.

— Et vous avez regardé son meurtrier dans les yeux ?

— Oui.

— J'aurais essayé de le tuer de mes propres mains à votre place.

Je laisse échapper un rire sans joie.

— Eh bien, je lui ai suggéré de me donner une épée et de se mesurer à moi, mais il a refusé. Et je n'étais pas en position de négocier.

— Pourtant, vous avez réussi à vous échapper.

— Oui. Et maintenant que je me sens mieux, j'ai des recherches à faire.

À ces mots, Rhett dresse l'oreille.

— Vous êtes venue au bon endroit. En quoi puis-je vous aider ?

— Il me faudrait les minutes du procès de Jago. Les motifs d'inculpation, les preuves, le verdict. Après avoir rencontré son fils, j'ai la sensation que je dois me renseigner sur ce qui s'est passé.

— Fort bien. Par ici. Les archives juridiques sont dans la section histoire. Si vous voulez bien me suivre… Avez-vous reçu mes lettres, par hasard ?

— Oui, Rhett, je les ai reçues.

— Je n'ai pas osé exprimer ma tendresse par écrit, chuchote-t-il, mais, quand j'ai appris que Nickolas était rentré sans vous, j'ai saisi cette chance pour vous offrir mon cœur.

— Rhett… je…

— Je sais que vous allez m'éconduire. Mais accordez-moi quelques minutes, laissez-moi le temps de caresser cet espoir avant qu'il ne soit brisé.

Son regard s'assombrit. Je lui prends la main.

— Dans ce cas, permets que je te dise ceci : merci. Tu m'as sauvé la vie, Rhett. Quand ils m'ont enlevée, ils se sont servi d'une corde pour me ligoter mais plus tard, au cachot, ils m'ont mis des chaînes. Jamais je n'aurais pu m'en libérer sans tes leçons. Tu m'as aidée à m'évader comme si tu avais été à mes côtés.

— Vraiment ?

— Absolument.

Après une courte hésitation, il se rapproche de moi et tente de m'embrasser. Je fuis son contact.

— Rhett…

Il se fige, son visage à quelques centimètres du mien.

— Pardon. J'ai été… troublé par ce que vous venez de dire.

— Rhett, tu es mon ami le plus cher. Et j'ai beaucoup d'affection pour toi, mais je vais en épouser un autre. Alors, si tu ne peux te maîtriser, je vais être contrainte de garder mes distances.

— Après tout ce qui s'est passé ? Ne vous a-t-il pas abandonnée en rase campagne ?

— Je ne l'aime pas. Je n'ai aucun respect pour lui, même. Si j'étais libre, jamais je ne me rabaisserais à me lier à cet individu. Épouser Nikolas, pour moi, ce sera simplement signer un contrat. Mais je suis impuissante face à cette situation. Une armée risque de nous envahir à tout instant.

Je veux qu'elle rencontre un front uni. C'est le moins que je puisse faire pour mon peuple.

— J'admire votre altruisme. Je ne sais pas si je serais capable de faire don de ma personne comme vous.

— Dans ce cas, tu voudras bien te consacrer à cette bibliothèque ? Il n'est pas impossible que je doive arrêter mes leçons d'escrime, alors cet endroit risque de devenir mon unique refuge.

— Si protéger cette bibliothèque est la seule façon de vous aimer, je vais m'y consacrer corps et âme, promet Rhett, le torse bombé.

LENNOX

— Répète-moi exactement ce qu'ils t'ont dit, ordonne Kawan.

Nous nous trouvons dans une petite salle où nous discutons des derniers rebondissements. Ma mère s'est jointe à nous, ainsi qu'Aldrik, Slone, Illio et Maston.

— Je l'ai déjà raconté une dizaine de fois, dis-je sur un ton égal. Ils nous ont remis leurs couteaux et transmis un message. Le roi Theron nous invite à des pourparlers de paix sur une île quelque part. Je n'en sais pas plus.

— Ils n'ont pas protesté, ajoute Blythe, même quand on les a jetés au cachot.

— Ils sont sous bonne garde, j'ose espérer ?

— Naturellement.

Kawan s'adosse à sa chaise et passe des doigts épais dans sa barbe hirsute. Quelques instants plus tard il part d'un grand rire et frappe la table du plat de la main.

— Voyez-vous ça, hoquette-t-il. Si j'avais su qu'il serait si facile de les soumettre, j'aurais enlevé leur princesse il y a des lustres.

Je me sens obligé de mettre mon grain de sel :

— Justement. Nous avons enlevé leur *reine* il y a des lustres. Personne ne nous a tendu de branche d'olivier à l'époque.

— Ils avaient dû y voir un incident isolé. À présent ils savent que tout un peuple a une dent contre eux.

Je ne vois pas la logique là-dedans. Ils ont eu trois ans, trois longues années, pour découvrir que nous étions derrière le premier enlèvement. Par ailleurs, si nous avons assassiné leur reine et enlevé leur princesse, pourquoi chercheraient-ils la réconciliation ? Je me méfie de leurs belles promesses. Mais c'est inutile de gaspiller ma salive, car jamais Kawan ne se rendra à mes arguments.

— Comment souhaitez-vous procéder ?

— Première étape, on les interroge. Séparément. On leur pose les mêmes questions. On recoupe les réponses, on cherche en quoi elles diffèrent. Ils ne mangent pas, ils ne dorment pas tant qu'on n'a pas ce qu'on cherche. Et vois si tu peux éliminer celui qui me fait penser à une fouine.

— Dans un but précis ?

— Je n'ai pas encore décidé lequel.

— Puis-je suggérer d'envoyer Blythe pour le premier round ?

— Pourquoi ? demande Kawan, sceptique.

— Vous auriez dû la voir à cheval avec son arc et ses flèches. C'est elle qui leur a mis la peur au ventre, pas moi. Et je pense qu'ils seront déstabilisés si c'est une femme qui les passe sur le gril.

Kawan nous regarde alternativement, Blythe et moi.
– Très bien. Je veux des informations. Les effectifs, la taille de leur armée. Ce n'est pas la paix qui m'intéresse, c'est

leur royaume. Je veux démolir leur palais jusqu'à la dernière brique.

— Oui, chef.

Je quitte la salle, Blythe sur les talons.

— Je les interroge sans prendre de gants, alors ? me demande-t-elle.

— Je pense que tu vas avoir besoin d'une stratégie différente pour chacun. Le porte-drapeau va sans doute répondre à toutes les questions que tu lui poseras. Le sournois…

— Il était complètement affolé. Peut-être commencer en douceur avec lui ? Entamer la conversation ?

— Bonne idée. C'est sans doute lui, le maillon faible, mais je peux me tromper.

— Je vais faire de mon mieux.

— Je sais.

Je pose une main sur son épaule. Elle ouvre de grands yeux et je retire ma main avant de m'éclaircir la voix.

— Je vais voir si je peux trouver du papier quelque part.

Annika ne s'est pas privée de relever l'absence de bibliothèque à Vosino et même si je suis fier que notre histoire soit transmise oralement, je sais aussi que le mot écrit a de la valeur.

Je me rends dans ma chambre, je me dirige vers ma table de travail et j'ouvre un tiroir qui contient une petite liasse de feuilles blanches auxquelles je tiens comme à la prunelle de mes yeux. J'en prends quelques-unes, j'attrape une de mes plumes. L'encre, qui a séché, va sans doute poser problème. Je débouche l'encrier et je découvre au fond des petites boules poudreuses. J'espère qu'il suffira de quelques gouttes d'eau pour ramener les pigments à la vie. Ainsi équipé, je retourne auprès de Blythe.

Arrivé dans le passage qui dessert les geôles, je distingue la voix de Blythe, qui n'a pas perdu de temps pour faire parler le premier prisonnier. Je trouve deux tabourets et je les place côte à côte, pour m'en faire un bureau. Il y a de l'eau croupie dans un seau, je plonge les doigts dedans et je laisse des gouttes tomber dans l'encrier. Pourvu que mon idée fonctionne.

Nous avons installé les hommes dans trois cachots différents ; s'ils veulent communiquer, ils doivent crier et s'ils crient, nous entendrons tout. Ce qui signifie que, de là où je suis, je ne rate rien de l'échange entre Blythe et le prisonnier.

— Je sais, déclare ma coéquipière d'une voix sucrée. Nous aussi, nous avons traversé cette région il y a peu de temps. Pas jusqu'à Kadier, je ne crois pas, mais je comprends ce que vous avez enduré.

— Je déteste cet endroit. Et je n'aime pas non plus ce cachot. Nous venons en paix, nous vous l'avons déjà dit. Pourquoi une telle méfiance ? Pourquoi m'avoir séparé de mes camarades ?

— Nous devons parler à chacun de vous, c'est tout. Et si nous vous avons enfermés ici, c'est pour votre propre sécurité. Nous ne savons pas quel accueil vous sera réservé en haut, donc nous vous demandons un peu de patience.

Cette réponse semble satisfaire le prisonnier.

— Je vais essayer de rendre votre séjour aussi confortable que possible, mais je ne peux rien vous promettre. Nous vivons frugalement.

— Ce n'est pas pire que la vie en caserne.

— Votre roi n'est pas généreux avec ses soldats ? Alors que vous vous tuez à la tâche !

Blythe est maligne. Elle va feindre la compassion pour pousser cet homme à baisser la garde.

— Il est sur les nerfs depuis la disparition de sa femme, il a renforcé la fréquence des patrouilles. Vous savez combien de lieues je parcours à pied chaque semaine ? Pas assez par rapport à la solde qu'on me verse, je vous le garantis.

— C'est bien dommage. Il y a beaucoup de gardes qui surveillent le palais, alors ?

— Oui, mais ils sont postés en majorité à la périphérie des jardins. Pour repousser les intrus, les visiteurs indésirables.

— Cela se comprend. Nous aussi, nous sommes très vigilants sur ces questions-là.

Le silence s'éternise et je me demande ce que Blythe trafique. Soudain, la voix du prisonnier se fait entendre.

— Vous n'avez rien à craindre. Le roi a peur de vous.

— Comment ça ?

— Il dirige tout d'une main de fer. Ses enfants, sa couronne, son royaume. Il vit dans une terreur constante.

Un autre silence. Je me doute que Blythe fait exactement la même chose que moi à cet instant : elle se frotte les mains de savoir que le roi redoute jusqu'à son ombre.

— Merci, dit-elle. Je reviens très vite avec des nouvelles.

Je l'entends ouvrir la porte, puis pousser le verrou. Je passe la tête à l'angle du mur et je vois dans son regard l'espoir qui gonfle ma propre poitrine. Elle se précipite vers moi et chuchote :

— Tu as entendu ?

— Oui. Au début j'étais sceptique, mais j'ai l'impression qu'il dit la vérité…

— Lennox, si c'est vrai, il serait possible de les envahir… sans verser une seule goutte de sang.

— Il faut consigner tout ce qu'ils disent.

Je plonge dans l'encre la pointe de ma plume et je trace une ligne en haut d'une feuille, pour vérifier qu'elle n'est pas tordue. Un peu épaisse, mais cela fera amplement l'affaire. Je passe la plume à Blythe, qui rougit jusqu'à la racine des cheveux et incline la tête.

— Je ne sais pas écrire, chuchote-t-elle.

Je vois bien que cet aveu lui coûte et je n'insiste pas.

— Ce n'est rien. Moi, je sais.

Je suis un peu mal à l'aise. C'est la deuxième fois que ce problème se pose et cela me gêne d'être le seul ici à savoir lire et écrire. En même temps, personne n'en a l'utilité.

— Quand nous nous établirons sur nos terres, tu auras tellement de temps libre que tu passeras tes après-midi à lire, dis-je à Blythe, afin de dissiper la tension. Je t'apprendrai quand nous arriverons à Dahrain.

— Vraiment ?

— Vraiment. En attendant, notons tout cela avant de l'oublier.

ANNIKA

Le lendemain matin m'attend un billet signé de Nickolas.

— On dirait que le duc l'a glissé sous la porte cette nuit, fait remarquer Noemi.

— Cela paraît terriblement romantique de sa part.

— Il ne faut pas beaucoup de temps à un homme désespéré pour devenir romantique. Il a peut-être plus de tendresse pour vous que vous ne le pensiez.

Je parcours la lettre en diagonale.

— Il veut me voir.

— Cela ne m'étonne pas. Accéderez-vous à sa demande ?

Noemi sort de ma penderie trois robes qu'elle dispose sur le dossier de ma méridienne, afin que je choisisse laquelle je vais porter aujourd'hui. Est-ce cruel de vouloir briser le cœur de Nickolas ?

— Je lui ai déjà dit qu'il ne me verrait pas en tête à tête avant les noces. Nous serons ensemble au petit déjeuner, ce sera déjà beaucoup pour une journée… celle avec les fleurs roses.

Je remets la lettre dans son enveloppe et je quitte mon lit d'un bond.

— Excellent choix, dit Noemi. C'est moi aussi l'une de celles que je préf…

Elle s'interrompt. Je me retourne et je la vois regarder quelque chose par la fenêtre, le visage grave.

— Est-ce que tout va bien, Noemi ?

Je la rejoins et je découvre ce qui retient son attention. Des centaines de soldats s'entraînent au fond du champ clos. Il leur arrive de faire leurs exercices dans l'enceinte du palais, mais cette agitation est inhabituelle.

— À votre avis, que se passe-t-il ? souffle Noemi.

— S'ils s'exercent ici, c'est qu'ils vont être affectés à la surveillance de Meckonah.

— Vous pensez ? Ils sont drôlement nombreux !

— Ils doivent mettre en place des roulements pour éviter de tomber d'épuisement, sans doute. Et il ne serait pas surprenant que mon père ait renforcé notre garde rapprochée.

— Dans ce cas, nous ferons de vos appartements une oasis.

Le regard de Noemi ne quitte pas les hommes qui défilent mais moi, c'est elle que je dévisage. Elle se plie toujours en quatre pour me rendre la vie plus facile, même en pleine tourmente, et je lui en serai éternellement reconnaissante.

Après avoir lacé mon corset et défroissé ma jupe, elle s'occupe de mes cheveux qu'elle laisse flotter dans mon dos, se contentant de leur mettre un coup de brosse. Je joue avec une mèche tout en pensant à ma mère. Dorénavant, je penserai à elle à chaque fois que je me ferai coiffer. J'attrape une fleur dans un vase, je raccourcis sa tige et je la glisse derrière mon oreille.

Noemi me déclare prête. Elle ouvre la porte et je démarre ma journée. Lorsque j'arrive à la salle à manger, je découvre que seul Escalus est descendu prendre le petit déjeuner. Il a l'air parfaitement à l'aise, assis à la table d'honneur. Aujourd'hui il porte une veste verte et il s'est plaqué les cheveux vers l'arrière. Je m'approche de lui, je l'embrasse sur la joue et je vais prendre place sur la chaise qui m'est assignée.

— Où est Père ?

— En réunion.

Au ton de sa voix, je devine qu'il y a quelque chose qui cloche.

— C'est en rapport avec l'armée qui s'entraîne sous nos fenêtres, peut-être ?

Escalus promène son regard sur les courtisans aux autres tables, se tourne vers moi et esquisse un signe affirmatif de la tête. Il compte m'en parler, mais pas tout de suite.

— Et Nickolas, alors ? Où est-il ?

— Personne ne te l'a dit ? Il n'a pas quitté sa chambre depuis hier matin. Son valet prétend qu'il a renvoyé tous les plats qu'on lui a apportés sans y toucher. Je crois... je crois que tu lui as brisé le cœur, Annika.

— Par pitié. Depuis que nos fiançailles ont été annoncées, soit il m'aboie des ordres, soit il fait comme si je n'existais pas. Et s'il croit que je vais oublier la poltronnerie dont il a fait preuve l'autre jour, il se trompe lourdement.

— Nous agissons tous sans réfléchir quand la pression devient trop forte, répond mon frère avec un haussement d'épaules. Attention, je ne dis pas que je le félicite pour ce qu'il a fait.

Je ne dis rien. Que répondre à cela ?

— Annika, enchaîne Escalus, tu as sans doute remarqué que je ne peux pas supporter Nickolas. Sa simple présence me sape le moral. Mais je le comprends, en un sens… si j'avais quelque chose d'important à dire, je voudrais qu'on m'écoute.

— Sais-tu qu'il m'a fait parvenir un billet dans lequel il me demande précisément cela ? Que je l'écoute ?

Mon frère laisse échapper un petit rire.

— Non, mais cela ne me surprend pas. Va le voir, laisse-le dire ce qu'il a sur le cœur. S'il n'arrive pas à se racheter, fort bien. Épouse-le sans l'aimer et garde tes distances. Mais je te connais. S'il s'avère qu'il t'aime depuis le début, tu vas regretter d'avoir gâché tout ce temps.

Nickolas est logé dans l'une des plus belles chambres du palais, à proximité de celle d'Escalus. Prenant une profonde inspiration, je frappe à la porte. Son valet vient m'ouvrir ; il écarquille les yeux lorsqu'il me reconnaît et il s'incline très bas.

— Votre Royale Altesse.

— C'est donc elle ?

La voix de Nickolas me parvient de loin. Je l'entends traverser la pièce à toute vitesse et il surgit sur le seuil.

— Annika, souffle-t-il.

Il prononce mon nom comme s'il s'agissait d'une corde qu'on envoie à un noyé. Il se présente à moi les cheveux en bataille, le gilet déboutonné et la cravate dénouée. D'ordinaire, il n'y a pas un fil qui dépasse. Nickolas a perdu pied, cela saute aux yeux. J'avoue que je préfère cette version un peu débraillée.

— Pardon, lâche-t-il en se prosternant à mes pieds. Votre Royale Altesse. J'espère que votre venue veut dire que vous avez reçu mon message et que vous êtes disposée à m'écouter. Je vous dois mes excuses les plus sincères. Entrez, je vous prie, et faites-moi l'honneur de m'accorder votre attention.

— Êtes-vous souffrant, monsieur ?

— Oui ! s'exclame-t-il en s'arrachant les cheveux. Jamais je n'ai été aussi bouleversé de ma vie !

Au lieu de me laisser passer il me bloque la porte, ce que je prends comme une autre preuve de sa détresse. Le Nickolas que je connais est très à cheval sur la bienséance et sur l'étiquette. Je vérifie qu'aucune oreille indiscrète ne traîne dans le couloir, puis je me lance :

— Nickolas, jamais je n'ai envisagé le bonheur conjugal à vos côtés mais je me suis fait une raison. Sauf qu'après avoir été témoin de votre comportement… je ne vois pas non plus comment nous pourrions rester amis. Quantité de mariages royaux finissent sur le terrain de l'amitié.

Je réprime l'envie de pleurer. C'est une torture d'admettre cela à voix haute.

— Je ne vais pas revenir sur ces fiançailles, et je n'exigerai rien de vous. Tout ce que je demande, c'est que vous me laissiez tranquille. Réflexion faite, je ne le demande pas, je l'ordonne. Une bonne journée à vous.

Je m'apprête à rebrousser chemin mais il me retient en m'agrippant par le poignet.

— Annika.

Sa voix trahit un tel désarroi que je reste clouée sur place. Il en profite pour enrouler l'autre main autour de mon poignet et il s'agenouille.

— Je ne sais pas où me mettre. Si je… si mes paroles faisaient écho à mes sentiments, nous n'en serions pas là.

Il garde les yeux baissés, nerveux. Nickolas n'est jamais nerveux.

— Je vous sais gré de ne pas annuler notre mariage…, poursuit-il, mais n'y a-t-il entre nous aucune place pour l'amour ? Aucun espoir ?

— Nickolas, si vous m'avez aimée un jour, vous l'avez très bien caché.

— Peut-être qu'aimer, c'est un mot trop fort. Mais vous êtes, depuis toujours, mon unique point d'ancrage.

Son aveu m'ouvre une fenêtre sur ses angoisses intimes. C'est pour cette raison que Lennox m'effrayait tant. J'ai mis ma vie au service de la couronne. L'idée que quelqu'un puisse s'en emparer un jour me trouble au plus haut point. Même si c'est un travail ingrat, même je dois souvent faire contre mauvaise fortune bon cœur, je ne veux pas la perdre. Kadier, c'est toute ma vie.

C'est ce sens du devoir, profondément enraciné, et le reflet de mes propres peurs au fond des yeux de Nickolas, qui fait vibrer une corde dans mon cœur. Une légère vibration, pas un tremblement de terre.

— S'il y a une once de vérité là-dedans, montrez-le-moi.

Il me lâche le poignet et esquisse un geste éloquent.

— Oui. Bien sûr. C'est que… j'implore votre patience.

Je tourne les talons et je m'éloigne, en me demandant dans quel pétrin je me suis encore fourrée.

LENNOX

Il suffit d'une nuit pour boucler les interrogatoires. Les prisonniers ont tous la même version des faits. Le nombre de soldats postés à des endroits précis. La localisation du palais, des casernes et des bases militaires sur nos vieilles cartes, qu'ils ont volontiers mises à jour en nous donnant des informations récentes. Et tous confirment ceci : le roi de Kadier veut nous rencontrer, discuter d'un avenir commun et enterrer la hache de guerre.

Je donne à Kawan mon rapport rédigé d'une main malhabile. J'ai écrit à peu près droit, ce qui est déjà un exploit. Je pensais qu'il allait m'assaillir de questions – « Cette rencontre, où comptent-ils l'organiser ? », « Leurs déclarations se recoupent-elles ? » – mais il a d'autres priorités.

— Qui t'a donné ce papier ? grommelle-t-il.

Ces quelques mots confirment ce que je soupçonne depuis bien longtemps : il veut régner sur un peuple d'analphabètes.

— Je suis allé en chercher dans la réserve. Il n'y avait que quelques feuilles, et l'encre était sèche. Veuillez me pardonner si j'ai gâché des ressources précieuses, mais j'ai pensé qu'un développement de cette importance méritait d'être noté noir sur blanc.

Il me dévisage longuement, puis il étudie les feuillets. Son regard parcourt anxieusement les lignes, sans marquer de pause, mais j'ai l'impression qu'il ne comprend pas ce qu'il a sous les yeux. Est-il possible… qu'il ne sache pas lire ?

Il se racle la gorge.

— Vous avez fait du très bon travail, tous les deux. Je constate que tu veux réparer les erreurs du passé, déclare-t-il d'une voix fielleuse.

Ce compliment ne sert qu'à m'endormir, et à cacher quelque chose. Ce qu'il veut cacher, c'est qu'il ne sait lire qu'à un niveau rudimentaire. Soit je l'humilie devant les plus loyaux de ses lieutenants, soit je garde ma découverte pour moi – en attendant le moment de la mettre sur la place publique.

— Merci. Comme vous pouvez le voir, ils nous ont tous donné les mêmes réponses, au détail près. Et ils ont corrigé nos cartes en indiquant l'emplacement de la résidence royale, les zones où leur armée s'entraîne et les quelques bastions érigés le long de la frontière.

» C'est ici que la rencontre devrait avoir lieu, dis-je en montrant de l'index une bande de terre simplement appelée l'Île. Apparemment les éléments y sont très capricieux et elle est difficile d'accès, c'est pourquoi personne ne l'habite. Le souverain aimerait signer des traités commerciaux et lancer la construction d'une route qui relierait nos deux royaumes, pour faciliter le transport de biens et de personnes. Les prisonniers ont précisé qu'il viendrait les bras chargés de présents afin de sceller la réconciliation.

— Quand est-ce que cette rencontre doit avoir lieu ?

— D'ici quelques jours. Le roi nous donne rendez-vous là-bas et il fera de son mieux pour… pour apaiser les esprits.

— Apaiser les esprits ? ricane Kawan en se grattant la barbe. Nous allons les exterminer. Nous allons les rayer de la surface du globe, et ils l'auront bien cherché.

Je vois la cupidité déferler sur lui à la façon d'une vague.

— Nous allons le liquider. Nous allons tuer leur roi sur cette île de malheur et livrer son corps à la mer. Une fois débarrassés de cette canaille, ce sera un jeu d'enfant d'envahir Dahrain. Nous les soumettrons tous, nous vaincrons l'armée entière. En fait, s'exclame-t-il avec un sourire réjoui, nous ne le laisserons même pas atteindre l'île. Nous l'attaquerons par la voie maritime, pour lui montrer de quoi nous sommes capables. Ils regretteront amèrement de m'avoir volé ma couronne.

Ce plan ne me dit rien qui vaille. Nous avons bien quelques embarcations à notre disposition, des bateaux de pêche, mais rien qui pourrait transporter nos troupes. Où pourrions-nous trouver assez de navires ? Comment des soldats qui ont appris à se battre sur terre sauraient-ils venir à bout d'un ennemi en combat naval ? Et pourquoi ne pas éviter toute effusion de sang ? Il me semble que le roi est intimidé, voire résigné ; il serait peut-être possible de récupérer notre territoire sans faire usage de nos armes.

— Monseigneur, êtes-vous certain que ce soit la marche à suivre ?

Kawan détache lentement les yeux de mon rapport. Il ne sait peut-être pas lire mais moi, je sais lire ce qu'il y a au fond de son regard : il m'ordonne de me taire, et d'obéir.

— Je veux qu'ils confirment la taille de l'armée qui répond aux ordres de cet usurpateur, et je veux qu'on me donne le jour et l'heure précis de cette rencontre. Ne me déçois pas, me prévient-il. Entre-temps, préparons-nous à festoyer.

— Festoyer ?

Décidément, son esprit s'éparpille dans des directions imprévisibles.

— Naturellement. Notre peuple part en reconquête, l'heure est donc aux réjouissances.

J'acquiesce d'un signe de tête et je quitte la salle, Blythe sur les talons. Elle referme la porte à l'instant où je m'immobilise dans le couloir, frappé de stupeur.

— Ce n'est pas… je m'attendais à autre chose, admet-elle à voix basse.

— Moi aussi. Pourquoi nous force-t-il à livrer bataille ?

J'ai beau étudier la question sous tous les angles, rien dans la décision de Kawan ne me paraît rationnel. Il nous jette tous dans la gueule du loup.

— Des festivités ? s'étonne Inigo. Pour quelle raison ? Parce qu'on part faire la guerre ?

Assis sur des rochers, nous contemplons la mer. Le vent souffle, assez pour que les autres n'aient pas envie de nous rejoindre et pour noyer nos voix. J'ai besoin de me calmer, besoin de mettre derrière moi cette colère qui m'aveugle. Pour l'instant, c'est un échec cuisant.

— Et tu sais ce qui me tue, par-dessus le marché ?

— Quoi ?

— Le lendemain de cette supposée rencontre au sommet, alors qu'on sera en pleine installation à Dahrain ou sur le chemin du retour…

— On fêtera Matraleit, soupire Inigo.

— Précisément. Et il n'en a pas dit un mot. Pas de fête, pas de banquet. Il devrait au moins se rappeler nos traditions.

— Je suis content que tu sois là, répond Inigo, le regard fixé sur la houle. Tu es au courant de notre histoire. Moi, j'en connais certains épisodes, mais je les tiens des autres qui me les ont racontés après mon arrivée à Vosino.

— Je ne sais pas pourquoi nous n'en gardons trace écrite nulle part. Cela serait très utile.

C'est la question que je regrette de ne pas avoir posée à mon père avant sa mort. Si Kawan a réussi à nous trouver – et s'il savait quelles familles chercher précisément –, où l'a-t-il appris ? Ma famille fêtait Matraleit, mais il y a des coutumes que nous ne connaissions pas et auxquelles Kawan nous a initiés. Les autres familles ont confirmé ce qu'il nous a raconté, en regroupant toutes nos contributions, nous avons bâti l'histoire la plus complète possible. Mais s'il en savait autant avant d'arriver chez nous… il a bien dû l'étudier quelque part, non ?

— Ne t'inquiète pas. Ce n'est pas parce que Kawan fait l'impasse sur nos traditions que les filles vont oublier Matraleit.

— Tu tisses un bracelet pour l'une d'elles ?

— Tu plaisantes ? Laquelle de ces demoiselles voudrait un bracelet de moi ? Et cela m'étonnerait que j'en reçoive un. Toi, en revanche, tiens-toi sur tes gardes.

— Ne commence pas.

— Tu sais que ça va finir par arriver. Autant l'accueillir à bras ouverts.

— Je n'ouvre les bras à rien. Ni à personne.

Inigo lâche un petit rire. Je jette un coup d'œil par-dessus mon épaule. Au loin, dans les champs, des gens ramassent de la paille.

Je sens une boule se former dans ma gorge. Matraleit est une fête populaire qui consacre l'union, le lien. La fidélité, aussi. Nos ancêtres avaient pour coutume de se fabriquer des bracelets en tressant des brins de paille et d'en offrir à la personne aimée. Les hommes comme les femmes. Certains en portent plusieurs en même temps, pour se vanter de leurs conquêtes. Il arrive que ce soit un témoignage d'amour très sérieux, comme un échange de serments, qui aboutit au mariage. Il arrive aussi que le bracelet soit offert de façon anonyme ; à charge pour celui qui l'a reçu de deviner qui a des vues sur lui. Le bijou, aussi modeste soit-il, est devenu un symbole de ce jour sacré entre tous.

Je n'en ai jamais reçu. Et, si j'en reçois un cette année, il ne pourra venir que d'une seule personne.

— Écoute, reprend Inigo, blague à part, ne laisse pas Kawan te porter sur les nerfs. Un jour viendra où il faudra qu'on agisse avec précision, avec lucidité. Ce n'est pas possible quand la colère obscurcit toutes nos pensées.

Je détourne le regard, ému.

— Je sais.

— Alors ça vaudrait peut-être la peine d'ouvrir les bras et d'accueillir quelque chose, n'importe quoi. Ne serait-ce que pour avoir une autre émotion au cœur que la rage.

— Je vais y réfléchir, à condition que tu me promettes de ne plus jamais aborder ce sujet.

— Marché conclu, s'esclaffe Inigo.

Je lui mets une tape sur l'épaule, et je prends la direction de ma chambre. J'ai tant de choses qui se bousculent sous mon crâne et pourtant, mon esprit ne cesse de retourner à son conseil. Je ne veux pas décevoir Inigo… mais je ne me sens pas encore prêt à ouvrir les bras – ni mon cœur.

ANNIKA

Je suis en train de mettre la touche finale à mon ouvrage quand on frappe à la porte. Noemi va ouvrir, elle trouve Escalus sur le seuil. Il entre, la tête haute, une gerbe de fleurs sauvages à la main. D'un geste du bras, je lui montre les innombrables bouquets qui embaument ma chambre de leur parfum.

— C'est très gentil de ta part mais, comme tu le vois, tous les vases sont occupés.

— Ce bouquet n'est pas pour toi, mais pour ta camériste. Elle mérite qu'on la gâte un peu. Les gens oublient qu'elle doit te supporter du matin au soir.

Et il offre ses fleurs à Noemi, qui éclate d'un rire cristallin et enfouit son visage dedans. Je fais mine de m'indigner :

— Excuse-moi ?!

— Je n'ai pas à me plaindre de la façon dont Son Altesse me traite, sire, proteste Noemi. Si quelqu'un s'en inquiète, vous lui direz que vous l'avez entendu de ma propre bouche.

— Escalus n'a pas tort. À quand remonte la dernière fois où j'ai pensé à te rapporter un cadeau ? Alors que tu es toujours aux petits soins pour moi…

— Tu vois, j'avais raison, lâche Escalus en se laissant tomber sur une chaise.

— Vous êtes extrêmement généreuse, Votre Grâce. Je vais mettre ces fleurs dans ma chambre, je reviens tout de suite.

Noemi s'éloigne d'un pas sautillant et je me tourne vers mon frère :

— Tu es si prévenant, Escalus. Pour moi, pour Noemi… j'ai l'impression que tu as toujours une pensée pour les autres, même les domestiques.

— Je fais de mon mieux, répond-il avec un sourire. Comme toi.

— Parfois je trouve que je n'en fais pas assez. Le royaume ne se limite pas aux murs du palais et, après mon kidnapping, Père va encore resserrer la vis. J'ai peur de ne jamais revoir Kadier.

— Ne sombre pas encore dans le désespoir, me taquine Escalus. Le peuple te réclame à cor et à cri. Dis-le à Père, peut-être que cela le fera changer d'avis.

Noemi, entre-temps revenue, examine ma broderie pardessus mon épaule.

— La garniture de ce brise-vent est une réussite, Votre Grâce. Vous vous êtes surpassée.

— Veux-tu le mettre dans ta chambre, Noemi ? Pour apporter un peu de lumière ?

— Vous voulez me la donner ? s'étonne-t-elle.

— Et que pensez-vous d'un coussin décoratif aux finitions bâclées ? lance Escalus, en parlant de son propre ouvrage. Cela compléterait l'ambiance.

— Arrêtez, voyons. J'accepte ce que Vos Altesses jugent bon de me donner, mais je n'ai pas besoin de cette pluie de cadeaux.

— Tu es trop bonne, Noemi.

Et je lui embrasse la main, qu'elle a posée sur mon épaule.

— Sans doute l'une des personnes les plus dignes de confiance que j'aie rencontrées, fait remarquer Escalus, soudain sérieux. Ce qui explique pourquoi vous avez le droit de rester et d'entendre ce que j'ai à dire à ma sœur.

— Tu sais ce qu'il se passe avec ces soldats, alors ?

— Annika, Père n'osera jamais l'admettre devant toi mais la façon dont il a réagi quand tu as été enlevée… il s'en voulait terriblement. Il a passé ses journées à se reprocher de t'avoir quittée des yeux. Il était en colère contre Nickolas, aussi, mais il a dû ménager les apparences – maintenant que les fiançailles ont été officialisées, il ne peut pas reconnaître qu'il t'a choisi un prétendant qui ne t'arrive pas à la cheville. Donc, nous sommes tous sous bonne garde, et la frontière est surveillée jour et nuit. Je…

Il n'achève pas sa pensée et il donne l'impression de peser chacun des mots qu'il prononce ensuite.

— Il a un drôle de comportement, quand même, et j'ai l'impression qu'il ne nous dit pas tout. Mais ce n'est qu'une intuition.

— Que pourrait-il nous cacher ? S'il attaque l'ennemi, il rentrera dans l'histoire comme le monarque va-t-en-guerre qui a rompu un siècle et demi de paix. Jamais il ne ferait ça. Nous protéger, c'est tout ce qu'il lui reste.

À cet instant, on toque à la porte. Noemi fait entrer un garde qui nous annonce que Sa Majesté veut nous voir de toute urgence. Ébranlée par les hypothèses d'Escalus, et parce qu'il est rare que Père nous convoque de cette façon, je sens mon estomac se nouer. Nous quittons ma chambre et gagnons l'étage où se situent les appartements occupés par mon père.

Nous signalons notre présence en frappant à la porte et nous attendons qu'on vienne nous ouvrir. Les secondes s'écoulent, interminables. Escalus et moi échangeons un regard catastrophé, l'angoisse monte. Un valet finit par nous laisser entrer au moment où une foule de conseillers et de militaires de haut rang prennent congé. Assis à son bureau, Père trie et range des documents. Il lève la tête et nous avise, le visage sombre.

— Ah. Précisément les personnes que je voulais voir. Vous deux, annulez tout ce que vous avez de prévu jeudi. Votre présence sera exigée pour une affaire d'État.

— Ma présence et celle de mon frère, Votre Majesté ?

Il confirme d'un hochement de tête et montre un endroit sur la carte. Je jette un coup d'œil. L'Île.

— Annika, tu m'as bien dit qu'ils se donnaient le nom de Dahrainiens ? Nous organisons un sommet sur l'Île pour sceller la paix avec eux. Et vous y assisterez, l'un comme l'autre.

Mon sang ne fait qu'un tour.

— Sire… mais comment… pour quel motif ? Pourquoi les accueillir chez nous ? Je vous l'ai dit, ils ont une armée. Cela fait des années qu'ils se préparent à nous envahir. Je vous implore de revenir sur votre décision.

— J'ai déjà envoyé une délégation. S'ils acceptent, ils arriveront le jeudi matin. Préparez-vous à embarquer.

Je pose sur Escalus un regard suppliant. Mon frère s'éclaircit la voix.

— Père, êtes-vous sûr que ce soit une bonne idée ? Ce sont les mêmes individus qui vous ont envoyé un assassin.

Qui ont tué Mère et retenu Annika en otage. Comment trouver le sommeil s'ils sont dans les parages ?

Je vois le nuage de la colère assombrir les yeux de mon père. Je prends une profonde inspiration, attendant que l'orage passe.

— Vous ne pouvez pas vous empêcher de me contredire à la moindre occasion ? « Non, je ne vais pas épouser mon cousin » ! lance-t-il d'une voix moqueuse. « Non, je ne vais pas épouser cette princesse » ! « Je veux ça et puis c'est tout » !... Assez ! Je ne suis pas votre père ; je suis votre souverain. J'ai donné rendez-vous au chef de cette armée jeudi. J'exige que mon héritier m'accompagne, ainsi que la princesse qui a échappé à leurs griffes. Nous donnerons l'image d'une famille unie, et vous me ferez le plaisir de tenir votre langue !

Je m'imagine debout à ma fenêtre, en train d'observer Lennox dehors. Il me dévisage de son regard pénétrant, sa cape claquant au vent. Aucun mur ne saurait l'arrêter, aucune épée.

Un silence gêné s'installe. Sa Majesté nous congédie d'un geste de la main et nous quittons le bureau avec une révérence aussi docile qu'expéditive. J'emboîte le pas à mon frère, qui me semble plus tendu que jamais. Nous tournons le coin et il s'adosse au mur en portant la main à son front.

— Alors, quoi maintenant ? Escalus, nous ne pouvons pas consentir à cela.

— Je crois que nous n'avons pas le choix.

— Quoi ? Non ! Escalus, c'est de la folie. Tu ne veux pas aller voir les conseillers et le faire déclarer incapable de régner ? Tu es majeur ; tu peux devenir prince régent.

— Si je le fais déclarer inapte, cela entache ma réputation, et l'avenir de mes enfants. Tu n'es pas sans le savoir.

À ma première erreur, on dira que je suis le digne fils de mon père et je n'aurai plus aucune légitimité. Par ailleurs, s'il a déjà envoyé une délégation, il a mis son plan à exécution. Si le camp d'en face se rend sur l'Île et ne nous y trouve pas, il peut le prendre comme une insulte et nous déclarer la guerre. Nous mettrions le royaume entier en péril.

Je commence à me sentir mal.

— Ce qu'il faut, c'est s'assurer que rien ne t'arrive, Annika.

— Quoi ? Pourquoi moi précisément ?

— Si ces pourparlers ne débouchent sur rien, il faut un endroit où tu puisses te cacher et réunir tes soutiens afin de récupérer le royaume.

C'est là que le désespoir me gagne. Malgré son sang-froid, malgré sa prévenance, Escalus s'est trahi. S'il a jugé bon de prévoir ce scénario catastrophe, c'est qu'il pense que nous risquons de perdre Kadier.

LENNOX

En l'espace de quelques heures, nos prisonniers sont devenus les invités d'honneur de notre grand banquet. Kawan en personne leur a réservé le meilleur accueil et il nous a enjoint de faire de même. Pour ma part, je ne les quitte pas des yeux. Au lieu de rester ensemble, ils se sont dispersés et ils déambulent entre les tables d'un pas assuré. Kawan les a présentés comme nos sauveurs.

Je suis Drapeau blanc comme son ombre. Malgré notre accueil chaleureux, les deux autres larrons transpirent la nervosité par tous les pores. La Fouine parce qu'il ne nous fait pas confiance, et le troisième parce qu'il paraît complètement perdu. De son côté, Drapeau blanc semble comme un poisson dans l'eau. Une coupe remplie d'hydromel à la main, il s'esclaffe bruyamment. Je me tiens un peu à l'écart et je tends l'oreille.

— Il paraît que l'Île est un endroit enchanteur, lâche-t-il. Personnellement je ne m'y suis jamais rendu, alors je suis ravi de vous servir d'escorte.

— Quel genre de cadeaux votre roi a-t-il l'intention de nous offrir ? demande quelqu'un en se tordant les mains sous l'effet de l'excitation.

— De la nourriture, bien entendu, car nous en avons à profusion. La réputation de nos bourreliers a franchi nos frontières, donc cela ne me surprendrait pas qu'il rapporte aussi des selles. Mais vous pouvez imaginer tout ce que vous voulez.

Je lève les yeux au ciel, exaspéré. Bien sûr qu'ils ont de la nourriture à profusion – ils nous ont volé des terres fertiles.

— Est-ce qu'ils vous ont dit que nous avons vu votre princesse ? lance une autre voix.

Ils ne cachent ni leur admiration, ni leur émerveillement. Comment ont-ils pu oublier si vite que c'est là le visage de l'ennemi ? Drapeau blanc répond d'un hochement de tête.

— Laissez-moi vous dire que nous avons tous été surpris d'apprendre qu'elle s'est évadée d'un cachot. C'est une jeune personne au cœur d'or, comme sa mère. Nul ne se serait douté qu'elle a autant de cran.

Ma gorge se noue et je ne peux m'empêcher d'intervenir :

— Du cran, le mot est peut-être un peu fort. Elle est sans doute maligne, mais hardie, certainement pas. Je ne serais pas inquiet si je la croisais sur le champ de bataille.

— Cela ne risque pas d'arriver. Son père préférera l'enfermer dans un donjon. Quant à son frère, Escalus ? Il a beau se réfugier derrière l'étiquette et le protocole, il ne reculerait pas devant le meurtre. Surtout pour protéger sa sœur. Évitez de le mettre en rogne.

Grâce à ce visiteur qui semble incapable de tenir sa langue, j'en apprends beaucoup sur la famille royale. D'après lui, il est rare de voir le frère sans la sœur, et vice versa. Annika chante nuit et jour les louanges d'Escalus et lui est très attachée. Escalus vante à qui veut l'entendre la sagesse et la bonté de sa sœur, ainsi que sa force physique. Je suppose que c'est lui qui lui a servi de maître d'armes. Et il nourrit le plus profond mépris pour son fiancé.

Ce dernier détail lance mon esprit sur des chemins qui me déplaisent. S'il n'apprécie pas son futur beau-frère, est-ce dû au fait que le beau-frère en question est un âne bâté – c'est mon opinion personnelle – ou qu'il a un autre parti en tête pour sa sœur ? Je me demande également pourquoi ils se donnent la peine de la marier avant lui. Trouver une compagne au prince héritier ne serait donc pas la priorité des priorités ?

Perdu dans mes pensées, j'entends nos musiciens annoncer l'arrivée de notre chef et de ma mère. À chaque fois que nous organisons ce genre de festivités, ils jouent au couple royal. Kawan et son trône qui n'en est pas un, ma mère et ses toilettes volées – quelle honte.

Kawan fait son entrée, un rictus suffisant sur les traits, et il balaie la salle du regard. Malgré la haine que je ressens pour lui, malgré mon incrédulité face à ses décisions, tout cela est étouffé par la colère qui me submerge à l'instant où je pose les yeux sur ma mère. Elle porte la robe d'Annika. La tenue de cavalière que ma prisonnière a laissée dans le cachot a été retouchée pour correspondre à ses mensurations, mais il est impossible de se tromper. Le corsage écru, les fleurs brodées. Ma mère se tient la tête haute. La voir ainsi me met en rage.

Tandis que les applaudissements crépitent je traverse le réfectoire, je la prends par la main et, aussi calmement que j'en suis capable, je l'emmène dehors.

— Lennox ? Qu'est-ce que cela signifie ?

— Enlève cette robe.

Elle me regarde comme si j'avais perdu la raison.

— Tu n'es pas sérieux. C'est la première robe que je possède qui a été cousue pour une princesse. Et je compte bien retourner m'amuser avec.

Je fais barrage de mon corps.

— Tu n'es pas princesse. Ni reine. Kawan ne s'est pas donné la peine de t'épouser, ni de te donner un statut officiel. Tu peux te pavaner dans toutes les toilettes que tu veux, mais ça ne changera rien au fait qu'il peut te remplacer à tout moment.

Elle me fusille du regard.

— Pourquoi es-tu toujours aussi cruel avec ta mère ?

— Moi, cruel ? Tu restes assise sans rien dire alors que l'homme qui a envoyé ton mari à la mort gifle ton fils en public. Et c'est toi qui me parles de cruauté ?

— Je regrette qu'il soit si violent avec toi, et qu'il l'ait été devant témoins. Je condamne ce genre de comportement. Et je suis vraiment désolée.

— Tes paroles me mettent du baume au cœur. Comme si je ne savais pas que s'il décidait de me gifler encore ce soir, tu resterais pendue à son bras.

Elle détourne les yeux, confirmant ce que je soupçonnais depuis longtemps.

— Tu ne comprends pas ? Il te garde auprès de lui pour me tenir à l'œil. Personne d'autre n'a le cran de tuer une reine, d'enlever une princesse, d'exécuter ceux qui finissent par comprendre qu'il ne tiendra aucune de ses promesses. S'il me perd, toute cette opération s'effondre. Cela fait si longtemps que je veux fuir ce cauchemar, me construire une vie meilleure, et j'attends que tu te réveilles et que tu te rappelles que tu as un fils.

Elle étudie le sol, puis le poignet de sa manche, puis une torchère. Tout vaut mieux que moi.

— Est-ce qu'il y a eu un moment où tu m'as aimé, au moins ? Où tu m'as considéré comme un fils, pas comme un soldat ?

— Bien sûr que je t'ai aimé, Lennox.

« Je t'ai aimé », pas « je t'aime ». La nuance ne m'échappe pas.

— Mais tu lui ressembles tellement, avoue-t-elle. Cela me tue de te regarder et de voir le fantôme de l'homme que j'ai épousé et perdu. C'est une question de survie, Lennox. Si l'on veut obtenir ce qu'il nous a fait miroiter, il faut qu'on survive.

— Cela fait des années que je survis, et je ne supporte plus ce simulacre d'existence. Je suis prêt à vivre, Mère. Et je sais, sans l'ombre d'un doute, que tu ne feras pas partie de cette nouvelle vie.

— Que veux-tu de moi ? me demande-t-elle, les yeux voilés de larmes.

— Je veux avancer. Je veux récupérer notre royaume. Par respect pour Père. Je veux savoir si le peuple est derrière moi. Et je veux… je veux ma mère. Mais elle est morte le jour où elle s'est jetée dans les bras de Kawan… et je ne suis pas sûr de la revoir un jour.

Elle baisse les yeux mais je vois clair dans son jeu. Je suis impuissant face à la comédie qu'elle me joue. Et j'ai envie de hurler de rage.

— Je suis navrée de te décevoir à ce point, murmure-t-elle.

— Tu n'es plus rien pour moi. Juste une personne médiocre qui se prend pour une reine. Une baudruche.

— Fort bien. Dans ce cas, mets-toi en tête que tu n'es rien de plus qu'un soldat pour moi.

— Je n'ai pas attendu ta permission.

Elle pivote sur ses talons et regagne le réfectoire en se pavanant. Alors je plonge la main dans ma bourse pour en sortir mon talisman, le bouton arraché au pardessus de mon père, qui m'apporte du réconfort. J'ai enterré mon père et l'heure est venue de faire de même, symboliquement, avec ma mère.

Je quitte Vosino orphelin.

ANNIKA

— Mais qu'est-ce qui lui est passé par la tête ? s'exclame Rhett. Et maintenant ?

— Nous nous rendons sur l'Île. C'est le plan de mon père, et nous devons nous y tenir. Mais je crains le pire pour la suite. Crois-moi, Lennox ne se privera pas de nous envahir s'il nous juge vulnérables. Il nous rira au nez et il lancera ses troupes sur Meckonah.

Je pousse un soupir et je me masse les tempes. La migraine menace depuis le moment où Père a révélé son projet. Rhett me prend la main.

— Comment puis-je vous aider, Annika ?

Ses yeux trahissent son inquiétude. Et c'est pour moi qu'il s'inquiète.

— J'ai deux faveurs à te demander. La première, c'est de rassembler nos livres d'histoire les plus précieux. Si Lennox refuse de négocier, il faut que tu t'enfuies et que tu les mettes en lieu sûr. Nous sommes chez nous ici. Et si nous devons réclamer notre dû un jour, tu auras toutes les preuves.

— Très bien. Quoi d'autre ?

— Je veux reprendre mes leçons d'escrime. Si les pourparlers tombent à l'eau et que ces gens s'attendent à trouver une demoiselle en détresse, je veux qu'ils aient la surprise de leur vie. Je vois à ton regard que tu tiens trop à moi pour me laisser sans défense.

— Annika, je ne tiens pas seulement à vous, répond-il avec un sourire. Je vous aime. Je ne l'ai jamais caché.

Je me sens rougir jusqu'au blanc des yeux. Je ne sais trop sur quel pied danser avec Rhett. Si je n'étais pas liée à Nickolas, si l'honneur et le devoir ne m'enchaînaient pas à mon cousin, aurais-je encouragé Rhett à me faire la cour ? Je suis incapable de le dire. Et il vaudrait mieux que je ne m'attarde pas trop sur le sujet.

— J'en suis consciente.

— Et je sais que cela vous met mal à l'aise. Je lis en vous comme dans un livre ouvert. Mais cela ne me dérange pas de vous aimer de loin, ici, entre ces livres poussiéreux. Je connais pire, comme destin.

— Me permets-tu de te poser une question qui dépasse peut-être certaines bornes ?

— En ce qui me concerne, il n'y a aucune borne entre vous et moi. Vous pouvez me poser toutes les questions que vous souhaitez, quand vous le souhaitez.

Je sens mon cœur s'affoler.

— Comment as-tu su ? Tu dis que tu m'aimes. À quoi as-tu su que c'était de l'amour ?

Rhett prend une profonde inspiration et s'approche de moi.

— Vous avez lu tous les contes de fées que contiennent les rayonnages de cette bibliothèque, Annika. Vous l'ignorez encore ? L'amour ne ressemble à rien de connu. L'amour, c'est un son. La mélodie que composent deux cœurs qui battent à l'unisson. Le chant d'une cascade ou le calme du monde au lever du jour. Il vous berce avant de vous endormir et au milieu de la nuit noire de l'âme, il jaillit comme un rire.

» Certains savent qu'il faut rester aux aguets s'ils veulent entendre l'amour quand il survient. Chez d'autres, il est noyé par une cacophonie. Cela prend plus de temps. Mais quand il finit par s'imposer, c'est une symphonie.

Il me tient par le menton, nos regards se rencontrent.

— Écoutez, Annika. Tendez l'oreille.

Et il dépose le plus doux des baisers sur ma joue, espérant sans doute déclencher les premières notes de cette symphonie. Il n'y arrive pas, malgré tous ses efforts. Mais je le crois.

— Je pense que ce sera plus facile pour moi de l'entendre une fois la menace de la guerre écartée.

— Vous avez sans doute raison. Quoi qu'il en soit, oui, nous allons reprendre les leçons d'escrime. Si vous avez réussi à avoir raison de ce Lennox, vous devriez arriver à terrasser n'importe quel adversaire. Mais ne prenons aucun risque. Si notre armée se prépare à affronter l'ennemi, il y aura trop de monde aux écuries. Nous devrons travailler ailleurs.

— Pourquoi pas dans les jardins ? Là où il y a le rocher ? Les haies sont hautes, elles nous serviront de paravent, et personne ne nous entendra, car c'est beaucoup trop loin du palais.

— Oui. Ça devrait faire l'affaire. Après le dîner ? propose Rhett en observant le ciel grignoté par le crépuscule.

— Après le dîner.

À l'instant où je quitte la bibliothèque, une idée me vient : il est fort possible que personne n'ait jugé bon d'informer

Nickolas de la décision prise par mon père. Cela me semble cruel de le laisser dans le noir, alors je prends la direction de ses appartements.

Je me fais annoncer, Nickolas vient m'accueillir.

— Votre Altesse. À quoi dois-je l'honneur de votre visite ?

— Escalus est-il venu vous voir ?

Il esquisse un signe négatif de la tête.

— Dans ce cas, ayez l'obligeance de me laisser entrer. Je dois vous informer d'un développement de la plus haute importance.

Rhett a réagi avec fougue à la nouvelle ; Nickolas, quant à lui, ne se départ pas de son flegme.

— Il me déplaît que vous assistiez à ces pourparlers. Cela vient enrayer mes propres projets.

— De quelle façon ?

— En tant que sujet de Kadier, mon instinct me pousse à demander à Sa Majesté de l'accompagner sur l'Île. Si la situation s'envenime, je veux être là pour le protéger. Mais en ma qualité de fiancé… Lennox a déjà porté la main sur vous. J'endosse l'entière responsabilité de cet épisode fâcheux et je souhaiterais éviter que cela se reproduise. J'aimerais rester à vos côtés.

Son regard balaie le parquet, comme s'il soupesait la question et complétait deux colonnes, les bénéfices d'un côté, les pertes de l'autre.

— Me permettez-vous de vous donner mon avis, Nickolas ?

Instantanément, il lève la tête.

— Je vous permets tout ce que vous voulez, Annika.

— Protégez Escalus. Mon père sera escorté d'un régiment de nos meilleurs gardes, et vous avez dû vous rendre compte que je sais me débrouiller avec une épée si les circonstances m'y obligent.

Je marque un temps d'arrêt avant d'aborder la cruelle vérité.

— Nous savons l'un et l'autre quel rang j'occupe dans la famille royale. Il est essentiel qu'Escalus revienne sain et sauf. Si je meurs, ce n'est pas une grande perte pour Kadier, mais s'il arrive quelque chose à mon frère ? Ce serait un désastre d'une ampleur inimaginable. Vous vous rendrez beaucoup plus utile en protégeant Escalus. Sa vie n'a pas de prix.

Baissant la tête, Nickolas lâche d'une voix presque inaudible :

— Votre vie n'a pas de prix pour moi.

Un aveu aussi retentissant que s'il avait gravé nos deux noms dans le marbre ou composé un opéra en mon honneur.

— Nickolas ?

— Je ne sais pas trousser des vers de mirliton. Si j'avais ce talent, j'aurais exprimé mes sentiments il y a longtemps. Mais, pour certains... pour moi... vous perdre serait un cataclysme sans commune mesure.

» Annika, ma vie durant on m'a enseigné que le protocole et les convenances sont impératifs pour qui veut devenir un membre de votre famille. Mes précepteurs et mes gouvernantes m'ont élevé dans l'optique de faire de moi un gentilhomme digne de vous. Ils n'ont pas réussi à faire de moi un homme tout court.

» Peut-être est-il trop tard pour corriger le tir. Ce qu'il s'est passé l'autre jour... je conçois que vous me haïssiez, je ne vous en veux pas. Je pensais que notre royaume était attaqué et, d'instinct, j'ai voulu porter la nouvelle au palais.

C'est vous que j'aurais dû ramener au palais. Quand j'y repense, j'ai envie de disparaître sous terre. Jamais je ne pourrai me pardonner ma couardise.

Il se frotte nerveusement les mains. Je me demande si maintenant, après ce monologue, je vais entendre quelque chose qui ressemble à l'amour. Sa sincérité m'a touchée en plein cœur.

— Il n'est pas trop tard, Nickolas.

Il pose sur moi un regard qui signifie qu'il ne me croit pas vraiment.

— J'aimerais tant repartir d'une page blanche, Annika. Sans vous imposer quoi que ce soit. Apprendre à vous connaître, et vous laisser me connaître.

— Ce serait avec joie. Mais je suis trop préoccupée en ce moment. Si vous tenez à moi, comme vous le prétendez, ne quittez pas mon père et mon frère d'une semelle lorsque notre délégation se rendra sur l'Île. Protégez-les, dans la mesure de vos moyens. Soyez la voix qui leur soufflera des conseils avisés à l'oreille.

— Vos désirs sont des ordres, Annika.

LENNOX

Il fait nuit noire mais je ne me sens pas d'humeur à rester enfermé entre les murs du château. J'ai besoin de respirer. Malgré le grondement de la marée montante, je distingue la mélodie que jouent tant bien que mal les musiciens, la vieille chanson populaire que me chantait ma mère à l'heure du coucher. S'il y a des paroles, elles ont été oubliées depuis longtemps. Pourquoi suis-je incapable de participer aux réjouissances ce soir ? Je n'arrive pas à m'enlever de la tête que nous fonçons tête baissée dans un traquenard et que le plan de Kawan va se retourner contre nous. Et ma mère...

Je reste à proximité de la zone d'exercices, éclairée par la lumière des torches qui se déverse des portes et des fenêtres. J'étudie le sol détrempé, regrettant de n'avoir personne avec qui croiser le fer, personne avec qui évacuer cette énergie qui bouillonne au fond de ma poitrine.

— Il est trop tard, lance une voix moqueuse.

Je me retourne et je découvre Inigo qui s'approche de moi, plusieurs personnes dans son sillage. Blythe, bien entendu, André, Sherwin, Griffin et Rami.

— Tu lis dans mes pensées, lui dis-je. Qu'est-ce que vous traficotez ensemble ?

— Je t'ai vu quitter le banquet et Blythe m'a dit que tu étais parti dehors. Tu dois avoir une bonne raison de ne pas tenir à l'œil nos prisonniers.

— Tu n'as pas remarqué ? Ce ne sont plus des prisonniers. Ce sont des invités fort respectables qui nous mènent droit à la catastrophe.

— Quelle catastrophe ? s'alarme Griffin.

Du regard je consulte Blythe, qui soupire.

— S'ils disent la vérité, il est possible que Dahrain se retrouve temporairement sans roi à sa tête. Nous pourrions lancer une invasion et prendre le palais. Récupérer notre territoire sans prendre les armes, et sans rencontrer de résistance. Mais au lieu de cela, Kawan préfère profiter de ce sommet pour se débarrasser de son rival. Il va s'attirer des ennuis en cascade.

— Tu as un mauvais pressentiment, pas vrai ? me lance Inigo.

— Oui. Fondé sur quoi, je ne saurais le dire, mais après tout ce qu'il s'est passé, on ne me fera pas croire qu'ils veulent enterrer la hache de guerre sans représailles.

— Alors, tu as un plan ?

Je relève vivement la tête.

— Tu as forcément une idée qui te trotte dans la tête, enchaîne Sherwin. Tu as besoin de toute l'équipe, ou d'une partie seulement ?

— Même pour faire diversion ? suggère Rami. Je n'ai pas pu montrer de quoi je suis capable la dernière fois.

Elle adresse un clin d'œil à Blythe, qui lâche un rire joyeux.

— Vous… vous voulez savoir ce que j'ai de prévu ? dis-je, estomaqué, la gorge nouée.

— Bien sûr, rétorque Blythe. Tu as bien prévu quelque chose, j'imagine ?

Oui, j'ai prévu quelque chose. J'ai toujours le cerveau en surchauffe.

— Je pense qu'on devrait prendre la résidence royale d'assaut. Quand nous partirons d'ici, il ne sera pas difficile de « nous perdre » dans la forêt. Personne ne remarquera rien. Si j'ai tort, et si Kawan arrive à tuer leur roi, nous ferons d'une pierre deux coups : l'ennemi n'aura plus de tête et, en même temps, nous aurons mis la main sur son royaume.

— Est-ce qu'on en parle à Kawan ? demande Inigo.

Je surprends des grimaces sur certains visages.

— Je ne pense pas, non. Il nous mettrait des bâtons dans les roues.

— Bien. Il va falloir agir vite… nous irons à pied, je suppose.

— Et emporter plus de victuailles, ajoute André.

Ma réflexion ne m'a pas mené aussi loin. Soudain, la discussion prend une autre tournure et nous étudions chaque angle du problème. La vitesse à laquelle nous allons nous déplacer, la précision des renseignements que nous a donnés la princesse, le nombre d'hommes que nous trouverons sur notre chemin. Il y a beaucoup d'inconnues et pourtant, tous semblent impatients de passer à l'action.

Je prends le temps de les dévisager, l'un après l'autre. Pourquoi suis-je surpris par l'enthousiasme dont ils font preuve ? Lorsque je leur ai proposé une mission moins périlleuse que celle que j'ai imaginée à l'origine, ils l'ont rejetée en bloc. Lorsque j'ai décidé, sur un coup de tête, de kidnapper Annika, ils m'ont suivi comme un seul homme. Et ils ont pris mon parti lorsque Kawan m'a recadré publiquement.

Je me rends compte que j'ai des amis.

Blythe se tourne vers moi et me décoche ce sourire irrésistible qu'elle semble m'avoir réservé. À cet instant, j'aimerais prendre quelqu'un dans mes bras. Ce serait presque un acte de rébellion à ce stade, non ? Par la faute de Kawan, je me suis convaincu que la mort rôde partout, que s'attacher à une personne est forcément une calamité. Puiser du bonheur dans les petites choses de la vie, ce serait la plus belle des vengeances. C'est encore beaucoup me demander, mais rien ne m'empêchera de tenir tête à Kawan.

Je lance à la cantonade :

— Est-ce que cela intéresserait quelqu'un d'apprendre à lire ?

Griffin lève aussitôt la main. Je remarque le bracelet en paille qu'il a au poignet.

— Parce que tu sais lire ? me demande Rami.

— Mon père m'a appris. Je peux vous apprendre à mon tour si vous voulez.

— Écartez-vous, vous autres. J'arrive, fait Inigo.

Il vient se planter à côté de moi. Je laisse échapper un petit rire et je vais chercher une flèche à la pointe émoussée et pour tracer son nom dans la poussière.

I-N-I-G-O.

— Ça m'a l'air… costaud, commente-t-il.

— C'est un nom robuste. On peut compter sur lui, comme on peut compter sur la personne qui le porte.

Je l'entends se racler la gorge, ému.

— Pas de ça ici ! Je t'ai déjà mis en garde.

Inigo s'éloigne, hilare.

— À moi ! lance Blythe.

J'écris son nom avec des mouvements lents, car je sais qu'elle va vouloir le graver dans sa mémoire.

— J'aime bien le dessin au milieu, commente-t-elle.

— C'est la lettre *y*.

— Très joli.

— C'est ton prénom qui est joli. Pas mon écriture.

— Mais si. Attends, écris ton nom, à toi aussi. Je veux le voir.

Et elle me pousse du coude. J'éclate de rire.

— Attends un peu.

Je griffonne mon prénom en dessous du sien. Elle me sourit.

— J'ai toujours trouvé que Lennox, ça sonne très sérieux. Écrit, ça fait le même effet. Qu'est-ce que c'est que cette lettre à la fin ?

— Un *x*.

— C'est celle que je préfère, chuchote-t-elle.

De l'épaule, elle me frôle. Voilà que revient le regret de ne pouvoir la prendre dans mes bras. Elle tourne la tête et nos visages ne sont qu'à quelques centimètres l'un de l'autre. Je pourrais l'embrasser, si l'envie m'en prenait. Je sens un instinct s'éveiller en moi. Je pourrais me pencher, à peine, et je suis certain qu'elle ne me repousserait pas. Ce serait si simple qu'il me semble contre-nature de ne pas céder à la tentation.

Pourtant, je me retiens.

Je m'éclaircis la voix, balayant du regard le petit groupe que nous avons formé. M'imprégnant de leurs sourires, de leurs voix, de leur détermination, je sens monter à la surface une émotion que je n'ai pas l'habitude de ressentir : la fierté.

Leur rire illumine les ténèbres.

— C'est la première fois que je participe à une conspiration, déclare Rami.

— Bienvenue chez les insurgés, lui dis-je avec un sourire narquois.

ANNIKA

La lame de Rhett frappe la mienne avec une telle violence que le choc provoque une gerbe d'étincelles. Une douleur fulgurante traverse mon bras gauche, là où Lennox m'a blessée, et mon genou droit manque de lâcher, mais je tiens bon. Je repars à l'attaque en pivotant sur moi-même.

Rhett a insisté pour que nous portions une protection, plusieurs couches de cuir qui forment une carapace. Je lui ai ri au nez, jugeant son idée ridicule. Mais il ne retient pas ses coups et même si cela va m'épargner quelques belles entailles, il est à peu près certain que je vais finir avec des bleus.

Comme je l'avais espéré, je suis trop rapide pour Rhett et j'arrive à le frapper entre les omoplates.

— Aïe ! Bien joué, Annika. Escalus a été un excellent professeur.

Avec une grimace, il défait les liens de son plastron.

— Quoi, c'est tout ?

— Pour ce soir. Il commence à se faire tard, vous devez vous lever demain matin et endosser vos habits de princesse.

— On ne se l'imagine pas, mais c'est beaucoup de travail.

— Oh, je n'en doute pas. C'est pour cela que je vous envoie au lit.

Je me débarrasse de ma propre cuirasse tout en arpentant la zone. Ici, pas de massifs impressionnants ni de fontaines, seuls les jardiniers s'aventurent aussi loin. Rhett et moi nous entraînons à manier l'épée sur le sentier gravillonné qui trace un cercle autour du rocher, en nous servant de la pente pour compliquer les exercices.

— Tu as vu, Rhett ? Il y a une frégate dans le port.

— Je m'inquiète beaucoup pour vous, et pour votre protection.

— Je suis si… perdue. Mon univers pourrait s'écrouler dans les jours qui viennent et je ne sais pas quoi faire. Je ne peux pas tenir tête à mon père, mais je ne peux pas rester les bras croisés non plus. Ces derniers temps, j'ai l'impression que ma vie m'échappe.

— Vous portez le fardeau d'un royaume sur les épaules, Annika.

— Voilà le problème, justement : ce n'est pas mon royaume, et ce ne l'a jamais été. C'est le royaume de mon père et, à sa mort, il reviendra à Escalus. J'ai tenté de les épauler depuis ma plus tendre enfance, car j'aime Kadier. De tout mon cœur et de toute mon âme. Mais je me demande si cet amour n'aurait pas été mieux employé ailleurs. Si mon absence changerait le cours des événements.

Rhett laisse tomber son épée et m'attrape par les épaules.

— Annika, plus jamais je ne veux entendre une horreur pareille sortir de votre bouche. Sans vous, je m'effondrerais. Je ne plaisante pas. Je ne sais pas ce que je ferais si je ne vous avais pas dans ma vie. Je sais combien vous aimez votre frère, combien vous aimez Kadier, et je me suis résigné à vivre un amour à sens unique. Cela ne veut pas dire que votre absence ne me briserait pas le cœur.

Je lui offre un sourire triste.

— Ne va pas croire que je ne tiens pas à toi, Rhett.

— Je sais que vous tenez à moi. Dans d'autres circonstances, nous aurions pu être heureux. Mais vous êtes princesse, et votre sens du devoir l'emportera toujours sur le reste. Si vous êtes disposée à épouser cet imbécile, je ne peux que m'effacer devant les impératifs de la couronne.

— Pauvre Nickolas, il fait de son mieux.

— Cela ne m'empêchera pas de l'exécrer.

— Je suis certaine que tu n'es pas le seul à le trouver odieux, mais je veux lui laisser la chance de faire ses preuves.

— Je ne changerai pas d'avis à son sujet, jamais, martèle Rhett. Tout homme qui s'interpose entre vous et moi devient mon ennemi juré.

À cet instant, un frisson qui n'a rien à voir avec la fraîcheur du soir court le long de ma colonne vertébrale.

Nous nous séparons au pied de l'escalier, Rhett m'adresse un dernier sourire par-dessus son épaule, puis il prend la direction de sa chambre. Je sais qu'il serait plus raisonnable d'aller me coucher sans attendre, mais il faut que je décompresse.

Une fois qu'il a tourné le mur, je m'engage dans un autre couloir. Il est tard, plus tard que je le pensais, et le palais est plongé dans un silence que je savoure. Je peux croire, l'espace d'une soirée, que je suis seule au monde.

J'ai l'intention d'aller saluer le portrait de Mère. J'ai toujours à la main mon épée, protégée par son fourreau. Je me demande ce que ma mère aurait pensé, à voir sa fille ainsi armée. Je me rappelle la fois où elle m'a rapporté une part de gâteau après une réception qui s'était éternisée. Assises par terre, devant la cheminée, nous nous étions régalées sans nous encombrer d'assiettes ni de fourchettes. Elle savait garder les secrets. Je pense qu'elle aurait apprécié de voir que je suis capable de me défendre.

À l'entrée du couloir, je m'arrête quelques instants… je distingue des voix… et je me fige.

Quelqu'un pleure.

Je me cache derrière une plante verte et je projette mon regard un peu plus loin. Pétrifiée, je découvre deux silhouettes enlacées au clair de lune, devant le portrait. L'une appartient à Escalus, sans aucun doute possible. Mais la jeune femme qu'il serre dans ses bras… je la reconnais… et je tombe des nues.

— Noemi, chuchote mon frère. Je ne vais pas mourir. C'est une réunion purement diplomatique. Je serai revenu avant la tombée du jour.

— Escalus, répond ma camériste – elle l'appelle par son prénom ! –, je ne fais pas confiance à ces gens. Il ne se passe pas une nuit sans qu'Annika soit réveillée par des cauchemars depuis son retour. Ils ne sont pas comme nous. Ils n'ont pas les scrupules que toi, tu pourrais avoir.

Il lui prend le visage entre les mains comme si elle allait perdre l'équilibre et tomber au fond d'un précipice.

— Je n'ai aucun moyen de peser sur leurs actions. Je ne peux que contrôler les miennes. Comme je ne suis pas un lâche, j'irai. Mais je ne suis pas non plus un imbécile. Je te reviendrai sain et sauf, promis. Aucun homme – aucune armée – ne pourra m'en empêcher.

Noemi lâche un soupir, Escalus l'embrasse.

Je sais à présent que ces contes de fées qui m'ont accompagnée toutes ces années ne mentent pas. En une fraction de seconde je sens leur vérité me frapper en pleine poitrine. Je n'aurai peut-être jamais le privilège de vivre un amour aussi intense, aussi absolu. Mais Escalus et Noemi l'ont, ce privilège.

Je le devine à la voix d'Escalus, à la façon dont le corps de Noemi se cambre, au silence qui s'est abattu à l'instant où leurs lèvres se sont rencontrées. Ils s'aiment tellement qu'ils ont appris à le cacher en plein jour. Et ils s'aiment alors même que leur amour est condamné. Noemi est une domestique et le destin veut qu'Escalus s'unisse à une jeune femme de sang royal. Le jour viendra où ils vivront une séparation aussi inévitable que cruelle… et, en attendant, ils profitent de chaque instant. Ils s'aiment trop pour laisser les convenances ou le statut social leur dicter ce qu'ils doivent éprouver. J'imagine qu'ils ont essayé de résister et que leurs sentiments ont pris le dessus.

Avant qu'ils remarquent ma présence, je rebrousse chemin et je m'enfonce dans la nuit, aussi vite que je suis venue. Je vois mon frère sous un nouveau jour. Je comprends pourquoi il couvre Noemi de cadeaux. S'il est si généreux avec moi, c'est pour camoufler le fait qu'il a envie d'être généreux avec elle. Il la complimente sans cesse ; il s'arrange pour qu'elle participe à nos activités. Il veut être à ses côtés aussi souvent que possible.

Quant à Noemi… lorsqu'on lui confie un secret, c'est une vraie tombe, mais j'étais loin de me douter qu'elle mène ce qui se rapproche d'une double vie. Que m'a-t-elle caché d'autre ? Pourtant, je ne lui en veux pas. Si cela s'ébruite, elle sera chassée du palais sans autre forme de procès. J'ignore, en revanche, si Escalus peut encourir une sanction pour avoir débauché une domestique.

Et moi, là-dedans ? Ce n'est pas de savoir que je partage le cœur de mon frère avec une autre femme qui me fait mal, car je sais qu'Escalus me chérit plus que sa propre vie. Ce n'est pas non plus le fait que Noemi a jugé plus judicieux de ne pas me mettre dans la confidence, parce que je sais que cela ne remet pas sa loyauté en cause. Ce qui me tord littéralement l'estomac, c'est la jalousie.

L'idéal que j'espère atteindre un jour est désespérément hors de ma portée. Même une amourette, une idylle sans lendemain, je dois faire une croix dessus. Rhett m'adore, et cela me flatte, mais je ne partage pas le degré d'affection qu'il me porte… et je ne pense pas ressentir un jour pour lui ce que j'aimerais ressentir pour un homme. Je veux me consumer, je veux me liquéfier. Je veux de la passion, de la tendresse… et un amour à la fois insensé et incontestable.

J'ai beau le vouloir, jamais je ne l'aurai.

Je me lamente intérieurement sur mon sort jusqu'à ce que j'atteigne ma porte. Les larmes se mettent à couler à l'instant où je me débarrasse de mon épée et de mes bottes. Je me déshabille à la va-vite, jetant ma robe sur une méridienne et me laissant tomber sur mon lit. Je m'enfouis sous l'édredon, pour me mettre à l'abri. Pour étouffer les bruits du monde qui m'entoure, la déception qui se referme sur moi.

Si seulement ma mère était là. Si seulement maman était encore là, avec moi.

LENNOX

Ce parfum, je le reconnais presque immédiatement.

— Tu es loin de chez toi.

— Toi aussi, réplique-t-elle.

Difficile de la contredire.

— Mais je suis prêt à tourner le dos à cet endroit.

Sans un mot, elle mêle ses doigts aux miens. Sous mes yeux se déploie une plaine constellée d'herbes folles et de fleurs. Je lui emboîte le pas, me laissant guider par ses longues boucles brun clair. Il est facile de suivre le rythme qu'elle impose. Et agréable de la tenir par la main, une main qui ne garde pas les stigmates d'une vie de labeur. Sa voix chante à mon oreille :

— Encore un petit effort.

Je marche jusqu'à ce que la plaine arrive au pied d'une colline. Bientôt, très bientôt, je vais voir ce que j'attends depuis toujours. Je vais voir ma maison, enfin…

C'est ce moment que Grisette choisit pour me réveiller, en passant la langue sur mon visage. Je laisse échapper un grognement déçu.

La petite renarde lâche un jappement. Elle est nerveuse, sans doute parce que ma nervosité l'a contaminée. Elle s'obstine à me lécher les doigts, sa manière à elle de me réconforter. Depuis quelque temps elle passe beaucoup de temps à vagabonder mais c'est normal, après tout. J'oublie souvent que Grisette est un animal sauvage.

Je me redresse et je la gratte derrière les oreilles. Si seulement j'avais un moyen de lui expliquer que je vais partir à l'aventure, qu'elle ne me reverra peut-être jamais.

— Tu vas t'en sortir sans moi. Essaie quand même de ne pas faire de bêtises, et évite de traîner près des baraquements. Tu pourrais servir de dîner aux jeunes recrues.

» Au cas où je ne reviendrais pas, merci de m'avoir tenu compagnie. Pendant longtemps, je n'ai eu que toi. Et ne le dis pas aux autres, mais c'est toi que je préfère entre tous.

Je dépose un baiser sur son crâne et je quitte mon lit. Elle s'empresse d'enfouir son museau dans mon oreiller et cette scène me fait sourire. Je passe aux préparatifs. J'enfile ma chemise, puis le plus solide de mes pantalons, et je complète ma tenue de mon manteau. Mon paquetage contient le strict nécessaire, auquel j'ajoute une toile de tente. Comme nous serons nombreux et nous irons à pied, je m'attends à un long voyage. Nous allons cheminer de jour, camper la nuit et prendre la mer demain matin.

Une fraction de seconde, j'envisage d'emporter la boucle de cheveux d'Annika. Pour une raison que j'ignore, je me suis mis à le considérer comme un talisman, une amulette de protection. Mais je me dis que je n'ai pas besoin d'être protégé. Le roi Theron va se rendre au point de rencontre entouré de sa garde rapprochée, un régiment tout au plus ; nous, nous sommes une armée.

Et pourtant, je vais sortir la mèche cachée dans un tiroir de mon bureau. Elle a gardé sa forme naturelle, je l'enroule autour de mon doigt. J'aurais presque pitié d'Annika. Pendant qu'elle sera terrée quelque part, j'établirai mon quartier général dans son palais – correction : *mon* palais.

Je sursaute lorsqu'on frappe à la porte et je fourre précipitamment mon porte-bonheur dans ma poche. Grisette va se cacher dans un coin. À ma grande surprise, c'est Blythe que je trouve sur le seuil. Elle tient un paquet à la main.

— Bonjour, Lennox.

— Bonjour à toi. Qu'est-ce que tu m'apportes là ?

— Aucune idée. Je l'ai trouvé devant la porte, je l'ai ramassé.

Et elle me tend le colis. Une étoffe noire roulée en boule et retenue par une longueur de ficelle. Je tire dessus et tout se défait d'un coup. Il n'y a pas de note attachée au paquet mais je sais de quoi il s'agit, et qui m'a envoyé ce vêtement. Seule ma mère aurait pu conserver la cape que portait mon père quand il montait.

La gorge nouée, je refoule au plus profond de moi une émotion que je n'arrive pas à identifier. Elle y rejoint d'autres souvenirs : cette enfance dont je suis douloureusement nostalgique, le cadavre verdâtre de mon père, moi qui vomis par la fenêtre après avoir tué la mère d'Annika, l'angoisse qui m'étreint à chaque fois que je m'attache à quelqu'un, la peur dans les yeux de ceux qui comprennent que je suis la dernière personne qu'ils verront avant de rendre l'âme.

Je ne vais pas pleurer. Pas aujourd'hui.

— Tu devrais la porter, suggère Blythe. Tu as l'air redoutable avec une cape qui claque au vent. En plus, on ne sait pas ce qui nous attend une fois franchie la frontière de Darhain.

Je suis son conseil et je déploie l'habit sur mes épaules. Malgré le passage des années l'étoffe est d'un noir intense – par contraste, ma propre cape est miteuse –, ce qui me fait penser que ma mère en a pris grand soin. Les cordons sont longs et finis par des pompons, la doublure est d'excellente qualité. Sur la face interne du col, on a brodé au fil noir un emblème qui n'éveille aucun souvenir en moi. Si on ne sait pas qu'il se trouve là, on ne le voit pas. Après tout ce temps, je me réjouis que mon père ait emporté certains de ses secrets dans la tombe.

J'ai l'impression soudaine qu'il m'a pris dans ses bras et je la réprime aussi vite que j'en suis capable.

— Pas mal du tout, lance Blythe, les joues rosies, une étincelle au fond du regard.

— Tu es venue de bonne heure. Tu voulais me voir ?

— Oui, pour deux raisons.

Mon attention était accaparée par la cape si bien que je n'ai pas vu, blotti au creux de sa paume, le bracelet en paille entrelacé d'un ruban bleu qu'elle a dû voler, ou garder de sa vie d'avant. Je ne vois pas comment refuser ce cadeau. Et je dois saluer le courage dont elle fait preuve.

— Merci. Par pitié, ne sois pas fâchée… mais je ne suis pas prêt à porter un bracelet pour Malatreit.

— Je ne te demande pas de le porter, explique-t-elle avec une bienveillance dont je ne me sens pas digne. Il fallait que je le tresse, c'est tout.

Nos regards se croisent l'espace d'une seconde et je me détourne en tirant sur le col de ma cape.

— Et l'autre raison ?

— Ah oui. Kawan te réclame. Ils sont en train de mettre la dernière main aux préparatifs.

— Allons-y.

J'attrape mon paquetage et je jette un dernier regard à Grisette, qui n'a pas quitté sa cachette. Ma très chère boule de poils m'adresse un clin d'œil. J'espère que ce n'est pas la dernière fois que je la vois. Laissant le bracelet sur ma table de travail, je ferme la porte derrière moi et je remonte le couloir avec Blythe.

Dehors, c'est l'effervescence. Notre armée tout entière s'est mise en branle. Drapeau blanc, la Fouine et le troisième acolyte déambulent entre les soldats, impressionnés. Difficile de croire que c'est là une délégation qui va négocier la paix avec une force ennemie. De toute évidence, ce sont des troupes qui se préparent à une guerre sans merci.

Kawan me fait signe de le rejoindre et j'obéis, ma cape flottant dans mon sillage. Aussi épaisse qu'une houppelande, elle est d'une légèreté surprenante. Je vais m'en faire une seconde peau. Ne jamais m'en séparer.

J'aperçois ma mère, accrochée au bras de notre chef, et je sens l'émotion monter. Je ne sais pas quoi lui dire, ni quoi faire en sa présence. Je pensais que nous avions tiré un trait définitif sur notre relation et me voilà devant elle, drapé dans la cape de mon père, l'unique héritage qu'elle a bien voulu me transmettre. Je m'arrête quelques instants et, sans un mot, je la laisse m'admirer. Même de loin, je distingue les larmes qui perlent au coin de ses yeux. Elle hoche furtivement la tête, un sourire attristé aux lèvres. La comprendrai-je un jour ? Me comprendra-t-elle, moi, son propre fils ?

— Nos invités refusent catégoriquement que nous arrivions armés sur l'Île, déclare Kawan avec un regard mauvais.

— Ce sera considéré comme une agression, confirme Drapeau blanc. Sa Majesté ne saurait le tolérer.

— Et pourquoi devrions-nous voyager sans armes ?

— Nous avons joué la carte de la sincérité dès l'instant où vos hommes nous ont découverts dans les bois. Qu'est-ce qui vous pousse à penser que nous sommes de mauvaise foi ?

— Je persiste à dire que nous devons partir armés.

— Je persiste à dire que c'est une erreur.

— Il me semble qu'une personne ici présente veut s'assurer que nous serons en position de faiblesse, dis-je. Répondez à ma question, et ne me faites pas perdre mon temps : le roi ne viendra pas seul, n'est-ce pas ?

— Il est très probable qu'il sera accompagné de son fils et de sa garde rapprochée.

Je sais au plus profond de moi qu'il ment, mais je n'ai aucun moyen de le prouver. Kawan esquisse un geste désinvolte de la main.

— Peu importe. Nous prenons nos armes et votre roi vous rejoindra très vite dans la tombe. Lennox, règle le sort de ces trois butors, lâche-t-il avec nonchalance.

— Ficelez-moi tout ça.

Aldrik, Illio et Slone s'approchent et ligotent les trois hommes par les poignets. Une fois certain qu'ils ne pourront pas s'échapper, je leur montre la piste qui débouche sur la plage.

— Avancez.

Inigo arrive à ma hauteur.

— Besoin d'aide ? chuchote-t-il.

— Il faut que je m'en charge seul. Assure-toi que les autres sont prêts. Tous mes doutes ont été levés.

Nous nous engageons sur le sentier caillouteux et je tends l'oreille lorsque la Fouine prend à partie Drapeau blanc.

— Coleman ? Coleman, dis quelque chose ! Dis-leur que c'est la vérité !

— Ils ne me croient pas, mon ami. Notre sort ne dépend plus de moi, répond Coleman, résigné.

Les larmes montent aux yeux de son compagnon. Espérant une réponse plus encourageante, le troisième prisonnier se tourne vers Coleman.

— Même si je détenais d'autres informations, ajoute ce dernier, je resterais muet. Mon silence sera l'ultime service que je rendrai à mon roi.

Et il me défie du regard. Il ne se doute pas de ce qui l'attend.

— Continuez à marcher. Jusqu'à la plage.

Les prisonniers échangent quelques regards puis reprennent leur lente marche vers la mort. Nous atteignons l'étendue de sable noir et je leur ordonne de se mettre en rang et de me faire face. Sous des nuages gonflés de pluie, je déclare :

— Je ne souffrirai plus aucun mensonge de votre part. Parlez vite, et parlez clairement. Votre roi, quel est son talon d'Achille ?

Drapeau blanc se réfugie dans le silence mais la Fouine y voit une chance de sauver sa peau.

— Ses enfants. Si vous mettez la main sur l'un d'eux, il vous offrira son royaume sur un plateau.

— Tais-toi, Victos !

— Et votre prince ?

— Sa sœur. Si vous en abattez un, vous abattez l'autre. Un seul des deux vous suffira.

De ses mains entravées, Coleman frappe Victos qui tombe à genoux dans le sable.

— Veux-tu mourir pour ces gens ? gémit-il.

Coleman plante ses yeux dans les miens, comme s'il voulait me poignarder avec.

— Je mourrai avec joie pour assouvir ma vengeance, et assurer la paix des générations futures, affirme-t-il.

Je me tourne vers le troisième prisonnier, qui n'a pas décroché une parole depuis notre arrivée sur la plage. Il baisse les yeux ; je ne saurais dire s'il refuse de se soumettre ou s'il a accepté son sort.

— Toi. Comment t'appelles-tu ?

— Palmer.

— Qu'as-tu à dire pour ta défense, Palmer ?

Tandis que Victos se remet debout, Coleman pose un regard inquiet sur Palmer qui me toise quelques instants.

— Son Altesse raconte que vous prétendez que le trône vous revient de droit, lâche-t-il.

— En effet. C'est vrai.

— Elle dit que vous n'avez aucune preuve à avancer.

— Nous n'avons pas de bibliothèques, mais cela n'enlève rien à la vérité.

— C'est peut-être une grande romantique, mais elle a la tête sur les épaules. Si vous fournissez des preuves convaincantes, elle s'efforcera de trouver un compromis. Elle est aussi fine diplomate que sa mère.

— Et elle est beaucoup plus forte qu'on ne le croit, dis-je.

Palmer me lance un regard que je n'arrive pas à décrypter.

— Bien sûr qu'elle est forte. Vous n'avez pas idée de ce qu'elle a enduré.

— Sois plus précis.

— Si je ne meurs pas aujourd'hui, je ne survivrai pas à la honte de divulguer ses secrets. Je n'en dirai pas plus.

Ces hommes sont d'une loyauté à toute épreuve.

— Une dernière question : si vous êtes si dévoué à la princesse, à sa famille, pourquoi me raconter tout cela ?

— Vous voulez la vérité ? fait Palmer. Si vous convoitez la couronne, vous allez devoir l'arracher des mains du cadavre de Sa Majesté. Idem pour le prince. Mais la princesse ? Je l'observe de loin depuis des années et c'est l'une des rares personnes qui comprennent qu'il existe dans la vie des choses plus précieuses que les titres et le pouvoir. Elle fera ce qui est juste. Elle est la seule clef qui vous ouvrira les portes du royaume, si une telle clef existe. Mais si vous êtes un imposteur, la famille royale pourra compter sur ma loyauté jusqu'au bout. Et je ne souhaite pas les voir morts. Sans vous manquer de respect, conclut-il.

— Je ne suis pas vexé. Merci pour votre franchise.

— Alors, quoi maintenant ? demande Coleman. Il faut qu'on se mette à genoux ?

— Non. Jetez-vous à l'eau.

Ils étudient la mer tumultueuse.

— Je suis las de faire couler le sang. Vous allez nager. Si vous vous noyez, vous ne pouvez vous en prendre qu'à vous-même. Si vous survivez et si, par miracle, vous revoyez les côtes de votre terre natale, eh bien – à ce moment-là, elle m'appartiendra.

Ils restent sans bouger, pétrifiés.

— Allez, on se dépêche. Vous me faites perdre mon temps.

Victos et Coleman se dirigent vers l'eau. Je sais qu'il n'est pas impossible de nager les mains liées, mais… c'est extrêmement compliqué.

— Palmer, tes mains.

Palmer tend les bras et je tranche ses liens, ce qui lui permettra de se libérer d'ici quelques petites secondes, puis de se porter au secours de ses compagnons.

— Échange de bons procédés entre deux hommes qui disent la vérité.

Il me remercie d'un signe de tête et rejoint les autres.

Laissant s'écouler quelques minutes, je les regarde disparaître derrière des rochers en direction du sud-est, je range mon épée dans mon fourreau et je retourne au Castel. Tous mes soupçons ont été confirmés. Ce « sommet de la paix » ne va pas être la promenade de santé à laquelle Kawan s'attend. Le roi Theron a l'intention de l'éliminer, et peut-être de massacrer notre armée. Pendant ce temps, son palais et son royaume seront laissés sans défense ; nous n'aurons qu'à nous baisser pour les cueillir. J'aperçois Inigo et je lui adresse un salut discret auquel il répond aussitôt.

Kawan surgit devant moi. Je sursaute.

— Alors ? lâche-t-il.

Je ne suis même pas obligé de lui mentir.

— J'ai confié leurs corps à la mer.

ANNIKA

Je suis pieds nus, enveloppée de brume. Même si la visibilité est réduite à quelques pas, je sais que je ne suis pas seule. Le disque de la lune projette sa lumière sur les gouttelettes en suspension. Je fouille la nuit du regard et je la trouve enfin, à quelques pas, cette silhouette aux contours flous qui se découpe sur le ciel.

Je m'approche de lui. Il m'attendait.

— Où sommes-nous ?

— Chez nous.

J'explore à nouveau les alentours. Je ne vois rien au-delà de l'écran de brume mais j'ai la sensation qu'il dit la vérité. Ainsi, quand il me prend par la main, je ne proteste pas. Je ne proteste pas non plus lorsqu'il fait courir son pouce sur mes phalanges, lorsqu'il appuie ses lèvres froides à mon poignet, lorsqu'il me passe une bague à l'annulaire.

— Qu'est-ce donc ?

— Tout cela m'appartient à présent. Et toi aussi, tu m'appartiens.

Je m'assieds dans mon lit en poussant un cri, la main crispée sur la poitrine. Noemi se précipite vers moi.

— Votre Grâce ! Est-ce que tout va bien ?

— Oui, oui. Je crois que le stress me fait faire des cauchemars.

— Un mauvais rêve, encore ?

— Tu voudras bien faire monter le petit déjeuner ? Je ne me sens pas capable d'affronter la foule, c'est encore trop tôt.

— Je peux aller le chercher moi-même, propose Noemi.

Cela lui offre l'occasion de voir Escalus, même de loin, et ce n'est pas moi qui vais l'en empêcher.

— Et je peux retourner ce livre à la bibliothèque si vous le souhaitez, poursuit-elle. Je ne savais pas si vous l'aviez fini.

Je lève la tête pour voir à quel livre elle fait allusion. Un épais volume relié de cuir vert, qui prend la poussière depuis plusieurs jours sur un guéridon. Les minutes du procès. J'ai été tellement prise dans la tourmente ces derniers jours que je les ai complètement oubliées.

— À vrai dire, pourrais-tu me l'apporter, s'il te plaît ?

— Certainement, Votre Grâce. Et je descends vous chercher à manger.

Lorsqu'elle me tend le livre, je vois qu'elle a les mains qui tremblent.

— Noemi, à ce propos ? Si tu croises mon frère, tu veux bien prendre de ses nouvelles ? J'imagine qu'il doit être nerveux. Et dis-lui qu'il peut passer aujourd'hui quand il le souhaite.

Je lui ai donné un prétexte pour adresser la parole à Escalus. Sa poitrine se gonfle d'émotion.

— Je n'y manquerai pas, Votre Grâce.

Et elle quitte mes appartements aussi vite que ses jambes le permettent.

Je ne sais pas pourquoi, mais l'angoisse m'étreint à l'instant où je me plonge dans l'épais volume. Soufflant un grand coup, je tourne la première page et je passe rapidement les premières affaires. Un divorce, un conflit de voisinage. Je finis par tomber sur les pages qui traitent du régicide. Jago. Son patronyme n'est pas précisé mais je vois qu'il a déclaré « Nous n'avons pas de noms de famille ». Je me souviens qu'il était censé avoir agi seul et je me demande qui il désigne par ce « nous ». Cela aurait dû mettre la puce à l'oreille de quelqu'un. Sur la liste des personnes qui ont assisté au procès figurent les jurés, quelques seigneurs influents, et aussi ma mère. Cela fait si longtemps que je n'ai pas eu son nom sous les yeux que j'ai l'impression qu'on me plante un poignard en plein cœur.

Jago n'a pas dévoilé son âge, il a raconté qu'il vivait seul sur un territoire non revendiqué et refusé de livrer plus d'informations. Pas d'épouse, pas d'enfant non plus, à l'en croire. C'est absurde. Il avait forcément une famille. Je parcours le compte rendu en diagonale, déçue de le trouver aussi laconique.

L'accusé, Jago, est un homme de constitution solide aux cheveux noirs et mal coiffés, aux yeux si foncés qu'ils en paraissent noirs. Il se tient devant le jury en affectant un air nonchalant, comme s'il acceptait le sort qui lui est réservé. Il ne regarde que le président du tribunal, attendant qu'il ouvre l'audience.

— Jago le Solitaire, vous êtes accusé de tentative de régicide sur la personne de Sa Majesté, le roi Theron. Comment plaidez-vous ?

— Coupable.

— Et vous plaidez coupable de votre propre chef ?

— De mon plein chef, oui.

— Au nom de quoi avez-vous commis cette infamie ?

— *Au nom de la justice. Ce royaume, vous nous l'avez volé. Je n'ai qu'un regret, celui d'avoir échoué.*

Sur quel ton a-t-il déclaré cela ? Était-il contrit ? Revanchard ? Sain d'esprit ou non ? Et pourquoi personne n'a donné suite, n'a ouvert d'enquête ? L'accusé a donné une raison, un mobile, et rien.

— *Fort bien. De votre propre aveu, vous vous êtes rendu coupable de la plus haute trahison, et ce tribunal vous déclare coupable également. Vous serez pendu, traîné sur une claie et équarri, et les morceaux de votre cadavre seront montrés à notre bon peuple.*

Ce verdict est accueilli par un grand brouhaha. Sa Majesté la reine échange quelques mots avec Sa Majesté le roi, qui lève une main et quitte son siège.

— *Comme on a attenté à ma vie, je souhaite avoir mon mot à dire. Je ne suis pas un souverain débonnaire, mais je ne suis pas un monstre non plus. Si ce criminel était parvenu à ses fins, ce châtiment aurait été à la hauteur de son forfait. Comme le destin n'a pas voulu le voir réussir, je commue cette peine en décapitation. Et je refuse que sa dépouille souille nos terres.*

Le jury délibère quelques minutes.

— *La sentence sera exécutée demain à l'aube.*

Le marteau résonne.

Je n'arrive pas à décoller mes yeux de la page. Le nom du père de Lennox et celui de ma mère sont imprimés à quelques lignes d'écart, associés pour l'éternité. Par ricochet, nous sommes reliés, Lennox et moi. Nul n'aurait pu se douter que cet instant allait mener à la mort d'une reine, d'une compagne, d'une mère.

Si seulement j'avais un moyen de vérifier si ce qu'a dit Lennox est vrai. Si Jago a traversé la moitié du continent dans l'objectif d'assassiner mon père, il était porté par une cause qui lui donnait des ailes. Une cause au nom de laquelle il a abandonné sa famille. Il a fait l'ultime sacrifice. Mais ce septième clan, je n'en ai pas retrouvé la moindre trace dans nos archives. Et je devrais croire qu'une autre famille, une famille effacée de la mémoire collective, a des droits sur la couronne de Kadier ? Ce sont mes ancêtres qui ont été installés au pouvoir, mes ancêtres qui ont rassemblé tous les clans sous la même bannière, mes ancêtres qui ont repoussé l'envahisseur. C'est cela que l'on m'a enseigné, et c'est ce que j'ai retenu de notre histoire.

Et voilà que nous nous apprêtons à signer une trêve avec un ennemi dont l'ambition est de détruire ce que nous avons patiemment construit. Je ne peux pas laisser Lennox me prendre ma famille, mon château, mon pays. Il m'a kidnappée. Il a tué ma mère alors que son père a eu droit à un procès en bonne et due forme.

Mais il m'a aussi laissé la vie sauve…

J'essaie de ne pas m'attarder sur cette pensée. Lennox doit connaître le même destin que son père, car le mien reviendra vivant de l'Île. Mon frère aussi en reviendra vivant. Je ferai tout ce qui est en mon pouvoir pour m'en assurer.

Noemi revient sur la pointe des pieds, chargée d'un plateau.

— Son Altesse royale a l'intention de passer vous voir aujourd'hui. Il est méconnaissable.

— Cela se comprend.

Je n'ai aucun appétit et je ne suis pas tentée par ce que contient mon assiette.

— Noemi, j'aurais besoin de ton aide.

— Bien sûr, Votre Grâce. En quoi puis-je me rendre utile ?

— Je vais te demander de faire quelque chose qui ira à l'encontre des souhaits de mon père. Peut-être même ceux de mon frère. Et cela ne pourra pas sortir de cette pièce.

LENNOX

Je pensais Kawan exclusivement concentré sur le piège qu'il tend au roi Theron, sur son projet de voler des bateaux pour renforcer ce qu'il appelle notre « flotte », sur ces plans sans rime ni raison qu'il est en train d'échafauder, et je me croyais tranquille.

Sauf que je me trompais sur toute la ligne : il m'a chargé de conduire notre armée à travers la forêt – et ce sont mes plans à moi qui tombent à l'eau. Impossible de m'esquiver, puisque c'est à moi que revient la charge de trouver le passage le plus commode pour les chevaux, les chariots et le gros des troupes. J'en suis à me demander s'il a flairé quelque chose. À mesure que la journée se déroule, il s'obstine à me donner d'autres tâches, à me confier des messages que je dois transmettre à l'autre bout, à s'assurer que je n'ai pas une minute de répit. J'échange des regards déçus avec Blythe, Inigo et le reste de mes équipiers. Je ne sais pas pourquoi, mais Kawan est résolu à ne pas me lâcher des yeux aujourd'hui.

Au crépuscule, nous nous arrêtons dans une vaste plaine à la frontière de Stratfel pour y passer la nuit. Griffin prépare un feu, secondé par Rami qui lui passe du petit bois, ravie de pouvoir se rendre utile. Bizarre. Quand il a reçu l'ordre de m'accompagner dans ma mission, il paraît qu'ils ont l'un et l'autre pleuré comme des fontaines. Demain matin, il est possible qu'ils connaissent une fin encore plus brutale et pourtant ils sont calmes, parfaitement sereins. Sans doute parce qu'ils sont ensemble.

Je m'assieds dans l'herbe, bientôt rejoint par Inigo. Blythe, André, Griffin et Rami suivent notre exemple.

— Je suis désolé que ça n'ait pas marché, leur dis-je. À ce stade, je ne sais pas s'il existe un moyen d'aller jusqu'au bout de notre plan.

— Nous avons passé ce territoire au peigne fin il y a peu de temps, et nous avons aussi affronté les soldats de Dahrain, répond Inigo. Je suis sûr que Kawan nous voit comme un atout, mais il ne veut pas non plus nous tresser des lauriers. Autrement, il faudrait qu'il partage la victoire avec nous.

Là, il met en plein dans le mille. Je suis presque vexé de ne pas y avoir pensé le premier.

— Tu as raison.

— Tu as toujours l'air surpris quand j'ai raison, réplique-t-il.

Je souris et je lève la tête, émerveillé par le ciel nocturne et les étoiles qui scintillent comme autant de joyaux sur un pan de velours noir.

— Vous savez, c'est vous qui m'avez appris à me servir des étoiles pour me déplacer, déclare André, toujours respectueux.

Je le dévisage, surpris. Il est du genre taiseux, d'habitude.

— Moi aussi, intervient Bythe.

— Pareil, ajoute Griffin. Je parie qu'ici, tout le monde peut retrouver son chemin grâce à toi.

— Oh, ce n'est pas si compliqué à mettre en pratique ! Vous étiez sans doute des étudiants particulièrement doués.

— Particulièrement terrifiés, plutôt, marmonne André, ce qui déclenche des salves de rires.

— Tu nous as expliqué un jour qu'il y a des images dans le ciel, se rappelle Blythe. Qu'est-ce que tu voulais dire par là ?

— Il y a des regroupements d'étoiles – des constellations – qui sont associés à des légendes.

— Vous voulez bien nous en raconter une ? demande Sherwin.

Plusieurs paires d'yeux se posent sur moi. Je balaie le firmament du regard en essayant d'y puiser l'inspiration.

— Eh bien, vous connaissez tous l'étoile Polaire, celle qui vous sert de boussole.

— Oui, fait Inigo.

— Et vous savez que les quatre étoiles qui dessinent un carré dans son sillage forment la grande casserole.

— Oui ! s'exclame Blythe.

— Eh bien, je suis à peu près certain de ne vous avoir jamais dit que cette casserole, on l'appelle aussi la Grande Ourse. Donc, c'est une ourse.

— Une ligne tordue et un carré ? C'est censé représenter un ours ? s'étonne André.

— Ce n'est pas moi qui ai inventé cette légende. Je ne fais que la raconter.

— Alors, raconte ! s'impatiente Blythe.

— Il était une fois un dieu qui est tombé amoureux d'une nymphe. Mais ce dieu avait déjà une compagne. Lorsque sa femme a découvert l'existence de la nymphe, elle l'a transformée en ourse. Et la voilà condamnée à tourner sur elle-même tout là-haut, pour l'éternité.

Sherwin regarde le ciel, de l'incrédulité au fond des yeux.

— C'est cruel, souffle-t-il.

— Pas tant que ça, rétorque Blythe. C'est mérité, je dirais.

— Oui, confirme Rami. Moi, la nymphe, je ne l'aurais pas ratée.

D'un signe de tête, je leur montre que je ne partage pas leur opinion.

— Je vous trouve dures. C'est son mari qu'elle aurait dû châtier. La pauvre nymphe ne savait pas qu'il était marié, mais lui savait qu'il jouait avec le feu.

— Dans ce cas, ils auraient dû être transformés en ours tous les deux. Lennox, choisis des étoiles et dessine-nous un autre ours.

— Je ne pense pas avoir l'autorité nécessaire, Blythe. Par ailleurs, la plupart ont déjà été revendiquées.

— Ça, on n'en sait rien, lâche Inigo. Blythe a raison. Vas-y. Dessine un autre ours.

— Très bien, suivez mon index. Par là-bas, non seulement c'est un ours, mais il est trop loin de sa belle pour profiter de sa compagnie.

— Ça me va comme ça, glousse André.

Le bavardage de mes compagnons me met du baume au cœur mais mon côté pessimiste finit par prendre le dessus. Quand on tient à quelqu'un, c'est une véritable torture de le perdre.

ANNIKA

Je passe la journée dans ma chambre en compagnie de Noemi. Escalus ne me rend visite qu'à une heure tardive, bien après le dîner. Lorsqu'il toque à la porte, je fourre précipitamment sous mon lit les livres que j'ai empruntés à la bibliothèque, des chutes de tissu et tout un bric-à-brac avant de laisser Noemi ouvrir.

Elle le salue d'une courbette, les paupières baissées.

— Votre Altesse.

— Bonsoir, Noemi… Ma sœur a-t-elle joué à la poupée avec vous ? Vous êtes ravissante coiffée ainsi.

— Merci, sire. Je crois qu'elle se sert de moi pour se changer les idées, répond ma camériste avec un petit sourire aux lèvres.

Si j'avais détaché un instant mon attention de mes histoires personnelles – de ma mère, de l'homme qui m'est promis, de tout ce qui est hors de ma portée alors que je jouis d'immenses privilèges –, j'aurais compris beaucoup plus tôt qu'ils s'aiment. Leur langage est composé de regards furtifs ; ils tiennent ainsi des conversations entières dont je suis exclue et ils entendent ce que je n'arrive pas à entendre. Quoi de plus naturel : l'amour est une mélodie, après tout.

Je me tourne vers mon frère en me tordant les mains. Il me prend dans ses bras.

— Tu es prêt ? Parce que moi… je suis à ramasser à la petite cuillère.

— Moi aussi. Mais, en toute franchise, je préfère m'aventurer dans l'inconnu que de te savoir entre les mains de ces brutes une seule journée.

— Pas d'envolées lyriques, s'il te plaît, lui dis-je, ma voix étouffée par son gilet.

— Quand ils t'ont enlevée, Annika, j'ai revécu ce que j'ai vécu avec Mère. C'était plus que je ne pouvais en supporter.

— Et c'est ce que je vais vivre s'il t'arrive quelque chose. Elle n'est plus là, et Père ne tient plus qu'à un fil, et si je te perds aussi… Sois très prudent, Escalus.

— Promis, murmure-t-il. Mais ce devrait être une simple formalité. Il n'y a aucune raison que l'on s'inquiète. Cependant, si je me trompe et s'il m'arrive quelque chose, je te demande de prendre la fuite. Et si tu deviens l'héritière du trône, je veux que tu te battes pour Kadier. Que tu te dresses contre l'ennemi comme tu t'es dressée contre Père, contre Nickolas, contre Lennox. Ne laisse pas ce pays disparaître.

— Cela n'arrivera pas.

Je sens que je vais éclater en sanglots. Il m'attrape par les épaules, me détache de lui et plonge son regard dans le mien.

— Écoute, il y a des choses que tu dois savoir. J'ai toujours cru que tu avais l'étoffe d'une reine, et si jamais…

Il est interrompu par un visiteur qui frappe à la porte. Noemi va ouvrir.

— Oh ! Votre Altesse, c'est le duc.

Nickolas se présente sur le seuil. Il a aussi mauvaise mine que mon frère.

— Ah. Je vois que nous avons eu la même idée. Escalus, vous permettez que je fasse mes adieux à la plus ensorcelante créature de Kadier ?

Escalus semble abasourdi par la volte-face de Nickolas. Moi-même, je ne sais trop comment réagir.

— Mais faites donc, mon ami.

— Je t'aime, Escalus.

— Je t'aime aussi. Presque plus que tout au monde, ajoute mon frère avec un clin d'œil.

Il y a encore quelques jours, je n'aurais pas compris son sous-entendu. Je me tourne alors vers Noemi :

— Noemi, tu veux bien me laisser seule quelques instants avec le duc ? Accompagne mon frère jusqu'aux jardins, d'accord ?

— Si tel est votre souhait, Votre Grâce, répond-elle, transfigurée.

Escalus lui présente son bras, qu'elle prend sans se faire prier, et ils s'en vont en donnant l'impression de flotter sur un petit nuage.

— Vous êtes très généreuse avec cette bonne, fait remarquer Nickolas sur un ton neutre.

— Elle a son rôle à jouer dans la vie, tout comme moi. Notre rôle ne définit pas notre valeur, et je compte la traiter – elle et tous les autres – avec bienveillance.

— Vous avez déjà fait preuve à mon égard d'une bienveillance que je ne mérite pas. À notre retour, je saurai m'en montrer digne.

La gorge serrée, je me décide à aborder le sujet qui fâche.

— Nickolas, vous avez peut-être remarqué que mon père n'est plus tout à fait lui-même ces derniers temps.

— Je l'ai remarqué, en effet, répond-il en baissant la tête.

— S'il prend des décisions qui ne riment à rien demain, n'oubliez pas votre promesse. Restez aux côtés d'Escalus.

— Je suis prêt à tout pour vous garder, Annika.

Alors Nickolas se rapproche de moi, lentement, timidement. À un autre moment, dans d'autres circonstances, je l'aurais peut-être giflé. Mais comme nous ne savons pas de quoi demain sera fait, je relève le menton et j'attends son baiser. Lorsque nos lèvres se rencontrent, je tends l'oreille.

Il met tout son cœur, toute son âme, dans ce baiser. C'est ainsi qu'il aurait dû m'embrasser le soir où j'ai demandé sa main. Sans doute le courage lui a-t-il manqué. Cette fois-ci je ne le repousse pas mais j'ai beau être tout ouïe, je ne distingue rien en dehors du grésillement des braises mourantes.

Nickolas s'écarte d'un pas, un sourire hésitant sur le visage, et il se met à murmurer :

— Nous sommes partis du mauvais pied. Mais nous aurons le temps d'apprendre à nous connaître au retour de la délégation. Je... je ne me sens pas disposé à dire ces mots que prononcent les gentilshommes quand ils se préparent à affronter le danger...

— Et je ne suis pas disposée à les entendre, dis-je sur le même ton.

— Dans ce cas, très chère Annika, je vous souhaite bonne nuit.

Il me fait le baisemain, s'incline et me laisse au tumulte de mes pensées. À l'instant où la porte se referme, je sors mon épée et la pierre à aiguiser de leur cachette sous le lit et je me remets au travail. Noemi revient quelques minutes plus tard et reprend ses travaux de couture ; elle est en train de mettre la dernière touche à sa robe de voyage et à nos ceinturons garnis de bourses.

— Alors, tu as dit à Escalus ce que nous préparons ?

— Non, Votre Grâce. Je ne vais pas vous mentir : l'envie m'est venue plus d'une fois. Mais vous avez raison, il vaut mieux attendre. Et j'espère qu'après tout ce temps vous savez que je peux garder un secret.

— Oh, Noemi. Et comment que je le sais.

LENNOX

Ce sont les oiseaux qui me réveillent à nouveau. Une façon idéale de commencer la journée, même si j'ignore de quoi elle sera faite. D'autres bruits viennent s'ajouter peu à peu à cette symphonie matinale : Blythe qui replie sa tente, André qui noie les braises du foyer, Inigo qui s'étire en grognant. Je me frotte les yeux et je commence à rassembler mes affaires.

— Qu'est-ce que tu comptes faire ?

C'est Inigo qui me pose cette question.

— Quoi ?

— Je sais que ton plan te trotte toujours dans la tête. Un choix se présente à toi : soit tu l'oublies et tu te concentres sur ce que nous réserve cette journée… soit tu en parles à Kawan. Tu peux lui demander l'autorisation de nous envoyer en éclaireurs au palais royal.

Les autres membres de l'équipe se sont joints à nous et écoutent Inigo sans piper mot, mais en échangeant des regards éloquents.

— Regarde comme on est nombreux. Il va peut-être en laisser quelques-uns se détacher du groupe et agir de leur côté, suggère mon camarade.

Je pèse quelques instants les arguments d'Inigo. Si mes soupçons se vérifient, avoir un pied dans le palais royal ne pourrait que tourner à notre avantage. Et s'il s'avère que j'ai tort, ce serait une idée qui remporterait de toute façon l'adhésion générale. Même un échec serait accueilli avec indulgence.

— Je reviens tout de suite, leur dis-je.

Je me fraie un chemin parmi la foule, les yeux fixés sur Kawan. Il m'aperçoit et affiche une grimace exaspérée.

— Les hommes à l'arrière sont prêts ? me demande-t-il lorsque j'arrive à son niveau.

— Pas encore. Mais j'ai une proposition à vous soumettre.

À côté de lui, Aldrik est occupé à aiguiser sur une pierre la lame de son épée et il fait semblant de ne pas me voir. Maston et Illio sont en train de vérifier le chargement à l'arrière des chariots. De Slone ou de ma mère, aucune trace.

— Alors presse-toi, me répond Kawan sans masquer son impatience.

— Avec votre permission, j'aimerais emmener quelques-uns de nos hommes prendre d'assaut le palais de Dahrain. Je suis persuadé que ce sommet ne sera pas aussi pacifique que nos prisonniers nous l'ont promis. À mon avis, leur armée va se rendre sur l'Île et laisser le trône sans surveillance.

Je prends toutes les pincettes nécessaires pour qu'il n'ait pas l'impression que je vais à contre-courant de son plan. Malgré mes précautions, il n'a pas l'air convaincu.

— Il t'en faut toujours plus, pas vrai ?

— Pardon ?

— Quand tu ne plastronnes pas avec ton épée, tu fais de l'esprit. Quand tu ne fais pas de l'esprit, tu te sers des étoiles pour impressionner les autres. Et si rien de cela ne fonctionne, tu essaies de battre mes idées en brèche et d'imposer les tiennes, gronde Kawan, la bouche tordue en un rictus mauvais. Tu es convaincu d'être meilleur que moi, hein ?

Je ne le dis pas à voix haute, mais je le pense très fort : *oui.* Mon erreur est de laisser un sourire las s'afficher sur mes traits et de hausser les épaules. Il n'en faut pas plus pour que son bras jaillisse, comme monté sur ressort, et qu'il me saisisse par la gorge. Il colle son visage contre le mien. Son haleine pue la mort et il siffle entre ses dents :

— Les autres s'inclinent devant moi. Pourquoi persistes-tu à me tenir tête ? Tu as l'intention de me voler le trône, par hasard ?

Si je peux le faire proprement, je ne m'en priverai pas.

Je lui réponds, sans me départir de mon sang-froid :

— Ces soupçons ne nous seront d'aucune utilité, monseigneur. Nous devons d'abord affronter notre ennemi.

C'est là qu'il me gifle. Je ne vois pas le coup arriver mais je sens ma pommette s'ouvrir sous l'impact, le sang tiède s'écouler de la plaie. Je trébuche, toujours debout, mais pris de vertige.

— Si tu n'es pas assez intelligent pour rester à ta place, je vais me charger de te la rappeler. Je ne sais pas ce que tu mijotes, mais tu vas échouer.

— Tout ce que je veux, c'est que vous teniez vos promesses. Vous avez fait le serment de conduire notre peuple vers une vie meilleure, je vous propose de vous aider à atteindre ce but. Et je n'ai de leçon d'humilité à recevoir de personne.

Il me déséquilibre en me portant un coup aux jambes, je tombe par terre.

— Tu vas apprendre à rester à ta place ! hurle-t-il, attirant sur lui les regards curieux. Et tu vas obéir à mes ordres ou c'est toi qui, pour une fois, vas finir avec une épée en travers du corps.

— Nous savons l'un et l'autre que vous n'avez pas le cran de me tuer.

Il m'assène un coup de pied dans les côtes et je me recroqueville comme un enfant, les narines pleines du parfum de l'herbe mouillée par la rosée. Kawan se penche vers moi, les mains posées sur les genoux.

— Si tu veux vivre assez longtemps pour voir Dahrain, je te suggère de la boucler.

Et il retourne à ses préparatifs pendant que je rumine mon humiliation, allongé par terre. Je me remets lentement d'aplomb mais la rumeur a déjà fait le tour du camp et je vois les gens chuchoter sur mon passage. À un moment, deux jeunes recrues se précipitent vers moi.

— On a une question, chef. On…

Le garçon qui m'a adressé la parole, et qui ne doit pas avoir plus de treize ans, s'interrompt lorsqu'il voit mon visage ensanglanté. Je lui laisse un instant pour reprendre ses esprits, et le fil de ses pensées, mais ma patience a des limites.

— Oui, quoi ?

Les deux garçons reculent de quelques pas. Le plus timide encourage son ami d'un coup de coude.

— Eh bien… c'est nous qui devons reconduire les chevaux au Castel Vosino. Le soleil se lève par là, alors j'ai planté un bâton dans le sol et l'ombre m'a donné la direction de l'est. Et si on dévie notre trajectoire un peu vers le nord, on devrait atteindre le château avant la tombée de la nuit. On a bon ?

Il me regarde, l'espoir l'emportant sur la peur. Je sens un petit sourire étirer la commissure de mes lèvres.

— Bien avant la tombée de la nuit. Excellent.

— Merci, chef.

— Quand tu traverseras la forêt, sers-toi des carrés de ciel que tu apercevras entre les arbres, compris ? Ne te fie pas à ta boussole ; elle ne te sera d'aucune utilité.

Les jeunes recrues hochent la tête à l'unisson. Le timide met à l'autre une tape dans le dos, ils tournent les talons et filent, prêts à remplir la mission qu'on leur a confiée. Je les regarde s'éloigner, fier d'eux. Je leur ai enseigné quelque chose. Ils ont retenu la leçon et cela va être bénéfique à toute la communauté aujourd'hui. Soudain, je ne sens plus la douleur dans mes côtes.

Je rejoins mes équipiers et ils comprennent à l'état de mon visage que ma requête n'a pas abouti. Rami plonge un chiffon dans l'eau et nettoie précautionneusement ma plaie sous les yeux de Blythe et d'Inigo, qui suivent ses gestes en grimaçant.

— Bon, fait André, ça règle la question.

— Il ne nous reste plus qu'à être vigilants. Et patients.

Si Kawan m'avait entendu à cet instant, il m'aurait flanqué une nouvelle gifle. Qui suis-je pour donner des ordres ? Mais cela m'importe peu. S'il veut se sauver lui, et seulement lui, quelqu'un d'autre doit se charger de sauver mon peuple.

ANNIKA

Pour la première fois, c'est moi qui aide Noemi à s'habiller. Je refuse qu'elle m'accompagne dans sa tenue de domestique, de peur qu'elle fasse partie des premières victimes de l'ennemi. Et je veux absolument qu'elle vienne. Je refuse de lui infliger la torture de l'attente.

Je lui ai donné l'une de mes robes, qu'elle a retouchée de ses mains habiles pour la mettre à sa taille, et j'ai décidé d'en porter une qui ressemble énormément à la sienne. Si j'avais une couleur de cheveux plus foncée, ou si elle avait des taches de rousseur, nous aurions pu passer pour des sœurs. Je lui fais la même coiffure qu'à moi, une tresse qui laisse une partie des cheveux relâchés. Je veux incarner à la fois la reine qu'ils ont assassinée et la princesse qu'ils ont laissée s'échapper.

Grâce à l'appareillage que mon ingénieuse camériste a mis au point, mon épée est bien au chaud, dissimulée sous mes jupons. Nous n'avons pas mis grand-chose à l'intérieur des bourses fixées à nos ceintures – des biscuits secs, parfaits pour calmer les fringales lors des voyages au long cours, une pierre à feu, quelques pièces d'or s'il fallait soudoyer quelqu'un – mais c'est rassurant de nous savoir équipées.

— Suis-je présentable ? finit par demander Noemi, les bras tendus. J'ai l'impression d'être un épouvantail.

— La coupe te va à merveille. Ainsi que la teinte. À notre retour, je pense que nous devrions mettre ton tablier au rebut.

— Quoi ?

— Ça ne te plairait pas ?

— Si, si, bien sûr ! Mais les gens vont me prendre pour une dame d'honneur, pas une servante. Ce ne serait pas convenable.

— Les convenances… les gens n'ont que ce mot à la bouche, tu ne trouves pas ? « Annika, ce n'est pas convenable de manier l'épée. Ce n'est pas convenable d'avoir les cheveux dénoués. » Je commence à m'en lasser.

— Ce n'est pas tout à fait vrai. Vous savez qu'il ne serait pas convenable de désobéir à votre père, donc vous ne le faites pas. Vous savez qu'il ne serait pas convenable de renoncer à votre titre, donc vous vous y accrochez.

— Par amour, pas par souci du décorum. Bon, c'est décidé, pas de tablier à notre retour. Parce que je tiens beaucoup à toi.

— Je tiens beaucoup à vous aussi. Tellement que je suis prête à vous suivre dans votre folie. Alors, ne perdons pas de temps.

— Allons-y.

Nous nous rendons aux écuries, où nous sélectionnons une monture parmi les chevaux mis à notre disposition. Grayson a fort à faire ce matin. Je lui lance une pièce d'or.

— Merci à toi, Grayson. Je compte sur quelqu'un pour s'assurer que cet endroit ne part pas à vau-l'eau pendant notre absence.

Il me remercie d'un grand sourire.

— À votre service, Votre Grâce.

J'enfourche mon cheval en même temps que Noemi et je jette un coup d'œil par-dessus mon épaule sur le petit palefrenier. J espère me tromper. J'espère que ces pourparlers ne nous réservent aucune mauvaise surprise, même si mon instinct me dit le contraire. Et j'espère avoir mal jugé Lennox ; pourvu qu'en ce moment il se terre dans les ruines humides de son château ou qu'il se soit mis en route vers l'Île. Tout vaut mieux que de le retrouver sur le seuil du palais royal.

Nous atteignons les grilles, où nous attend un groupe plus important qu'annoncé. Nous échangeons un regard, surprises par le nombre d'officiers qui vont nous accompagner.

— Hors de question ! lance une voix.

Escalus arrive, sa jument lancée au petit trot.

— Escalus ? De quoi parles-tu ?

Il montre Noemi du doigt.

— Vous, retournez au château immédiatement.

Je fronce les sourcils.

— Tu sembles oublier qu'elle travaille pour moi, pas pour toi.

— Et tu sembles oublier que tu dois te plier à mes ordres.

Je suis tellement choquée que cela doit se voir sur mon visage. Escalus ne fait jamais allusion à notre différence de rang, ni dans l'intimité, ni en public.

— Escalus, j'emmène Noemi. Je préfère l'avoir à mes côtés.

Escalus pousse un énorme soupir et regarde ma cameriste. Encore une fois, ils ont une conversation muette. Elle ouvre de grands yeux implorants. La volonté d'Escalus s'érode à mesure que les secondes s'écoulent. Il ne veut pas se séparer de sa bien-aimée, malgré les dangers qu'elle pourrait courir.

Il finit par céder.

— J'exige de vous avoir à tout instant sous les yeux, compris ? L'une comme l'autre.

— Compris.

— Il en sera fait selon vos ordres, Votre Altesse, répond Noemi en inclinant la tête.

Nous nous avançons jusqu'à la tête de la délégation. Mon père devise avec Nickolas. Tous deux semblent d'excellente humeur ; j'y vois un signe de bon augure. Père m'aperçoit, puis il avise Noemi.

— Ah. Une domestique. Excellente idée, Annika. Assurez-vous de bien rester derrière moi. Escalus, Nickolas, je vais vous demander la même chose. Je vais prendre la tête de notre groupe. Rendons-nous à l'embarcadère. Ne faisons pas attendre le camp d'en face.

Nous descendons la longue avenue qui mène aux quais, où je n'ai pas mis les pieds depuis des années. À une époque je voyageais beaucoup avec ma mère, nous faisions des escapades à la campagne, nous explorions les royaumes voisins. Je n'ai pas oublié l'accueil chaleureux que nous réservaient nos sujets, la pomme qu'un garçon anonyme m'a offerte, les fleurs que nous cueillions pour en faire des bouquets qui embaumaient nos appartements. J'ai l'impression que ce n'est pas moi qui ai vécu ces moments, que la fillette que j'étais alors est morte et enterrée.

— Votre Majesté, pourquoi trois frégates ?

— Oh, j'apporte des cadeaux à mon homologue, m'explique Père avec des accents désinvoltes. Des offrandes de paix. Nous voyagerons à bord de celle-ci, celle du milieu.

Il talonne sa monture et l'animal se hisse sur la passerelle. Deux navires aux cales remplies de présents ? Quels trésors offre-t-il à l'ennemi ? Qu'est-ce qui le pousse à agir ainsi ? J'en perds mon latin.

Une fois à bord, nos chevaux sont conduits à des compartiments aménagés dans la cale. Père est en grande discussion avec le capitaine et, à ses côtés, Nickolas n'en perd pas une miette. Il veut désespérément entrer dans ses bonnes grâces.

C'est alors qu'Escalus se plante devant moi.

— Quelle idée de prendre Noemi avec toi ? chuchote-t-il. Qu'est-ce qui t'est passé par la tête ?

— Cela m'a paru trop risqué de la laisser au palais.

— Je ne serai peut-être pas en mesure de vous protéger toutes les deux. Elle pourrait finir blessée, voire pire.

— Ne t'inquiète pas. Je te promets de prendre la fuite si c'est nécessaire, et de l'emmener.

Mon frère m'étudie d'un regard dur puis il s'éloigne, visiblement contrarié.

— Escalus !

Il m'observe par-dessus son épaule.

— Tu es toujours là ? lui dis-je, et j'attends sa réponse la gorge serrée.

Il hoche la tête, mais ne prononce pas un mot. Et son silence me transperce comme une dague.

Par pitié, que cela cesse. J'en ai assez de batailler pour chaque miette de liberté.

LENNOX

Le royaume de Stratfel épouse le tracé du littoral et son économie repose en majeure partie sur la pêche. Forcément, les Stratfeliens possèdent énormément de bateaux, et il n'y a qu'à se servir. Ils ont assez d'embarcations pour transporter nos troupes sur un îlot… et leur vol porterait un coup dévastateur à des dizaines de familles dont le revenu dépend de la mer.

Je reste à l'écart, écœuré par cette razzia qui se déroule sous mes yeux. Je monte à bord d'un des voiliers quand on m'en donne l'ordre, car je n'ai pas le choix. Je joue avec les cordages, faisant et défaisant les quelques nœuds marins que je maîtrise. Le nœud d'écoute, le nœud en tête d'alouette, le nœud de jambe de chien. Je me dis que cela va me changer les idées, mais c'est peine perdue. Nous ne nous éloignons pas beaucoup du rivage, de peur que la houle fragilise les embarcations. Tous les regards sont braqués sur l'eau qui s'étend à perte de vue.

— Je ne sais même pas quoi chercher, avoue Blythe. N'importe quelle tache à l'horizon ?

— En gros, oui.

Inigo, Blythe, Griffin et Rami se sont arrangés pour monter dans le même voilier que moi.

— Je ne vois rien, déclare Inigo. Ils se seraient trompés de date ?

— Non. C'est leur plan pour nous pousser à nous mettre à découvert. Ils sont bien là, ne t'inquiète pas.

À cet instant nous contournons une zone rocheuse et nous nous retrouvons nez à nez avec trois frégates aux dimensions imposantes. Maintenant que je découvre ce qu'il a dans son arsenal, ma plus grande peur est confirmée : l'ennemi n'est pas venu en paix.

Je hurle à l'adresse de mon équipage :

— Gardez vos armes sous la main. Leurs navires sont plus gros, mais ils n'en sont que plus lents. Il est possible qu'ils ne nous aient pas encore vus. Restez vigilants. Nous ne savons pas de quelles armes ils disposent. Chaque homme compte, alors pensez à protéger vos camarades.

— Oui chef ! répondent-ils d'une même voix.

Inigo n'a pas attendu mes consignes pour ajuster les voiles de notre goélette, en se servant du vent à notre avantage. Blythe et Rami disposent en rangs serrés les torches que nous allumerons, pour les rendre faciles d'accès, à bâbord puis à tribord.

Inigo barre comme un vieux loup de mer et nous prenons de la vitesse, dépassant plusieurs embarcations. Je me poste à la proue, tous les sens en alerte. Ce n'est qu'une question de secondes avant qu'ils se rendent compte que nous sommes à leurs trousses et j'attends ce moment avec impatience. Je vérifie d'un coup d'œil que mes camarades sont prêts à monter à l'abordage.

Sur ma droite, à trois bateaux de distance, j'aperçois ma mère cramponnée au mât d'un petit voilier. Elle me regarde avec, au fond des yeux, une émotion qui évoque la fierté, et désigne de l'index sa pommette, montrant qu'elle a bien vu la blessure que m'a infligée Kawan. Haussant les épaules, je lui réponds d'un demi-sourire. Qu'elle croie que je suis tombé, ou que je me suis fait mal en répétant une botte à l'épée. Ce n'est pas le moment de lui causer du souci. Je la salue de la tête, elle me rend la politesse et je me détourne, le regard braqué vers l'avant.

Quelques instants plus tard, le guetteur nous repère. J'entends ses hurlements paniqués à travers le fracas des vagues.

— Les flambeaux ! Allumez-les !

Nous sommes si près. Tout près. Mon cœur s'emballe lorsque j'imagine cette majestueuse frégate périr corps et biens. Une première étape avant de nous emparer de leur flotte. La marine d'abord, puis le souverain, enfin le palais royal. Il nous suffira de quelques jours pour mettre Dahrain à genoux.

C'est alors que la frégate vire de bord, à une vitesse dont je ne l'aurais pas cru capable. Elle se dresse à la perpendiculaire de notre pauvre petite flottille et la domine de toute sa hauteur, formant une muraille infranchissable.

— Dispersez-vous ! Et jetez les torches !

C'est moi qui crie cet ordre, car personne ne semble prendre l'initiative.

Nous bombardons la frégate de projectiles enflammés et certains atterrissent sur le pont. D'autres heurtent la coque, trop brièvement pour qu'elle prenne feu. Difficile de dire, dans le tumulte, s'il y a beaucoup de dégâts. J'ai l'impression de distinguer un panache de fumée et j'esquisse un sourire avant qu'une balle ne me frôle l'épaule. Blythe se baisse, prise de panique.

— Qu'est-ce que c'était ?! hurle-t-elle.

— Ils ont des mousquets !

Bien sûr qu'ils ont des armes à la pointe de la technologie.

Une autre balle vient se loger dans la coque de notre goélette.

— Ne vous levez surtout pas !

Passant outre mon propre ordre, je me mets debout pour évaluer les dommages. Deux ou trois de nos embarcations ont chaviré, victimes de la vague provoquée par la frégate, et des camarades sont à l'eau, suppliant qu'on leur envoie une corde. À bord d'un autre bateau, un malheureux saigne abondamment, le bras troué par une balle.

Ma mère, où est-elle ? Toujours vivante, toujours sur le même voilier. De là où je suis, je vois les larmes couler sur son visage tandis qu'elle projette des torches sur la frégate, vociférant des insultes, extériorisant sa haine. Je savais que c'est une force de la nature. Il y a dans l'énergie qu'elle met à lutter quelque chose d'animal. De primitif.

Suivant son exemple, j'exhorte Blythe et Rami.

— Allumez les torches, c'est moi qui vais les envoyer d'ici.

Rami me passe la première.

Je me rappelle le visage de mon père, et je prends mon élan.

Je me rappelle ma chambre glaciale.

Je me rappelle le sang qui souille la lame de mon épée.

Je me rappelle tout ce que j'ai enduré, dans les moindres détails, et je me bats de la seule façon qui m'est permise.

Au milieu des cris et de la pétarade des mousquets, des vagues rugissantes et des clameurs, une voix retentit :

— Annika, recule !

Elle est ici.

Coleman avait pourtant précisé que jamais le roi ne l'emmènerait à la guerre, alors pourquoi – pourquoi donc – se retrouve-elle au milieu de la bataille ?

La voilà. Je la trouve à la poupe de la frégate, elle balaie des yeux la surface de la mer. Elle est en blanc.

Je la contemple, comme foudroyé. Les cheveux fouettés par le vent, elle étudie les occupants des voiliers et nos regards se croisent. Elle se fige à son tour. Est-ce moi qu'elle cherchait ainsi sur l'eau ? Le temps semble s'arrêter tandis que nous nous observons, immobiles l'un et l'autre. Je sens, au plus profond de moi, que nous flirtons avec le danger.

— Lennox ! Lennox, la torche ! s'exclame Rami à côté de moi.

Grâce à elle, je reviens à l'instant présent. Elle se relève et me lance :

— Prends la t…

Soudain, elle s'écroule et une tache écarlate s'étale sur sa tunique, au niveau du ventre. Deux balles viennent de la transpercer.

— Rami !

Griffin se précipite vers elle et la prend dans ses bras, les lèvres tremblantes. Son amie n'émet pas un son. Je la vois qui étudie le ciel, puis le voilier et les visages qui l'entourent. Enfin son regard se pose sur Griffin, qui se cramponne à sa main comme s'il ne voulait pas la lâcher.

— Toi, murmure-t-elle. Tu as amené la lumière dans ma vie.

— Tais-toi. On pourra soigner ta blessure une fois qu'on sera revenus à terre. En attendant, appuie bien dessus.

Personne n'est dupe. Inigo est déjà en train de s'affairer autour de la blessée, mais le sang continue de couler à gros bouillons. Rami ne détache pas ses yeux de l'homme qu'elle aime.

— Tu as donné… un sens… à ma vie, murmure-t-elle.

— S'il te plaît, souffle Griffin. Par pitié.

— Je t'aime.

— Je t'aime aussi. Et je t'aimerai toujours.

— Oui. Oui… toujours.

Rami approche sa main du visage de Griffin et lui effleure la joue. Il lâche un cri rauque qui trouve écho au plus profond de moi. D'ordinaire stoïque, Blythe plaque une main sur sa bouche pour étouffer un hurlement. Inigo s'est posté à côté d'elle, il veut la réconforter mais il se rappelle in extremis qu'il a les mains couvertes de sang et, au lieu de les poser sur son épaule, il se contente de la regarder.

Je connais à peine Rami mais je sais qu'elle a été fauchée trop tôt, que sa jeune vie lui a été volée. La flamme de la colère se transforme en brasier et me consume. Je me redresse, les yeux braqués sur la frégate.

Annika n'est plus là. À sa place je découvre son fiancé, ce pleutre qui l'a abandonnée en rase campagne.

Il faut que nous changions de tactique.

— On se replie ! On se replie ! Inigo, mets le cap sur l'Île. Nous allons engager le combat sur terre.

Inigo hoche la tête et s'active.

— Hé, toi !

Je me retourne. Kawan m'a interpellé depuis le bateau voisin.

— Tu te prends pour qui pour donner des ordres ? lance-t-il.

Après avoir vérifié que ma mère est indemne, je m'adresse directement à lui :

— Il faut à un soldat expérimenté une vingtaine de secondes pour recharger son mousquet. Sur le champ de bataille, la peur ralentit ses mouvements et ces vingt secondes en deviennent trente, soixante. En trente secondes, personne ne peut échapper à mon épée ou à celle d'Inigo, ni aux flèches de Blythe et de Griffin… trente secondes, cela laisse amplement le temps d'envahir un pays. Faites-nous retourner à terre, nous nous chargeons du reste.

Il s'abîme quelques instants dans ses réflexions, puis il fait signe qu'il accepte. Je vois Griffin déposer un baiser sur le front de Rami, repousser doucement les cheveux sur son visage et la bercer tandis que nous nous dirigeons droit sur l'Île.

Il est fascinant de voir que l'amour sait venir à bout des aspérités et des dehors rugueux d'une personne – qu'il sait affûter et arrondir certains angles en même temps. C'est bien la première fois que je me sens pris de crainte et d'émerveillement face à ce phénomène. Quelle chose compliquée que les sentiments.

Compliquée, et sublime tout à la fois.

ANNIKA

Ce que je vois, je n'en parle à personne. Je ne sais pas si je serai un jour capable de me confier à quelqu'un, même à Escalus. Il y a un gouffre entre s'imaginer le pire et voir la mort frapper sous ses yeux, en temps réel.

Nous sommes en guerre.

Nos frégates ne sont pas chargées d'offrandes de paix, mais de régiments de soldats armés jusqu'aux dents. Nous n'allons pas sur l'Île signer un traité de paix, nous allons y combattre l'ennemi. Et, au lieu d'avoir le courage de jouer franc jeu, nous leur avons tendu une embuscade.

— Votre Grâce ?

Noemi pose sa main sur mon bras, son contact me fait sursauter. De la main, je tente d'apaiser mon cœur affolé.

— Tout cela me fait beaucoup de peine, Votre Grâce.

— Appelle-moi Annika, Noemi. Quelles sont les nouvelles ?

— Nous ne sommes plus très loin de l'Île. Il semblerait que nous ayons peu de pertes, humaines et matérielles, à déplorer. Sa Majesté juge que nos effectifs sont beaucoup plus nombreux que les leurs. La victoire devrait être rapide et facile.

J'opine. C'est la victoire que nous voulons, n'est-ce pas ? C'est bien ce que je veux ? À choisir entre eux et moi, c'est moi que je choisirai, à chaque fois. Ou Escalus. Escalus doit survivre.

— Tu t'attendais à cela, Noemi ? À une attaque ?

Elle fait non de la tête, ses yeux reflétant l'horreur qu'elle ressent.

— Je vais monter sur le pont, Noemi. Je veux être aux côtés d'Escalus.

— Cela ne va pas plaire au roi.

— Tant pis pour le roi.

Je gagne le pont supérieur où les hommes s'affairent, les uns nettoyant leurs mousquets, les autres préparant les munitions. Je porte mon épée bien en vue, à la taille, sans plus me cacher. Je vois le contour de l'Île se dessiner à l'horizon et, à mesure que nous approchons, je découvre qu'un appontement nous attend. Parfait.

La majeure partie de ce territoire est recouverte de forêts et je distingue les crêtes d'une chaîne de montagnes. Des nuages compacts déferlent du Nord-Est. Je pensais que c'était un endroit inhospitalier mais il est si verdoyant, et le ciel me paraît si bleu, que je n'ai qu'une envie, m'y installer à demeure.

Nous débarquons et chacun récupère sa monture. Escalus nous aperçoit et accourt.

— Non ! Hors de question que vous quittiez la frégate. C'est trop risqué. Sous aucun prétexte vous ne descendrez à terre.

Il immobilise le cheval de Noemi et il ajoute d'une voix étranglée :

— Je vous l'interdis.

Je n'ai pas l'intention de me laisser faire.

— Et je lève l'interdiction.

— Annika, ne me contrarie pas, pas aujourd'hui.

— Si l'ennemi frappe, Noemi peut retourner à la frégate.

Il est toujours en colère contre moi, il m'en veut d'exposer Noemi au danger. Quelques secondes s'écoulent et je vois ses épaules se détendre.

— Bien. Mais rien ne change. Vous restez derrière moi et vous filez à la seconde où je vous en donne l'ordre. C'est clair ?

— Très clair, Votre Altesse, répond Noemi avec, dans la voix, des accents solennels.

Je sais que mon frère s'inquiète pour sa sécurité – tout comme moi – mais il vaut mieux qu'ils se trouvent ensemble au même endroit et ne se quittent pas des yeux. Si Lennox m'a appris une chose, c'est qu'on trouve la paix dans la vérité. Je lui en suis reconnaissante et je ne compte pas les priver de cette paix. Pas par une journée comme celle-ci.

Je m'interroge sur le sort qu'ont connu les compagnons d'armes de Lennox. Combien ont survécu à la bataille ? Ont-ils atteint la côte ? Vont-ils se ruer sur nous d'un instant à l'autre ? Ou comptent-ils trop de victimes dans leurs rangs pour revenir à l'assaut ?

La gorge nouée, j'observe Escalus et mon père, qui chevauchent fièrement. Puis Noemi, qui se recoiffe, et Nickolas. Que se passera-t-il si l'un d'eux manque à l'appel à la fin de la journée ? Je chasse cette pensée funeste de mon esprit. Notre petit groupe est suivi par l'armée tout entière, qui débarque et s'enfonce dans la végétation avec une discipline toute militaire. Mon cheval renâcle, la pauvre bête refuse d'avancer.

Je prends de grandes inspirations pour étouffer ma nervosité tandis que nous progressons en silence sous des arbres bien différents des essences que nous avons à Kadier. Nous débouchons ensuite dans une clairière, où nous voyons un ciel partagé entre soleil radieux et nuages noirs. Père s'arrête et lève la main, nous donnant l'ordre de ne pas aller plus loin.

— Oui, je les vois, chuchote Escalus.

— Ce qui veut dire qu'ils peuvent nous voir aussi, ajoute Nickolas.

— Inutile de nous cacher, Votre Majesté. Lançons l'assaut et écrasons-les sans attendre.

Père observe un long silence puis son regard passe d'Escalus à moi et il secoue la tête, comme s'il venait de prendre la mesure de la catastrophe qu'il a déclenchée. Avec un soupir, il plonge ses yeux dans la trouée et relance sa monture au petit trot. Nous le suivons.

Le désespoir me gagne. C'est plus fort que moi, dès que nous sommes à découvert je cherche Lennox du regard. À l'instant où je l'aperçois – les cheveux et la cape fouettés par le vent – je me rends compte qu'il a les yeux braqués sur moi. Il a tiré son épée de son fourreau et pourtant, je ne me sens pas menacée. Ce ne sont pas les yeux qui m'ont ligotée ; ce sont les yeux qui m'ont laissée prendre la fuite.

Je ne sais pas ce qui déclenche une bataille. Au fond de moi, j'espère encore que Père, qui vient d'avoir une illumination, va s'approcher pour entamer les pourparlers et que Kawan va le rejoindre à mi-chemin. J'espère qu'après avoir compté ses morts, chaque partie sera prête à trouver un terrain d'entente. J'espère que nous pourrons leur offrir cette île pour nous faire pardonner d'avoir tué leurs frères. J'espère que nous allons sortir de ce quiproquo la tête haute.

Hélas, ce n'est pas du tout ce qu'il se passe.

Sans crier gare, la silhouette massive de Kawan s'élance à une vitesse dont je ne l'aurais pas cru capable. Un arc surgit, dissimulé sous des couches de cuir et de fourrure, et il décoche une flèche qui se détache nettement sur le ciel plombé avant de se planter dans le torse de mon frère.

— Escalus ! hurle Noemi.

Elle saute à terre pour se porter au secours de son bien-aimé. Tout autour de moi, nos soldats chargent sans en attendre l'ordre. Je regarde mon frère s'affaisser sur sa selle et étudier la flèche en haletant.

— Ne tire pas dessus, dit-il à Noemi. Ça ne fera qu'aggraver la blessure.

Alors il va mourir ? Comme ça, simplement ? Escalus va mourir. Nous sommes loin de chez nous, et il a une flèche fichée en pleine poitrine, à quelques centimètres du cœur.

Soudain, je n'ai qu'une envie, me venger. Quelqu'un doit payer.

Lennox n'a pas bougé. Comme s'il savait. Je talonne mon cheval, qui démarre au triple galop. J'entends une voix crier mon nom mais je fais la sourde oreille, les yeux fixés sur mon ennemi. Il m'observe quelques instants, pour s'assurer que c'est bien lui que j'ai dans ma ligne de mire, puis il tourne les talons et prend la fuite. Il a de l'avance sur moi, mais cela ne va pas le sauver aujourd'hui. Il s'enfonce dans la forêt, zigzaguant adroitement entre les arbres, enjambant les ruisseaux. Je dégaine mon épée et je la brandis haut au-dessus de ma tête.

Il a assassiné ma mère. Il m'a kidnappée. Son chef vient de tuer mon frère. Si je lui tranche la tête, ce ne sera que justice.

Alors que je le rattrape et que je m'apprête à abaisser ma lame, il se plie en deux et change subitement de trajectoire. Je force mon cheval à piler, puis je le déroute pour donne la chasse à Lennox qui se réfugie derrière un fourré trop dense pour que j'arrive à le suivre. J'en fais le tour, cherchant une brèche, un moyen de le faire sortir de sa tanière. En vain.

Je sais exactement ce qu'il attend de moi. Si je veux régler son sort une fois pour toutes, je dois mettre pied à terre. Cela me fait perdre un avantage certain, mais je ne peux faire autrement. Je saute à bas de ma monture et je plonge mon regard dans celui de Lennox. Il m'étudie quelques instants avant de s'avancer, auréolé par la lumière du soleil.

Un grand silence nous enveloppe. Le vent se tait, imité par les oiseaux et les hautes herbes. La terre tout entière retient son souffle alors que nous nous faisons face.

— Votre Altesse, lâche-t-il sur un ton moqueur.

Et il se rue vers moi. Je lève mon épée pour parer son coup en me rappelant la leçon de Rhett : je ne peux pas me contenter de défendre, je dois aussi attaquer. J'engage la lutte et ma lame frôle sa joue. Lorsqu'il recule, prenant conscience que j'ai failli porter atteinte à la perfection de son visage, il a du mal à cacher son admiration. Cela ne le ralentit pas longtemps : il revient à la charge, l'épée levée haut. Son plan est de m'épuiser, puis de m'asséner le coup de grâce. Moi aussi, je peux jouer à ce jeu-là.

Je multiplie les bottes, le forçant à s'écarter ou à reculer d'un bond. Il a un gabarit impressionnant, il va se fatiguer plus vite si je le force à se déplacer. Plus d'une fois, nos lames se percutent et provoquent une pluie d'étincelles. Chacun s'appuie sur des qualités et des compétences différentes mais je n'ai pas à rougir de ma technique et le duel s'éternise.

Je m'apprête à repartir à l'assaut quand le silence est rompu par un bruit. Un bruit étrange, très semblable à une salve d'applaudissements. Lennox lui aussi l'a entendu. D'un commun accord, nous baissons notre arme et nous nous retournons. Une muraille de nuages noirs déferle sur nous, aussi résolue qu'une armée en guerre. Des rafales se déchaînent et une pluie torrentielle s'abat sur nos têtes alors que les ténèbres envahissent le ciel. Sans doute l'orage que j'ai vu tout à l'heure depuis la frégate, et qui a décidé de s'inviter à la fête.

Au début, je reste clouée sur place. Quel spectacle grandiose, à la fois féerique et mystérieux. Alors je vois une bourrasque déraciner un arbre et je décide de chercher un abri. Lennox arrive à mon niveau et me gagne de vitesse.

Je n'ose pas regarder derrière moi. La pluie et le vent composent une symphonie assourdissante et cela m'incite à accélérer le pas. Je n'ai jamais vu un orage de cette ampleur, je ne sais pas quoi faire pour m'en protéger. Je ne peux pas m'accrocher à un arbre et me plaquer au sol ne me sera pas non plus d'une grande aide, je le crains.

Cette île est aussi inhospitalière que le prétend sa réputation.

À cet instant, une planche de salut se présente. Creusée dans le flanc d'une montagne aussi escarpée qu'une falaise, j'aperçois une ouverture. Une grotte, sans doute. Je ne sais pas si elle est profonde, mais elle représente mon unique chance de survie. Le seul problème, c'est que Lennox l'a repérée lui aussi. Il se retourne et me regarde, puis il regarde la tempête qui s'approche inexorablement. Les yeux écarquillés, il presse le pas.

Je calque mon rythme sur le sien. Malheureusement j'ai les jambes plus courtes que lui, et une robe dans laquelle je suis empêtrée. Quelques secondes plus tard je me prends les pieds dans une racine et je m'écroule, face contre terre. Je lâche un cri et je me mets à genoux, quand je sens une main s'enrouler autour de mon bras.

— Avance ! hurle Lennox. Surtout, ne t'arrête pas !

Il me force à me relever et il me tire en direction de la grotte. Il me lâche lorsque j'ai pris assez d'élan pour courir sans son aide, mon épée toujours à la main. Je fais de mon mieux pour ne pas me laisser distancer. Lennox se poste à l'entrée de la grotte, puis il me pousse à l'intérieur. Nous nous retournons en même temps, impressionnés par le spectacle que nous offre la nature.

— Qu'est-ce que c'est ?

— Un ouragan. J'en ai déjà vu, mais d'aussi puissant et d'aussi rapide, jamais. Il fonce droit sur nous. Il faut se mettre à l'abri.

Nous explorons la grotte du regard. Les parois s'écartent et s'ouvrent sur une salle de forme triangulaire, aux angles arrondis. J'ai l'impression de voir des caractères gravés dans la roche. Nous sommes pris au piège, et nous ne pouvons aller plus loin.

La tempête se rapproche en mugissant et je devine qu'elle aspire tout sur son passage. Je me réfugie au fond de la caverne en compagnie de mon nouvel allié. Dans le même geste, nous levons bien haut notre épée et la plantons dans la terre en poussant de toutes nos forces. Lennox s'agenouille, m'attire contre lui, et nous nous agrippons à nos épées à l'instant où le vent s'engouffre dans la grotte.

J'ai l'impression de vivre un cauchemar. Les bourrasques sont assez violentes pour me décoller du sol. Je me cramponne à la lame fichée en terre, et à l'espoir qu'elle tiendra aussi longtemps que durera cette épreuve. Lennox est lui aussi soulevé de terre et je tends le bras pour le retenir, de peur qu'il ne s'envole. Il enroule une jambe autour des miennes, je décide de faire de même. Nous jetons toutes nos forces dans cette nouvelle bataille, nous nous accrochons l'un et l'autre à la vie. Je le sens raffermir sa prise, me serrer plus fort contre lui. Je vais avoir les genoux couverts de bleus et j'imagine que Lennox a les bras qui brûlent, tout comme moi. À cet instant précis, il lâche un grognement de douleur. J'enfouis mon visage dans son torse, les doigts harponnés à ses vêtements, et je reste dans cette position jusqu'à ce que le vent se calme.

À genoux par terre, les jambes emmêlées, nous soufflons comme si nous avions traversé l'île en courant. Nous restons ainsi quelques instants, immobiles, aux aguets. Le crépitement de la pluie a remplacé les rugissements de l'ouragan. Nous lâchons lentement notre épée et nous observons les cataractes qui tombent du ciel. Par chance, l'entrée de la grotte est protégée par une sorte de corniche. Mes yeux s'accoutument peu à peu à la pénombre et je décrypte l'expression qui s'affiche sur le visage de Lennox. Il est mal à l'aise.

Je me racle la gorge et je m'étire, prête à me remettre debout. Lennox me prend de vitesse et il arrache son épée de terre. Il y parvient du premier coup, mais c'est compliqué. Je me couvre de honte en m'y reprenant à trois fois avant de récupérer ma propre arme.

Lennox ne m'accorde aucune attention. Il arpente la caverne, l'étudiant sous tous les angles. Enfin, il respire un grand coup et affiche un sourire.

— Alors, prête à mourir ?

— Prête à vous tuer, plutôt.

Je n'ai pas l'intention de perdre la vie aujourd'hui. Il lève son épée à l'instant où je trace un cercle avec la mienne, et nos lames frappent la roche.

J'essaie de retrouver mes marques, mais rien n'y fait. La grotte est basse de plafond, elle limite drastiquement nos mouvements. Le risque de me blesser est aussi grand que celui de blesser l'adversaire. Nous arrivons à cette conclusion au même moment.

— Alors, comment ça finit, cette histoire ? Si on ne peut se battre comme il faut ici, est-ce qu'on risque notre nez dehors ?

— Parce que tu arrives à y voir avec ce qui tombe du ciel ?

Je me retourne et je regarde dehors, les yeux plissés.

— Je vois un arbre. Enfin, je crois.

— Si on s'aventure à l'extérieur, on ne va jamais s'en sortir. Fais comme bon te semble, mais ce n'est pas cette mort-là que je choisis.

— Moi non plus.

— Dans ce cas, il va falloir signer une trêve, Votre Altesse.

— Restez de ce côté de la grotte, moi je reste du mien.

— Entendu.

Nous nous éloignons l'un de l'autre et nous nous asseyons par terre. Me voilà contrainte de cohabiter avec l'ennemi.

LENNOX

Il tombe des cordes, et cela n'en finit pas. Je ne sais pas si cela fait plusieurs minutes qui se sont écoulées, ou plusieurs heures, mais cette pluie est une véritable torture. Je ne peux pas prendre le soleil ou les étoiles pour repères ; j'ai bien essayé de compter les secondes, pour ne pas perdre le fil du temps qui passe, mais je sens mes paupières devenir lourdes et je ne peux pas prendre le risque de m'endormir.

De l'autre côté de la grotte Annika est recroquevillée sur elle-même, frigorifiée. Cet ouragan m'a moi aussi glacé jusqu'à la moelle et ce n'est pas la pluie qui va nous réchauffer. Mais je m'en sors mieux qu'elle : j'ai ma cape.

Elle inspecte son jupon déchiré, plongée dans ses réflexions. Tout comme moi.

Qu'est-ce qui m'a poussé à retourner la chercher avant que l'ouragan ne s'abatte sur nous ? À la serrer contre moi lorsque le vent s'était engouffré dans la grotte ? Avec le recul, j'essaie de trouver une explication. Je la connais ; Annika peut m'être utile. Je refuse de la livrer à la merci des éléments. Non, si elle doit mourir, ce sera de ma main. Et pour avoir le privilège de la tuer, je devais la sauver d'abord. Logique.

Décidément, je ne supporte pas ce froid humide. Je me tourne vers elle :

— Par pitié, dis-moi que tu as une pierre à feu sur toi.

Annika relève la tête.

— Quoi ?

— Le ciel ne semble pas se dégager et tu as l'air d'avoir froid, alors une bonne flambée nous ferait du bien. Donc, tu as une pierre à feu ou non ?

— En admettant que j'en aie une, on mettrait le feu à quoi ?

Je lève les yeux au plafond. Ça s'annonce mal – très mal. Je ramasse une poignée de feuilles mortes et de brindilles rapportées par le vent.

— À ça ?

Elle se met debout avec un soupir sonore.

— Laissez votre épée dans le coin, m'ordonne-t-elle. Je vais faire pareil.

— Je n'ai pas besoin de mon épée pour te tuer.

— Moi non plus. C'est hors sujet. Obtempérez, sinon…

Elle bluffe, j'en suis certain – qui espère-t-elle convaincre ? Ses mains sont faites pour les travaux d'aiguille, pas pour la bagarre – mais elle a l'audace de mentir, et je lui tire mon chapeau. Je me lève pour récolter d'autres brindilles. Elle se charge de glaner les plus grosses et elle édifie une petite pyramide sous laquelle je fourre des feuilles.

— Cette grotte donne l'impression d'être creusée de main d'homme, dis-je. Ou modifiée, au moins. Ce n'est pas l'œuvre de la nature. Et la texture des parois… elles sont trop lisses.

— J'étudie depuis un bon moment ces marques creusées dans la roche. J'aimerais bien savoir ce qu'elles représentent.

— Cela m'étonne que tu l'ignores. Cette île t'appartient, après tout... ceux qui ont percé cette caverne, cela les aurait tués d'y stocker des provisions ?

— Pas de plaisanteries de mauvais goût sur la mort, merci.

— Pourquoi me retiendrais-je ? Mademoiselle fait sa mijaurée pendant que son père bafoue mon peuple et envoie ses soldats le massacrer.

— Regardez qui se permet des commentaires déplacés sur mon père. Aux dernières nouvelles, c'est vous qui assassinez des innocents. Votre conscience ne vous torture pas ?

— Non. On m'a appris à faire taire ma conscience à coups de ceinture.

Ses mains s'arrêtent au-dessus de sa bourse, hésitantes. Le froid finit par avoir raison de ses réticences et elle produit deux petites pierres qu'elle frappe l'une contre l'autre, deux ou trois fois. Une étincelle jaillit et atteint le combustible, herbes sèches et aiguilles de pin, à la base de la pyramide, Annika souffle doucement dessus pour que le feu prenne vie. Elle y parvient avec une facilité déconcertante et cela me contrarie que même les flammes lui obéissent. Elle ne me domptera pas aussi aisément.

Elle va se radosser à la paroi rocheuse et tend les mains vers le foyer pour se réchauffer. Si délicate. Délicate, et formidable tout à la fois.

Je m'assieds par terre, dos à la pluie, et je l'observe par-dessus les flammes qui enflent. Elle me foudroie du regard. Tant de haine dans ses yeux, tant de mépris. Même si je lui ai sauvé la vie – par deux fois –, cela ne suffit pas à racheter la mort de sa mère. Je me demande ce qu'elle voit au fond des miens, s'ils brûlent de la même colère.

— Pourquoi ? assène-t-elle.

— Pourquoi quoi ?

— Oh, rien.

— Tu m'as dit lors de notre premier face-à-face que je possédais des informations qui t'intéressaient. Je te les aurais données si tu avais coopéré.

— Et ensuite, vous m'auriez tuée.

— Je pourrais te tuer maintenant. Ou plus tard. Cela finira par arriver. Tu aurais dû accepter mon offre.

Je vois ses traits se crisper. Elle brûle d'envie de savoir, mais elle ne s'abaissera pas à me poser des questions.

— Pour ce que ça vaut, je ne savais pas que c'était ta mère. Je ne savais pas qu'elle avait des enfants. On m'a confié une tâche que j'ai dû accomplir. Ce n'est pas très compliqué.

— Pas très compliqué ? Vous avez bouleversé ma vie. Il n'y a rien de simple là-dedans.

Je dévisage cette gamine naïve et égoïste.

— Tu t'accroches à ton royaume sans réfléchir aux conséquences. C'est simple pour toi, désastreux pour nous. Ne fais pas l'innocente.

— Je n'ai rien pris à personne !

— Très bien, dans ce cas cela ne va pas te déranger de nous le rendre ?

— Nous en avons déjà parlé. Vous avez des preuves de ce que vous avancez ?

— Le trône nous appartient depuis toujours !

Ma voix résonne sous la voûte de la grotte. Un silence pesant s'abat sur nous. En proie à un malaise grandissant, je finis par lâcher :

— Il n'y avait pas six clans, mais sept. Ce sont mes ancêtres qui ont été désignés pour les rassembler et mener l'offensive contre le Kialand. Ils ont été placés sur le trône par un vote unanime des chefs de clan. Et l'un des tiens a jugé que cela ne lui convenait pas. Il ne s'est pas contenté de passer ses rivaux au fil de l'épée, de nous prendre ce qui nous revenait de droit, non : il a couvert ses méfaits en nous effaçant purement et simplement de l'histoire collective. Et tu manges dans des assiettes en porcelaine pendant que nous vivons dans des ruines.

Et je lâche un ricanement en promenant le regard sur sa robe garnie de dentelle. Qui s'habille ainsi pour partir en guerre ?

— Ne fais pas comme si tu avais les mains propres, princesse. Au bout du compte, ton peuple va mordre la poussière et le mien, prendre du galon.

— Vous pouvez vous estimer chanceux. Si vous n'allez pas mourir de froid, c'est bien grâce à la pierre à feu que je garde sur moi !

— Tu peux t'estimer chanceuse. Si la tornade ne t'a pas emportée, c'est grâce à moi.

— Ne m'adressez la parole qu'en cas de force majeure.

— Cela me va très bien.

ANNIKA

Dans ma tête j'entonne l'hymne kadiérien dix-sept fois, puis les hymnes des autres pays, ceux que je connais du moins. Ensuite je chante toutes les ritournelles, toutes les ballades et toutes les chansons à boire que j'ai apprises dans le dos de mon père. Les heures s'étirent et la pluie, qui n'en finit pas de tomber, m'endort peu à peu.

Pour rester éveillée, je me torture de questions. Combien de temps s'est écoulé depuis la bataille ? Est-ce qu'Escalus a survécu ? Est-ce qu'il a pu embarquer à bord d'une frégate ? Les yeux voilés de larmes, je passe aux sujets les plus douloureux : suis-je fille unique à présent ? L'héritière en titre ?

— Quand tu étais petite et que tes parents te disaient d'aller te coucher, qu'est-ce que tu faisais pour chasser le sommeil ? me demande Lennox.

— Ah, nous avons donc le même problème. C'est bon à savoir.

— Il va bien falloir qu'on dorme à un moment. La tempête n'a pas l'air de se calmer.

Il jette un coup d'œil par-dessus son épaule.

Il a raison. Des cataractes d'eau se déversent sur l'île. Je n'ai jamais vu un déluge pareil à Kadier. J'imagine que les rivières débordent et que des torrents de boue ravagent le paysage.

— C'est bien la première fois que j'assiste à un phénomène aussi… aussi violent.

— Tu n'as jamais connu la violence dans ta chair, ricane-t-il. Quelle petite fleur fragile. Moi, je ne connais rien d'autre.

— Et vous la redistribuez à pleines poignées.

— Je n'y peux rien si tout le monde me cherche des poux dans la tête.

— Une bonne dispute, cela va m'empêcher de dormir. Donnez-moi une raison de me chamailler avec vous et je ne fermerai pas l'œil de la nuit.

— Oh, tu n'aimes pas le conflit ?

— J'ai cela en horreur !

— Cela m'étonne. Je suis certain que tu brilles dans le débat d'idées.

— J'arrive rarement à imposer mes arguments, et après coup je passe des jours à imaginer ce que j'aurais pu dire à la place. À tel point que je n'en dors plus. Alors voilà, ne boudez pas votre plaisir. Insultez-moi.

— Très bien. Par où commencer ? Tu es insignifiante par rapport à ton frère. Alors, qu'en penses-tu ?

Un sourire s'affiche sur les traits de Lennox. Il pense m'avoir gravement offensée.

— Vous ne m'apprenez rien, lui dis-je.

Je vois ses épaules s'affaisser.

— Ce n'est pas de cette façon qu'on se dispute. Tu n'es pas censée aller dans mon sens ; tu es censée m'invectiver en retour. Par exemple me dire que toutes les personnes que j'ai tuées vont revenir me hanter. Si j'ai réussi à lever le voile sur certains de tes secrets, tu as dû faire de même avec certains des miens.

Je choisis de mentir :

— Peut-être bien. Et je vous réserve quelques injures bien senties plus tard. Mais sur ce point, vous avez raison. À côté d'Escalus, je ne pèse rien. Je le sais, mon père le sait, le royaume tout entier le sait. S'il est mort… J'étais prête à le seconder, et même à épouser Nickolas. Mais là…

— Ah oui. Ce pleutre qui t'a abandonnée.

— Celui-là même.

— Et tu comptes devenir la femme de ce couard ? s'esclaffe Lennox. Je ne pensais pas qu'une personne avec un amour-propre aussi… développé que toi se laisserait prendre ainsi au piège.

— Il a exprimé ses plus profonds regrets. Et je dois le croire sur parole.

— Ne crois aucun homme sur parole, jamais. C'est à ses actions que tu dois le juger. Il t'a livrée aux mains de l'ennemi ? Il le refera, sans la moindre hésitation. C'est l'égoïsme personnifié. Si tu as été assez intelligente pour m'échapper deux fois, ne fais pas la bêtise d'épouser ce butor.

— Vous n'êtes pas en position de faire des commentaires sur ma vie privée. D'autant plus que…

Je me détourne. Je refuse de pleurer devant lui, de lui accorder cette victoire, et je reprends le fil de mes pensées :

— Si je dois juger un homme à ses actions, il me sera facile de vous coller une étiquette. Meurtrier. Monstre. Lâche.

— Je ne suis pas un lâche, murmure Lennox en réponse.

Soudain, je suis submergée par une gêne inexplicable. J'ai l'impression d'avoir enfreint une règle tacite et je suis incapable de le regarder droit dans les yeux.

— Dis-moi, lance-t-il avec de l'arrogance dans la voix, que va penser ce cher Nickolas quand il apprendra que tu as passé une nuit seule en ma compagnie ?

Je puise le courage de planter mon regard dans le sien. Il sourit, comme si tout cela n'était qu'une vaste plaisanterie. Je lui souris en retour.

— Il ne l'apprendra pas. L'un de nous ne sortira pas vivant de cette grotte. Et ce ne sera pas moi.

Lennox continue de me fixer, imperturbable, les flammes reflétées par ses prunelles. Il a l'air de s'amuser comme un petit fou.

— Est-ce que cette dispute suffit à t'empêcher de dormir ? demande-t-il.

— Oui. Merci.

Lennox se met debout et s'étire, son regard balayant le plafond de la grotte, les hiéroglyphes gravés dans la roche, la pluie. Puis il secoue la tête, se rapproche et vient s'adosser à la paroi. Je lui lance un coup d'œil méfiant.

— Je ne fais que me reposer. Ne va pas t'imaginer des choses, lâche-t-il avant de pousser un soupir. Tu veux te disputer encore ou ça ira comme ça ?

— Je crois que l'énergie me manque. Je suis épuisée. Et vous savez quoi ? Je n'ai vraiment pas envie de mourir ce soir. Je ne suis pas d'humeur.

— Moi non plus, pour être franc.

— Dans ce cas, pourquoi ne pas conclure une vraie trêve ? Quand la pluie s'arrêtera, vous pourrez m'attaquer et venger vos ancêtres… Mais laissez-moi me reposer, par pitié.

Il pose sur moi ses yeux d'un bleu hypnotisant. Cela m'ennuie de le reconnaître, mais je le trouve très beau. Ses cheveux ébouriffés par le vent, ses lèvres carmin. Il y a quelque chose en lui qui me captive.

Il ôte un gant et me présente sa main.

— Quoi que tu penses de moi, on m'a enseigné la galanterie en grandissant, et je n'ai qu'une parole. Je te fais le serment de te laisser tranquille pendant que tu dors.

On dirait, au ton de sa voix, qu'il sera mortellement offensé si je refuse de le croire. Je ne sais pas dans quelle mesure je peux lui faire confiance… tant pis, advienne que pourra. Nous scellons prudemment notre accord. Sa main engloutit la mienne et la serre fermement ; je sens chaque cal râper ma paume.

— Et je m'engage à vous laisser dormir, ou je ne suis pas princesse.

LENNOX

Lorsque je me réveille, la première chose que je remarque, c'est la douleur qui me broie le dos. Pas étonnant : j'ai dormi appuyé à la paroi. Une paroi en granit, par-dessus le marché.

Aussitôt, je porte mon attention sur la pluie. Elle m'a bercée quand j'ai laissé le sommeil m'emporter. À présent, elle me rappelle que je suis pris au piège. La pénombre a cédé la place à des ténèbres impénétrables, signe que la nuit est tombée. Alors je sens une pression sur ma cuisse ; Annika a appuyé son pied à ma jambe.

À un moment elle s'est recroquevillée sur elle-même, pour se protéger du froid. Le feu à l'agonie n'émet presque plus aucune chaleur. Je la regarde respirer. Dans le sommeil, elle exprime la même sérénité que sa mère, dont l'expression me hante. Elle lâche un petit soupir, heureuse entre les bras de Morphée. J'admets volontiers que je la trouve belle. Annika est belle, d'une beauté qui me fait penser au soleil couchant : sa douceur vous brise le cœur et vous ravage l'âme.

Mais elle n'est pas que bonté. Cela aussi, je l'admets volontiers. Elle est furieuse, déterminée et triste, même si son comportement reste une énigme. Il vaut mieux, pour elle comme pour moi, que je ne la comprenne pas.

Son sort pourrait être réglé en une seconde à peine.

Je pourrais lui briser la nuque, si vite qu'elle ne sentirait rien. Ce serait la mort la plus miséricordieuse possible. Mais je lui ai donné ma parole, et je compte la respecter. D'ailleurs, de toutes mes victimes, sa mise à mort sera la plus douloureuse. Je n'ai pas l'habitude d'échanger autant avec les personnes que je me charge d'exécuter.

Comme si elle avait senti que mes pensées dérivent dangereusement, elle se réveille et promène autour d'elle un regard perdu avant que la mémoire lui revienne. Elle se redresse, se recoiffe et se frotte les paupières.

— Alors, prêt à mourir ? me demande-t-elle, la langue encore pâteuse.

Je réprime un sourire avant de répondre :

— Pas vraiment.

— Moi non plus.

Elle se met debout et se dirige vers l'entrée de la grotte. Il lui suffirait de se jucher sur la pointe des pieds pour toucher le plafond.

— C'est pire qu'hier. Un vrai déluge. J'espère que les autres s'en sont sortis, souffle-t-elle.

— Cela m'embête de briser tes illusions, princesse, mais s'ils ne se sont pas mis à l'abri, nous sommes peut-être les uniques survivants.

— Ne dites pas ça. Ne le pensez même pas. Vous n'espérez pas revoir vivants certains de vos compagnons, vos frères d'armes ?

— Si, deux. Et toi ?

— Deux aussi. Non, trois. Peut-être trois et demi.

Seulement ? Je m'attendais à plus.

— Voyons voir… il y a ton frère. J'en suis certain. J'ai vu la flèche le frapper, princesse. Cela fait déjà une personne à rayer sur ta liste.

— Il est plus solide que vous ne le pensez. Et je ne connais pas assez vos amis pour deviner qui vous avez choisi, mais j'imagine que vous comptez votre fiancée.

— Je n'ai pas de fiancée.

— Je jurerais le contraire. La blonde m'a mis une gifle quand j'ai osé suggérer que vous vous étiez montré bienveillant avec moi, dit-elle en me montrant sa joue. Ça ne lui a pas plu du tout.

Là-dessus, Annika se dirige d'un pas sautillant vers le feu et entreprend de le ramener à la vie.

Ainsi donc, Blythe est beaucoup plus jalouse qu'elle a bien voulu le laisser paraître.

— Ah, c'est comme ça que tu as eu cette marque.. Est-ce que ton précieux fiancé fait partie de la liste des heureux élus ?

— Oui, pour l'avenir de Kadier… C'est lui, le « et demi ». Et votre second choix ?

— Inigo.

— Celui avec la cicatrice ?

Je confirme d'un hochement de tête. Elle a absorbé une quantité impressionnante de détails en peu de temps.

— Eh bien, j'espère que votre meilleur ami n'est pas mort.

— Je n'ai jamais dit que c'était mon meilleur ami.

— Si vous voulez qu'il survive, c'est votre ami, forcément. Et si vous voulez que la blonde survive, c'est qu'elle est votre bien-aimée. Ne croyez pas que je n'ai pas remarqué que vous avez omis votre mère.

Touché. J'étudie ma cape. Ce n'est pas ce vieux bout d'étoffe qui va compenser des années de négligence. Il y a également Griffin, André et Sherwin… il faut croire que j'ai fermé la porte à beaucoup de gens.

— J'assume complètement ce choix.

— Je ne sais pas ce que je donnerais pour profiter ne serait-ce que d'une heure supplémentaire dans les bras de ma mère, et vous, vous tournez le dos à la vôtre. Cela me dépasse.

— Peut-être que tu devrais arrêter de parler de ma mère.

— Quoi ? Soudain vous vous préoccupez de la femme dont vous souhaitiez la mort il n'y a pas trente secondes ?

— Je ne souhaite pas sa mort !

— Est-ce là une façon de parler de la personne qui vous a donné la vie ? Même si vous la trouvez odieuse…

— Ne parle pas de ma mère !

Annika reste muette quelques instants.

— Je n'ai rien dit de pire que vous, fait-elle remarquer. Et vu que vous m'avez pris la mienne, ce serait donnant-donnant, non ?

C'est la goutte d'eau qui fait déborder le vase. Je vais ramasser mon épée et je fonds sur elle à une vitesse qui la laisse sans réaction. Cette expression sereine ne quitte pas son visage une seule seconde. En cet instant je lui voue une haine infinie.

— Vous frapperiez une femme sans défense ? C'est bien ce que je disais, vous êtes un lâche.

Je jette mon épée dans un coin de la caverne, puis je colle mon visage au sien.

— Je ne suis pas un lâche ! Tu n'as pas la moindre idée de ce que j'ai dû faire…

Je m'écarte lentement, avec un rire de dément. Elle doit croire que j'ai perdu la raison. Qu'elle croie ce qu'elle veut.

— Je viens de comprendre quelque chose. Je peux te raconter tout ce qui me passe par la tête. Tu as raison : seul l'un de nous sortira d'ici vivant. Soit moi, et tu n'auras jamais l'occasion d'ébruiter mes secrets… soit toi, et je ne serai plus là pour supporter cette infamie. Donc, tu veux tout savoir de moi, princesse ? Ouvre grand tes oreilles.

J'ai la sensation que les ficelles qui m'empêchent de me disloquer se sont dénouées. C'est Annika qui va sentir la pleine force de ma colère.

— Si mon nez a cette forme, ce n'est pas de naissance. J'ai perdu le compte des fois où quelqu'un me l'a cassé. Ma mère, que j'ai désespérément tenté d'aimer, n'est jamais intervenue pour me protéger. Je me suis pris des coups de pied dans l'estomac, des coups de poignard, des coups de couteau, des claques si violentes que je ne sens plus rien quand on m'en met une. Comme celle que tu vois là, dis-je en montrant mon œil au beurre noir. Cadeau de Kawan qui date de ce matin. Désormais il est le seul qui ose porter la main sur moi. Parce que les gens n'ont aucune pitié quand ils jugent que tu es le canard boiteux. Mais tu sais comment leur faire changer d'avis ? Une idée ?

Annika fait non de la tête, effrayée.

— Tu instilles la peur dans leur cœur. Tu en tues deux ou trois. Quand l'occasion se présente de liquider une personne importante, tu ne recules pas. Quand un soldat fait preuve d'insubordination. Quand un autre te regarde de travers. Quand le soleil ne brille pas. Ou quand il brille. Alors ils y réfléchiront à deux fois avant même de faire un pas dans ta direction. C'est le secret pour qui veut rester en vie.

— Éliminer la concurrence ?

— S'assurer que les autres comprennent qu'ils ne comptent pas pour toi, que rien ne compte. Tu veux savoir quand ma vie a pris un tournant radical ? Quand j'ai relevé la tête ? Un loup solitaire qui était résolu à venger la mort de mon père a décidé d'enlever une femme et l'a jetée au cachot. Mais personne ne voulait se souiller les mains avec le sang de la prisonnière. Je ne savais pas qui elle était, elle ne représentait rien pour moi, mais les autres étaient terrorisés. Alors pourquoi ne pas leur montrer que je n'étais pas cet avorton dont ils se moquaient à longueur d'année ? J'ai pris mes responsabilités.

Annika ne bronche pas, elle ne détourne pas non plus le regard.

— Cette prisonnière, c'était ma mère, dit-elle.

Plus calme, je reprends mon monologue :

— J'ai pris sa vie pour sauver la mienne. Je lui ai parlé une vingtaine de minutes, pour essayer de lui extorquer des informations. Elle n'a rien voulu me livrer, alors je l'ai décapitée, d'un geste si net et si rapide qu'elle n'a rien senti. Et j'ai reçu une pluie de louanges. Je suis encore auréolé du prestige de l'avoir tuée. En fait, j'ai une dette énorme envers elle. Du jour au lendemain elle a rendu ma vie plus facile. Je n'hésiterais pas à le refaire. Et je la remercie du fond du cœur.

Je m'écarte d'Annika et je m'effondre contre la roche, les yeux aimantés par la pluie. Pas moyen de fuir. Je paierais cher pour pouvoir quitter cette grotte, mais je ne peux pas.

Annika est restée de son côté du feu, en face de moi, et elle ne bouge pas d'un pouce pendant que je fulmine dans mon coin. Lorsque mon regard croise le sien, je me rends compte qu'elle pleure en silence.

— Dans ce cas, me dit-elle, j'imagine que moi aussi, je peux vous remercier.

ANNIKA

— Arrête, gronde-t-il. Ta pitié, tu peux te la garder.

— Ce n'est pas ma pitié que je te donne, dis-je le visage baigné de larmes. C'est ma compassion.

L'incrédulité s'affiche sur ses traits.

— Comment peux-tu…

D'une main, je lui intime le silence.

— Promettez-moi que l'un de nous va mourir dans cette grotte.

— C'est inévitable, rétorque-t-il.

— Promis ?

— Oui.

Je soulève mon jupon et je le vois écarquiller les yeux. Je m'étais fait le serment que seuls le médecin, Noemi et mon futur mari verraient ces stigmates mais Lennox ne me croira que quand il les aura sous les yeux. Son regard remonte le long de mon mollet jusqu'à ma cuisse, et le choc se lit sur son visage.

— Par tous les diables, qu'est-ce que c'est que ça ?

— Des cicatrices, dis-je avant de reprendre ma place.

— Qui ? Comment ?

— Mon père est… différent depuis la disparition de ma mère. Parfois c'est l'homme ferme mais affectueux que j'ai connu enfant, parfois il se métamorphose. Il entre dans des rages incontrôlables, motivées par la peur. Cela fait des années qu'il me garde enfermée au palais, il planifie ma vie dans les moindres détails… Je sais que cela part d'un bon sentiment. Mais, quand il m'a dit que j'allais devoir épouser Nickolas, j'ai freiné des quatre fers. Je m'y suis farouchement opposée, peut-on dire. C'était la première fois de ma vie que je voulais faire entendre ma voix et j'imagine qu'il n'a pas su comment réagir. À sa décharge, il ne s'est pas mis en colère tout de suite. Il m'a présenté ses arguments. Il a essayé de me soudoyer. Il m'a fait des promesses. J'ai tout refusé en bloc.

» Ce n'est pas comme si sa décision m'avait prise de court : nous en parlons depuis mon enfance. Épouser Nickolas, c'est avantageux pour tout le monde. Tout le monde sauf moi. Nous nous sommes disputés, il m'a bousculée. Je suis tombée sur une table en verre, et voilà le résultat… Il avait l'air désolé, mais il n'a jamais présenté d'excuses. Quand je suis sortie de ma chambre, j'ai découvert que mon destin avait été scellé en mon absence. Le même soir, j'étais fiancée.

» Je sais que c'était un accident, et je sais qu'il m'impose ses règles parce qu'il a peur de me perdre. Je me le répète quand je pense ne pas pouvoir lui pardonner. Parfois, c'est la tristesse qui l'emporte sur la fureur. J'ai l'impression de devoir faire le deuil de mes deux parents, même si l'un d'eux est vivant.

Je risque un regard vers Lennox. J'ai l'impression de voir du chagrin dans ses yeux.

— Quand il a retiré les fragments de verre, le chirurgien m'a dit que j'aurais pu me montrer plus docile. Sur le moment, j'étais tellement furieuse que j'ai failli le tuer… je ne serais pas passée à l'acte, bien entendu, mais je l'ai envisagé. J'ai voulu faire du mal à un autre pour rendre ma douleur plus tolérable. Donc, je ne peux pas vous juger.

» J'appréhende ma nuit de noces. Comment expliquer ces marques ? Je suis une princesse. Je ne peux pas… J'espère que vous ne m'en voudrez pas trop mais si je sors d'ici vivante, je vais raconter que vous m'avez torturée.

— Personne ne mettra ta parole en doute, c'est certain.

— En effet.

Les minutes s'écoulent, troublées par le chant de la pluie et le crépitement des flammes. Lennox se rapproche de moi.

— Écoute. Après t'avoir tuée j'aurai beaucoup de temps libre, alors tu peux me donner des noms et je vais m'arranger pour que ce médecin meure. Et Nickolas aussi, si le cœur t'en dit. Personnellement, je ne peux pas le supporter.

— Vous ne le connaissez pas.

— Je ne vois pas le rapport, rétorque Lennox.

Et, des profondeurs de mon chagrin, un rire jaillit. Un rire qui n'est ni communicatif, ni joyeux. Ni même discret et distingué. C'est l'espoir au milieu du chaos.

— Ce chirurgien a été révoqué depuis, j'ignore où il a installé sa pratique. Et Nickolas est… un butor, mais il ne mérite pas de mourir. Par ailleurs je ne veux pas que vous fassiez d'autres victimes, Lennox. Je veux être capable d'accorder mon pardon à ces gens. C'est ainsi que ma mère aurait agi.

— J'en ai conscience, souffle Lennox. Mais il est des destins pires que la mort, Annika. Tu le sais, mieux que quiconque.

— C'est trop extrême. Chaque espoir, chaque ambition, chaque projet… envolés. Vous et moi, on nous a volé notre dignité… Temporairement, du moins. Mais si on nous enlevait l'espoir d'aspirer à une vie meilleure, ce serait mille fois pire, vous ne trouvez pas ?

— Parce que tu trouves que l'espoir existe encore ? Réfléchis. Si tu gagnes cette guerre, tu gardes le royaume et tu épouses un homme que tu méprises. Moi, je retourne dans l'ombre. Si c'est moi qui la remporte, ton pays disparaît. Tu te retrouves sans foyer. Et il va falloir que je trouve un moyen de suivre Kawan et d'ajouter un autre nom à la longue liste de mes victimes. Quel espoir vois-tu pour nous, pour toi comme pour moi, à la fin de tout cela ?

— Quel rabat-joie. Vous devez gâcher l'ambiance pendant les fêtes.

— Nous n'organisons pas de fêtes.

— Pas de fêtes ? Quel intérêt, dans ce cas ? Pourquoi se donner toute cette peine pour récupérer un royaume, votre royaume soi-disant, si vous ne savez pas profiter des bonnes choses ?

— Et d'une, il n'y a pas de « soi-disant » qui tienne. C'est notre royaume, point. Et de deux, je commémore les occasions spéciales, joyeuses ou tristes, à ma manière.

— Très bien. Alors racontez-moi. Comment faites-vous la fête ?

— Si nous survivons, je te le montrerai un jour.

— Non. L'un de nous doit mourir. C'est pour cette raison, et uniquement pour cette raison, que vous avez le privilège d'entendre la vérité. Ne l'oubliez pas.

— Entendu. La mort ou rien, répète-t-il avec un sourire.

Je pousse un soupir contrarié. Lennox est trop humain pour que je le haïsse.

— La pluie ne me permet toujours pas de te tuer, enchaîne-t-il. Est-ce que tu as en réserve d'autres secrets que tu voudrais me confier ?

— En fait, j'ai une question.

— Je t'écoute.

— Parle-moi de ta fiancée.

Le sourire arrogant s'efface.

— Je te l'ai dit, ce n'est pas ma fiancée.

— Peu importe. Quelles sont ses qualités ? En dehors d'une pogne assez forte pour me faire voir trente-six chandelles.

Les épaules de Lennox s'affaissent, il semble chercher ses mots sur les parois de la grotte.

— Blythe est intelligente. Et déterminée. Et elle tient à moi, ce qui ne gâche rien. C'est peut-être la seule personne au monde qui tienne à moi. Donc, on ne peut pas dire qu'il y ait un problème avec elle… c'est juste qu'elle… qu'elle est…

— Qu'il manque l'étincelle ?

Il me regarde les yeux écarquillés et il s'effondre contre la roche. On dirait qu'un poids immense s'est détaché de ses épaules.

— Oui. Oui. Je n'ai jamais su l'exprimer.

— Contente d'avoir été utile. Mais vous retournerez à ses côtés si elle est toujours vivante ?

— Oui, je pense.

Je laisse échapper un gloussement. Je l'aime bien, cette Blythe. Je me demande à quoi ressemblerait l'univers si elle et moi étions amies. Cet univers n'existe pas, malheureusement.

— Et toi ? Parle-moi de Nickolas, fait Lennox.

Je lui tire la langue, comme une enfant, et il éclate de rire.

— Je suis convaincue qu'il tient à moi, dans une certaine mesure. Mais je le regarde et je ne ressens rien. Il n'a pas l'air de comprendre à quel point il me manque d'égards. Et il est tellement sérieux.

— Moi aussi, je suis sérieux.

— Ce n'est pas la même chose. Si Blythe n'arrive pas à déclencher d'étincelle, Nickolas, c'est l'eau qui vient noyer toutes les étincelles qu'on arrive à faire jaillir.

— Comment parvient-il à te suivre, alors ? Tu es tout feu tout flamme.

Tout feu tout flamme. Intéressant.

— Il n'y parvient pas. Soit il est devant moi, en train de construire un mur pour me retenir, ou loin derrière, à essayer de me rattraper. Nous n'avons jamais été au diapason, lui et moi… et cela me brise le cœur.

Voilà. C'est dit.

— Eh bien, cela règle le problème. Je vais le transférer tout en haut de ma liste, déclare Lennox.

— Non. Pas de listes, merci.

— Mais c'est tout ce que j'ai.

— Balivernes. Vous devez vous trouver un passe-temps pour faire retomber votre stress. Mon frère s'est lancé dans la broderie, peut-être que vous y trouveriez votre compte aussi.

Lennox pense qu'il s'agit d'une boutade, il rit prudemment.

— La broderie ? Tu plaisantes !

— Pas du tout !

— La broderie, répète-il, incrédule.

Il se tait subitement et nous nous abîmons dans la contemplation du feu, côte à côte. Il s'est rapproché de moi. Je suis sans doute stupide, mais je n'arrive pas à avoir peur de lui.

LENNOX

— Crois-tu que nous sommes déjà demain ?

— Je crois, oui, me répond Annika avec un sourire. Je dirais que minuit est passé, qu'en pensez-vous ?

Je sens une vague de nostalgie me submerger.

— Dans ce cas, c'est Matraleit.

— Matraleit ? répète-t-elle.

— Un jour sacré. Pour mon peuple.

— Oh, et qu'est-ce qu'il célèbre ?

— Le premier mariage. L'histoire raconte que notre peuple descend du premier homme et de la première femme qui sont apparus sur terre, mais à des endroits différents. Ils ont marché inlassablement et, lorsqu'ils se sont trouvés, ils n'ont pas connu la peur, ni l'angoisse. Ils sont immédiatement tombés amoureux et ils se sont mariés sur un rocher parfaitement sphérique qui évoquait un soleil de pierre sorti de terre. Nous sommes leurs descendants directs.

— Et que faites-vous pour commémorer cet événement ?

Repensant au bracelet de Blythe, je pousse un soupir.

— Il s'agit de célébrer l'amour, la famille – les liens qu'on noue. Les gens fabriquent un bracelet et l'offrent à la personne qu'ils aiment. Il faut que le bracelet soit tissé – avec des brins d'herbe ou d'étoffe. Sculpté dans du bois ou d'un seul tenant, il porte malheur. Si, à Malatreit, tu reçois un bracelet qui n'est pas tissé, surtout, jette-le immédiatement !

— Compris. Quoi d'autre ?

— Nous préparons certains plats. Et il y a une danse spéciale. Réservée aux couples.

— Vraiment ?

— On raconte qu'autrefois, nous nous rendions au rocher sacré – là où nos ancêtres se sont mariés – et les couples dansaient autour, pour leur rendre hommage et se préparer un avenir radieux.

— C'est très beau.

Annika balaie la grotte du regard puis elle reprend sur un ton enjoué :

— Vu qu'il est très probable que je vous tue…

— Tu n'oses pas finir ta phrase ? Tu vas me tuer, et ensuite… ?

— Peut-être que vous devriez fêter Malatreit une dernière fois. Si je promets de ne le montrer à personne, vous voulez bien m'apprendre cette danse ?

Pourquoi pas ? Nous n'avons rien de mieux à faire. Je me mets debout et j'époussette mon pantalon. Annika se lève à son tour.

— Nous nous postons l'un en face de l'autre et nous nous inclinons.

— Si c'est une ruse pour que je me prosterne devant vous, vous allez le regretter.

Je la rassure d'un sourire.

— Non, non. Promis. Ensuite tu approches ta main droite de l'oreille de ton partenaire.

Je montre l'exemple, elle m'imite. Nous sommes si proches l'un de l'autre. Ce serait un jeu d'enfant de lui prendre sa vie, de me débarrasser d'elle. Mais je ne suis pas prêt – pas encore.

— Très bien. Esquisse trois pas vers la gauche. Parfait. Maintenant l'autre main, et trois pas vers la droite.

— Je m'en sors comment ? s'enquiert-elle, les yeux plantés dans les miens.

Elle semble me faire une confiance aveugle.

— Très bien. Écarte-toi d'un pas pour plier le poignet et toucher le mien. Comme ça. Et on tourne.

— J'ai le vertige.

— C'est l'objectif. Le but consiste à faire un nœud, à s'attacher, tu as déjà oublié ? Tends la main pour que nos bras se croisent. Comme ça, exactement. Maintenant je te fais tourner sur toi-même et nous nous détachons.

Je décompose la chorégraphie deux ou trois fois et, à ma grande surprise, elle n'évite pas le contact physique. Ma présence ne la fait pas tressaillir, elle ne semble pas rebutée par mes mains rugueuses. Elle se laisse guider, tout simplement.

— Bien. Ta da da da, et on tourne, ta da da da, et un pas de côté.

Elle comprend vite et reproduit les pas avec une facilité déconcertante, même quand j'accélère un peu. Pas étonnant qu'elle soit aussi habile une épée à la main. Quelques instants plus tard, elle trébuche et me marche sur le pied.

— Aïe !

— Désolée !

Et tout cela est si innocent, si ridicule par rapport à notre situation, que j'éclate de rire. Cela fait des années que je n'ai pas ri avec une telle spontanéité, tordu en deux, les larmes aux yeux. Je ris parce que ce moment restera entre elle et moi. Je ris parce qu'ici, je me sens libre.

Lorsque je me remets d'aplomb en m'essuyant les paupières, je découvre Annika plantée face à moi, statufiée.

— Qu'est-ce qu'il y a ?

— Rien… j'ai cru entendre quelque chose. Mes oreilles m'ont trompée.

— Eh bien, en dehors de cette fin calamiteuse, tu peux être fière de toi.

— Vous êtes un excellent professeur, répond-elle en rougissant.

Elle s'écarte et va s'asseoir près du foyer.

Savourant le silence, je m'abîme dans mes réflexions. Je ne suis pas seul. Quelqu'un d'autre sait à quel point je souffre, à quelle profondeur va le puits de ma douleur, le gouffre de mes regrets. Et même si cette détresse intime est liée à la détresse d'Annika, elle ne semble pas le retenir contre moi. Elle m'a dit ce qu'elle a sur le cœur et cela semble lui suffire.

Je l'observe. Sereine, elle trace du doigt des dessins dans la poussière, comme si elle cherchait à décorer la grotte. Ma présence ne semble pas la rendre nerveuse. Et cela m'effraie de côtoyer une personne sans lui adresser un mot, et sans pour autant éprouver de malaise.

Aucun de nous n'ose rompre le silence : de temps en temps l'un ou l'autre se lève pour attiser le feu. Je donnerais beaucoup pour savoir quelles pensées lui passent par la tête. Avec un soupir, elle dénoue la bourse pendue à son ceinturon pour en sortir ce qui ressemble à un petit pain rond et rassis qu'elle casse en deux avec mille précautions. Elle m'en tend une moitié.

— J'en ai goûté un à Kadier, alors je vous avertis : c'est infect. Bon appétit.

Je soupèse le biscuit dans ma paume avant de mordre dedans.

— Pouah ! Qu'est-ce que c'est sec.

— Sec, le mot est faible. Je pense qu'on prendrait plus de plaisir à manger des cailloux… Vous savez, j'essaie de me préparer à tout, de ne jamais me laisser surprendre, mais j'ignorais que mon père avait planifié une attaque. Je ne l'ai découvert qu'au moment de prendre la mer.

Stupéfaction.

— Il ne t'en a pas parlé avant ?

D'un geste ample du bras, elle me montre sa robe blanche maculée de boue.

— Non. Autrement, je ne serais pas vêtue ainsi.

Ainsi, son propre père la tient à l'écart de ses décisions ?

— Eh bien, quand on grandit comme moi j'ai grandi, on apprend à ne rien laisser au hasard, donc pour ma part, je n'ai pas du tout été surpris par vos frégates.

Annika lance sur moi un regard qui veut dire bien des choses. Pourtant, je n'arrive pas à le décrypter. Je m'efforce de traduire ce qu'il exprime, de décoder chaque syllabe de son silence – en vain. Je finis par lâcher :

— Quoi ? Qu'est-ce qu'il y a ?

Elle secoue la tête et je me racle la gorge.

— Qui vous a appris les constellations ? demande-t-elle de but en blanc en avalant la dernière bouchée de son biscuit.

— Mon père. Il m'a initié à l'astronomie, ainsi qu'à la philosophie et à la théologie, dont je n'ai pas retenu grand-chose. Mère a pris en charge l'écriture et la musique. Tout cela ne me sert plus à rien.

— Quand avez-vous arrêté ?

— L'un de nous va mourir, promis ?

— Oui ! répond Annika avec, au fond des yeux, une joie espiègle qui n'est pas digne d'une femme de son rang.

Je pivote sur moi-même pour me retrouver face à elle. Nos genoux se frôlent.

— Dans ce cas, rien ne m'interdit de te raconter l'histoire de ma vie. Tout s'est arrêté le jour où Kawan est apparu sur notre seuil.

— Il est apparu sur votre seuil, comme ça ?

Je finis mon biscuit et je plonge mon regard dans les flammes, puis je me tourne vers elle.

— Ton peuple n'a jamais entendu parler de nous, c'est bien ça ?

— On m'a toujours dit qu'il y avait six clans, qu'ils étaient unis sous une seule et même bannière, la nôtre, et que nous avions repoussé l'invasion du Kialand. Puis nous avons rebaptisé notre royaume, qui n'a connu que paix et prospérité depuis cette époque.

— Nous avons bel et bien été effacés des tablettes de l'histoire. Le peuple dahrainien a été disséminé aux quatre vents sur de nombreuses générations. Kawan s'est appuyé sur certaines rumeurs et sur certains noms pour nous rassembler. D'après lui, mon patronyme est l'un des rares à avoir une portée dans notre histoire. Kawan jubilait d'avoir remonté notre piste.

» C'est aussi Kawan qui a trouvé le Castel Vosino, un manoir abandonné depuis des siècles. J'ai encore dans les narines l'odeur qui émanait des murs à notre arrivée. Il a décidé de monter une armée et de repartir à la conquête de ce qui nous revenait de droit. Mon père me disait en me bordant qu'un jour, je dormirais dans un édredon de plumes et des draps de soie, comme mes aïeux. De belles paroles.

La gorge serrée, je reste muet quelques instants.

— Au bout d'un an, à peu près, d'autres personnes qui cherchaient un toit à se mettre au-dessus de la tête nous ont rejoints. Plusieurs étés et récoltes catastrophiques en ont décidé d'autres à explorer les territoires non revendiqués et à se mettre sous notre tutelle. Les affamés, les illettrés… les pauvres hères qui vivent à la marge de ton royaume. Nous les avons accueillis, nourris, vêtus, pris en considération. Une vaste partie de nos troupes est constituée d'individus rejetés par leur propre pays.

— Cette idée d'offrir un foyer aux malheureux qui ne se sentent chez eux nulle part me séduit. Si votre objectif n'était pas de me chasser de chez moi, je serais admirative.

À cela, je n'ai aucune réponse. Je préfère changer de sujet.

— Et toi, qui t'a enseigné l'astronomie ?

— Oh, personne. J'ai passé beaucoup de temps dans notre bibliothèque, à m'instuire en autodidacte. C'est ainsi que j'ai retenu le nom des étoiles. Et c'est grâce aux livres que je sais me servir d'une pierre à feu. D'une épée, aussi, avant qu'Escalus ne prenne ma formation en main. Un jour, malheureusement, je l'ai blessé. Mon père l'a appris et il a mis fin à tout cela.

— Sauf que tu as continué en cachette.

— Escalus continue à s'entraîner avec moi plusieurs fois par semaine, confirme-t-elle avec une moue espiègle, et je cache mon épée sous mon lit. Je la pends à des vis que j'ai fixées de mes propres mains.

— Tu es la princesse la plus étrange que j'ai croisée jusqu'ici.

— Parce que vous en connaissez beaucoup, des princesses ?

— Non, mais je n'ai jamais entendu parler d'une jeune noble qui désobéit aux ordres de son père, qui est son propre précepteur et qui sait crocheter les serrures.

— Ah. Pour cela, c'est Rhett qu'il faut remercier.

— Rhett ?

— Notre bibliothécaire. Je l'ai connu quand il n'était que garçon d'écurie. Ma mère m'a toujours encouragée à fréquenter toutes les classes sociales sans idées reçues, ce qui explique sans doute pourquoi je considère Noemi comme une amie, pas comme ma caméristé. Bref, Rhett m'a appris beaucoup de choses. Je me sens responsable de lui.

— Vous êtes proches ?

— En un sens. C'est comme… vous, vous êtes dans une position telle que les gens préfèrent vous fuir, parce qu'ils ont des a priori à votre sujet. Pour moi, c'est tout le contraire. On recherche ma compagnie à cause des préjugés qui viennent avec le pouvoir. Sauf Rhett, qui est au-dessus de cela.

Je comprends sa logique. Si une couronne attire les flatteurs, il n'est pas étonnant qu'Annika s'attache à la seule personne qui s'en désintéresse.

— Vous croyez qu'on peut la boire ? me demande-t-elle en montrant la pluie qui continue de se déverser des cieux.

— Oui.

— Tant mieux.

Elle se met debout d'un bond et se dirige vers l'entrée de la grotte. Alors, elle jette par-dessus son épaule un coup d'œil qu'elle agrémente d'une question qui sonne comme un ordre :

— Vous venez ?

— Certainement, Votre Altesse.

Elle se tient sous la corniche naturelle, les mains en coupe, pour y recueillir l'eau de pluie. Elle a du mal, à cause de la violence du déluge, et je décide de l'aider en glissant mes mains puissantes sous les siennes, afin de les empêcher de bouger.

Elle reste immobile, les yeux fixés sur nos mains qui s'emboîtent parfaitement, et parvient à récolter un volume suffisant d'eau qu'elle avale avec des manières de tavernier. Une fois désaltérée, elle replace ses mains sous la pluie et se débarbouille le visage avec.

— De quoi ai-je l'air ? s'enquiert-elle au bout d'un moment.

Pleine d'espoir. Les cheveux en désordre. Encore plus belle que ta mère.

— Je ne remarque pas une grande différence.

Elle hausse les épaules, un sourire goguenard aux lèvres, puis, sans un mot, elle place ses mains graciles sous les miennes et les élève vers la pluie, pour que je puisse boire à mon tour. Elle n'est pas très forte mais, ensemble, c'est plus facile. Ce contact inopiné déclenche en moi une sensation étrange. Pas de gêne, pour une fois. À la réflexion, cela ne me déplaît pas.

Annika détache ses mains des miennes, je me désaltère et cela me fait un bien fou. Comme elle, je me nettoie le visage à la va-vite. Elle ne m'accorde plus aucune attention ; elle retourne se réchauffer auprès du feu. Avant de se rasseoir, elle amorce quelques pas de danse – la danse que je viens de lui apprendre –, avec aux lèvres l'ébauche d'un sourire. Comme si la grotte était une salle de bal.

Et je réalise qu'il n'existe peut-être rien de plus dangereux au monde que cette jeune femme.

ANNIKA

Je me dis que le charivari qui parvient à mes oreilles est le crépitement de la pluie. Un grand vacarme plus loin, dans la montagne, un arbre qui s'effondre, ou je ne sais trop quoi. Mais je l'entends à chaque fois que Lennox sourit, qu'il me touche ou qu'il me regarde d'une certaine façon.

Ce bruit, c'est le bruit que fait un millier de battements de cœur.

Dans l'écho, j'entends clairement des myriades d'autres choses. J'entends l'amour que je porte à mon frère, si pur, si sincère, et même celui que je porte à mon père, fragile et chancelant, mais survivant aux épreuves traversées. L'amour que je porte à Noemi, plein de tendresse et de confiance. Et mon amour pour Rhett – d'une grande douceur, léger comme une plume avec, pourtant, une pointe de contrainte. Mais ce qui étouffe le reste, c'est la douloureuse certitude d'avoir, enfin, trouvé cette passion chantée dans des centaines de romans, le poids écrasant de l'amour véritable. Et cet amour, il s'incarne dans l'unique personne qu'il m'est interdit d'aimer.

— Il faut que je vous dise quelque chose. Mais je ne suis pas sûre que vous vouliez l'entendre.

— À ce stade, nous n'avons plus de secrets l'un pour l'autre.

Il m'adresse un sourire hésitant que je lui renvoie. Regardez-moi ces yeux. Ce n'est pas le visage d'un tueur.

— Notre échange dans le cachot a piqué ma curiosité, alors je suis allée à la bibliothèque et j'ai consulté les minutes du procès de votre père.

M'attrapant par les épaules, il me force à lui faire face.

— Quoi ? Il y a un procès-verbal quelque part ?

— Oui, mais très court. Je n'en dirai pas plus si c'est trop douloureux.

— Non ! Au contraire, dis-moi tout. Qu'y a-t-il dedans ? Que s'est-il passé ?

Je tremble comme une feuille, appréhendant les retombées de cette confession.

— D'après ce que j'ai lu, il s'est présenté au juge parfaitement calme. Il n'a pas révélé son âge, il n'a pas parlé de sa famille. Je pense qu'il voulait vous protéger.

Lennox baisse la tête.

— Voulez-vous que je me taise ?

— Non. Je veux tout entendre.

— Ils l'ont surnommé Jago le Solitaire, car il n'a pas donné de patronyme.

— Logique. Nous avons abandonné notre nom de famille pour promouvoir une identité commune. Les gens qui rejoignent notre communauté doivent changer de nom s'ils portent le même qu'un autre. Il n'y a pas deux Lennox, ni deux Blythe, à Vosino, et il n'y en aura jamais.

— Je vois. Il a aussi… il a plaidé coupable de régicide. Les jurés ont voulu lui imposer la peine la plus cruelle : la pendaison, suivie de l'équarrissement. Mon père est intervenu pour qu'il ait droit à une mort plus clémente, et il a été décapité.

Je vois sa lèvre inférieure frémir et j'ajoute :

— Je suis désolée. C'est tout… je n'en sais pas plus.

— Kawan aime nous envoyer en mission, aux quatre coins du continent, pour que nous prouvions notre loyauté à la cause. Se rendre au palais royal, c'était la mission que devait accomplir mon père. Je ne sais pas pourquoi il a tenté d'assassiner le tien ; cela ne lui ressemble pas. Je porte en moi tant de questions que je ne peux pas poser à Kawan, et je ne peux plus les poser à mon père. J'imagine que je vais rester toute ma vie dans le noir.

Il avale péniblement sa salive et il me dévisage.

— Ton père a vraiment intercédé en sa faveur ?

— Il a prononcé la sentence mais c'est ma mère qui lui a soufflé l'idée, je pense.

— Il a failli lui prendre son mari, et pourtant…

J'avais espéré apporter la paix à Lennox ; c'est l'unique présent que je suis en mesure de lui faire. La pluie ne va pas tarder à s'arrêter, nous allons sortir de cette grotte et le chaos s'abattra de nouveau sur nous. Je lui dois bien cela, même si ce n'est pas grand-chose. C'est alors qu'il chuchote :

— Je t'ai menti.

— Quoi ?

— Si je devais tuer ta mère une seconde fois, je ne le referais pour rien au monde. Au contraire, je l'aiderais à s'enfuir. Elle… elle m'a regardé et elle m'a dit : « Tu n'es qu'un enfant. Tu ne devrais pas porter ce fardeau le restant de ta vie. Fais-toi remplacer. » Je m'attendais à ce qu'elle m'implore, pour que je l'épargne, et c'est moi qu'elle a voulu épargner. Elle avait anticipé tout ce qui allait me tomber dessus, et cela lui brisait le cœur. À la fin, c'est moi qu'elle a tenté de sauver.

Il me raconte tout cela en respirant par à-coups.

— Je ne savais même pas comment elle s'appelait, et elle a refusé de nous livrer des informations que nous aurions pu utiliser pour vous nuire. Elle a pleuré, elle s'est lamentée mais elle n'a pas craqué. Tu lui ressembles tellement, Annika.

Tu ressembles tant à ta mère. Ces mots, je les ai entendus des centaines de fois et pourtant, jamais ils n'ont résonné si fort en moi.

— Je me suis avancé et… – il s'interrompt et essuie ses larmes, les joues écarlates – et je lui ai demandé de se mettre à genoux, parce que j'étais de la même taille qu'elle à l'époque. Elle n'a pas résisté. Elle a dit : « Oh, Escalus. Oh, Annika. » Ses dernières paroles. J'ai cru qu'elle priait dans une langue étrangère.

Je fonds en larmes. Après cela il n'y a plus rien à dire, plus rien à entendre. Ma mère m'aura aimée jusqu'à son dernier souffle, jusqu'à la fin.

— Je veux que tu saches que ça a été très rapide, s'empresse-t-il d'ajouter. Elle n'a rien senti, et j'ai été très précautionneux. Et je veux que tu saches aussi… que tu saches que je m'en veux terriblement. Pardon, pardon, pardon. Je dois éternellement porter ce fardeau sur ma conscience. Et je le mérite… mais tu es la seule à pouvoir le comprendre, alors je t'avoue qu'il ne se passe pas un jour sans que je le regrette. Jamais je ne le referais, Annika. Même si cela signifie me condamner à un enfer différent. Sois-en persuadée. Pardon, fait-il avant d'enfouir son visage entre ses mains, éploré.

Il ne faut pas être grand clerc pour deviner que cet épisode l'a détruit. Il a fait allusion hier – était-ce hier ? – à des fantômes qui le hanteraient, et ce n'est pas une figure de style. Rien de plus facile, donc, que de donner à Lennox ce qu'il désire plus que tout au monde.

Je pose ma main sur sa joue. Je pensais qu'il allait se dérober à mon contact, mais il n'en fait rien. Je patiente pendant qu'il essuie ses larmes, l'air penaud, comme honteux de s'être montré si vulnérable. Cela fait des années qu'il verrouille ses émotions à l'intérieur. Je décide de réduire la distance qui nous sépare en passant au tutoiement. Je ne suis plus sa captive ; il n'est plus mon geôlier. La donne a changé.

— Lennox. Lennox, regarde-moi. S'il te plaît.

Il prend le temps de contrôler sa respiration et finit par poser sur moi ses yeux d'un bleu étincelant, cerclés de rouge. Je suppose que les miens doivent aussi être injectés de sang.

— Je te pardonne. De mon plein gré. Oui, je te pardonne.

Il reste assis là longtemps, son regard perdu dans le mien. Oh, quelle douce torture.

— J'ai menti sur un autre point, murmure-t-il, le visage franc et ouvert. Je ne vais pas te tuer. Je n'en avais pas l'intention dès le départ. Peu importe ce que ton peuple a infligé au mien. Peu importe ce qui est arrivé à mon père. Je suis las de tuer, Annika.

Oups. Et voilà. Fini, les secrets.

— C'est un marché honnête, j'imagine. Mais tu n'as pas d'inquiétude à avoir. Je ne répéterai à personne ce que tu m'as confié.

— Merci.

Je détache ma main de son visage. Il se tient plus droit, se recoiffe.

— Et toi ? Comptes-tu toujours me tuer ?

Je regarde ce jeune homme qui a pris possession de mon cœur et je pousse un soupir. Il sourit et se replace face au feu.

— Eh bien, cela réclamerait beaucoup de travail.

— Je suis d'accord. Un travail titanesque.

— Et les princesses ne travaillent pas. Elles fuient toute forme de labeur manuel.

J'écoute son souffle ralentir, devenir plus régulier. Je sens même ses épaules se relâcher, car il est tout contre moi. Épuisé d'avoir confessé ce qui pèse sur sa conscience. Les yeux fixés droit devant moi, je sais qu'il m'observe et je me demande ce qu'il voit à ce moment.

Peu importe. Moi, j'ai des questions que je préfère garder sous silence.

LENNOX

Miracle : ma poitrine se déploie et je respire à pleins poumons, ce qui ne m'était pas arrivé depuis des siècles. Un poids a quitté mes épaules. J'ai même l'impression qu'autour de moi, les couleurs ont changé. Je suis un homme nouveau.

Annika fait passer ses cheveux par-dessus son épaule et joue avec une mèche, comme je joue avec la boucle que je garde, sous clef, dans mon bureau. Je me demande si elle trouverait bizarre que j'aie conservé ce souvenir d'elle.

— Alors, quelle heure, à ton avis ? lance-t-elle à brûle-pourpoint. Deux heures du matin ? Trois ?

— C'est fort possible.

— Combien de temps cette tempête peut encore durer ?

— Honnêtement, je n'en ai aucune idée. Entre la pluie et le vent, le danger est partout. J'espère que les autres ont pu se mettre à l'abri.

— En temps normal, je ne m'inquiéterais pas pour Escalus. Il est d'une intelligence redoutable. Mais blessé…

— Je suis certain que ton frère est vivant. S'il n'a que la moitié de ta détermination, ce n'est pas une flèche qui peut venir à bout de lui.

— Pourvu que tu aies raison. Et j'espère que tes amis s'en sont sortis.

— Je l'espère aussi. Et Nickolas, quel sort lui souhaites-tu ? Est-ce que cela te briserait le cœur d'apprendre qu'il s'est pris une branche sur la tête ?

— Il faut qu'il vive. Notre mariage fortifie notre lignée, affermit le pouvoir de ma famille et consolide la monarchie. C'est sans doute une mauvaise idée de te confier ces choses-là, mais c'est vrai.

— Donc tu comptes l'épouser, même si tu ne l'aimes pas.

— J'y suis obligée, répond-elle avec des accents amers dans la voix.

C'est à cet instant que je prends conscience que ce que je veux est hors d'atteinte. C'est Annika que je veux.

Je la veux pour moi seul. Je veux qu'elle me regarde et qu'elle m'accepte pour compagnon, malgré mon passif. Les raisons du mépris qu'éveille en moi Nickolas deviennent soudain limpides. Il ne veut pas se tenir à ses côtés la tête haute ni se montrer digne d'elle. Moi, si.

— Annika, me permets-tu de te poser une question qui va te paraître terriblement grossière ?

— Je ne sais pas trop. J'hésite à te dire la vérité.

— Je peux quand même te la poser ?

Elle accepte d'un signe de tête et je me lance :

— Es-tu déjà tombée amoureuse ?

Elle détourne le regard, rouge comme une pivoine.

— Ce que je sais de l'amour, je l'ai appris dans les livres, avoue-t-elle. Mais je crois avoir connu l'amour une fois, oui.

Mes espoirs sont broyés par ces quelques mots. *Je crois avoir connu l'amour, une fois.* Elle ne parle pas de moi.

— J'avais dix ans, commence-t-elle avec un large sourire. J'étais en voyage avec ma mère. Nous nous étions écartées de notre route et nous sommes passées devant une maisonnette en pleine campagne.

» Une femme battait un tapis pendu à un fil et son mari, qui sortait de la maison, s'essuyait les mains avec un torchon. Et leur fils… assis sur les marches du perron, il avait un livre sur les genoux. Ma mère leur a demandé quelle direction prendre. Moi, je n'arrivais pas à détacher les yeux de ce garçon. Avant notre départ il est allé chercher deux pommes dans un panier. Une pour moi, une pour ma mère.

» Lorsqu'il m'a donné la pomme, nos doigts se sont effleurés et il m'a dit : « Tu es la fille la plus jolie que j'aie vue de ma vie. »

Annika laisse échapper un petit rire mutin. Quant à moi, c'est une vague cataclysmique qui s'abat sur ma tête et qui m'assourdit… battement de cœur après battement de cœur.

— Là, son père l'a grondé, poursuit-elle. « Fiston, ne prends pas ce genre d'audace avec une jeune personne que tu ne connais pas. » Alors je l'ai regardé bien en face et j'ai répondu : « Puisque… »

Prenant les devants, je finis sa phrase :

— « … il a dit vrai, c'est une audace que je lui pardonne volontiers. »

Annika braque sur moi un regard stupéfait. J'ai moi-même le plus grand mal à y croire.

— Lennox… mais comment… ?

— Tu sais comment.

— C'est toi, le garçon à la pomme ? bafouille-t-elle, les yeux embués. Je rebats les oreilles de tous mes proches avec cette histoire.

— Et c'est toi, la fillette à cheval. Tu es mon secret le mieux gardé, figure-toi.

— Alors cet homme, c'était ton père. Je n'ai pas gardé un souvenir précis de son visage, mais je n'ai pas oublié son sourire. Il m'a fait forte impression.

— Cela veut dire que j'ai rencontré ta mère, aussi. Je n'ai rien retenu d'elle, hélas. J'étais hypnotisé par ta beauté.

Je suis certain d'avoir rougi jusqu'à la racine des cheveux. J'espère qu'Annika ne s'aperçoit de rien.

— La scène a duré, quoi ? Quelques minutes à peine ? Mais j'ai gravé dans ma mémoire, et dans mon cœur, ce que j'ai éprouvé pour toi ce jour-là.

— J'aurais dû me douter que tu avais du sang royal dans les veines. Qui d'autre répondrait ainsi ?

— J'espère avoir gagné en humilité au fil des ans.

— Rassure-toi. Toujours aussi majestueuse. Toujours aussi splendide.

Elle pince les lèvres, comme si elle voulait s'empêcher de sourire. J'aimerais lui dire que c'est un signe. Qu'elle a été amoureuse une fois, de moi qui plus est, et que ce n'est pas un hasard si nos chemins se recroisent. Je dois me retenir de la supplier.

À cet instant, la terre se met à trembler.

ANNIKA

— Que se passe-t-il ?

Lennox ne me répond pas tout de suite. Il a les deux mains plaquées au sol.

— Un séisme. Vite, lève-toi.

Il sort de la grotte comme un boulet de canon et je m'apprête à le suivre quand la terre se soulève sous mes pieds. Je trébuche, je pousse un cri. Lennox me rattrape et m'aide à me remettre d'aplomb. Il y a de la terreur au fond de ses yeux.

— La montagne risque de s'ébouler. Nous pourrions nous retrouver prisonniers de cette grotte. Il faut se réfugier ailleurs.

— Ailleurs où ?

— Tu te rappelles ce bosquet où nous avons joué à cache-cache ? Nous allons nous mettre à l'abri dedans et nous agripper à un tronc, en espérant qu'il reste droit. Tiens-moi par la main et, surtout, ne me lâche pas. Compris, Annika ?

Je projette mon regard vers le bosquet qu'a désigné Lennox.

— Nous pouvons y arriver.

— Cours !

Une fois atteint l'arbre qui va nous servir de bouée de sauvetage, Lennox me positionne entre lui et le tronc. Je regarde une dernière fois la grotte où rougeoie encore, faiblement, notre feu. La terre est encore prise de spasmes et j'écarte les jambes tout en gardant les yeux fixés sur notre refuge, priant pour que nous puissions le retrouver sains et saufs. Impossible de survivre dans cet environnement hostile.

— Lennox !

Je montre du doigt l'entrée de la grotte, qui disparaît derrière un éboulis. À cet instant Lennox m'attire contre lui et me serre de toutes ses forces. C'est alors qu'un arbre s'abat à quelques mètres. Estomaquée, je me rends compte que j'aurais pu finir écrasée sans l'intervention in extremis de Lennox. Combien de fois m'a-t-il sauvée jusqu'ici ? Il se remet à surveiller les alentours, pour voir d'où peut venir le danger, pendant que je fouille les environs des yeux, cherchant notre caverne. Le sol tremble à nouveau, plus violemment encore, et Lennox perd l'équilibre. J'en profite pour m'accrocher à lui. Je veux qu'il sache qu'il peut compter sur moi, comme je peux compter sur lui.

Une dernière secousse, et le cauchemar semble terminé. Lennox me garde entre ses bras et je reste collée contre lui, aux aguets. Je vacille entre peur et soulagement. Oui, la colère de la nature est retombée et nous sommes l'un et l'autre, par miracle, indemnes. Lennox plante ses yeux dans les miens, l'eau coulant goutte à goutte de ses cheveux en bataille. Je sens son cœur galoper dans sa poitrine. Il avale sa salive puis jette un coup d'œil par-dessus son épaule.

— C'est par là. Je pense qu'on peut y retourner. Tu y vois mieux. Sers-moi de guide.

Je l'attrape par la main et je le conduis jusqu'à la grotte. Nous avançons difficilement. Le sol, rendu spongieux par la pluie, est jonché de troncs d'arbre et d'obstacles que nous devons enjamber. La bouche de la grotte se réduit désormais à un boyau dans lequel nous arrivons à nous glisser de biais. Nous inspectons les parois, à la recherche de fissures, de faiblesses dans la roche. Je n'y connais pas grand-chose, mais je n'ai pas l'impression que le plafond va se fracturer et nous tomber dessus. Je veux pousser mon exploration plus loin mais Lennox m'en empêche.

— Enlève tes vêtements mouillés et laisse-les à l'entrée. Il faut éviter de tremper le sol. On a besoin d'un coin bien sec pour dormir, sinon on risque d'attraper du mal, en plus d'avoir faim.

Il ôte ses bottes en laissant des flaques à ses pieds. J'ai cru qu'il retirerait son pantalon noir d'abord, mais il commence par se débarrasser de sa chemise, qu'il étale avec des gestes vifs sur un rocher qui ferme notre refuge. Frappée d'horreur, je regarde les balafres qui zèbrent son dos.

— Ce n'est vraiment pas le moment de jouer à la donzelle effarouchée, fait-il remarquer. Et je t'ai déjà vue en camisole.

Il dit cela sur le ton de la plaisanterie, mais ça ne me fait pas rire du tout. Contrarié, il s'approche et entreprend de défaire les lacets de mon corsage. Ses mains s'activent, prenant soin de ne jamais me toucher.

— Tu es sous le choc, murmure-t-il. Cela arrive quand on a vécu une grande frayeur et ton cerveau reste bloqué dessus. Ça va aller. Nous allons nous reposer, tu te sentiras mieux après une bonne nuit.

— Ce n'est pas cela.

— Quoi alors ?

Du doigt, je montre son torse. Il baisse les yeux, soudain gêné, et s'écarte.

— Oh, ça. J'ai fini par m'y habituer. J'imagine que ça peut être… perturbant pour une autre personne. Finis de défaire ton corsage et enlève ta robe.

Je m'exécute.

— Tes bottes, aussi.

Je lève mes pieds, l'un après l'autre, pour qu'il puisse m'aider à retirer mes bottes en me maintenant le mollet.

— Ton caraco est sec, tes bas aussi. Tu peux les garder. Il faut qu'on alimente le feu pour qu'il tienne toute la nuit. Et nous serrer l'un contre l'autre. Prends ma cape. Allez, viens. Je vois bien que tu es sous le choc. Assieds-toi.

Si par « choc », il décrit ce qu'il se passe quand votre cœur et votre esprit sont confrontés à un trop-plein d'émotions, alors oui, je suis sous le choc. Je suis amoureuse de Lennox. Je ne peux plus me voiler la face. Je reste assise, hébétée, tandis qu'il récupère des feuilles et des brindilles pour nourrir le foyer. Une fois certain que le feu a repris, il prépare un petit tas de secours et vient s'asseoir près de moi. Il m'installe près du feu, drape sa cape sur mes épaules. Je me laisse faire, paralysée.

— Si tu veux que je remette ma chemise, tu n'as qu'à demander. Je ne veux pas que tu sois mal à l'aise.

— Ce n'est pas ça. C'est juste que…

Du doigt, je montre la longue cicatrice qui lui barre le torse en diagonale.

— Celle-là, la plus grande, c'est moi qui te l'ai faite.

— Et tu crois que je suis fier de la cicatrice que je t'ai laissée ? rétorque-t-il en montrant la marque qui m'abîme le bras gauche.

— Elle ne me dérange pas. Sur le coup j'ai eu très peur, mais elle me rappelle que j'ai vécu une aventure dans ma vie.

— Moi non plus, la mienne ne me dérange pas. Elle est ce qui me relie à toi, avoue-t-il.

Mille battements de cœur.

Qu'insinue-t-il par ces paroles ?

— Pour être franc, ajoute Lennox sur un ton timide, j'ai un autre souvenir de toi. J'ai, comment dire, j'ai gardé cette mèche de cheveux que j'ai coupée pour te menacer. Quand je suis triste, je l'enroule autour de l'index. Comme cela.

Il attrape une mèche de mes cheveux toujours mouillés et il me montre de quelle façon elle épouse ses doigts.

Dix mille battements de cœur.

À mon tour de confesser dans un chuchotement :

— J'ai gardé ta cape. Je m'emmitoufle dedans la nuit. Elle sent l'océan, elle a gardé ton odeur.

— Tes cheveux sentent l'eau de rose, chuchote-t-il.

Ses yeux, aussi bleus que le ciel, atterrissent sur mes lèvres et me posent une question muette. Il se rapproche.

— Tu as peur de moi ?

Je secoue la tête, nos nez se frôlent.

— Non.

— Je n'ai jamais embrassé personne. J'ai un peu peur de toi.

— Nous avons tous les deux beaucoup de chance, car tu sais surmonter tes peurs.

Ses lèvres entrent en contact avec les miennes. Alors, un rugissement assourdissant résonne dans mes oreilles. Il m'enveloppe la nuque de sa main, me tenant comme un bibelot en porcelaine, et je pose la mienne sur son torse, sans doute à l'endroit précis où j'ai imprimé une cicatrice indélébile. Il est frigorifié, tout comme moi, mais notre baiser est brûlant.

Lorsque nous nous séparons, je vois devant moi quelqu'un de différent. Et, pour la première fois depuis que nous avons mis le pied dans cette grotte, j'éprouve une terreur réelle.

C'est une chose d'être amoureuse de Lennox en silence – de regagner Kadier seule, de souffrir du vide qu'il va laisser dans mon cœur –, une tout autre de le forcer à m'oublier. Et c'est cela qui me terrifie.

LENNOX

La Terre se met à tourner tranquillement autour de son nouvel axe. Cet axe, c'est Annika – et cela l'a toujours été, apparemment.

Sans la moindre hésitation elle s'installe entre mes jambes et nous recouvre de ma cape, puis elle se blottit contre moi et je la serre dans mes bras. C'est tellement naturel, tellement facile. Je comprends à présent pourquoi les gens amoureux prennent le risque de laisser les clefs de leur cœur à l'objet de leur tendresse. Annika peut disposer du mien comme bon lui semble. Elle peut le jeter au milieu de la tempête, et je n'aurais rien à redire. Je lui appartiens. J'appartiens à Annika. Autant m'en faire une raison.

Elle reste sans bouger, captivée par les battements de mon cœur. Je me rends compte que je lui caresse le bras depuis un bon moment.

— Lennox ?

— Oui ?

— Je sais que tu m'as dit que tu ne te servais plus de ton nom de famille. Mais tu t'en souviens ?

— Ossacrite.

— Lennox Ossacrite. Tu as d'autres prénoms ?

— Non. Et toi ?

— Plusieurs. Je te les épargne.

Je lâche un petit rire. Ai-je jamais connu une paix aussi profonde ?

Elle change de position, les yeux baissés.

— Si… Si tu ne ressens pas la même chose que moi, dis-le-moi sans détours. Je suis plus solide que j'en ai l'air. Je peux l'encaisser.

Elle ne précise pas ce qu'elle sous-entend par « la même chose », mais il ne faut pas être un génie pour comprendre.

— Je sais déjà que tu es solide. Et je sais aussi que tu essaies de m'offrir une porte de sortie. Mais je n'ai pas besoin de cette porte, Annika. Nous sommes deux. J'ai l'impression que c'est… le destin qui nous a rapprochés.

— Voilà ce qui me fait peur. Dans les romans, le destin est rarement bienveillant. Dis-moi que nous avons un moyen de nous en sortir. Donne-moi de l'espoir.

— Tu es celle qui se libère de ses chaînes, qui arrive à s'évader d'un cachot. C'est à toi de me donner de l'espoir, plutôt.

Elle éclate de rire.

— Tu veux vraiment que je fasse tout le travail ? Très bien.

Alors elle m'attrape par le cou et elle m'embrasse. Elle m'embrasse comme si elle m'avait embrassé des milliers de fois auparavant, comme si elle savait que je suis à elle, tout à elle. Et je l'accueille à bras ouverts. Je cours à ma perte le cœur battant.

Je la couvre de baisers tandis qu'elle glousse de joie, ses bras mêlés aux miens, et nous nous pelotonnons de notre mieux sous la cape. Elle remarque l'emblème brodé au revers du col, un cercle contenant un rameau couvert de feuilles. Comme je ne reconnais pas à la forme des feuilles l'arbre qui est représenté, j'en conclus que cela sert d'ornement.

— Qu'est-ce que c'est ? veut-elle savoir.

— Je me suis posé la même question. Cette cape appartenait à mon père et je viens d'en prendre possession. Peut-être que lui aussi aimait tirer l'aiguille.

Cela amène un sourire à ses lèvres. Je me suis trouvé un nouveau jeu, un nouveau défi à relever : combien de fois suis-je capable de faire sourire Annika en l'espace d'une minute ? D'une heure ? Et si j'arrive à établir un record, serais-je en mesure de le battre ? Je serais heureux de jouer à ce jeu le restant de mes jours.

Nous gardons le silence un long moment. Elle fait courir son doigt sur mon menton hérissé d'une barbe naissante, je passe une main dans ses cheveux. Je commence à me réchauffer et je vérifie, d'un rapide coup d'œil par-dessus son épaule, que la pluie tombe toujours à seaux. Je préfère ne pas penser à ce qu'il nous arrivera quand le ciel s'éclaircira.

— J'ai une autre question à te poser, Annika. Tu veux bien me parler de Dahrain ? Ou de Kadier ? À ta convenance. Dis-moi à quoi ressemble la vie là-bas.

— C'est un très beau pays, répond-elle avec un sourire triste. Meckonah, le palais royal, est entouré de pelouses parfaitement entretenues et d'arbres plantés de manière à créer un paysage harmonieux. Au-delà, il y a des champs à perte de vue et beaucoup de fermes. L'hiver, il neige mais le climat est plutôt tempéré. Le monde semble recouvert d'une fine pellicule de givre. Et quand le printemps arrive, les collines sont constellées de fleurs qui annoncent la renaissance de la nature. Il y a de l'espace à ne plus savoir qu'en faire et, si je ne devais pas vivre au palais, j'habiterais une maisonnette en pleine campagne… je ne sais pas ce que racontent tes histoires et tes légendes, mais j'imagine qu'elles en parlent un peu.

Je sens les larmes me brûler les paupières. Je veux voir Kadier de mes propres yeux. Je veux en respirer l'air. Annika pose une main réconfortante sur ma joue.

— Désolée, dit-elle. Je ne sais pas comment te rendre moins triste.

— Je ne sais pas non plus, pas vraiment.

— Il y a forcément une solution là, sous notre nez, mais nous n'arrivons pas à la voir.

— Tu es toujours aussi optimiste ?

— D'ordinaire, oui.

— Cela me plaît. Ça change de ce à quoi je suis habitué.

— Alors, tu crois qu'on est cuits ? me taquine-t-elle.

— Difficile de le nier. Récapitulons mes faits d'armes, tu veux bien ? Je pars en mission, je reviens avec toi en travers de ma selle. J'essaie de t'interroger, tu t'évades. Je veux me battre contre l'ennemi, je finis coincé dans une grotte. Je fais le serment de te tuer et, eh bien, tu vois ce qui s'est passé.

— Si cela peut te rassurer, je pense que tu échoues, mais dans la bonne direction.

— Tu as peut-être raison.

Elle commence à s'assoupir. La nuit a été longue et ponctuée de rebondissements. Nous l'avons entamée ennemis et nous avons fini dans les bras l'un de l'autre.

— Tu peux te reposer, lui dis-je. Tu ne crains rien.

— Je sais, chuchote-t-elle. C'est juste que je ne veux rien rater.

Je me penche et je dépose un baiser à côté de son oreille avant de chuchoter :

— Mais si tu dors, peut-être que tu verras des réponses dans tes rêves. Tu es plutôt futée, jeune fille.

— C'est vrai, marmonne-t-elle.

Cela m'arrache un petit rire. Je suis pour elle un vaste terrain d'exploration. Les clavicules, les cicatrices, la mâchoire… ses mains courent partout. Je continue à jouer avec une mèche de ses cheveux, sans m'en lasser. Elle succombe la première au sommeil et je la regarde, bercé par sa respiration lente et régulière.

— Tu dors ?

Rien.

— Tant mieux. Parce que je suis courageux, mais même mon courage a des limites. Je t'aime. Malgré tout ce que nous avons vécu, et tout ce que nous vivrons à l'avenir. Je suis désespérément amoureux de toi.

Voilà. C'est dit. À présent, je n'ai plus aucun secret pour Annika Vedette.

ANNIKA

Je suis réveillée par les baisers que Lennox fait pleuvoir sur mon épaule. J'ai changé de position au cours de la nuit et je fais face aux braises mourantes, toujours dans ses bras. Il me réchauffe de tout son corps. Cela fait longtemps que je n'ai pas aussi bien dormi. Je tente également de me rappeler quand j'ai été aussi heureuse.

Lennox enfouit son nez dans mes cheveux. Son haleine me chatouille la nuque.

— Tu as déjà fini ?

— J'ai fini d'explorer ton épaule, oui. Je suis intrigué au plus haut point par le lobe de ton oreille, donc j'ai l'intention de fixer toute mon attention dessus. Sur tes poignets, aussi. Ils figurent en haut de ma liste.

— N'hésite pas à me susurrer des mots doux, pendant que tu y es.

— J'ai préparé le petit déjeuner.

Je me redresse d'un seul coup et je me retourne. Il s'allonge sur le dos, les mains croisées sous la tête. Parfaitement à l'aise, parfaitement détendu. Dieu qu'il est beau.

— Par pitié, dis-moi que c'est une de ces barres aux flocons d'avoine que tu m'as lancées dans la forêt. Pitié !

Il se met debout d'un bond et se dirige vers sa chemise. Je n'avais pas remarqué qu'il avait retiré son ceinturon. Il plonge une main dans sa bourse et en sort, ficelés et enveloppés dans du papier, les mêmes gâteaux que ceux qu'il m'avait donnés quand il m'avait rattrapée pendant mon évasion.

Je saute sur mes pieds.

— J'en rêve depuis que j'y ai goûté !

— C'est mon en-cas préféré, répond-il avec un sourire.

Il veut me donner tout ce qu'il a. Je proteste bruyamment.

— Toi aussi, il faut que tu manges.

Je mords dans ma barre. Pas aussi croustillante que la première fois. Elle a ramolli, sans doute avec l'humidité ambiante. Mais toujours un délice.

— C'est de la mélasse ?

— Du miel.

— Du miel… je comprends mieux. J'ai voulu demander à notre cuisinier de refaire cette recette, mais je ne connaissais aucun des ingrédients. Je ne savais pas par où commencer.

— Je peux te montrer. Seulement si tu m'enseignes cette parade que tu as mise au point en tournant sur toi-même avec ton épée. Je suis trop grand, peut-être ?

— Non, pas du tout ! Laisse-moi me régaler d'abord, ensuite je te montre.

Sa barre glissée entre les lèvres, Lennox s'en va palper nos vêtements. Il remet sa chemise et me parle la bouche pleine :

— Ta robe est encore un peu mouillée au niveau de l'ourlet, mais ça devrait aller. Tu veux la remettre ?

— Pas tout de suite. D'abord, faisons parler nos épées.

— Si vous insistez, Votre Altesse.

Je me lèche les doigts puis je me lave les mains à l'eau de pluie. Elle tombe toujours dru mais j'ai l'impression que l'orage s'est calmé. Le ciel commencerait-il à se dégager ? Je lui tourne le dos et je vais chercher mon épée. Lennox m'attend, les bras croisés, le visage barré d'un sourire moqueur.

— Séance d'exercices improvisée, dis-je.

— Si c'était ça, ton plan pour me tuer, je dois t'applaudir. Ça a fonctionné comme sur des roulettes.

— Ha, ha ! Espèce d'idiot. Où est ta lame ?

À son tour, il s'arme de son épée.

— Très bien. Tu assures tes appuis de cette façon. Tu portes tout ton poids sur tes talons et tu pousses. Tu laisses l'élan faire le reste.

Je décompose chacun de mes mouvements, car nous manquons cruellement de place dans cette grotte. Lennox fait de son mieux pour reproduire mes gestes mais il abandonne très vite et il appuie son épée à la paroi.

— Je crois que je comprends le mécanisme. Je m'entraînerai avec Inigo à mon retour.

À l'instant où ces paroles franchissent ses lèvres, il se raidit. L'enchantement est brisé. Notre monde ne se réduira pas éternellement à ce petit cocon, il faut nous y préparer.

Je vais m'habiller. J'enfile ma robe comme un manteau et, du regard, je cherche le ruban qui sert à lacer le corsage. Lennox vient m'aider et finit par le trouver derrière un rocher. Il me le tend, la mine affligée, et il recule de quelques pas tandis que j'entreprends de mettre la dernière touche à ma tenue. Je noue solidement le ruban, puis je le fourre dans mon décolleté.

— Je vais être heureux de retrouver Vosino mais je n'ai aucune envie de revoir Kawan, m'apprend Lennox. Je préférerais largement être indépendant et construire ma maison sur l'un des territoires laissés en friche, où je pourrais l'oublier, et il pourrait me laisser en paix.

— Tu crois qu'il te laisserait tranquille ?

— Aucune chance, tant qu'il est en vie.

— Et si... tu revenais à Kadier avec moi ?

— Ton pardon compte énormément, à un point que tu ne peux pas imaginer. Mais, à Kadier, je suis un criminel. Si j'y mets ne serait-ce qu'un pied, je vais être arrêté et traîné en justice. Et comme ta mère n'est plus là pour souffler à l'oreille du roi, nous savons tous les deux ce que je risque. La peine capitale.

— Et si nous dissimulons ton identité ? Ou si nous leur disons que tu as déserté ?

— Il est possible que ce cher Nickolas ne me reconnaisse pas, mais ce serait dangereux. Et comment veux-tu que je jouisse du faste du palais quand mes frères mènent une vie de misère ? Que je courbe le front devant ton père alors que je devrais être un homme libre ?... Annika, j'espère que tu me crois quand je te dis que je te suivrais jusqu'aux confins de la terre. Mais je ne suis pas un lâche. Je ne peux pas tourner le dos à mes frères.

— Tu as raison. Jamais je ne te demanderais cela.

Il s'approche de moi, il enroule ses deux bras autour de ma taille. Soudain, je me liquéfie.

— Par ailleurs, ajoute-t-il, je suis le seul à tenir Kawan en bride. Si je n'y retourne pas, il déclenchera un bain de sang.

J'appuie mon front contre son torse. Il ne peut pas me promettre que Kawan va signer la paix avec mon royaume ; il n'est pas devin. Mais il va essayer, c'est le principal.

— Et pourquoi… toi, tu ne viendrais pas avec moi ? suggère-t-il.

Je lève vers lui des yeux remplis d'espoir. Si seulement c'était possible.

— Je ne sais pas qui a survécu. Si mon frère est décédé, je deviens l'héritière en titre. Et si mon père n'est plus de ce monde, je deviens reine. Si je n'y retourne pas, Nickolas prend les rênes du royaume. Ce qui serait une très mauvaise idée, crois-moi.

— Tu vas épouser Nickolas, alors ?

— À Kadier, c'est mon seul et unique choix. Toi aussi, tu as quelqu'un qui t'attend, dis-je, le cœur rongé par la jalousie.

— Ça n'a rien à voir.

À cet instant je remarque des poils gris sur sa chemise, au niveau de l'épaule.

— Tu as un chien ?

— Non. Une renarde. Elle s'appelle Grisette.

— Grisette ? C'est trop mignon. Comment on apprivoise un renard ?

— Eh bien, ça reste une bête sauvage. Nous n'avons pas le droit d'avoir des animaux pour notre plaisir ; il faut les nourrir, et c'est le bétail qui est prioritaire. Mais je l'ai recueillie bébé. Elle était blessée à la patte, je l'ai soignée. Elle est maligne comme pas permis. Je laisse ma fenêtre ouverte pour qu'elle puisse aller et venir à sa guise. Elle adore débouler chez moi, mettre ma chambre sens dessus dessous et me fausser compagnie.

— Ça a dû être compliqué de la quitter sans pouvoir lui expliquer les raisons.

— C'est toujours un crève-cœur de partir, même quand on peut en expliquer les raisons.

Le silence qui suit est éloquent. Même si je suis assourdie par le sang qui bat à mes tempes, je me demande si Lennox arrive à entendre chaque cellule de mon corps lui hurler mon amour.

Je veux le dire à voix haute. Je veux m'envelopper dedans comme je m'enveloppe dans sa cape. Mais, au fond de moi, je crains que certains mots, sitôt prononcés, n'ouvrent des plaies qui resteront béantes. Je sais qu'il a des sentiments pour moi... mais je ne veux pas qu'il se sente persécuté par mes attentions.

C'est l'instant que la pluie choisit pour s'arrêter. On dirait que l'Île m'envoie un signal. Soudain, le moindre son résonne dans la grotte. J'entends même Lennox respirer. Nous restons ainsi un court instant, séparés l'un de l'autre par un murmure, à nous dévisager. Enfin, il étudie l'entrée de la grotte, le monde qui se déploie au-delà.

— Ce serait lâche de ma part de suggérer de rester ici, toi et moi ? me demande-t-il.

— Pas lâche, mais pas réaliste non plus.

— Si nous devons quitter cet endroit, il vaudrait mieux nous séparer de notre propre gré plutôt que d'attendre que quelqu'un nous découvre, tu ne penses pas ?

— Il vaudrait mieux, oui. Je ne veux pas qu'un soldat nous surprenne ensemble. Je ne sais pas ce qu'il faudrait faire pour l'empêcher de nous dénoncer.

Le voilà au bord des larmes. Je me pends à son cou et je l'embrasse. Si son rire a déclenché mille battements de cœur simultanément, ce baiser représente un millier d'adieux.

Les yeux rougis, je me détache de lui. Il faut que je parte, et sans tarder. Je défroisse mes jupes, histoire de m'occuper les mains.

— Attends, lance Lennox avant de sortir de son ceinturon un couteau dont il se sert pour couper une longueur du cordon qui noue sa cape.

— Que fais-tu ? C'est la cape de ton père !

Sans un mot, il l'enroule deux fois autour de mon poignet. Le pompon fait l'effet d'une breloque.

— J'espère que tu vas continuer à dormir avec ma cape, déclare-t-il, mais c'est beaucoup plus facile à transporter.

Le bras tendu j'admire ce nouveau bracelet, dont la couleur contraste avec ma peau pâle. Je possède des parures somptueuses mais j'ai trouvé mon bijou préféré.

Je déchire avec les dents la dentelle qui garnit le bas de ma jupe. Il m'observe, visiblement ému.

— Tu n'es pas obligée…

Je lui saisis le poignet et j'attache la dentelle autour, heureuse qu'il me laisse faire, heureuse qu'il m'ait parlé de cette tradition si charmante. Il étudie mon œuvre d'un air émerveillé. Je lui demande alors :

— Au fait, tu avais ce couteau sur toi depuis le début ?

— Oui. J'aurais dû te le donner, ça aurait été plus facile pour couper ta robe.

— Ce n'est pas pour cela que je te pose la question. Tu aurais pu régler mon sort dès les premières minutes avec cette lame. Et tu ne l'as pas fait.

— Que veux-tu que je te dise ? Mon cœur a chaviré à la seconde où tu as laissé cette cicatrice sur mon torse.

— C'est à ce moment-là que tu as su ?

Lennox confirme d'un signe de tête.

— Tu es fou à lier.

— Et toi, tu es parfaite, rétorque-t-il.

— Il faut que j'y aille. Si je ne pars pas très vite…

— Je sais. Merci pour le bracelet.

— Merci à *toi.*

Je vais ramasser mon épée et je balaie une dernière fois la grotte du regard. Notre danse, les braises mourantes du feu, les hiéroglyphes que je n'ai pas su décrypter… j'essaie de graver tout cela dans ma mémoire.

Lennox est en train d'étudier les environs par la trouée.

— Si tu mets cap au nord, tu devrais retrouver l'embarcadère. Annika…

— Oui ?

— J'imagine qu'il y aura une autre bataille. Si par malheur j'ai raison, et si mon peuple est vaincu, peux-tu me faire une promesse ?

— Bien sûr.

— Cette danse que je t'ai apprise, je veux que tu la partages avec d'autres. Je veux qu'une de nos traditions survive. Tu me le promets ?

— Je m'y engage. Et si c'est mon armée qui a le dessous, je t'implore de laisser mes sujets – les gens humbles – vivre en paix. Je veux que mon peuple survive, aussi.

— Je t'en donne ma parole. Et… n'oublie rien. Ne laisse pas le temps effacer ce que nous avons vécu.

— Toi non plus.

Lennox plonge ses yeux dans les miens une dernière fois et il m'embrasse, une main mêlée à mes cheveux. Nous restons quelques instants, front contre front, puis il se détache de moi, sort de la grotte et dirige ses pas vers le sud. Je le suis longuement du regard, la main crispée autour de mon bracelet, et je me mets à mon tour en marche.

LENNOX

Je me suis fixé des règles. Je les ai si bien assimilées qu'elles collent à moi comme une seconde peau. Ne jamais fuir. Ne jamais détourner le regard. Ne jamais se justifier. C'est ainsi que j'ai assuré ma survie.

Mais détourner le regard d'Annika ? La fuir ? J'ai l'impression de mourir intérieurement.

Je m'arrête lorsque j'ai mis entre moi et la grotte assez de distance pour ne pas être rattrapé. La montagne se dresse devant moi, sinistre, menaçante. Je repère l'endroit précis d'où se sont détachés les rochers qui ont bloqué l'entrée de la caverne. J'ai une sensation de vide au creux de la poitrine. J'ai laissé mon cœur entre les mains d'Annika Vedette, voilà pourquoi.

J'étudie le bracelet qu'elle a fabriqué de ses mains. Je l'adore, mais je ne peux pas le porter. Les autres vont le voir. Ils vont comprendre que je n'étais pas seul et je vais devoir m'expliquer. Je ne suis pas prêt. Je fais une courte halte et je m'assure que personne ne me suit. Sous un arbre, je dénoue lentement le ruban de dentelle maculé de boue et je le glisse dans ma bourse. Cela fait naître une douleur indicible. Soudain, je me sens nu. J'ai effacé toutes les traces de mon nouvel amour.

Selon mes hypothèses, mes compatriotes ont dû mettre le cap sur la côte sud, là où nous avons amarré les bateaux que nous avons volés à Stratfel. Le soleil, qui joue à cache-cache derrière les nuages, me dit que je progresse dans la bonne direction. J'avance d'un bon pas et j'arrive en haut d'une butte qui domine la mer.

Les voilà. Les survivants – plus nombreux que je ne le redoutais – sont tous là, cherchant des bateaux qui ont réchappé de la tempête ou explorant les épaves pour récupérer ce qui peut resservir. Toujours dégourdis, toujours déterminés. Ma poitrine se gonfle de fierté.

— Lennox ! retentit une voix.

Blythe.

À cet instant, l'armée entière – ou ce qu'il en reste – m'acclame comme un seul homme. Je vois mon amie courir dans ma direction, les yeux brillants, le visage fendu d'un large sourire.

— Je le savais ! Je savais que tu t'en sortirais !

— Bien sûr.

Et je l'embrasse sur la joue. Ce baiser la met tellement en joie qu'elle me serre dans ses bras, essayant de faire durer ce moment le plus longtemps possible. Quant à moi, j'espère simplement suivre le conseil d'Annika, écrire une autre histoire avec une personne qui tient à moi et mettre le temps passé ensemble dans une bulle hermétique. Il me faut quatre secondes, pas plus, pour comprendre que je n'y arriverai pas.

Je vois ma mère accourir, les yeux embués. Elle se jette dans mes bras et elle passe ses mains sur mon visage – un témoignage d'affection comme elle n'en a pas montré depuis des années.

— Je ne m'inquiète jamais, affirme-t-elle. Tu es fort, intelligent, indestructible ou pas loin. Mais cette fois… cette fois-ci, j'ai bien cru que la tempête avait eu raison de toi.

— Elle a essayé.

— Parfois, tu ressembles tellement à ton père que c'est comme un coup de poignard en plein cœur… mais te voir revenu d'entre les morts…, conclut-elle d'une voix étranglée.

— Comment as-tu survécu à ce déluge ? me demande Blythe.

La fille que j'aime m'a aidé à faire un feu. Elle m'a donné à manger, elle m'a tenu dans ses bras. Elle a rafistolé mon cœur en miettes. Je lui dois la vie.

— J'ai trouvé refuge dans une grotte. Et vous ?

— Nous avons fabriqué une tente de bric et de broc. Elle a failli lâcher plus d'une fois, encore heureux que la pluie se soit arrêtée.

Je me tourne vers ma mère.

— Et toi ?

— Je me suis mise à l'abri dans un bosquet avec trois camarades.

— Comme Inigo.

— Inigo a survécu ! Quelle chance !

— Évite de le lui dire en face, sinon il va croire que tu es devenu sentimental.

— Peut-être bien. Viens. Allons chercher un bateau qui supportera la traversée.

Ma mère se détache de moi à l'instant où Kawan arrive à notre hauteur.

— Tu es vivant, dit-il en manière de salut, presque déçu de me voir.

— Oui. Que faisons-nous maintenant ?

— Nous attendons…

— Lennox !

Inigo nous a rejoints à grandes enjambées. Nous échangeons une poignée de mains, puis une accolade. Il se tourne vers Kawan, l'air content de lui.

— Il y a d'autres bateaux derrière ces rochers. Je pense qu'on peut prendre la mer avec. On s'en sort plutôt bien.

— Excellent. Commencez à battre le rappel.

Et Kawan nous congédie d'un geste de la main. Nous nous éloignons.

— J'ai entendu des clameurs il y a quelques minutes. C'était pour toi ? veut savoir Inigo.

— Je ne pensais pas que nos frères tenaient autant à moi.

D'un regard jeté par-dessus son épaule, Inigo s'assure que nous sommes hors de portée de voix.

— C'est bien plus que ça, mon ami. Quand Kawan est arrivé il n'a pas eu droit au même accueil, crois-moi.

— Tu me fais marcher.

— Non, confirme Blythe. Au lieu de se réjouir, tous étaient en colère. Même moi, je suis en rage. À cause de lui, on a tous failli y passer. Il s'en est tiré sans une égratignure, ce qui hérisse pas mal de monde.

— Ça ne me concerne pas. Pas encore, en tout cas.

— Fais-moi signe quand tu te sentiras concerné, commente Inigo tandis que Blythe hoche la tête.

— Compte sur moi.

ANNIKA

Je gravis des collines, ma boussole interne fixée sur le nord, chérissant le bracelet de Lennox. Je l'ai suivi du regard jusqu'à ce qu'il disparaisse à l'horizon, il ne s'est pas retourné une seule fois. C'est une chance. Autrement, j'aurais senti ma détermination s'effriter.

Il m'a dit que j'étais forte, mais jamais je n'aurais pu survivre à cette épreuve sans lui. Il ne s'est pas contenté de prendre soin de moi, il a écouté mes secrets et il n'a pas émis le moindre jugement. Je lui dois plus que ma vie.

À un moment, j'aperçois au loin un étendard vert pâle. Je me mets à courir en agitant les mains et en poussant des exclamations. Je comprends à la dernière minute que mon bracelet va me créer des ennuis. Je le retire précipitamment et je le fourre sous ma ceinture, mettant mon amour à l'abri. Le garçon à la pomme va devenir, à moi aussi, mon secret le mieux gardé.

Deux soldats viennent à ma rencontre. Ils ont couru, ils sont tout aussi essoufflés que moi.

— Votre Altesse ! Le duc se fait un sang d'encre à votre sujet.

Nickolas est vivant. Première nouvelle

— Je vais bien, ne vous souciez pas de moi. Cela fait longtemps que la frégate chargée de ramener mon frère à Kadier a largué les amarres ?

Les hommes échangent un regard.

— Nous n'avons pas pu partir, Votre Altesse. La mer était démontée. L'une des frégates a chaviré.

— Est-ce que mon frère est vivant, au moins ?

— Oui.

Le soulagement me ferait presque éclater en sanglots.

— Et mon père ?

— Vivant lui aussi, mais instable. Il est, comment dire... désorienté.

— Conduisez-moi immédiatement à Escalus.

Ils m'ouvrent un chemin à travers les soldats agglutinés près de l'embarcadère. Je remonte à toutes jambes la passerelle et je me dirige vers les quartiers du capitaine. Devant la porte Nickolas fait les cent pas, la main plaquée sur la bouche. Il donne l'impression de porter le poids du royaume sur ses épaules.

— Nickolas ?

Il lève la tête, l'air égaré, son visage s'illumine et il lâche un profond soupir avant de se précipiter vers moi.

— Annika ! Vous êtes saine et sauve ! Je pensais que nous vous avions perdue.

Et je fais ce que le devoir exige de moi : je me juche sur la pointe des pieds et je l'embrasse. Un baiser qui ne s'éternise pas, mais qui dure assez longtemps pour que les soldats en soient témoins et pour que Nickolas comprenne quelle place il occupe dans mon avenir.

— Mon frère ?

— Veuillez me suivre. Sa Majesté est installée dans une cabine. Il est...

— Je sais.

— C'est Son Altesse qui a pris les rênes du royaume. J'ai essayé de le convaincre de repartir mais il a refusé. Il vous attendait.

Nous poussons la porte de la chambre et nous trouvons Noemi agenouillée au chevet de mon frère, qui lui tamponne délicatement le front à l'aide d'un linge. À la voir vivante, et indemne, j'ai du mal à cacher mon émotion. Elle-même détourne le regard, le temps de calmer ses nerfs. Les visages sont moroses malgré les retrouvailles.

Escalus entrouvre les paupières.

— Mes prières… ont été… exaucées, lâche-t-il.

— Rentrons à la maison, si tu veux exaucer les miennes, lui dis-je.

— Comment ?

Comment quoi ? Je devine la suite : comment ai-je survécu aux éléments déchaînés ?

Un jeune homme m'a protégée de la pluie et du froid en me prenant dans ses bras. Il m'a dit la vérité, et il m'a apporté la paix.

— J'ai vu l'ouragan arriver et je me suis réfugiée dans une grotte creusée à flanc de montagne.

— Alors c'est à ça que ça ressemble, un ouragan, fait Noemi. Comment avez-vous su ?

— Oh, j'ai lu des livres qui en parlent.

Elle accepte mon mensonge sans sourciller.

— Remercions le destin de vous avoir épargnée, déclare Nickolas en posant une main sur mon épaule.

— Et vous, Nickolas, où étiez-vous pendant l'ouragan ?

— Au début j'ai marché, avec l'objectif de remonter à bord d'une frégate. Mais j'ai compris que ce serait impossible, alors je me suis caché sous des fourrés en pleine forêt. Je viens seulement de sécher mes vêtements.

— Et vous trouvez que cela tient du miracle si j'ai survécu ? Bon, qu'est-ce qui nous retient ici ? Il faut qu'Escalus soit vu par un médecin.

— Oui, intervient Escalus. Noemi, Nickolas. Jattson et Mamun, lance-t-il à l'adresse des deux soldats se tiennent sur le seuil. Vous quatre, vous serez... témoins. Je nomme Annika... régente. Mon père doit... se soigner. Obéissez-lui.

Je suis foudroyée par ses paroles. Régente ? Il vient de m'établir sur le trône de Kadier, ni plus ni moins. Sauf que je ne suis pas prête à endosser ce rôle.

— Escalus ? Tu en es certain ?

— Oui. J'ai besoin de temps. Je suis... toujours là. Du temps... c'est ce qu'il me faut.

Je le dévisage, consciente qu'il fait de son mieux pour me rassurer. Je le rassure aussi.

— Très bien. J'accepte. Et je suis toujours là, cher frère.

— Votre Altesse, chuchote Nickolas. Respirez un grand coup et allez demander au capitaine de larguer les amarres. Je vous accompagne, en ma qualité de témoin. Tout va très bien se passer. Surtout, ne perdons pas de temps.

— Absolument.

Je quitte le chevet de mon frère et je trouve le commandant sur le pont supérieur.

— Capitaine. C'est moi qui suis aux commandes de ce bâtiment à présent. Nous devons partir au plus vite, afin que mon père et mon frère reçoivent des soins médicaux. Et pour assurer la sécurité de Kadier.

— À vos ordres, Votre Altesse.

Le gradé tourne les talons et aboie quelques ordres. Aussitôt nos soldats se précipitent à bord et les hommes d'équipage déploient les voiles. Je suis impressionnée par leur efficacité.

— Vous vous êtes très bien débrouillée, fait remarquer Nickolas, qui est resté à mes côtés.

— Merci. J'espère me montrer à la hauteur de leurs attentes.

— Vous êtes le membre de la famille royale le plus aimé de notre bon peuple, Annika. À leurs yeux, vous ne pouvez commettre d'erreur.

— C'est ce que nous verrons.

Quelques minutes plus tard nous appareillons et, une fois au large, je fixe mes yeux sur l'horizon, impatiente de retrouver les côtes de Kadier. C'est alors que j'aperçois des formes noires qui ponctuent la surface de l'eau.

— Ce sont eux, vous croyez ?

— On dirait bien, répond Nickolas. Si votre frère n'était pas si mal en point, je vous aurais proposé de leur donner la chasse et de réduire à néant leur simulacre de flotte. Mais ce serait mettre la vie du prince en péril.

— Je le pense aussi. Escalus et mon père comptent plus que tout à ce stade. Quant au reste… cela peut attendre demain.

— Bien sûr.

Mon fiancé me salue d'une révérence et s'éloigne, interpellant le capitaine.

J'observe les bateaux ennemis au loin. Les romans que j'ai lus décrivent toujours la souffrance ressentie quand on est séparé de celui ou de celle qu'on aime. *Déchirante* ne lui rend pas justice. Ni *insoutenable.* Entre voir les mots imprimés sur la page et le vivre dans sa chair, il y a un gouffre.

La main sur la poitrine, je palpe le bracelet à travers l'étoffe de mon corsage, avec le pompon qui me chatouille. Je range Lennox dans un coin de mon cœur, sous clef, et je m'incline devant les caprices du destin.

TROISIÈME PARTIE

Annika travaille jusqu'à une heure tardive, comme les jours précédents. C'est donc bien après le coucher du soleil qu'elle prend connaissance de la dernière requête apportée par le greffier : les seigneurs exigent qu'elle se marie dans les plus brefs délais.

Annika ignore quand Kawan va décider de lancer son offensive et elle n'a pas grand-chose à offrir à son peuple pour le moment. Des noces royales, la promesse de perpétuer la lignée… cela, c'est encore à sa portée. Elle quitte son bureau, oubliant un instant la liste interminable de ses nouvelles responsabilités, et va se poster à la fenêtre. Du regard, elle cherche Orion dans le ciel.

Il est bien là, au-dessus d'elle, gardien des cieux. Annika sort de sa poche le cordon noir et l'enroule autour de son poignet, pour se mettre sous sa protection.

Dans une chambre beaucoup plus spartiate, Lennox est agenouillé, presque en prière. Il tient entre les mains un galon de dentelle et projette son regard par la lucarne à l'aplomb de son lit, implorant Cassiopée. Il envoie toutes ses pensées vers Annika. Tandis que les étoiles scintillent aussi vivement que l'espoir, une triste vérité s'infiltre dans son cœur : jamais il ne reverra Annika, jamais il ne sera à son côté. Car, un jour, il partira à la conquête de ce qui lui revient et, ce jour-là, son aimée devra mourir.

Assiégé par le silence et la solitude, chacun se demande ce que fait l'autre à cet instant. Annika imagine Lennox qui affûte son épée. Lennox, lui, visualise Annika en train de régler des affaires d'État. Ils esquissent l'un et l'autre un sourire.

Comment pourraient-ils soupçonner qu'ils font exactement la même chose à des centaines de lieues de distance – s'accrochant à ce qu'il leur reste de l'autre et partageant une souffrance identique ?

LENNOX

Le moral est au plus bas, ce qui n'a rien d'étonnant. Je n'ai jamais considéré notre armée comme redoutable, ni même impressionnante, mais l'exploit était à portée de main. Et nous avons échoué.

La bataille, bien que brève, a fait un nombre incalculable de victimes. La mer a englouti nos camarades par dizaines. Même moi, j'ai du mal à m'en remettre.

Je me rends au réfectoire, qui a été reconverti en infirmerie. Inigo me retrouve à la porte.

— Kawan est venu rendre visite aux blessés aujourd'hui ?

— Non. Il reste terré dans sa chambre.

Je ravale ma fureur. Kawan devrait avoir au moins la décence de prendre soin des gens qui souffrent dans leur chair pour lui. Tu parles d'un meneur d'hommes.

— Cela fait longtemps que tu es debout ?

— Je n'ai pas fermé l'œil de la nuit, m'explique Inigo en se frottant les paupières. Enea a été prise d'une fièvre subite.

— Elle s'en est tirée ?

Il me rassure d'un signe de tête, puis il soupire.

— Combien de vies avons-nous perdues dans cette entreprise, d'après tes calculs ? Je n'arrive plus à tenir le compte.

Rien d'étonnant à cela. Ici, personne ne tient le compte de rien.

— Écoute, Inigo, l'important, c'est de sauver ceux qui sont encore parmi nous. Par où dois-je commencer ?

De l'index, Inigo me montre un coin de la salle.

— Par là-bas. Les blessures les plus graves. Brallian a déjà perdu une main et l'infection progresse, j'ai peur qu'elle ne passe pas la journée. D'autres donnent l'impression d'avoir perdu la volonté de vivre. Globalement, ils devraient se rétablir, conclut Inigo en se passant les mains sur le visage.

— Allez, va dormir un peu.

Inigo pose une main sur mon épaule et s'y cramponne, comme s'il s'accrochait à un ultime espoir.

— Par pitié, chuchote-t-il, dis-moi que tu as un plan pour qu'on sorte de cet enfer.

— Hélas non. Pas encore. Mais ce n'est qu'une question de temps. Je refuse que cela dure éternellement.

Je lui serre l'épaule en retour et je me dirige vers le fond de la salle. C'est là que j'avise Blythe. Elle s'affaire, avec la compétence dont elle est coutumière, auprès d'un blessé. Elle lui essuie le front sans fuir son regard. Je n'ai pas l'habitude de voir sur son visage cette mine grave et compassée. Elle se redresse et se masse la nuque, les cheveux dénoués sur ses épaules.

Blythe est belle et courageuse. Compatissante et déterminée. Fidèle, optimiste, plus forte que nombre d'hommes de ma connaissance. Elle est parfaite pour moi, sur tous les plans. Comme j'aimerais être capable de lui donner l'amour qu'elle mérite.

Elle croise mon regard et m'adresse un sourire triste.

— Tu viens d'arriver ?

— Oui. Tu es ma responsable aujourd'hui. Dis-moi comment je peux me rendre utile.

— Suis-moi.

Elle me prend par la main et me conduit entre les lits. Une odeur évoquant à la fois le métal et la viande avariée monte à mes narines. Je ne bronche pas. Si les autres la supportent, je la supporterai aussi.

— Griffin veut organiser une cérémonie pour Rami, murmure Blythe. Si tu peux t'arranger pour te rendre sur la plage à la tombée du jour, je pense que cela lui ferait plaisir.

— Il ne m'en veut pas ? Elle est morte parce que je me suis laissé distraire.

— Il sait qui est le vrai responsable.

— S'il veut que je participe aux adieux, alors il peut compter sur ma présence.

— Tu veux bien aller voir Aldrik ? Il ne va pas fort et il t'a réclamé plusieurs fois.

Et elle me montre un coin tout au fond de la salle… le coin de ceux qui sont condamnés. Je repère une tignasse brune et un visage très pâle, je m'approche sur la pointe des pieds pour ne pas le réveiller. Il respire par à-coups – heureusement que Blythe m'a prévenu – et le voir dans cet état me fait grincer des dents. Il entrouvre les paupières et il esquisse un sourire qui ressemble à un rictus, car le cœur n'y est pas.

— Te voilà, fait-il d'une voix éraillée.

— J'ai entendu dire que tu voulais me voir. Si tu t'es enfin décidé à me défier à l'épée, désolé mais aujourd'hui je suis débordé.

Chaque battement de paupières semble demander un effort surhumain à son corps épuisé mais il parvient à se dérider.

— Moi-même je ne sais plus où donner de la tête, rétorque-t-il.

— Dans ce cas, à quoi aimerais-tu occuper ta journée ?

— J'ai occupé chaque journée de ma vie à essayer de te ressembler, me confie-t-il dans un râle.

— Une fois rétabli, il va falloir viser plus haut. Tu peux faire tellement mieux que me ressembler.

— Lennox. Je dois te dire quelque chose. Kawan… il a besoin de toi. Personne ne peut l'atteindre. Personne à part toi.

Je me raidis, pris de court.

— Quand tu es parti en mission, poursuit Aldrik, jetant ses dernières forces dans ce monologue, il a été sur les nerfs tout le temps qu'a duré ton absence, il avait peur que tu lui voles la vedette. Et lorsque tu es revenu avec la princesse, il a perdu pied. Il sait de quoi tu es capable.

Il se met à toussoter puis il reprend, héroïque :

— C'est pour cela qu'il refuse de venir me voir. Pas après ce que j'ai fait pour lui. Si tu étais dans ce lit à ma place, il ferait le déplacement pour s'assurer que tu as bien un pied dans la tombe.

» J'aurais dû t'en parler plus tôt. Te dire que nos frères t'auraient suivi. Tu as l'étoffe d'un chef. À ton avis, pourquoi Kawan te déteste autant ?

Il tourne la tête, pris d'une réelle quinte de toux qui lui arrache un cri de douleur. Je tente de changer de sujet :

— Ne parlons pas de ça, Aldrik. En quoi puis-je t'aider ?

— Je ne sens plus mes jambes. Et j'ai l'impression d'avoir du verre pilé dans mes poumons. Soit je suis engourdi, soit je souffre comme un chien. Je… il ne me reste plus beaucoup de temps.

— Ne dis pas ça. Ta blessure va sans doute se soigner…

Il m'interrompt d'un mouvement las de la tête.

— Je sais que la fin approche. Crois-moi… je le sais. Lennox, cette force que tu recherches, tu l'as déjà en toi. Tu as traversé des épreuves, tu as survécu. Ne remets plus les choses à plus tard. Ne laisse pas notre peuple disparaître. Passe à l'action. Tu me le promets ?

D'un signe de tête, je promets. Aldrik braque les yeux au plafond. Il a dit ce qu'il avait à dire et un grand calme semble s'emparer de lui.

— Je n'ai pas de famille. Tu veux bien rester un moment avec moi ? me demande-t-il.

— Tu veux… veux-tu que je reste jusqu'à la fin ?

Il opine, les lèvres tremblantes. Je pose ma main sur la sienne et je réprime l'envie de dresser des murs autour de moi, de me réfugier dans mes vieilles habitudes. Il est rare qu'on ait besoin de moi si complètement, alors je m'abandonne à cette expérience. La peur, la sérénité, l'affection, la douleur. J'absorbe ce que ressent Aldrik pour qu'il ne soit pas seul à le vivre.

J'ai raison de prendre sur moi. Une heure plus tard, il arrête de respirer. Sa peau devient blême et sa main se refroidit au contact de la mienne. Je tire le drap par-dessus sa tête, je quitte le réfectoire… et je pleure comme un enfant.

ANNIKA

Ce que tout le monde s'imagine : je suis revenue saine et sauve de l'Île grâce à ma débrouillardise et ma vivacité d'esprit.

Ce que tout le monde sait : Escalus a souffert une blessure gravissime sur le champ de bataille. Une fièvre violente l'a terrassé après nos retrouvailles et cela fait plusieurs jours qu'il est alité.

Ce que tout le monde ignore : mon père a lui aussi été blessé sur l'Île. La fièvre l'a gagné beaucoup plus vite, il s'est mis à divaguer lorsqu'on l'a conduit à bord de la frégate et il a sombré dans le coma avant de revoir Meckonah.

C'est une chose que le prince revienne de la guerre diminué ou malade, une autre que le roi ne soit pas en état de régner. Nous cachons sa condition au peuple de Kadier et nous prions pour qu'il se rétablisse au plus vite – ou qu'Escalus sorte de sa torpeur.

Moi qui ai cru que ma régence ne durerait que deux ou trois jours, me voilà bien ennuyée. C'est un honneur d'assumer mon devoir – un privilège d'occuper le trône, ne serait-ce que par intérim – mais je n'ai pas été préparée au pouvoir, contrairement à Escalus. Que faire ?

Je ne connais qu'une seule personne à qui je veux poser cette question, une seule personne qui me mettrait face à la réalité. Il me tiendrait par la main et m'insufflerait son courage, le courage de traverser la tempête qui s'annonce. Hélas, jamais je ne pourrai lui demander son aide, jamais je ne pourrai lui demander quoi que ce soit. Il est venu alourdir le poids que je porte sur mes épaules et j'ai de plus en plus de mal à me tenir droit.

Un mouchoir sur les narines, je regarde le chirurgien drainer l'abcès qui s'est formé au niveau de la blessure. Mon père ne remue pas d'un millimètre, toujours inconscient, comme si les nerfs n'avaient pas transmis l'information à son cerveau.

— Malheureusement, Votre Altesse, nous ne constatons aucune amélioration, fait remarquer un autre médecin. Il faut à présent espérer qu'il trouve en lui l'énergie de se battre.

— Dans ce cas, nous n'avons rien à craindre, dis-je avec un sourire forcé. Sa Majesté est un battant dans l'âme.

Le médecin s'écarte avec une petite courbette. Je me poste à côté du lit et je me penche pour parler à l'oreille de mon père.

— Tu m'entends ? C'est moi, Annika.

Aucune réaction.

— Père, il faut que tu te réveilles. J'ai tellement de choses à te dire, tellement de questions à te poser. Reviens, je t'en conjure.

Comme une enfant, je le secoue par l'épaule. Je suis à deux doigts de fondre en larmes. Je me redresse, la gorge serrée, et j'affecte une façade calme et sereine. Pas question de craquer devant les médecins et les domestiques. Puis je me tourne vers le chirurgien royal :

— Vous avez pu examiner mon frère ce matin ?

— Oui, Votre Altesse. Il est plus stable que Sa Majesté.

— Je sais que des médecins se succèdent au chevet de mon père, mais qu'on poste quelqu'un à ses côtés vingt-quatre heures sur vingt-quatre. À la seconde où il se réveille je veux en être informée, même en pleine nuit.

— Oui, Votre Altesse. Mais si Sa Majesté n'y survit pas, le protocole…

— C'est un acte de haute trahison de faire allusion au décès du roi, monsieur. Je vous interdis d'aborder ce sujet. Et je vous ordonne de me tenir au courant de toutes les avancées quant à son état de santé.

— Très certainement, Votre Altesse.

J'ai du mal à m'habituer au fait que la moindre de mes requêtes devient automatiquement loi. Que se passera-t-il lorsque je ne saurai pas comment gérer une grave crise ?

— Je vais rendre visite à mon frère. Merci mille fois, docteur.

Je marche d'un bon pas vers les appartements d'Escalus. Lorsque je tourne le coin, je croise Nickolas qui en revient. Il s'arrête devant moi, les traits émoussés par l'inquiétude.

— Du changement, Nickolas ?

— Aucun. La cameriste m'a dit qu'il a murmuré quelques mots une ou deux fois, mais rien d'intelligible. Nous pouvons compter sur elle pour nous rapporter ses paroles – elle n'a pas quitté sa chambre plus de quelques minutes.

Je sens qu'il garde ses opinions pour lui et je le rassure en mettant la main sur son épaule.

— Parfait. Noemi est loyale et digne de confiance, et je pense que cela tranquillisera Escalus de trouver un visage familier au réveil.

— Annika, qui prend soin de vous pendant ce temps ? Vous n'avez plus de bonne à votre service exclusif. Cela ne sied guère à votre statut ; vous êtes reine, ou tout comme.

Nickolas ne peut se douter que le mot *reine* me révulse. J'ai l'impression de souhaiter la mort des deux derniers membres de ma famille. *Régente*, je peux l'accepter. *Régente*, cela implique qu'ils vont se réveiller.

— Ne vous faites pas de souci pour moi, Nickolas. Plusieurs servantes se relaient et, comme vous le voyez, je suis toujours en un seul morceau. À présent j'aimerais voir mon frère de mes propres yeux. Auriez-vous l'obligeance de vous rendre aux cuisines et d'approuver les menus de la semaine, si ce n'est pas trop vous demander ?

Mon cousin s'incline brièvement, s'accrochant à l'étiquette comme un désespéré.

— Votre Altesse, toutes les tâches que vous souhaitez me déléguer, je m'en chargerai avec joie.

Il s'éloigne et je pousse sans un bruit la porte. Noemi est là, au chevet d'Escalus. Elle le tient par la main mais elle se détache de lui quand elle se rend compte qu'ils ne sont plus seuls. Elle se retourne, me reconnaît et saute immédiatement sur ses pieds pour me saluer d'une révérence.

— Votre Altesse…

— Pas de cela entre nous.

Je traverse la chambre et je la prends dans mes bras.

— As-tu mangé, Noemi ? Dormi ?

— Oui, mais… je veux être là quand il se réveillera. J'espère qu'on ne me forcera pas à partir.

— Regarde-moi. Si tu dis que c'est moi qui t'ai donné l'ordre de rester ici, personne ne peut le contester. Sers-toi de mon nom comme tu l'entends et n'hésite surtout pas à l'invoquer. Tu es la personne la plus indiquée au palais pour prendre soin d'Escalus.

— J'aimerais seulement qu'il ouvre les yeux, chevrote-t-elle. Ce qui vient après, je pourrai le supporter… pour le bien de Kadier, évidemment. J'espère qu'il ne nous fera pas attendre trop longtemps.

— Il va revenir, n'en doute pas une seconde. Escalus m'a dit qu'il était toujours là. Ce n'est pas son genre de m'abandonner.

Est-ce Noemi que j'essaie de convaincre, ou moi ?

LENNOX

J'ai creusé une tombe pour Aldrik. Pas assez profonde, j'en conviens, mais personne ne m'a aidé et j'ai les mains couvertes d'ampoules. Les autres sont occupés ailleurs, et Kawan n'allait tout de même pas se fatiguer à rendre les derniers hommages à son fidèle lieutenant. Cela m'a aussi donné le temps de réfléchir.

J'ai longuement étudié les tombes auxquelles je rends le plus souvent visite : celles de mon père et celle de la mère d'Annika, sur laquelle j'ai déposé un rameau le jour de notre retour de l'Île, en coup de vent. Il y avait tant à dire que je ne savais pas par où commencer. Je ne le sais toujours pas. Donc, je ne lui dis rien, et je ne lui pose aucune question. Jamais je ne me suis senti aussi seul.

Rami ne va pas avoir droit à une sépulture décente. Son corps a été avalé par la mer pendant l'ouragan et, quelque part, cela vaut mieux. Nous avons déjà eu toutes les peines du monde à rapatrier nos blessés. Je sais que Griffin a du mal à s'en remettre. Nous sommes tous endeuillés, mais lui se traîne comme une âme en peine.

Je descends le sentier caillouteux qui mène au rivage et je rejoins Griffin sur la plage. Je le trouve occupé à édifier un bûcher : il entasse le petit bois qu'il a rapporté en même temps que les vêtements de Rami et il a tressé une couronne avec des rameaux de noisetier. Il est si concentré sur sa tâche que je n'ose le déranger. Il finit par se rendre compte de ma présence.

— Je ne savais pas si tu allais venir, déclare-t-il. Tu es très pris.

— C'est vrai, mais je veux être là pour toi. Et je tiens à te présenter des excuses. Pour ce qui s'est passé sur le bateau. J'aurais payé cher pour que Rami survive.

— Tu n'y es pour rien. Par ailleurs, sans toi, peut-être qu'elle ne m'aurait jamais adressé la parole.

— Ah bon ?

Je me rapproche. Il affiche un sourire franc.

— J'étais au réfectoire et j'écoutais des filles qui discutaient, assises derrière moi. L'une d'elles, Rami, se plaignait d'un soldat aux cheveux noirs, qu'elle trouvait particulièrement cruel. En un mot comme en cent : de toi. Elle racontait que tu avais jeté un bâton sur une recrue et que tu lui avais ouvert l'arcade sourcilière. Vu ta réputation, elle avait peur que tu finisses par tuer quelqu'un.

» J'ai immédiatement compris de qui elle parlait, alors je me suis incrusté dans la conversation et je t'ai pourri de toutes les façons possibles et imaginables. Elle a souri, et quelque chose en moi…

Il laisse sa phrase en suspens, cherchant ses mots.

— Oui. Je sais.

— Enfin bref, merci d'être une vermine qui s'emporte sous le premier prétexte venu. Cela m'a permis de connaître l'amour.

J'ai vu Griffin passer par toutes les émotions depuis le jour où il a perdu Rami. Le désespoir, la colère, et même l'humour noir. Le voir ainsi, presque apaisé, c'est étrange. Étrange mais bienvenu.

J'entends un bruit de pas et je me retourne. Blythe, Inigo, Sherwin, André et d'autres encore, qui devaient être proches de la défunte, sont arrivés. Ensemble, nous formons un cercle autour de la couronne que Griffin a tressée.

— Merci à tous d'être venus. J'ai eu l'idée de mettre en commun les souvenirs que nous gardons de Rami. Nous la connaissions tous dans des situations différentes et j'aimerais vous écouter parler d'elle. Ensuite, nous lui dirons au revoir.

Blythe lève la main.

— Je peux commencer ?

Griffin accepte, elle le remercie d'un sourire.

— Ce que j'appréciais chez Rami, c'était sa gentillesse. Elle avait vraiment le cœur sur la main, et ce n'est pas facile dans les conditions où on vit. J'espère qu'elle va me servir d'inspiration. Merci, Rami.

— C'était la générosité incarnée, renchérit une jeune femme. Nous sommes arrivées ici à la même période et nous avions toujours faim. Un jour elle est partie à la pêche et elle a attrapé quelques crabes. Qu'est-ce qu'ils étaient petits ! Même si elle les avait gardés pour elle, jamais ils ne lui auraient rempli l'estomac. Et pourtant elle nous les a rapportés, à moi et à mes cinq voisines de chambrée, elle nous a aidées à allumer un feu et elle les a cuits pour les partager avec nous.

» À ce jour, ça reste mon meilleur repas. Ça n'avait pas beaucoup de goût, et la portion était minuscule, mais c'était préparé avec amour et mangé en excellente compagnie. Cela, c'est à Rami que je le dois.

Les anecdotes s'enchaînent et je vois la vie de Rami à travers différents prismes. Chacun a connu sa version de Rami mais, le point commun, c'est sa bonté.

Seules deux personnes n'ont pas encore pris la parole, Griffin et moi. Je comprends que je vais devoir prononcer quelques mots au sujet d'une jeune femme que j'ai à peine connue. Lorsque les regards se tournent vers moi, je sens la panique monter. Je suis réduit à dire la vérité.

— Pour être franc, je n'ai pas beaucoup fréquenté Rami. Ce que je sais, c'est qu'au cœur de la bataille, elle m'a ramené à la réalité. Elle m'a encouragé à lutter, à m'accrocher.

Mes camarades, qui ont réussi jusqu'ici à contenir leurs larmes, se laissent gagner par l'émotion.

— Rien que pour cela, c'est une perte irréparable. Vous l'avez dit, elle était courageuse. Plus courageuse que moi, c'est certain. Grâce à vous, j'en sais plus à son sujet. Et je me rends compte que j'aurais pu m'en faire une amie.

Mon regard croise celui de Griffin. Il projette ses yeux vers la mer et prend une profonde inspiration avant de prononcer son élégie.

— Rami, j'ai tant de choses sur le cœur, et cela me désole de ne pouvoir te les dire. Je vais te faire mes adieux avec cette dernière déclaration : je t'aime.

Il observe un moment de silence. Enfin, il dépose avec mille précautions l'uniforme de Rami sur la couronne funéraire, il saisit un flambeau, il s'enfonce dans l'eau jusqu'à la taille, puis il met le feu à la couronne et la confie à l'océan. Il regagne la plage d'une démarche pesante et nous regardons les vagues emporter cet ultime souvenir.

Griffin se tourne vers moi et je lis au fond de ses yeux la question que tous me posent depuis notre retour. *Alors, Lennox, que comptes-tu faire à présent ?*

Des années durant, c'est mon royaume que j'ai eu en ligne de mire. Ma liberté. J'ai voulu me défaire de la férule de Kawan ou des caprices de ma mère. Jusqu'au jour où j'ai appris ce qu'on éprouve quand on abaisse la passerelle qui relie son cœur à un autre. La peur s'accompagne d'une paix intérieure inégalée. Vos poumons se dilatent sous l'effet d'un air nouveau, votre regard perçoit de nouvelles couleurs. Enfin, la vie vaut la peine d'être vécue.

J'ai passé ma vie à souffler sur les braises de la haine, la haine que j'éprouvais pour Kadier. Je vois à présent combien j'aime mon peuple. Cet amour me donne l'énergie de déplacer des montagnes.

— Kawan s'est engagé à récupérer ce qui nous revient de droit mais, pour l'instant, je ne vois rien venir. Il y a forcément une stratégie plus efficace, nous sommes d'accord là-dessus. Le problème, c'est que cette stratégie, je ne l'ai pas encore mise au point. Et si Kawan apprend que nous remettons en cause son autorité, il nous exécutera tous.

Je leur laisse le temps de digérer cette information, de comprendre qu'ils risquent de ne jamais voir Dahrain.

— Je refuse d'entrer en conflit avec Kadier. Puisque nos vies sont déjà dans la balance, je préfère jouer mon va-tout. Et si vous voulez me suivre… je vous ferai signe dès que j'aurai élaboré une stratégie – ma stratégie à moi.

ANNIKA

Je me suis présentée au dîner le sourire aux lèvres. Même si tous les détails concernant la santé des blessés n'ont pas été rendus publics, il est évident que certains dignitaires ont deviné que l'heure est grave. Si grave qu'on m'a donné le bâton de régente. J'ai bon espoir que la situation se stabilise avant que la cour tout entière ne découvre la vérité. Occupant le fauteuil qu'occupe habituellement le roi, je balaie la salle du regard et je m'adresse d'une voix sonore à mon fiancé :

— Nickolas, je pense qu'il est grand temps de nous lancer dans les préparatifs du mariage.

— Maintenant ? Avec… avec tout ce qui se passe en ce moment ? s'étonne-t-il, agréablement surpris.

— Justement, toutes les conditions sont réunies. En fait, cela offrira une distraction à nos sujets. Annonçons que je vais dessiner ma propre robe et que vous allez faire venir l'or de nos alliances de Nalk. Orchestrons tout un tapage autour. Ainsi, quand mon père et mon frère se seront rétablis, nous aurons préparé une grande fête. Et dans le cas contraire… Eh bien, peu importe ce que le destin nous réserve, nous allons donner des héritiers à mon père et du réconfort à notre peuple.

— Rien ne s'est passé comme vous l'avez espéré, je le sais. J'avais espéré mieux, moi aussi. Mais je suis d'accord avec vous. Fixons-nous une date ?

— Discutons des noces comme si elles s'approchaient à grands pas. Nous pouvons fixer la date dans les jours qui viennent, quand les médecins se seront fait une idée plus précise de l'état de nos malades.

— Compris. Souhaitez-vous toujours vivre ailleurs qu'au palais ?

Mon regard se pose furtivement sur les courtisans qui soupent dans une ambiance bon enfant, sans voir les nuages noirs s'amonceler à l'horizon. Aussi ignorants que le plus humble de mes sujets. Je dois penser à eux en priorité.

— Non. C'est ici que je veux vivre.

Ma réponse amène un sourire sur le visage de Nickolas.

— Très bien. Je vais vraiment faire venir l'or des mines de Nalk. Et vous croulez déjà sous les responsabilités, ne vous surchargez pas ; confiez les préparatifs à votre camériste.

— Elle est très occupée en ce moment mais ne vous inquiétez pas : je vais déléguer.

— Cela ne me dérange pas de veiller Escalus. Il est comme un frère pour moi désormais. Et si quelqu'un doit rester à son chevet à votre place, c'est moi.

Je lui prends la main et je lui dis, avec une gaieté feinte :

— En tant que régente, je vous ordonne d'arrêter de vous faire des cheveux blancs à mon sujet. Je vous assure que je suis entre de bonnes mains et qu'Escalus reçoit tous les soins nécessaires. De toute façon, vous aurez tellement de travail de votre côté que vous n'aurez guère le temps de jouer à l'infirmière.

Nickolas me regarde avec une infinie douceur dans les yeux et me baise la main, ce qui déclenche une vague de petits cris attendris autour de nous. Cette réaction me conforte dans ma décision. Il faut que j'épouse quelqu'un. Si ce n'est pas l'homme que j'aime, Nickolas fera l'affaire.

— Si vous me l'ordonnez, déclare-t-il, je m'y plie volontiers.

Je ne dors pas assez profondément pour rêver. C'est pourtant ce que je souhaite. C'est quand je rêve que je peux revoir Lennox. Le sommeil me fuit souvent et je ne peux trouver le réconfort que dans mes souvenirs.

J'abdique. Je me frotte les paupières, j'enfile mes pantoufles ainsi que ma robe de chambre, et je m'aventure dans le couloir. Je ne croise personne, ni domestiques, ni gardes, et j'avance enveloppée d'un grand silence. Enfin seule, je me sens en paix. Le bracelet enroulé autour du poignet, je vais rendre visite au portrait de ma mère. Arrivée devant, je m'assieds par terre en poussant un gros soupir.

— J'ai été nommée régente, maman, et je règne seule sur Kadier. Si seulement tu pouvais voir ta fille. J'ai enfin l'impression de faire quelque chose de ma vie.

» Escalus m'a toujours dit qu'épouser Nickolas était très noble de ma part. Et je sais que ce sera ma façon de servir Kadier…

Un sanglot menace de me couper la parole. Pas le temps pour les larmes. Pas maintenant.

— J'aimerais pouvoir te raconter tout ce qu'il s'est passé, mais j'ai l'impression que si je tire sur un fil, c'est la tapisserie tout entière qui va se défaire. Et je ne peux pas me permettre de m'effondrer.

J'observe le portrait un long moment, savourant le silence, savourant sa présence.

— Tu te rappelles quand on partait en voyage ? Tu te rappelles le garçon à la pomme ? Je parie que oui. Tu avais une mémoire phénoménale.

Ma mère m'étudie de son regard sage et patient, telle que l'a immortalisée le peintre. Je sais qu'elle avait des défauts, elle aussi. Je sais qu'elle n'était pas parfaite. Mais elle cherchait toujours à progresser et elle ne m'a donné que le meilleur d'elle-même. C'est ce à quoi j'aspire : ne donner aux autres que le meilleur de ma personne.

— Ne t'inquiète pas. Que représente la mort pour nous ? Ton souvenir respire encore. Je le maintiens en vie.

LENNOX

Je me tiens devant la chambre de ma mère. J'appréhende son accueil. Il y a de fortes chances qu'elle choisisse Kawan – c'est lui qu'elle choisit chaque jour depuis le décès de mon père – mais je dois savoir vers qui va sa loyauté.

Je finis par toquer. J'entends un bruit à l'intérieur, des pas qui se dirigent vers la porte. J'ai l'impression que son regard s'éclaire lorsqu'elle me découvre sur le seuil, mais c'est peut-être un effet d'optique. Et j'ai du mal à aligner deux pensées cohérentes. Je ne vois pas tout de suite qu'elle a les cheveux en pagaille, la robe froissée.

— Lennox, souffle-t-elle.

— Je peux entrer une minute ?

Elle accepte d'un mouvement brusque de la tête et ouvre grand la porte. Les draps du lit sont défaits mais, en dehors de ce détail, l'ordre règne dans sa chambre. Me revient en mémoire le jour où je me suis introduit ici pour voler une robe.

— Tu veux me parler d'une chose en particulier ? me demande-t-elle.

Pourquoi tu l'as laissé me frapper aussi souvent ? Pourquoi nous ne sommes pas partis d'ici ? Est-ce que tu l'effacerais de ta vie si je te le demandais ? Est-ce que tu le suivrais au lieu de me suivre ?

M'as-tu jamais aimé ?

Je finis par lâcher :

— Es-tu heureuse ?

— Comment ça ?

— C'est simplement que... avant de venir à Vosino, quand on n'était que tous les trois, toi, Père et moi... nous étions heureux, non ?

— Oui. Presque trop.

— Alors... es-tu heureuse aujourd'hui ? C'est à cause de lui, tout ça ? Est-ce que le bonheur nous a filé entre les doigts à la mort de Père ?

Elle fuit mon regard, mais j'ai vu les larmes lui monter aux yeux.

— Peut-être. Mais je trouve qu'on s'en sort bien, au bout du compte.

— Pourquoi ?

— Parce qu'on pleure la perte d'un proche chacun à sa façon. Le deuil n'est pas un processus universel. Quand cela se fait trop vite, les autres souffrent. Trop lentement, aussi. Moi... moi, j'ai dû aller vite.

— Alors tu as continué à marcher et tu m'as laissé derrière ?

— Lennox, murmure-t-elle. Lennox, c'est toi qui m'as laissée derrière.

Je m'apprête à protester, mais je me ravise. Elle a raison. Nous sommes malheureux tous les deux. J'ai décroché mon indépendance, et je n'ai jamais regardé en arrière.

Je l'ai abandonnée.

— J'avais toujours l'espoir que tu me reviennes, reprend-elle, mais tu n'es jamais revenu. J'ai essayé… je me suis débrouillée comme j'ai pu avec les miettes que la vie m'a laissées. Puisque je n'ai plus ton père, je l'ai remplacé par Kawan. C'est un remplaçant au rabais mais, au moins, il y a un homme qui veut de moi. Toi, tu m'as rejetée. C'était plus facile de verrouiller mes émotions que de me laisser submerger… c'est en tout cas ce que je me suis dit. J'ai compris que j'avais fait fausse route quand j'ai cru t'avoir perdu sur l'Île.

La vérité a jailli en même temps que les larmes. Ma mère a l'air épuisée, cette confession semble lui avoir pompé toute son énergie. Elle est aussi lasse que moi de cette vie.

— Moi qui pensais… tout ce temps, j'ai pensé que tu ne pouvais pas me supporter, lui dis-je.

— Ton père me manque tellement que, certains jours, cela m'arrache le cœur de te regarder. Tu es son portrait craché. Mais te haïr ? Jamais.

Le silence s'installe entre nous. Ce « jamais » en dit plus que des dizaines de discours. Elle me regarde de ses yeux fatigués mais bienveillants, elle hoche la tête. J'y vois un signe.

— J'ai besoin de ton aide. Mais tu ne peux pas en parler à Kawan. Il me tuera s'il l'apprend.

— Je sais.

— Tu sais ?

— Je veux récupérer notre royaume. Et je sais que le seul moyen d'y parvenir, c'est de te donner mon soutien. Tu inspires la crainte chez les gens, depuis longtemps, et plus que Kawan. À présent c'est le respect que tu inspires. Cela ne m'étonne pas. Tu es le digne fils de ton père.

» Tu m'as dit qu'il me garde près de lui pour mieux te contrôler. C'est la vérité. Mais je suis restée aux côtés de Kawan pour te tenir à l'œil, moi aussi. Il est différent depuis que nous sommes revenus de l'Île et je crois que notre couple n'est qu'une comédie. Et j'ai l'intention de jouer cette comédie, afin de ménager les apparences.

» Je dois rester à son bras tant que tu n'as pas de plan solide pour quitter Vosino. Comprends-tu ?

J'aimerais la croire. Mais comment une seule conversation – même une conversation à cœurs ouverts – pourrait-elle effacer des années de négligence ?

— Je comprends, dis-je sans rien promettre pour autant.

— Bien. Surveille ce qui sort de ta bouche, et à qui tu parles. Où vas-tu ?

— Au réfectoire.

— Passe à la grande salle vers midi. Il manigance quelque chose et je pense qu'il faut que tu sois au courant.

— Il manigance encore quelque chose ?

— Contrôle tes émotions, me rappelle-t-elle calmement. Fais attention à ce que tu dis. Reste bouche cousue et oreilles grandes ouvertes.

— Très bien. La grande salle, à midi.

Je m'apprête à tourner les talons, ruminant ce qu'elle vient de m'apprendre, quand elle me rappelle.

— Lennox ?

— Oui ?

— Si les choses tournent mal – si tu dois quitter précipitamment Vosino avec tes compagnons de lutte – ne m'attends pas. Ne regarde pas en arrière. Va-t'en. Pense à l'avenir de ton peuple et ne te retourne pas.

Sa demande éveille mes soupçons. Elle en sait plus qu'elle veut bien l'admettre, Kawan prépare sans doute un mauvais coup. D'un autre côté, c'est ma mère, et les mères ont une intuition infaillible.

— Si c'est notre dernier recours. Et, une fois que le calme sera revenu, je reviendrai te chercher. Je te le promets.

ANNIKA

Accords commerciaux, traités, requêtes, pétitions… mon bureau disparaît sous les papiers officiels. Je regrette tellement qu'Escalus ne puisse pas me voir gérer le quotidien du royaume – il serait si fier de sa petite sœur.

J'appose mon paraphe au dernier document puis je m'effondre contre le dossier de mon fauteuil. Pour une fois, je suis seule. Pas de conseillers, pas de médecins, pas de gardes. Je décide de m'octroyer une pause. Retroussant mes jupes, je quitte la pièce au pas de course et j'emprunte l'escalier de service pour gagner les jardins. Là, je me dirige vers mon coin préféré, loin des fontaines gazouillantes et des massifs luxuriants. La haie en guise de paravent, je me promène sur le sentier pavé. L'espace de quelques instants, j'oublie tout et cela me fait un bien fou.

Cette tranquillité d'esprit ne dure qu'une seconde : Lennox fait soudain irruption dans mes rêveries. Je me demande s'il lui arrive de penser à moi. S'il me considère à nouveau comme son ennemie. A-t-il effacé nos baisers de sa mémoire ? Ce sont des scènes et des souvenirs que je refais défiler sans cesse en imagination. Je sens ses mains dans mes cheveux, son souffle le long de ma nuque, son nom sur mon cœur.

Peut-être que nous pourrions prendre la fuite quelque part, ensemble ? Partir vivre ailleurs, dans une contrée lointaine où personne ne souhaite s'installer. Fonder un foyer.

Impossible. Je ne peux pas abandonner Kadier. Hors de question. J'ai survécu à la disparition de ma mère. J'ai survécu à la métamorphose de mon père. J'ai accepté d'épouser un homme que je tolère à grand-peine. Tout cela, je l'ai déposé au pied du trône de Kadier, et je ne laisserai personne – pas même Lennox Ossacrite – me l'enlever.

Pourtant, la simple évocation de son nom fait battre mon cœur un peu plus vite. L'amour qu'il me porte est complexe. Doux mais dangereux, simple mais enveloppé de ténèbres. Les contes de fées ne m'ont pas préparée à cela. Ni au désir qui s'est emparé de chaque cellule de mon corps.

Je promène mon regard autour de moi. Quel endroit étrange que cette petite oasis. Si différent du reste des jardins, des modèles de raffinement. Ici, il n'y a qu'un sentier qui trace un cercle autour d'une pierre. Si rudimentaire, si...

Je me fige.

— Mais qu'est-ce que tu es, toi ? dis-je en étudiant de plus près la pierre qui trône au centre, et que je trouve soudain trop lisse pour être honnête.

Un frisson me parcourt l'échine et je vais chercher l'un des jardiniers. Explorant les allées et les plates-bandes, je finis par en croiser un, qui me salue d'une profonde révérence.

— Mon brave, j'ai besoin de votre aide. Faites venir deux de vos collègues et préparez-vous à creuser. Et prenez une pelle pour moi aussi.

S'il y a une vérité à découvrir, je suis résolue à la chercher. Et il n'y a qu'un endroit pour cela. La bibliothèque.

— Annika ?

Je me retourne. C'est Nickolas qui m'a hélée, et il donne l'impression de ne pas en croire ses yeux.

— Je peux vous aider, Nickolas ?

— Vous vous êtes roulée dans la boue ? Avec cette robe ? Quel spectacle pitoyable vous offrez. Je vous l'ai dit, il vous faut une cameriste à plein temps. Que va dire la cour ? Ce n'est pas décent de…

— Nickolas, j'ai pour vous la plus grande gratitude mais il va falloir arrêter d'essayer de me modeler, d'espérer de faire de moi l'épouse idéale. Prenez-moi comme je suis, ou trouvez-vous quelqu'un d'autre. Je suis princesse. Je suis régente. C'est moi qui décrète ce qui est décent, ou ce qui ne l'est pas. Si vous voulez m'aider, alors aidez-moi.

Je regarde Nickolas cligner des yeux et respirer par à-coups, comme s'il se triturait les méninges, avant de me donner raison. Il tire sur son gilet, mal à l'aise.

— Mes plus plates excuses, Votre Altesse. Un certain nombre de gens vous attendent et cela fait près d'une heure que je vous cherche en errant dans les couloirs. Après ce que nous avons vécu, je ne pouvais pas écarter la possibilité d'un second kidnapping, et cette crainte a dû avoir raison de mon bon sens.

Il a réussi à retourner la situation à son avantage. Mais s'il est sincère, je vais cesser de le torturer.

— Pardonnez-moi si je vous ai causé du souci, mais j'ai une affaire urgente qui réclame toute mon attention. Veuillez dire aux personnes qui m'attendent qu'à mon grand regret, je les verrai demain matin, pas avant.

Et je reprends la direction de la bibliothèque. Rhett m'accueille lorsque je pousse la porte.

— Votre Altesse, quel plaisir de vous voir… comment vous portez-vous ? Qu'est-il arrivé à votre robe ?

— J'ai creusé un trou.

— Ah, s'esclaffe-t-il. Et qu'avez-vous trouvé ?

Pas de jugement, pas de critique. Juste un éclat de rire.

— Une demi-sphère. Une pierre si ronde qu'elle fait penser au soleil lorsqu'il paraît à l'horizon.

Me reviennent alors en mémoire les paroles de Lennox et les poils de mes bras se hérissent. Je vais me poster devant les rayonnages.

— Rhett, il me faudrait les archives les plus anciennes, celles qui traitent de la fondation de notre pays. J'ai besoin de tout savoir, absolument tout, sur notre installation à Kadier.

À son expression, je devine qu'une dizaine de questions se bousculent sous son crâne. Au lieu de m'importuner, il me montre une étagère du doigt.

— Je vous suggère de commencer par là.

LENNOX

Je me présente à la porte de Kawan en même temps que les trois lieutenants qui ont survécu à notre passage sur l'Île. Ils me saluent d'un bref hochement de tête et je leur emboîte le pas sans dire un mot.

— Le bruit court que tu as enterré Aldrik, chuchote Illio.

Je confirme d'un geste discret. Il scrute quelques instants le mur en moellons avant d'ajouter :

— Cela me soulage de savoir qu'il n'a pas été seul à la fin.

Je discerne dans sa voix une amertume qui prouve, s'il fallait encore une preuve, que les partisans les plus fidèles de Kawan se détournent de lui plus vite que je ne l'ai prévu. Ce qui peut le sauver, c'est un plan, un plan infaillible. Ma mère prétend qu'il en a concocté un, justement. Alors je me tais et je reste derrière les autres.

— Qu'est-ce qu'il fait là, lui ? aboie Kawan.

C'est de moi qu'il parle avec autant de mépris. Le doute n'est pas permis. Je relève la tête et je vois ma mère appuyée à son bras, si détendue qu'il est difficile de croire qu'elle l'a traité de « remplaçant au rabais » pas plus tard que ce matin.

— C'est le seul qui a eu un contact prolongé avec la princesse, il a aussi échangé avec ces soldats qui ont déserté. S'il y a bien une personne dont l'avis est précieux, c'est lui, déclare-t-elle avec nonchalance.

— Je n'ai pas besoin de son avis, rétorque Kawan. J'ai déjà tout ce qu'il me faut.

Un rictus narquois étire ses lèvres. Un mauvais pressentiment me gagne et me cloue au plancher. Je sais à cet instant qu'il a trouvé la clef qui lui donnera accès au royaume de Kadier.

— Qu'est-ce que vous voulez dire par là, chef ? veut savoir Illio.

— Nous avons accueilli deux nouvelles recrues ce matin. Deux gamins qui viennent du Kialand.

Et il ne va pas plus loin. Il joue avec nos nerfs, la canaille. C'est Slone qui doit lui mettre un coup d'aiguillon.

— J'imagine qu'ils ont apporté des nouvelles fraîches ?

— Le prince kadiérien vient de mourir, lâche Kawan.

Il jubile ouvertement. Mon cœur se brise. Annika a perdu son frère.

— Tu es certain de cela ? s'étonne Mère.

— Oui. Et il est possible que le roi suive le même chemin.

— Quoi ?

— Cela fait près d'une semaine qu'il ne se montre plus, et des rumeurs commencent à circuler. La fille aurait été nommée régente, ce qui signifie qu'elle détient le pouvoir. Donc, tout ce qui se dresse entre nous et le royaume, c'est… une gamine.

Non. Non, c'est impossible. Je décide d'intervenir.

— À votre place, je ne la sous-estimerais pas.

— Ce n'est pas parce que tu l'as laissée s'échapper qu'elle peut courir plus vite qu'un régiment. De toute façon, nous n'aurons pas besoin de soldats. Notre arme, c'est la patience.

Les hommes présents échangent des regards. Ils ne disent rien mais ils n'en pensent pas moins. Je me rends compte alors que je me suis cramponné à l'espoir de revoir un jour Annika. Pas sur le champ de bataille, ni autour d'une table pour signer l'armistice mais... je pensais l'étreindre à nouveau, l'embrasser. Enfouir mon visage au creux de son cou et rester ainsi, à jouir de l'instant présent. Je ne compte plus le nombre d'incursions qu'elle fait dans mes pensées, plusieurs fois par jour. Elle a remplacé tous mes désirs, jusqu'aux plus vitaux. Sauf que j'ai mon chemin de vie, elle le sien.

Secouant la tête, je reviens à la réalité.

— Monseigneur, vous semblez sûr de vous ?

— Pendant que tu étais coincé dans ta grotte, fanfaronne Kawan, moi, je me suis réfugié sous un bosquet... que j'ai dû partager avec un ancien ennemi.

Tous les yeux se braquent sur lui. La coïncidence paraît trop énorme.

— Avec qui ? demande Mère.

— Quelqu'un qui veut éliminer la famille royale. Nous avons pactisé. Et il va nous ouvrir la voie.

Kawan est vague, beaucoup trop vague. Il faut qu'il soit plus précis. Autrement, je vais perdre la raison.

— Nous ouvrir la voie comment, exactement ?

— La fille va mourir dans le courant de la semaine. Une fois son compte réglé, notre complice sera... liquidé. D'ici deux semaines, nous aurons planté nos tentes au palais.

ANNIKA

— Merci, dis-je à la jeune servante – dont j'ignore le nom – qui vient placer une assiette sur un guéridon à côté de ma table de travail.

— Je vous en prie, Votre Majesté, répond-elle.

— Ah ça, non !

J'ai réagi si brutalement qu'elle sursaute et ouvre grand ses yeux de biche. Je lui ai fait peur. Les lèvres pincées, je lui demande pardon.

— Excuse-moi. Je n'avais pas l'intention de hurler. Ce n'est pas moi qui ai le titre de Majesté, c'est le roi. Mon père et mon frère ne vont pas tarder à reprendre les rênes du royaume. Je ne fais qu'assurer l'intérim.

— C'est moi qui vous présente des excuses, Votre Altesse.

La pauvre esquisse une courbette avant de s'éclipser. Je pousse un soupir et je retourne aux volumes éparpillés sur mon bureau. J'ai passé au peigne fin sept livres d'histoire, en quête de la moindre allusion au peuple de Dahrain. Mes recherches n'ont rien donné, hélas.

Mais cette pierre dans les jardins royaux… elle répond en tout point à la description que Lennox m'a faite de leur rocher sacré. Parfaitement sphérique, parfaitement lisse. Enterrée dans une zone retirée du terrain, certes, mais bien là. Et si ce détail correspond à la réalité – si Lennox sait que cette pierre existe alors qu'il n'a jamais mis le pied dans l'enceinte de Meckonah – il y a forcément autre chose. Je le sens dans mes tripes.

La porte s'ouvre et Nickolas entre, chargé d'un plateau. Il n'a même pas frappé.

— Ah. J'espérais vous tendre un rameau d'olivier mais je constate qu'on vous a déjà apporté à manger, dit-il en montrant l'assiette laissée à mon intention sur le guéridon.

Plusieurs heures se sont écoulées depuis notre altercation et je ne sais toujours pas quoi en penser. Dois-je lui présenter des excuses, à lui aussi ? Pour quel motif ? En attendant, je réponds à sa question, espérant éluder le problème.

— Oui. Je ne sais pas qui leur a dit…

Avant même de finir ma phrase, je vois qu'il boude. Je décide de passer à tout autre chose :

— Nickolas, je peux vous poser une question ?

— Bien entendu.

— Avez-vous déjà entendu parler d'un septième clan ?

— C'est cela… la question que vous vouliez me poser ?

— Oui.

— Annika, le royaume risque de perdre son monarque et le prince héritier ; nous sommes censés préparer notre mariage ; une armée s'est mis en tête de détruire tout ce que nos ancêtres ont bâti et vous, vous me réclamez une leçon d'histoire ? Je ne comprends pas où vous dirigez vos pensées en ce moment.

Il a l'air si démoralisé que je refoule l'envie de le remettre à sa place.

— Nickolas, j'exerce une fonction à laquelle je n'ai pas été préparée, alors que le danger guette à nos frontières. Je m'inquiète pour mes proches ; j'enchaîne les insomnies. Si je donne l'impression d'avoir la tête ailleurs, c'est parce que cela fait beaucoup pour une seule personne. C'est à la fois effrayant et jouissif, éreintant et merveilleux. Je fais de mon mieux.

Nickolas s'approche de moi, plante un genou en terre.

— Dans ce cas laissez-moi vous aider, Annika. J'en ai les compétences. Allez vous reposer. Ces requêtes, je peux m'en charger. Je vais les lire, les trier et les résumer à votre intention ce soir. Respirez un peu.

Je suis tiraillée. J'ai l'impression que ce serait malhonnête de me dessaisir de mes responsabilités… mais lire des rapports et m'en faire la synthèse, est-ce si catastrophique que cela ?

— Très bien, Nickolas. Mais je vais rendre ces ouvrages à la bibliothèque.

Il sourit, satisfait. Je ramasse les livres que j'ai empruntés.

— Annika ? s'étonne Rhett. Déjà de retour ?

— Oui. Je perds mon temps. Je ne trouve rien.

— Et si cette absence contenait la réponse que vous cherchez ?

— Je suis convaincue que cela ne s'arrête pas là.

— Très bien. Dites-moi précisément ce qui vous tracasse. Si cela figure dans cette bibliothèque, je le trouverai.

— Je cherche un livre qui mentionnerait un septième clan – les Dahrainiens ? Jusqu'ici, j'ai fait chou blanc… je pensais pourtant tenir une piste.

Je masse mon front ridé par le stress de ces derniers jours. Lorsque je pose les yeux sur Rhett, il affiche un large sourire.

— Annika. Pas étonnant que vous ne trouviez rien. Vous regardez au mauvais endroit.

— Quoi ?

— Ce peuple… les Dahrainiens, c'est bien ça ? Ils ne figurent pas dans les livres d'histoire, mais dans ceux de mythologie.

Et Rhett me montre la section aménagée au centre de la salle, où les livres sont fixés par une chaîne aux rayonnages. La section mythologie.

Avant que je réussisse à me remettre du choc, la porte de la bibliothèque vole sur ses gonds. Nickolas fait irruption, hors d'haleine.

— Annika, bafouille-t-il, je ne me permettrais pas de vous déranger si ce n'était pas urgent, mais quelqu'un vient d'arriver et je pense qu'il est primordial que vous lui donniez audience.

Je sens mon cœur faire un bond dans ma poitrine. Il est ici ? C'est lui ?

— Qui donc ?

— Un soldat que Sa Majesté a envoyé en émissaire à Darhain. Il a été emprisonné au château, interrogé, puis il a dû regagner Kadier à la nage. Il est l'unique survivant de sa délégation.

— Conduisez-moi à cet homme.

LENNOX

Je découvre que je peux communiquer avec Inigo et Blythe d'un simple regard. À l'instant où je passe à côté d'eux, alors qu'ils s'entraînent à l'épée avec des camarades, j'arrive à capter leur attention. Je continue à marcher et je quitte la zone d'exercices ; pas besoin de regarder en arrière pour savoir qu'ils m'ont suivi.

Je m'arrête au niveau d'un rocher, les idées confuses. C'est un profond bouleversement qui s'opère en moi-même si, à l'extérieur, rien ne révèle la tempête que je traverse. Je les découvre plantés derrière moi et je déclare :

— Leur prince est mort.

Blythe plaque une main sur sa bouche, de la joie au fond des yeux.

— Quel dommage que Rami ne soit pas là. Elle s'en serait fait une fête…

Je ne peux pas lui expliquer pourquoi ce n'est pas ce que je considère comme une bonne nouvelle, pourquoi j'ai l'impression d'avoir une pierre à la place du cœur depuis que Kawan l'a annoncé. Je redoute que mon attitude me trahisse et que mes amis commencent à s'interroger sur ma loyauté.

— Le roi aussi est à l'agonie, paraît-il. La princesse a été nommée régente. Je ne sais pas si cela signifie que leur souverain est encore en vie, ou s'ils gagnent du temps avant d'officialiser son décès. Quoi qu'il en soit, il semblerait qu'elle est seule dans ce palais.

Inigo n'a pas quitté l'herbe des yeux. De toute évidence, il est plongé dans ses réflexions.

— Ce que tu essaies de nous dire, c'est qu'il ne nous reste plus qu'à nous débarrasser d'elle ? récapitule Blythe. Facile. C'est à ma portée.

— Surtout pas ! Apparemment, pendant l'ouragan sur l'Île, Kawan a trouvé refuge avec quelqu'un qui vient de Kadier. Je ne sais pas de qui il s'agit, mais cette personne compte éliminer la princesse.

Au bout d'un long silence, Blythe éclate de rire.

— C'est ce qu'on espère depuis le début, non ?

Du regard, elle cherche confirmation auprès d'Inigo. Je dois doucher son enthousiasme :

— Je ne garantis rien. C'est encore trop tôt. Je dois me renseigner. Si elle... si elle est en vie, car rien n'est moins sûr, et si la personne avec qui Kawan a pactisé est fiable. Pour l'instant, nous n'avons aucun moyen de le savoir.

Je vois Blythe revenir sur terre. Elle soupire et regarde la vieille forteresse, qui paraît encore plus sinistre que d'habitude.

— Bien entendu. Tu as raison. J'ai vu une étincelle d'espoir, je me suis emballée. Je me range à ton avis et je te suivrai, Lennox. Nous allons tous te suivre.

Sa loyauté me touche.

— Merci, Blythe.

— Je suis sincère, insiste-t-elle. Les recrues, surtout les plus jeunes… ils me posent des questions à ton sujet. J'ai l'impression qu'on a une vraie chance de réussir.

Je lui adresse un pâle sourire. Inigo prend la parole :

— Blythe, tu veux bien nous laisser seuls un moment ? J'ai un problème d'ordre personnel à régler avec Lennox.

Elle a l'air surprise, mais elle s'en va sans émettre de protestation. Inigo attend qu'elle soit hors de portée de voix avant de se tourner vers moi.

— Alors, qu'est-ce que tu comptes faire ?

— À quel sujet ?

— Ta bien-aimée, que comptes-tu faire avec ?

J'observe la silhouette de Blythe qui s'enfonce dans les fourrés.

— Euh, rien ? Elle a l'air…

— Blythe est folle de toi, donc elle ne voit pas plus loin que ce qu'elle a sous le nez. Ce qui n'est pas mon cas. Alors, la suite ?

Il me dévisage, sans colère ni reproche. Ma gorge se noue et les battements de mon cœur s'accélèrent.

— Je ne vois pas de quoi tu parles.

— Tu peux le cacher aux autres, Lennox, mais pas à moi. Si tu dois prendre la tête de la reconquête et si tu t'avères incapable de vaincre le dernier obstacle qui se dresse entre nous et nos rêves, il faut que je le sache.

Il aurait pu me sauter à la gorge, m'accuser froidement, mais il choisit une autre approche. Celle de la patience, de l'écoute et de l'amitié. Ce qui a le don de m'effrayer.

— Si nous étions à Kadier là, maintenant, c'est le trône que tu choisirais, ou c'est elle ? insiste-t-il.

— Comment as-tu deviné ?

— Si un aveugle recouvrait la vue, j'imagine qu'il regarderait le monde comme tu l'as regardée le jour où nous l'avons enlevée dans la forêt. Une fille à moitié nue s'évade d'un cachot et traverse le continent à pied, et tu reviens sans elle, et sans ta cape. Nous sommes en pleine bataille navale et tu cherches un visage familier au milieu du chaos. Quand on a quitté l'Île sur nos rafiots, tu as sorti de ta poche un vieux ruban en dentelle six fois au minimum. J'ai compté. Et à l'instant, dès que tu faisais allusion à elle, ta voix se mettait à chevroter.

» Je dois savoir ce que tu as en tête. Parce que toi et moi, nous sommes fatigués de mener une guerre sans vainqueurs.

Je ravale tant bien que mal mes larmes.

— Inigo… que me conseilles-tu ? J'ai pris la vie de sa mère et elle me l'a pardonné. Elle m'a accordé son pardon ! Elle m'a confié ses secrets les plus sombres ; elle me fait confiance.

— Cette fille a de sombres secrets ?

— J'aurais préféré ne rien savoir d'elle. Rien que d'y penser, c'est une torture.

— Tu dis qu'elle te fait confiance. Est-ce qu'elle t'aime ?

Je me remémore les doigts d'Annika dans mes cheveux, la cape qu'elle a drapée sur ses épaules, les baisers qu'elle donnait si généreusement, et je pousse un soupir.

— Qu'elle m'aime ou non, je lui ai déjà donné mon cœur.

— Lennox, je t'ai juré loyauté il y a bien longtemps. J'ai attendu que tu sois prêt à prendre la place qui te revient ; je sais que tu en es capable. Alors donne-moi un ordre. Dis-moi ce que tu veux et je ferai tout mon possible pour le réaliser.

Je détourne le regard, submergé d'émotion. La démarche d'Inigo me remplit d'un espoir et d'une fierté indescriptibles, qui s'accompagnent de peur.

— Je veux récupérer la maison de nos ancêtres, Inigo. Et je veux qu'elle vive. Si elle meurt, je meurs. Je ne peux pas la faire mienne. Cela, je le comprends. Mais il faut qu'Annika vive.

Inigo croise les bras. Il est redevenu soldat.

— Compris. Et Blythe, qu'est-ce que tu en fais ?

— Je... je ne...

— Parce que si elle ne t'intéresse pas, fais-moi signe.

Et, sans un mot de plus, il s'éloigne et me laisse planté là, comme foudroyé. C'est la première fois que je prends la mesure des sacrifices qu'Inigo a faits pour moi jusqu'ici.

ANNIKA

Je me précipite dans le salon de réception. L'homme que j'ai face à moi est une véritable loque. Ses vêtements sont en lambeaux, il porte aux poignets des marques écarlates qui prouvent qu'on l'a ligoté. Je remarque sa lèvre fendue en deux et son visage meurtri.

— Oh non, pas de révérence.

À l'instant où il relève la tête, je le reconnais. C'est lui qui m'avait porté assistance lorsque je m'étais cognée contre cette table en verre pendant la dispute avec mon père et qui m'avait reconduite dans ma chambre. Quelle expérience humiliante…

Le voici donc, mon bon samaritain.

— Votre Altesse. Pardonnez-moi de me présenter à vous dans cet état. Je voulais vous voir de toute urgence.

— Personne ne s'est occupé de vous depuis votre arrivée, mon ami ? Vous devez être affamé.

Je me tourne vers Nickolas, dont le regard se pose sur moi, puis sur le soldat. Il a compris que je veux qu'il se rende aux cuisines, mais il ne veut rien rater de notre conversation. Il finit par capituler.

— Je reviens au plus vite.

Et il quitte la salle d'un bon pas, me laissant seule avec le nouveau venu.

— Avant toute chose, Votre Altesse, je dois vous présenter des excuses. Nous avons essayé de les persuader d'envoyer une délégation réduite, mais nos efforts n'ont pas porté leurs fruits. Ils n'ont pas laissé entendre qu'ils allaient saboter ces négociations en terrain neutre avant le matin de leur départ. Je n'ai pas réussi à vous protéger. C'est impardonnable.

Et il baisse les yeux, accablé.

— N'en dites pas plus. Je ne vais pas retenir ce désastre contre vous. Parlez, je vous écoute.

— Nous nous sommes laissé capturer. Ils nous ont interrogés, et ils étaient particulièrement intéressés par la façon dont le palais est protégé. Par les fortifications, aussi. Coleman les a menés par le bout du nez. Quand leur chef – Kawan – s'est rendu compte que nous le manipulions, il a donné l'ordre de nous tuer. Un soldat, Lennox, nous a conduits sur la plage. Il nous a encore posé quelques questions, sur notre pays, et sur vous.

» Nous avions les mains entravées… il aurait pu nous exécuter sans autre forme de procès. Mais il nous a donné une chance de regagner Kadier à la nage. Il a même tranché mes liens, pour que je puisse me libérer et aider les autres.

» Les courants nous ont emportés et nous n'avons pu regagner le rivage. Lorsque nous sommes arrivés au large, nous étions épuisés… je me suis mis à nager vers une bande de terre que j'ai aperçue au loin. Mais il y avait des rochers. La houle nous a projetés dessus… je crois que c'est là que nous avons perdu Coleman. Je ne sais pas trop.

Je partage le chagrin de cet homme qui a vu mourir ses camarades.

— J'ai réussi à escalader un rocher et j'ai aidé Victos à sortir de l'eau. Nous nous sommes effondrés à quelques pas d'une forêt. À mon réveil je l'ai trouvé en nage, pris de convulsions. Je suis parti en quête d'eau et de nourriture. Je n'ai pas trouvé grand-chose, hélas, et le peu que j'ai trouvé, je l'ai donné à Victos. Cela n'a pas suffi. J'ai essayé de le protéger du soleil, mais la fièvre a fini par l'emporter pendant que je dormais.

Le soldat doit marquer une pause avant de reprendre le fil de son récit. Sa détresse, je la comprends. Même si nous avons à notre disposition les médecins les plus compétents, les remèdes les plus puissants, je n'arrive pas à soigner mon père, ni mon frère.

— Quelques paysans ont eu la gentillesse de me charger sur leur charrette, mais cela m'a ralenti. On m'a rapporté qu'il y a eu une bataille, puis une tempête ?

— Oui. C'est un miracle si mon frère et mon père en sont sortis vivants.

À cet instant Nickolas revient, chargé d'un plateau qu'il pose sur une table à côté du soldat.

— Pardon, mais je me rends compte que je ne sais même pas comment vous vous appelez.

— Palmer, Votre Altesse.

— Mangez donc, Palmer.

Je montre le plateau du bras et il se saisit d'un quignon de pain dans lequel il plante ses dents, sans appétit.

— Vous avez été désignée régente, Votre Altesse ?

— En effet. Par Escalus, avant de regagner Kadier. À titre provisoire, bien entendu.

Nickolas ne perd rien de cet échange. Il est d'avis que j'en dis trop.

— Vos blessures, sont-elles graves ? J'aimerais vous installer dans l'une de nos chambres d'amis et vous faire examiner par un médecin. Ensuite, j'aurai une immense faveur à vous demander.

— Elles ne sont que superficielles. En quoi puis-je servir Son Altesse ?

— J'ai besoin qu'on transmette un message à Lennox. C'est mon homologue, après tout.

— Vous vous trompez, intervient Nickolas. C'est Kawan le destinataire de votre message.

— Non. Kawan donne les ordres, mais il n'a aucune autorité.

Palmer confirme d'un léger hochement de tête.

— Ce que je dois communiquer… ce sera un geste de paix ?

— En quelque sorte, oui.

— Annika, pensez-vous que c'est judicieux ? s'enquiert mon fiancé. Votre père et votre frère sont sur leur lit de mort. Cette vermine a tué votre mère et je suis certain qu'il compte les jours avant de vous assassiner, vous aussi. Comment assurer votre sécurité si vous envoyez des signes de bonne volonté ?

Excellente question. Il est très probable que cela débouche sur un conflit ouvert, mais je refuse d'être celle qui met le feu aux poudres. Je me suis battue pour obtenir le droit de tenir une épée, d'apprendre à m'en servir. Et je vais me battre pour être celle qui dépose les armes.

— Nous agirons avec prudence, Nickolas, mais je souhaite éviter un autre bain de sang. C'est ce que vous souhaitez aussi, j'imagine.

— Annika, je ne sais pas si je peux aller dans votre sens, me répond-il à voix basse.

Je m'approche de lui, pour que la suite reste entre nous.

— Si vous devez devenir un jour prince consort, je vous invite à graver cela dans votre cœur : priorité au peuple. Nous ne venons qu'en deuxième. Je dois placer les besoins de mes sujets avant les miens, même si cela implique de mettre ma vie sur la sellette. Et il va falloir m'épauler.

— Faites ce que le devoir vous dicte, me répond Nickolas, la gorge nouée.

— Merci.

Je m'adresse ensuite à Palmer :

— Prenez tout le temps qu'il vous faut et si la perspective de retourner sur leur territoire vous est désagréable, dites-le-moi sans détour. Il m'est impossible de vous garantir que vous reviendrez à Kadier sain et sauf, après tout.

— Je peux repartir dès demain matin, sous condition de me restaurer et de me reposer cette nuit.

— Si vite ? N'est-ce pas trop tôt ?

— J'aimerais avoir la possibilité de le regarder une nouvelle fois dans les yeux, me répond le soldat, faisant allusion à Lennox.

Que ne donnerais-je pas pour avoir moi aussi ce privilège…

LENNOX

Je déambule dans la campagne en repensant à ce que m'a dit Inigo. Plus je feuillette l'album de mes souvenirs, plus la logique de sa demande me frappe. Inigo a soutenu Blythe, il l'a couverte de compliments tout en la regardant me lancer des œillades enflammées. Même si c'était une souffrance quotidienne, il ne s'est pas interposé entre elle et ce qui lui tenait le plus à cœur : moi.

J'ai compris. Il l'aime. Ce serait cruel de laisser Blythe penser que nous allons finir ensemble.

Revenant sur mes pas, je croise Kawan. Cela m'arrive rarement de le rencontrer dehors, et seul. Lorsque la silhouette jaillit des hautes herbes je le reconnais à l'instant. Et je me dirige droit sur lui, peut-être parce que je suis encore pénétré de l'altruisme d'Inigo. Il est en train d'essuyer la lame d'un coutelas et je comprends qu'il est sorti chasser. J'ai sans doute mal choisi mon moment mais, avec lui, ce n'est jamais le bon. Même de loin, je le vois esquisser un mouvement d'impatience.

— Je ne suis pas d'humeur, lance-t-il.

— Moi non plus. Pourtant, il faut qu'on parle.

Je m'arrête à quelques mètres de lui, à bonne distance de ses poings.

— Je ne sais pas ce qui vous hérisse autant chez moi mais je me suis mis à votre service – au service de notre peuple – depuis le jour où ma famille est arrivée ici. Vous me trouvez sans doute trop insolent, pourtant je n'ai reculé devant aucune des tâches que vous m'avez confiées.

— Tu essaies de saper mon autorité depuis le premier jour.

— Non, monseigneur. Je pensais, comme le pensait mon père, que vous alliez nous reconduire dans notre royaume, mettre la couronne sur votre tête et corriger l'injustice qui nous a été faite. J'ai commis pas mal d'erreurs, mais c'est un espoir que je nourris toujours.

Kawan fait de grands moulinets des bras.

— N'aie crainte, je vais le récupérer, ce royaume. Patiente encore une semaine ou deux. La princesse meurt, nous débarquons la fleur au fusil, nous liquidons les propriétaires terriens – les descendants de ces traîtres qui nous ont spoliés – et la justice est restaurée.

— Il n'y a pas d'autre moyen ?

— Que les choses soient bien claires entre nous. Si tu t'obstines à me contredire ou à critiquer mes méthodes, je t'arrache la langue. Va donner des ordres sans langue, tiens. J'aimerais t'y voir.

— Je ne vous contredis pas, j'implore votre aide. Nous avons perdu tant de nos frères sur l'Île et, si nous avons reçu des informations erronées sur la famille royale, ce serait peut-être le dernier…

Kawan referme la distance qui nous sépare et approche la lame de mon visage. De mon œil, plus précisément, et je tremble à l'idée que mon culot me coûte à la fois la voix et la vue. Pour autant, je ne bronche pas. Je me tiens silencieux et immobile, et j'attends.

— Un seul mot de plus, gronde-t-il.

Nous restons ainsi un long moment. Je me demande pourquoi il ne me tue pas, au lieu de faire durer le plaisir. Ce ne sont pas les occasions qui ont manqué cette année. Ma mère est condamnée à vivre au Castel Vosino. Je ne comprends pas ce qui le pousse à me garder sous sa botte, alors qu'il pourrait m'envoyer six pieds sous terre.

Il range le coutelas dans son fourreau et se penche pour ramasser, sous mon regard horrifié, une forme inerte – une masse de poils gris.

Non. *Non.*

— Au fait, lance-t-il, interdiction formelle d'avoir des animaux de compagnie à Vosino. Et merci pour le dîner.

Il brandit à bout de bras sa prise : Grisette. Je dois me faire violence pour ne pas me ruer sur lui. Il pivote sur ses talons et s'éloigne d'une démarche sautillante. Il sait que je ne vais pas le suivre. Je me mets à courir dans la direction opposée et je réussis à atteindre la grille ouest avant de me plier en deux et de vomir.

— Oh, ma pauvre Grisette…

Ce n'est pas seulement sa mort qui me brise le cœur. C'est la pensée qu'elle va finir dans l'assiette de Kawan.

Je me vide complètement l'estomac.

À chaque fois que je crois qu'il a touché le fond, il trouve de nouvelles façons de me casser le moral. S'il n'était pas si cruel, je trouverais cela impressionnant.

J'ai fini par me résigner à l'idée que je vais devoir tuer Kawan. J'ai essayé de le suivre. Essayé de lui obéir. Essayé de le raisonner. Le moment venu, je n'aurai aucun scrupule à débarrasser le monde de sa personne. Quand, je n'en ai pas la moindre idée. Mais avoir sa mort sur la conscience ne sera pas un fardeau pour moi.

ANNIKA

Lorsque j'entre dans la chambre d'Escalus, je trouve un médecin penché au-dessus de son lit. Il prend le pouls de mon frère sous le regard attentif de Noemi, qui suit chacun de ses mouvements tout en faisant semblant de tirer l'aiguille. Ensuite il lui examine l'intérieur des paupières pour vérifier je ne sais quoi et appuie la main à son front avant de se redresser et de venir vers moi.

— Votre Majesté.

Je le corrige aussitôt :

— Altesse.

Je ne sais pas qui a donné aux personnes qui me côtoient la consigne de me donner du « Votre Majesté » mais, si j'identifie le coupable, je vais mettre les points sur les i.

— Oui, bien entendu, Votre Altesse. Votre frère montre des signes encourageants. Son cœur bat un peu plus fort qu'hier et sa fièvre a baissé.

Je dévisage Escalus, toujours pâle, toujours inerte.

— Il... il n'y a rien à faire ?

— Non, je le crains. À présent je vais aller voir Sa Majesté. On m'a informé que son état est stable mais je vous ferai immédiatement signe si la situation change, en bien ou en mal.

— Merci, docteur.

Je m'approche de Noemi et je regarde à quoi elle s'occupe.

— C'est l'une de ses chemises ?

— J'ai rapiécé deux cols, et il y a un trou dans la manche. J'ai aussi l'intention de rafraîchir les doublures de ses manteaux. Quand Son Altesse royale se réveillera, il trouvera sa garde-robe comme neuve. J'espère qu'il ne nous fera pas attendre trop longtemps.

Son angoisse et son désespoir me contaminent. Je suis épuisée. Je travaille comme un forçat du matin au soir, j'enchaîne les nuits blanches. C'est sans doute pour cela que je parle sans réfléchir.

— Il faut garder la foi, Noemi. Si Escalus ne revient pas pour moi, il reviendra forcément pour toi.

La main qui tient l'aiguille s'immobilise. Je comprends que je viens de mettre les pieds dans le plat. Nous échangeons un regard et elle se met debout, les yeux écarquillés.

— Alors vous savez… depuis combien de temps ? chuchote-t-elle.

— Je l'ai deviné avant que nous nous rendions sur l'Île. C'est pour cela, en partie, que j'ai insisté pour que tu nous accompagnes ; je ne voulais pas que tu te morfondes au palais.

— Alors ?

— Alors quoi ?

— Vous me détestez ?

Étudiant son adorable minois, je devine qu'elle est à deux doigts de se laisser submerger par ses émotions. Je lui saisis les mains.

— Ma chère Noemi, pourquoi te détesterais-je ?

Elle esquisse un geste d'impuissance.

— Parce que je ne vous ai rien dit. Je me suis toujours sentie coupable de ne pas vous mettre dans le secret. C'est Escalus qui a insisté. Pardonnez-moi.

— Je te pardonne. Je suis triste que vous m'ayez mise à l'écart, mais je comprends. Je n'aurais pas su tenir ma langue et tu aurais été mise à la porte. Escalus n'aurait pas pu vivre sans toi, moi non plus.

» Nickolas ne cesse de me dire que tu dois quitter son chevet, mais je sais que cela le rassurera de voir ton visage à son réveil. La vérité c'est que, sans toi, je suis une catastrophe ambulante. Pas dans le sens où tu l'entends : je sais m'organiser, je sais m'habiller seule. En fait, ce qui me réconforte, c'est de te savoir à mes côtés quand je suis perdue, ou quand j'ai peur. Je n'ai personne à qui me confier et cela me manque.

— Je vous ai abandonnée au moment où vous aviez le plus besoin de moi. Oh, Votre Grâce. C'est vraiment un cauchemar, cette fonction ?

Soudain les larmes me montent aux yeux.

— À vrai dire, le travail en soi est très satisfaisant. Ce qui me terrifie, c'est de savoir que chaque erreur portera ma signature. Personne n'est là pour me remettre sur le droit chemin.

— Pas même le duc ?

— Noemi… j'ai un mauvais pressentiment par rapport à Nickolas. Il m'offre son aide à longueur de temps mais c'est la façon dont il me l'offre qui me met mal à l'aise. Il ne semble pas comprendre le don de soi que cela implique… mais peut-être que mon pauvre cerveau va s'inventer des choses.

— N'oubliez pas qu'il n'a aucun droit sur vos responsabilités ou sur votre pouvoir. Et je sais que vous vous consacrez corps et âme à Kadier, mais prenez aussi du temps pour vous. Si vous ne prenez pas soin de la régente, elle ne pourra pas prendre soin de ses sujets.

C'est tellement évident que je suis stupéfaite de ne pas y avoir pensé plus tôt.

— Tu vois, Noemi, c'est pour cela que j'ai besoin de toi. Tu me fais profiter de ton intelligence.

— Ravie que vous pensiez cela. J'aurais une question à vous poser, Votre Grâce.

Je vois son sourire s'effacer.

— Je t'en prie.

— Vous avez dit que vos sentiments pour moi ne changeaient pas malgré notre secret. Mais... si Escalus et moi, nous pouvions par miracle nous marier un jour, est-ce que vous me détesteriez...

— Est-ce que je te détesterais parce que tu deviendrais reine ?

Noemi hoche la tête avec une petite moue contrite.

Ces derniers jours j'ai eu un avant-goût du pouvoir. Cela me plaît. Il faudrait que je le restitue à mon père ou à mon frère si jamais l'un des deux – voire les deux, avec de la chance – se rétablissait. Serais-je vexée de voir une autre personne me devancer dans l'ordre de succession ?

— Qui serait assez stupide pour haïr la reine Noemi ?

— Oh... vous le pensez vraiment ?

— Tu m'as soutenue à travers les pires épreuves, et je serais heureuse de te rendre la faveur. Avant toute chose, il faut que ce jeune homme se réveille. Alors prends soin de lui, je m'occupe du reste.

J'embrasse Noemi sur la joue et je m'apprête à partir.

— Fais-moi porter un message au moindre changement. Tu me trouveras à mon bureau toute la journée.

Noemi me lance un regard qui signifie *Vous n'avez pas retenu le conseil que je viens de vous donner ?* et qu'elle accompagne d'un sourire. Elle est vraiment la sœur que je n'ai jamais eue.

Lorsque j'atteins le couloir, je ralentis le pas et j'appuie la main sur mon cœur, essayant de comprimer la douleur. Je veux que Noemi soit heureuse. Je veux qu'elle vive une vie épanouissante. Mais je ne le cache pas, cela me fait souffrir de savoir qu'un jour viendra où elle régnera, peut-être, sur Kadier. Voilà, je l'ai dit. Je ne suis pas parfaite, loin de là.

Et maintenant que j'ai évacué cette pensée de mon esprit, je me sens plus légère. Pas question de me laisser parasiter par l'envie. Je dois rester droite, et digne. Si Noemi épouse Escalus, il lui faudra lutter contre le mépris des membres de la cour et je vais montrer l'exemple en affichant mon soutien. Et cela fera de moi quelqu'un de meilleur – quelqu'un de bien.

LENNOX

D'ordinaire, patrouiller est une corvée. Aujourd'hui – loin du Castel, de la mort et des querelles intestines – je la savoure comme une forme de liberté. Combien de fois me suis-je imaginé une nouvelle vie, ailleurs, une vie où tous mes désirs seraient exaucés ? Je me rends compte à présent que si je ne me délivre pas de l'atmosphère toxique de Vosino, je l'emporterai partout avec moi.

— À quoi penses-tu ? me demande Blythe.

Inigo et Griffin nous suivent, quelques pas en arrière. Nous avons tous les yeux fixés sur l'horizon.

— À l'avenir.

— J'ai hâte de le voir, me répond-elle.

Je me tourne vers Inigo et je lui demande du menton de nous laisser, Blythe et moi. Il ralentit le pas, gardant Griffin à son côté.

Comment expliquer à Blythe qu'elle n'a rien à se reprocher ? Comment la convaincre que je ne la repousse pas, même si c'est l'impression que cela donne ? Comment la persuader que prendre mes distances est un acte d'amour ? Une fois assez loin des oreilles de nos camarades, je me tourne vers elle. Elle me mange des yeux, comme d'habitude.

— Il faut que je te parle, lui dis-je sur un ton grave.

Son sourire commence à s'effriter.

— Je t'écoute.

— Tout d'abord, je voudrais te remercier. Tu as toujours vu le meilleur en moi. Je n'ai jamais compris pourquoi. Cela m'échappe encore, mais cela compte énormément à mes yeux.

Je le vois à son regard, elle pressent le pire après ce préambule.

— Au fond, tu es quelqu'un de bien, souffle-t-elle.

— Peut-être. Et je veux que tu saches que tu es quelqu'un de bien, toi aussi. Longtemps je n'ai vu en toi qu'un soldat mais… tu ne te limites pas à cela.

— Ne me fais pas languir. Arrête de tourner autour du pot.

— Blythe… toi et moi…

— Écoute, m'interrompt-elle, si tu veux devenir un vrai meneur d'hommes, il va falloir que tu apprennes à mettre le point final. Et que tu t'y prennes correctement.

Elle pose sur moi un regard froid. Glacial, même.

— C'est la dernière fois que je finis quelque chose à ta place, assène-t-elle avant de tourner les talons.

Ma gêne est palpable, si bien que je suis tenté un instant de revenir sur ce que j'ai dit. À cet instant me parvient la voix de Griffin.

— Lennox ?

— Oui ?

Aussitôt, Blythe s'accroupit et je l'imite, me mettant à l'affût. Griffin et Inigo nous rejoignent.

— Sur ta gauche, chuchote-t-elle.

J'aperçois un homme masqué, à cheval, qui brandit un drapeau blanc.

— Ce n'est pas le fait du hasard, déclare Inigo. Il nous cherche.

— Dans ce cas, qu'il nous trouve.

Je me redresse et je me mets à découvert tandis que les autres restent embusqués. Le cavalier m'aperçoit, lance sa monture au petit trot et s'approche.

— Lennox.

Il me connaît ? J'essaie de ne rien trahir de ma surprise.

— En personne.

— J'ai un cadeau pour vous, une offrande de paix. Adressée par Son Altesse royale, la princesse Annika Vedette.

Cela sonne comme une poésie à mes oreilles. Je ne sais pas ce qu'Annika m'a envoyé, mais je l'en remercie chaleureusement. Elle est vivante, c'est tout ce qui compte.

— Donnez-moi ce que vous avez à me donner, et déguerpissez.

Je devine à son regard qu'il sourit sous son masque. J'ai déjà vu ces yeux quelque part.

— Je ne peux vous le confier tant que je n'ai pas confirmation.

Il commence à m'agacer, le bougre.

— Confirmation de quoi ?

— Son Altesse exige que vous me « susurriez des mots doux », pour reprendre ses termes.

Je reste foudroyé. C'est un message codé. Je réponds à voix basse :

— « J'ai apporté le petit déjeuner ».

Le cavalier lâche un petit rire, met pied à terre, avance en boitillant et détache de son ceinturon un pochon en tissu qu'il me tend. À cet instant, je le reconnais.

— Palmer. Vous êtes parvenu à regagner Kadier. Il faut du cran pour remettre les pieds ici.

— Je ne fais qu'obéir aux ordres de Son Altesse.

— J'imagine qu'elle se porte bien.

— Aussi bien que les circonstances le permettent. Elle tente de gouverner un pays, d'organiser un mariage et de prendre soin de son père et de son frère… elle est épuisée, mais jamais elle ne l'admettra.

Donc, elle est bien régente. Et son frère n'est pas mort contrairement aux rumeurs. Malade – à l'agonie, pour ce que j'en sais – mais toujours en vie. Comme le roi. Et ce mariage… je sais qu'elle est contrainte d'épouser Nickolas, mais je pensais qu'il y avait un espoir, même infime. Peut-être aura-t-elle la bague au doigt la prochaine fois que nos chemins se croiseront ? Quelle sera ma réaction alors ?

— Non. Ce n'est pas son genre de baisser les bras.

Je défais les liens du pochon et je trouve à l'intérieur une fiole fermée hermétiquement par un bouchon en liège. Le type de flacon dans lequel les dames nobles conservent leur parfum ou leur fard, un objet fragile qui aurait plus sa place sur une coiffeuse, pas à la ceinture d'un militaire. Je le débouche et j'en extirpe une bande de papier sur laquelle est inscrit un mot, un seul. *Dahrain.* La fiole contient aussi de la terre. Une terre noire et riche. Annika m'a envoyé un échantillon du pays de mes ancêtres.

Je laisse échapper un sanglot, qui monte sans que j'arrive à le réprimer, j'approche la fiole de mes narines et j'inspire à pleins poumons. Quel parfum… cela sent l'herbe, les arbres… l'odeur de l'espoir. Tout peut pousser dans une terre aussi fertile.

Palmer ne m'a pas quitté des yeux.

— Soldat, lance-t-il, soyez franc, avez-vous l'intention de faire du mal à ma princesse ?

— Quoi ?

— Je veux savoir si vous avez l'intention de tuer Son Altesse. Si tel est le cas, je vais vous faire immédiatement passer le goût du pain. Je ne me suis pas montré à la hauteur de ma tâche l'autre fois ; cela ne se reproduira pas.

— Et moi qui vous croyais de mon côté, dis-je avec un rire sans joie.

Palmer balaie l'horizon du regard et repère mes camarades, embusqués derrière les arbres. Il ne semble pas surpris de les voir là.

— En un sens, je suis votre allié, répond-il. S'il existait un moyen pacifique de régler ce différend, vous auriez tout mon soutien. En revanche, si vous vous proposez d'attenter à la vie de la famille royale… je vous compte parmi mes ennemis.

— Je ne veux plus avoir de sang sur les mains. Jamais je ne lui ferais de mal, directement ou indirectement. Voilà pourquoi je vous confie ce qui suit : une personne qui vit au palais a l'intention d'éliminer Son Altesse.

— Qui ?

— Quelqu'un qui est venu sur l'Île. Je n'en sais pas plus. Kawan s'est convaincu que votre prince et votre roi ne sont plus de ce monde. Je ne vais pas le démentir. Il pense également que le seul obstacle qui se dresse entre lui et le trône, c'est la princesse.

— L'armée tout entière était présente sur cette maudite île. N'importe lequel de nos hommes aurait pu croiser Kawan et se laisser endoctriner.

— Je ne sais pas ce qui se passe à la cour de Kadier. Y a-t-il une personne au palais qui en veut particulièrement à Son Altesse ?

— Il n'existe pas une seule âme dans notre royaume qui ne la vénère pas. C'est la bonté personnifiée.

— Donc, comme il n'y a pas de coupable évident… les soupçons peuvent se porter sur tout le monde ?

Frappé d'horreur, Palmer opine.

— Il faut que vous repartiez sur-le-champ. Vous devez vous assurer qu'elle est en sécurité. Elle vous accorde toute sa confiance, il me semble ? Elle acceptera que vous restiez à ses côtés ?

— Cela reste à voir. Mais arrêtons de nous voiler la face. À ce stade, Lennox, qui peut la protéger mieux que vous ?

— Personne. Mais il est possible que ce soit moi qui amène le danger.

— Peu importe. Vous devriez venir avec moi.

Je jette un coup d'œil par-dessus mon épaule. Quel sort mes camarades connaîtraient-ils si je suivais Palmer ? Ils ont attendu si longtemps, ils ont placé tous leurs espoirs en moi… comment pourrais-je les abandonner ?

— Je ne peux pas.

— Dans ce cas, prions pour qu'elle reste en vie, répond Palmer avant d'enfourcher sa monture. Avez-vous un message à transmettre à Son Altesse ? Un gage de votre loyauté à lui donner ?

Un gage de loyauté. Qu'offrir à Annika qu'elle ne possède déjà ? Elle a ma cape ; elle a le bracelet que je lui ai tressé ; elle a tout mon amour. Si je pouvais la combler de cadeaux, je ne m'en priverais pas, mais j'ai les mains vides.

Je plonge la main dans ma bourse et j'en sors les barres d'avoine qu'elle aime tant.

— Donnez-lui ceci, et dites-lui de continuer à travailler ses pas.

— Un autre message codé. Très bien. Soyez prudent.

— Vous aussi.

Il me jette un dernier regard, puis il lance son cheval au galop. Mes camarades me rejoignent en courant.

— Tu le laisses partir ? s'exclame Blythe.

— Il m'a livré son message et il est reparti avec ma réponse.

— Un message de qui ? Le roi et le prince ne sont pas morts ?

— De leur princesse.

— Oh ! Alors ?

— Je crois... je crois qu'elle veut enterrer la hache de guerre.

Blythe lâche un rire sarcastique.

— Bientôt ce sera elle qu'on enterrera. Nous allons récupérer notre territoire. Quelle idiote, ajoute-t-elle les bras croisés et les yeux fixés sur la silhouette de Palmer.

— Est-ce que tout va bien ? me demande Inigo.

— J'ai pas mal de soucis en ce moment.

En réalité, j'ai du mal à croire que je viens de décliner l'honneur d'être aux côtés de ma bien-aimée.

ANNIKA

Je me suis endormie la joue appuyée à mon livre et l'esprit tourmenté. Je me demande comment Lennox va accueillir mon cadeau. Il ne le prendra pas mal, j'espère, ni se mettre en tête que je le nargue.

Je m'ébroue, désorientée. Il faut que je retrouve mes repères au plus vite. Je me redresse sur ma chaise, courbaturée, encore somnolente, et je promène mon regard autour de moi. Rhett se tient à mes côtés, un sourire zélé peint sur les traits.

— Bonjour, Votre Altesse. Pardonnez-moi de vous réveiller mais un soldat de retour de mission demande audience.

Je me recoiffe à la va-vite.

— Oh, bien sûr. Rassure-moi, je n'ai pas d'encre sur le visage ?

— Vous avez le visage d'une femme qui travaille d'arrache-pied pour son peuple. Vous n'avez jamais été aussi belle.

— Merci, Rhett. Tu es vraiment un ami sur qui on peut compter.

Il baisse les yeux, ravi.

— Annika, j'espère que vous savez que vous avez en moi un allié indéfectible.

— Oui, je le sais.

— Si j'ai franchi la ligne rouge le jour où je vous ai proposé de fuguer avec moi… vous ne comprendrez sans doute jamais ce que cela fait de nourrir de l'amour pour une personne inaccessible, mais cet amour vous pousse à dire et à accomplir des choses que vous finissez par regretter. Je comprends que vous êtes fiancée au duc ; je sais que, même dans mes rêves les plus fous, nous n'aurions jamais fini ensemble. Mais j'espère que vous ne renierez jamais les sentiments que j'éprouve pour vous. Je vous aime, et je reste à vos ordres, et je vous consacrerai ma vie jusqu'à mon dernier souffle.

La sincérité que je détecte dans ses paroles me réconforte. Je ne peux pas être celle qu'il souhaite, mais je ne mérite pas non plus un ami aussi loyal.

— Comment pourrais-je renier autant de gentillesse ? lui dis-je avec un sourire.

Il me sourit en retour et il se tient un peu plus droit avant de revenir au sujet de la conversation :

— Le soldat attend dans le vestibule. Dois-je vous l'amener ?

— Non, non. J'arrive.

Rhett me conduit à l'avant de la bibliothèque, où nous trouvons Palmer appuyé à une table. Il se remet d'aplomb lorsqu'il m'aperçoit et il me salue d'une profonde révérence, le visage tordu par une grimace de douleur.

— Navré de vous déranger en plein travail, Votre Altesse, mais il faut absolument que vous sachiez…

Son regard atterrit sur Rhett et il s'interrompt.

— Parlez sans crainte. Rhett est un ami.

— Fort bien. Leur chef croit le roi et le prince morts. Et nous avons des raisons de penser qu'il y a un traître au palais et que votre vie est en danger.

— Qui ? s'indigne Rhett.

— Nous l'ignorons. En attendant de l'identifier, nous devons établir autour de vous une surveillance vingt-quatre heures sur vingt-quatre. Puis-je réclamer le privilège de devenir le garde personnel de Son Altesse ? Je dois rassembler une équipe constituée de mes meilleurs hommes, mais je dois aussi rester à vos côtés.

— Bien entendu.

Palmer s'adresse ensuite à Rhett.

— Ne quittez pas Son Altesse des yeux jusqu'à mon retour.

— Vous pouvez compter sur moi, soldat.

— Au fait, ajoute Palmer, comme si la mémoire lui était revenue subitement. Il a récité le code sans la moindre hésitation. Il a été ému par votre cadeau et il vous envoie ceci en réponse.

Il sort de sa besace un petit paquet ficelé et enveloppé de papier. Une odeur de cannelle embaume soudain l'air de la bibliothèque. Mon cœur se met à battre la chamade.

— Il a aussi dit que vous deviez travailler vos pas, conclut-il.

— Merci. Vous êtes allé au-devant de graves périls et vous avez mis votre corps à rude épreuve. Je ne l'oublierai pas.

Palmer s'incline et me laisse avec Rhett, qui me regarde appuyer le petit paquet sur mon cœur. Je me racle la gorge et je remets mon masque de princesse, puis je retourne à ma lecture. Mon ami vient renifler le cadeau de Lennox et l'inspecte sous toutes les coutures.

— Leur chef vous a envoyé de la nourriture ? s'étonne-t-il.

— On peut dire cela, oui.

— N'y touchez surtout pas. C'est peut-être du poison.

— Je suis certaine que je ne crains rien. Mais je n'ai pas faim de toute façon. Je cherche une réponse dans ces pages.

Rhett reste à mes côtés mais sa bonne humeur s'est envolée. Il me dévisage et ses serments d'amour et de loyauté semblent bien loin à présent. Je fais semblant de ne pas m'en rendre compte et je continue à feuilleter l'ouvrage.

Pour l'instant je suis bredouille. La moitié des livres sont rédigés dans une langue que je ne connais pas et j'ai dû les remettre dans les rayonnages. Pourtant, je refuse de jeter l'éponge. J'ai besoin de la vérité, quel que soit le prix à payer.

Rhett finit par briser ma concentration.

— Quelles réponses cherchez-vous au sujet du septième clan ?

— Je l'ignore. Je le saurai une fois que je les aurai sous les yeux.

Il se met à faire les cent pas autour de moi. Plus il s'agite et plus je sens la nervosité monter.

Je vais chercher un autre ouvrage. Je perds un peu mes moyens quand, au bout de quelques pages, le mot *Malatreit* me saute au visage. Et je retrouve le mythe que Lennox m'a raconté, celui du premier homme et de la première femme qui s'unissent sur un rocher arrondi.

Elle est bien là. La même histoire, avec plus de détails.

Le souffle coupé, je parcours la suite. Il y a d'autres anecdotes, d'autres célébrations, d'autres festivals. Une histoire riche et diversifiée. Je ne trouve nulle part le nom de *Dahrain,* mais mon intuition me dit que je suis sur la bonne piste. Dans les dernières pages, je trouve un élément qui fait courir un frisson le long de ma colonne vertébrale.

Il s'agit d'un arbre généalogique. Dans le coin en haut à droite, noir sur blanc, est imprimé un symbole que je reconnais instantanément : c'est l'emblème brodé sur le col de la cape que Lennox portait dans la grotte. En dessous est écrit un nom : *Au Sucrit.* Si le peuple de Lennox a été effectivement dispersé aux quatre vents, si leur histoire est orale, il n'aura pas fallu longtemps avant qu'*Au Sucrit* devienne *Ossacrite.*

Les branches de cet arbre généalogique semblent s'arrêter l'année où Kadier a été fondé. Une coïncidence ô combien étrange – et suspecte. Maintenant que j'y pense, les noms des deux royaumes peuvent se superposer jusqu'à se confondre : Ka-Dier-Rain. On pourrait presque croire que quelqu'un a essayé d'effacer des tablettes l'existence de Dahrain. Essayé de remplacer une lignée royale par une autre. Un mensonge facile.

Le symbole, le nom et la chronologie ne peuvent pas être simplement dus au hasard. C'est ici, enchaînée aux rayonnages de la bibliothèque, que réside la réponse. Mais tout cela va plus profond, beaucoup plus profond. Si Lennox se doutait ne serait-ce qu'une seconde de la vérité, il m'en aurait parlé dès notre première rencontre. Il me l'aurait jetée au visage, même. Car, à côté du nom de chaque homme qui apparaît sur l'arbre généalogique des Au Sucrit, est inscrit en caractères implacables : *chef.*

En Lennox, j'ai vraiment trouvé mon pendant masculin.

— Votre Altesse ?

— Oui ?

Je lève la tête. Un garde est debout devant moi.

— Officier Mamun, à votre service. C'est l'officier Palmer qui m'envoie. Je dois vous suivre comme votre ombre.

— Merci, mon ami. Allons déjeuner. Et nous montrer à la cour, dis-je d'une voix machinale.

Je glisse la barre de flocons d'avoine dans une poche de ma robe, en proie à un tumulte intérieur comme je n'en ai jamais connu. Et si c'était moi qui n'avais rien à offrir à Lennox ?

LENNOX

— J'ai peur, dis-je à voix basse.

La mère d'Annika me répond par le silence, comme à son habitude, et je poursuis :

— Elle est en danger. J'ai beau me répéter que je n'ai pas à m'inquiéter pour elle… J'ai sur le torse une cicatrice qui dit qu'elle sait se battre. Mais aura-t-elle le temps de dégainer son épée si l'ennemi a les traits d'un ami ?

Je me tais quelques instants. J'imagine Annika brutalisée, Annika blessée. Si quelqu'un ose porter la main sur elle, je ne réponds plus de moi.

— Je suis perdu. Ce peuple – mes frères d'armes – m'ont désigné comme leur champion. Je me pense capable de les mener à la victoire. Je me pense capable de reconquérir la terre de nos ancêtres… et sans déclarer la guerre. Mais je suis incapable de m'assurer qu'elle ne court aucun risque. Et s'il lui arrive quelque chose…

La scène se déploie sous mes yeux dans toute son horreur. Annika étendue par terre, pâle et immobile. Annika les poignets meurtris et le cou ensanglanté. Annika qui ne rit plus, qui ne me fait plus rire, qui ne me témoigne plus son affection. Annika réduite à un corps inanimé, une coquille vide.

Je tombe à genoux, foudroyé, le souffle court. J'enfonce mes doigts dans la terre, pour m'ancrer dans la réalité. Je suis à Vosino, devant la tombe de la reine Evelina. Je divague. Rien de tout cela ne s'est produit.

Pas encore.

Palmer a raison. Je suis le seul à pouvoir protéger Annika. Elle me protège elle aussi, à sa façon. Ensemble, nous sommes intouchables. Invincibles. L'Île n'a pas réussi à nous détruire. Nous avons survécu à un ouragan et à un tremblement de terre. Personne – personne en dehors d'elle – n'aurait pu transformer cette situation tragique en moment de beauté pure.

— Vous seriez si fière. Elle est tellement belle, sans doute plus belle que dans vos souvenirs. Et quand elle sourit, elle illumine le monde autour d'elle. Elle est généreuse, résolue, intelligente, et peut-être plus charitable encore que vous.

» Savez-vous ce qu'elle m'a raconté ? Elle m'a parlé du seul garçon qu'elle a jamais aimé. Le garçon à la pomme. Vous a-t-elle dit ce qu'elle ressentait pour lui ? Et cela vous briserait-il le cœur d'apprendre que ce garçon, c'était moi ? Peut-être pas. Peut-être que cela vous rassurerait de savoir que l'enfant à qui vous avez souri du haut de votre cheval ce jour-là s'est remis dans le droit chemin. Parce que vous ne vous êtes jamais énervée contre moi. Vous ne m'avez jamais insulté, jamais maudit. Vous m'avez pardonné. Comme elle, elle m'a pardonné.

» Peut-être m'aime-t-elle, elle aussi. Mais ce qu'elle ne sait pas, c'est qu'elle ne pourra jamais m'aimer autant que je l'aime. Pour elle je suis prêt à gravir des montagnes.

Ce que je viens d'admettre à voix haute est vrai. Je suis prêt à tout abandonner, le labeur d'une vie, pour courir après une chose qui m'est inaccessible. Je compte mettre cette existence derrière moi et me jeter aux pieds d'Annika, ce qui signera mon arrêt de mort.

Annika, elle, vivra.

— Je vais m'assurer qu'elle ne courra aucun danger. Je ne peux pas vous ramener à Kadier mais je peux la garder en vie. Jamais je ne pourrai expier mes crimes. Mais je vais l'aimer, et cela suffira. Il est possible que ce soit la dernière chose que j'accomplisse… Je l'aime. Au revoir.

Je me mets debout et je me tourne ensuite vers la tombe de mon père.

— Tous disent que tu étais le meilleur des hommes. À mon tour, je vais devenir un homme d'honneur. Désolé de ne pas avoir été à la hauteur. J'espère que tu pourras me pardonner. Et j'espère que tu sais à quel point je suis fier d'être ton fils.

Et j'incline la tête, lui rendant une dernière fois hommage. Soudain, j'entends une brindille craquer à proximité. Impossible que ce soit Grisette, ou alors son fantôme. Je pivote sur moi-même pour découvrir quel est l'imprudent qui m'a suivi.

Les yeux de Blythe me transpercent. Elle a un mélange de fureur et de chagrin imprimé sur ses traits.

— Ça fait longtemps que tu traînes par ici ?

— Assez longtemps pour tout comprendre, répond-elle avec des accents amers. Alors c'est pour cela que je ne te suffis pas ? Parce que tu as jeté ton dévolu sur *elle* ?

— Ça n'a rien à voir avec toi, Blythe. Ce n'est pas toi le pro…

— Est-ce que tu sais depuis combien de temps je pense à toi ? Depuis mon arrivée à Vosino. Je t'ai vu travailler dur. Je t'ai vu te sacrifier en silence pour les autres. Mais tu étais distant, tu restais à l'écart, et je n'avais pas le courage de t'aborder. Alors… la mission m'a donné le prétexte de t'adresser la parole. J'ai cru que quelque chose allait germer entre nous. Et tu es en train de me dire que c'est à cause de la mission que je t'ai perdu ?

Je pousse un soupir. La vérité est l'unique porte de sortie.

— Blythe, tu n'as rien perdu. Encore récemment, je ne savais pas que j'étais capable d'éprouver une émotion autre que… la rage.

— Tu m'as dit qu'elle représente tout ce que tu détestes.

— Oui… mais non.

— Je suis toujours restée à tes côtés ! J'ai toujours cru en toi, je t'ai soutenu. J'ai vu les horreurs dont tu es capable et je n'ai pas levé le sourcil. Et maintenant que tes efforts vont être récompensés, tu tournes le dos à la victoire, à la cause ?

— Laisse-moi t'expliquer, Blythe. Si je reste, Kawan va continuer à me traiter comme un chien. Et si je le tue pour prendre sa place, je vais devoir me battre toute ma vie pour conserver cette position. J'en suis incapable. Cette partie de moi est morte, et je veux vivre. Une vie même courte, même douloureuse. Mais une vie libre.

Elle me fixe du regard, toujours furieuse, toujours incrédule.

— Tu es un traître, Lennox, assène-t-elle. Pire qu'un voleur, pire qu'un lâche. Tu as trahi ton peuple. Parce que j'ai… Parce que j'avais énormément de respect pour toi, je vais te laisser prendre de l'avance. Six heures. Et dans six heures, j'irai voir Kawan. Ta mère, Inigo. Tout le monde saura que tu as changé de camp. Et quand nous déferlerons sur Kadier tu le regretteras amèrement. Car je te le rappelle une dernière fois : je n'échoue jamais.

Elle passe à côté de moi et me laisse planté devant les tombes, tétanisé. Quelle femme. Une force de la nature. Comme je sais de quoi elle est capable, je regagne ma chambre à toute vitesse. Pas une seconde à perdre.

Je balaie du regard toutes mes possessions terrestres. Je prends les plumes que je jette dans ma besace, avec la cape de mon père. Je fixe mon épée à mon ceinturon, puis mon outre vide – pas le temps de la remplir. Et j'enroule autour de mon poignet mon bracelet en dentelle ; cela ne sert plus à rien de le cacher. Le reste sera relégué au rang de souvenir.

Je ne peux pas prendre le risque de croiser quelqu'un dans le couloir, alors j'épaule ma besace et je sors à la manière d'Annika : par ma lucarne.

ANNIKA

L'officier Mamun est sans doute un soldat irréprochable mais il ne sait pas rester immobile ; il n'arrête pas de renifler, et la façon qu'il a de traîner ses bottes sur le parquet m'horripile. Mais si Palmer l'a choisi, c'est qu'il a de bonnes raisons. Nickolas ne me quitte pas non plus des yeux.

Assise à mon bureau, j'étudie des documents tandis que mon fiancé tourne autour de moi à la façon d'un vautour. J'avoue que mon esprit est à des années-lumière de Kadier. Je ne saurais dire pourquoi, mais j'ai un mauvais pressentiment. Je rumine ce que j'ai lu dans ce livre.

Le rocher.

L'emblème.

Le patronyme.

Tout cela s'assemble à la perfection, comme les pièces d'un puzzle. Et le fait que quelqu'un ait pris la peine de dissimuler ce pan de notre histoire le rend encore plus crédible. Je suis tiraillée entre mon sens du devoir et mon désir. Et si je remettais les clefs de mon royaume à un autre souverain ? Et si je donnais ce livre à Lennox ? Je veux voir la tête qu'il fera quand il découvrira cet arbre généalogique. Ou je veux le voir tout court. Je veux sombrer dans ces yeux d'un bleu hypnotisant. Je veux sentir ses lèvres près de mon oreille. Je veux mêler mes doigts à ses cheveux. Je le veux tout entier. Tellement que j'en ai mal.

— Qu'est-ce qui vous fait sourire ainsi ?

— Pardon ?

Je lève la tête. Nickolas a les yeux braqués sur moi.

— Vous souriez.

Les joues en feu, je décide de mentir.

— Euh… je pensais à… à ma mère. Vous trouverez sans doute cela stupide, mais il m'arrive d'aller parler à l'un de ses portraits. Celui en pied, dans l'aile la plus éloignée du palais. Même absente, elle continue à me servir de guide.

— Qui pourrait trouver cela stupide ? répond Nickolas avec un sourire attendri. Je trouve cela très naturel, au contraire. Voulez-vous que je fasse suspendre le portrait ici, dans le couloir ? À titre temporaire, si vous préférez. Peut-être que sa présence apportera du réconfort à la cour tout entière.

— Nickolas, quelle charmante attention. Cela ne vous dérangerait pas ?

— Pas le moins du monde. Je m'en occupe dès que possible. J'aimerais attendre le retour de Palmer. Ce gamin remue beaucoup trop et cela ne m'inspire pas confiance.

Pour une fois, nous sommes du même avis.

J'étouffe très vite mes préjugés sur Mamun. Ce dernier prouve sa valeur à la seconde où la porte s'ouvre. Il dégaine son épée et bondit sur… un médecin qui n'a rien demandé et qui se retrouve avec une lame collée à la gorge.

— Attendez ! Attendez ! J'apporte des nouvelles à Son Altesse ! hurle-t-il.

Je quitte précipitamment ma chaise.

— Oh, docteur ! Veuillez m'excuser pour cet accueil.

— Votre Altesse, bafouille le malheureux, votre frère est réveillé.

Je retrousse mes jupes et je m'engouffre dans le couloir, suivie de Nickolas et de Mamun que j'entends crier derrière moi. Nous galopons jusqu'à la chambre de mon frère, dont la porte n'est pas fermée. Ravalant mes larmes, je découvre Escalus adossé à une montagne d'oreillers. Pâle et affaibli, mais conscient. Je m'effondre à son chevet, je prends ses mains dans les miennes et j'éclate en sanglots. On me laisse donner libre cours à mon chagrin pendant plusieurs minutes.

Lorsque je retrouve mon calme, mon frère me regarde un sourire aux lèvres.

— Tu vois, je suis toujours là.

Il m'a entendue. Portée par mes rêves, mes prières et mes angoisses, il a entendu ma question, et il m'a répondu.

— J'ai eu tellement peur. Je n'étais pas prête à te laisser partir.

— Il faudra plus qu'une estafilade, plaisante-t-il.

— Est-ce qu'ils t'ont parlé de l'état de Père ?

— C'est précisément de cela que je dois discuter avec toi. Demande aux autres de s'en aller.

— Bien sûr.

Personne ne semble tenir compte de sa requête. Je me tourne vers l'un des médecins et je lui lance d'une voix forte :

— Son Altesse royale vous somme de nous laisser seuls.

Noemi passe aussitôt à l'action.

— Suivez-moi, messieurs. Installez-vous dans le couloir, je vais vous apporter du thé, dit-elle en montrant la porte d'un geste ample du bras.

Enfin, la chambre se vide. Je peux accorder mon attention à Escalus :

— Tu as mal quelque part ? En quoi je peux t'aider ?

— Annika. Les médecins ne m'ont rien caché. Je pense que nous devons nous préparer au pire. J'espère que Père est assez têtu pour s'accrocher à la vie, mais il est possible que nous devenions orphelins d'un jour à l'autre.

Orphelins. Ce mot me perfore le cœur. Mon frère pousse un soupir attristé.

— Le temps que nous passons avec les personnes aimées s'écoule comme du sable ; nous ne devons pas le gaspiller. Ce qui m'amène au sujet de cette discussion… Je vais épouser Noemi, déclare Escalus avec un sourire serein. Peu importe si Père ne nous donne pas sa bénédiction, ni les dignitaires, ni même toi. Je l'aime, je l'ai toujours aimée, et je refuse de passer le reste de ma vie ailleurs qu'à ses côtés. Peu importe si le royaume s'écroule autour de nous. Je vais faire d'elle ma femme dès que j'aurai la force de me mettre debout.

Je remarque au fond de ses yeux un éclair de défi. Et une fois encore, je l'envie. J'aimerais tellement savoir ce que cela fait, de tout envoyer aux orties. C'est un luxe que je n'ai pas. Je me préoccupe encore de l'état de la monarchie. Je me préoccupe de notre royaume et de la menace qui approche. Je me préoccupe de mes sujets, parce que je ne veux pas qu'ils soient massacrés par l'armée ennemie. Et je me préoccupe de Lennox, que je ne veux pas voir face à la pointe de mon épée.

Mon frère s'est libéré de ces chaînes et, dans la foulée, il m'a enchaînée. Je l'accepte avec joie. Tout, pourvu qu'il soit heureux.

— Tu es tombé amoureux d'une roturière, Escalus. J'ai lu assez de livres pour savoir qu'on ne croise cela que dans les contes de fées.

— Tu n'es pas fâchée ?

— Elle m'a posé la même question.

— Qui donc, Noemi ? Noemi t'a posé la même question ?

— Oui. Je vous ai surpris ensemble dans le couloir un soir, juste avant notre départ pour l'Île. J'ai remué ciel et terre pour que vous ne soyez pas séparés. Donc, non, je ne suis pas en colère contre toi, et je ne te déteste pas non plus. Je suis triste, peut-être. Déçue que tu ne m'en aies pas parlé avant.

— Parce que tu n'as pas de secrets, toi ?

— Un seul. Et il s'avère que c'est le même que le tien, figure-toi : j'aime quelqu'un qu'il m'est défendu d'aimer.

— Tout d'abord, aucune loi ne m'interdit d'aimer Noemi, rétorque-t-il, toujours aussi vif d'esprit. Je compte bien me marier avec elle. Rien ni personne ne pourra m'en empêcher. Ensuite, j'espère que tu ne t'es pas mis en tête que tu es amoureuse de Rhett. Il ne t'aime pas non plus. Il s'est... entiché de toi – un peu trop, si tu veux mon avis – parce que tu es la seule personne de sexe féminin à qui il a adressé la parole dans sa vie. Et tu es accorte, ce qui n'enlève rien à l'affaire. Mais il ne se connaît pas assez bien lui-même pour aimer quelqu'un d'autre, alors ne te laisse pas embobiner par ses belles paroles.

Je pousse un soupir. Escalus a su décrypter les sentiments que Rhett me porte. Il est beaucoup plus observateur que moi. Par ailleurs, je ne vois pas comment je pourrais lui dire que mon amour véritable, c'est Lennox… alors je garde les yeux baissés, de peur qu'il lise la vérité dedans.

— Très bien. Maintenant que tu as repris connaissance, veux-tu que je demande au conseil de régence de te rendre les pleins pouvoirs ?

— Non. Je suis trop fatigué et les médecins m'ont dit que tu t'en sortais très bien.

— C'est vrai ?

— Bravo, Annika. Je savais que tu en étais capable.

J'ébauche un sourire, ravie de la tournure qu'ont prise les événements.

— Si la chance est de notre côté, Père va se rétablir et nous mettrons tout cela derrière nous… j'y pense, les gens commencent à nourrir des soupçons au sujet de Noemi, alors charge-la de quelques emplettes. Elle n'a pas quitté ton chevet un seul instant.

— Je n'y manquerai pas. Merci de lui avoir donné l'ordre de rester.

— C'était le moins que je puisse faire. Et merci.

— Merci pour quoi ?

— D'être toujours là.

Escalus me répond d'un hochement de tête. Je vois la fatigue avoir raison de lui.

— Je reviendrai plus tard. Dors.

Et je quitte la chambre à reculons, sans un bruit, laissant Escalus à sa convalescence. Les médecins rôdent dans le couloir, impatients de reprendre la main. J'adresse un signe rassurant à Noemi et je m'éloigne. Heureuse de rester régente encore quelques jours, lasse de m'inquiéter sans cesse et… jalouse. Jalouse de l'amour qu'ont Noemi et Escalus.

Quant à moi…

— Est-ce que tout va bien ? s'enquiert Nickolas au moment où je tourne le coin du mur.

— Je n'en ai pas la moindre idée.

Alors, il me prend délicatement dans ses bras. Quel coup de tonnerre. Nickolas incarne la discipline, le protocole, les lignes droites. Même s'il a souvent pris des libertés avec le cadre que j'ai essayé de fixer dans la sphère privée, jamais il n'a franchi les limites imposées par mon rang.

Jamais, jusqu'à cet instant.

Je ne dis rien, je le laisse faire.

LENNOX

Je chevauche sans faire halte. Lorsque le soleil se couche, je me sers des étoiles pour me repérer et je mets cap sur le sud-est. J'espère trouver de l'eau une fois franchie la frontière de Kadier. Et le repos, je ne le trouverai qu'auprès d'Annika. Rien ne compte en dehors.

J'estime que j'ai une journée d'avance sur Kawan. Il ne peut pas déplacer plusieurs régiments de nuit, d'autant que nos hommes sont épuisés, et ils ont le moral au plus bas. C'est Blythe que je crains le plus : elle aura soif de vengeance et il est très probable qu'elle entraîne Inigo dans sa folie meurtrière.

Je traverse la plaine où nous avons établi notre bivouac la nuit qui a précédé la razzia à Stratfel. Je reconnais l'endroit où j'ai enlevé Annika. Et je demande à ma monture de ralentir quand j'aperçois le palais à l'horizon. Voilà. Je suis à Kadier. Je suis à Dahrain. Après tout ce temps, après tous ces efforts, il me suffisait d'avancer encore un peu.

J'immobilise quelques instants mon cheval et j'explore les environs du regard, tâchant de raviver au fond de moi un souvenir, une flamme, une étincelle. Rien. L'air est différent ici, moins saumâtre qu'à Vosino. Presque sucré. Et les arbres sont couverts de fleurs que je ne reconnais pas. Les maisons, bien que modestes, sont pimpantes. Je suis enchanté par ce que je vois, même si je reste sur mes gardes.

Pourtant, une sensation agréable se propage dans mon estomac, une sensation qui me dit que je suis chez moi. Mais cela ne m'indique pas comment m'infiltrer dans la résidence royale. Je mets pied à terre et, tenant mon cheval par la bride, je remonte les ruelles jusqu'à atteindre l'entrée du palais. Il est clos par une haute muraille en pierre mais les grilles rehaussées d'or sont restées grandes ouvertes. Deux gardes filtrent les entrées et les sorties. J'imagine qu'ils voudront vérifier mon identité et je cherche une solution alternative. Bien sûr, je pourrais essayer d'entrer par effraction. Escalader l'enceinte après m'être assuré qu'aucun soldat ne patrouille. Ou passer par l'arrière, où la surveillance est sans doute moins stricte.

Ce n'est que la première partie du problème : en admettant que je réussisse à m'introduire à l'intérieur, je ne sais pas où trouver Annika.

— Vous êtes perdu, m'sieur ?

La voix me fait sursauter. Je baisse la tête. Un garçon d'une douzaine d'années se tient près de moi, chargé d'un lourd sac. Des yeux grands ouverts, pleins de candeur. Trop jeune pour comprendre qu'il a face à lui un ennemi. Quelle tristesse que cette innocence soit bientôt abîmée par mes camarades.

— En un sens, oui. J'ai un ami au palais, mais je n'ai pas reçu d'invitation, alors je ne sais pas comment entrer.

— Oh, et il s'appelle comment, votre ami ? Je travaille aux écuries, Peut-être que je le connais.

— C'est Palmer. L'officier Palmer.

Je fais mentalement l'inventaire de mes possessions, je plonge une main dans ma bourse et j'en sors mon canif.

— C'est l'unique objet de valeur que j'ai sur moi. Je te le donne si tu peux me ramener Palmer. Marché conclu ?

— Palmer, c'est celui qui a disparu, c'est ça ? Il est revenu tout cabossé ?

— Oui. Il paraît qu'il a vécu une sacrée aventure. Alors, tu penses que tu peux le conduire jusqu'à moi ?

— Bien sûr. Attendez sous l'arbre là-bas.

Et il disparaît, rapide comme l'éclair, franchissant la grille sans que les gardes ne haussent le sourcil. Je mène mon cheval à l'endroit indiqué et je prends mon mal en patience. L'arbre en question est un pommier. Alors, c'est ainsi que les gens vivent à Kadier ? La nourriture pousse sur les arbres, littéralement. Je tends le bras, je détache de sa branche une pomme que je donne à mon cheval et j'en glisse une dans ma besace.

Les minutes s'écoulent, je commence à m'impatienter. Et si ce garçon n'arrivait pas à trouver Palmer ? Combien de temps dois-je attendre avant de passer à l'action ?

Un couple âgé passe devant moi. La femme s'aide d'une canne pour marcher et s'appuie à l'homme. Ils avancent à petits pas, sans se presser, heureux. Les souverains successifs de Kadier semblent avoir apporté la prospérité à leur peuple.

Le couple franchit la grille et, stupéfait, j'avise Palmer. Nos regards se croisent, il sourit.

— Content de voir que vous avez changé d'avis. La monarchie traverse une période d'instabilité et nous avons besoin de toutes les bonnes volontés.

— Je suis ici pour Annika. C'est tout.

— Et c'est amplement suffisant.

— Je l'espère. Je vous avertis, mon départ a dû accélérer la décision de lancer une invasion.

— C'était inévitable. Au moins nous savons à quoi nous attendre, vous et moi.

Il empoigne les rênes, guide mon cheval et lui fait franchir les grilles du palais. Je me fais aussi discret que possible, les yeux braqués au sol, muet comme une carpe. Je me demande si quelqu'un va me reconnaître, en dehors d'Annika. Ce cher Nickolas représente un risque, si nos chemins venaient à se croiser.

Palmer contourne le palais et me conduit aux écuries. Annika m'a dit que c'est ici qu'elle prenait ses leçons d'escrime et cela me fait sourire.

— Vous voyez, je n'ai qu'une parole.

Je me retourne. Le jeune garçon est là, occupé à nettoyer une stalle.

— C'est vrai. Et, comme promis, ta récompense. Fais-en bon usage, dis-je en lui remettant mon canif.

— Grayson, tu veux bien t'occuper de son cheval ? demande Palmer. Si on te pose la question, j'offre l'hospitalité à un ami venu de ma ville natale.

— Entendu, m'sieur, répond Grayson, très gai, avec un salut militaire.

Une démonstration qui arrache un petit rire à Palmer. Nous quittons les écuries.

— C'est un brave garçon. Il y a des années de cela, Son Altesse royale a placé un valet d'écurie, Rhett, à la tête de la bibliothèque. Elle a bouleversé sa vie du jour au lendemain. C'est sans doute le destin qui attendra Grayson.

Ah, Rhett. Un nom, un autre, qui m'est familier. Palmer, Rhett, cher Nickolas, Escalus. Les hommes dans la vie d'Annika. Si seulement je pouvais me débarrasser d'une bonne moitié…

— Annika, où se trouve-t-elle en ce moment ? Elle est sous bonne garde, j'imagine ?

Palmer confirme de la tête.

— Je vous ai accordé ma confiance, Lennox. Ne me décevez pas. Le navire de la monarchie est en train de prendre l'eau de toutes parts. S'il coule, je compte sur vous pour aider la princesse à gagner la rive.

— Je m'y engage, au péril de ma vie. Et de la vôtre. Et d'à peu près tout le monde, maintenant que j'y pense.

Palmer visse son regard dans le mien, à la recherche d'une tromperie. Il ne trouve rien.

— Faites-vous discret. Suivez-moi.

Nous enfilons des corridors, gravissons des escaliers. De temps en temps je jette un coup d'œil furtif dans une pièce, ou sur une œuvre d'art, mais globalement je me tiens tranquille. Palmer s'arrête à l'angle formé par deux couloirs et, de la main, m'intime l'ordre de m'arrêter.

— Venez.

Il accélère le pas, ouvre une porte et m'attire à l'intérieur d'une chambre.

— Attendez ici. Personne, en dehors de Son Altesse ou de moi-même, n'aurait l'audace de pousser une porte sans frapper d'abord. Si vous entendez quelqu'un approcher, cachez-vous.

— Compris.

Palmer quitte la pièce en coup de vent et je me retourne.

Je retrouve sa signature partout autour de moi. Dans l'ouvrage d'aiguille abandonné près de la fenêtre, les livres empilés près du lit, les cinq robes déployées sur le dossier d'une méridienne, dans les couleurs, les textures, les parfums.

Vu l'état de la chambre, j'ai l'impression que personne ne s'occupe vraiment d'elle et même s'il ne fait pas si froid que cela, je décide de faire du feu dans la cheminée. Lorsque les flammes crépitent, j'explore la pièce. Je devrais lui jalouser le luxe dans lequel elle a grandi mais je préfère me dire que mon amour d'enfance n'a jamais manqué de rien. Je dépose ma besace au pied du lit, puis je palpe les rideaux de mousseline fixés aux baldaquins. J'ai les mains trop sales pour cet endroit.

Soudain, la voix de Palmer traverse la porte.

— Je vais rester posté devant votre chambre jusqu'à l'aube. En attendant, vous allez devoir me donner des consignes.

— Des consignes par rapport à quoi ?

Annika. Mon cœur s'emballe. Vite, je récupère la pomme au fond de ma besace.

— Vous verrez, répond Palmer.

Et il entrouvre la porte, assez pour que ma bien-aimée puisse se faufiler à l'intérieur. La confusion s'affiche sur son adorable visage lorsqu'elle voit les flammes qui dansent joyeusement dans le foyer… et son regard se pose sur moi. Elle se fige, frappée de stupeur, et les larmes font briller ses yeux. Je lui lance la pomme, qu'elle attrape au vol.

— Tu as plus d'un tour dans ton sac, lâche-t-elle.

— Je l'espère.

— J'ai tant de choses à te dire.

— Si c'est autre chose que « je t'aime », ça peut attendre.

Elle laisse tomber la pomme, elle se rue sur moi et elle nous projette sur le lit.

ANNIKA

Lennox se recoiffe d'un geste désinvolte, un sourire aux lèvres.

— Comment as-tu réussi à rentrer au palais ?

— J'ai fui Vosino. J'ai sans doute précipité l'invasion mais c'était plus fort que moi. Je ne peux pas vivre sans toi.

— Alors, reste à mes côtés.

Il s'approche, m'attrape par la nuque et m'embrasse fougueusement. Plus de secrets, plus d'angoisses, plus d'excuses. Plus rien à part nous, nous seuls. La perfection.

Je change de position et je me tourne sur le flanc, ma chevelure retombant en cascade sur son visage. Au bout d'un moment il détache ses lèvres des miennes et il fait courir ses mains rugueuses sur ma joue, mon front, mon menton. Il me caresse comme un bibelot fragile, comme si ce moment était éphémère.

— Je n'arrive pas à croire que tu es ici, en chair et en os. J'ai dû souhaiter te revoir une bonne centaine de fois.

— Moi non plus, me répond-il, le regard embrumé par la tristesse. Le bruit court que tu es régente.

— Les rumeurs n'ont pas menti.

— Le pouvoir te va bien au teint ; tu es éblouissante. Mon Annika, presque reine. Veux-tu que je m'incline devant toi ?

Il me taquine, mais sa plaisanterie me ramène à la réalité. Je vais devoir lui révéler ce que j'ai découvert, j'en ai bien peur. Même si j'aime mon royaume plus que tout, même si je suis prête à tous les sacrifices au nom de ma lignée, je ne peux pas continuer à m'approprier une terre, et une histoire, qui ne m'appartiennent pas. Seulement… pas tout de suite.

Je réplique alors :

— Même si c'est ce que l'étiquette exige, penses-tu que je vais te lâcher aussi vite ?

Il me répond d'un sourire nonchalant, qui camoufle sans doute la peur qu'il éprouve. Il a quitté son ancienne vie, il s'est aventuré en territoire ennemi et il peut à tout moment être reconnu et mis aux fers.

— Je suis certain que Palmer a dû t'informer de la situation, me dit-il, soudain sérieux.

— Il m'a dit que j'étais en danger, oui, et qu'un Kadiérien s'est allié à Kawan.

— Je suis résolu à trouver le traître.

Je passe mes doigts dans ses cheveux. Sa beauté me fait fondre.

— Suis-moi.

Je me mets debout et je le conduis vers une petite table sur laquelle sont placés une cuvette et un broc rempli d'une eau fraîche que je fais couler sur ses mains. J'imprègne d'eau un linge propre et j'efface toutes les traces de sa longue chevauchée à travers bois et plaines. Je sens qu'il me dévore des yeux, mais je reste concentrée sur ma besogne. C'est donc en cela que consiste le mariage. Des heures, des journées, une vie entière à ses côtés. Jamais je ne pourrais m'en lasser.

— Nous sommes encore dans le pétrin, lui dis-je.

— Comment ça ?

— En tant que régente, je dois veiller au grain à chaque instant – et tu présentes une menace à la sécurité du royaume.

— Absolument. Je suis très dangereux. Il vaut sans doute mieux que tu me surveilles sans relâche, nuit et jour.

— C'est mon devoir, en fait. Et je ne peux pas tourner le dos à mon devoir.

— Quel sens du sacrifice. Admirable.

Je m'écarte d'un pas et je le dévisage. Ces yeux sont dangereux, vraiment. Lennox dénoue les cordons de sa cape et la jette sur le dossier d'une chaise, où elle rejoint son manteau. Il fait le tour de la chambre pour souffler les bougies tandis que je me glisse sous les draps, hypnotisée par ses gestes. Il semble dans son élément.

Blottie sous mon édredon, je me sens enfin en sécurité. Mes paupières sont de plus en plus lourdes. J'entends Lennox ajouter des bûches au foyer, attiser les flammes et replacer la grille de protection, puis il me rejoint entre les draps. Je sens son cœur battre contre mon dos, ses bras autour de ma taille et son nez enfoui au creux de ma nuque, s'enivrant de mon parfum.

— Lennox ?

— Oui.

— Promets-moi que tu seras toujours là à mon réveil. Ne disparais pas.

— Je t'ai rencontrée quand nous étions enfants. Je t'ai retrouvée après ton évasion. Je t'ai tenue contre moi pendant un ouragan. Rien ne peut nous séparer.

Il y a tellement de conviction dans sa voix que je le crois sur parole. Et, enfin, je dors à poings fermés.

LENNOX

Enfin, je dors à poings fermés. Annika n'étant distante que d'un battement de cœur, il m'est facile de trouver le repos. Elle s'est tournée vers moi, la joue posée sur mon bras, et j'admire à présent le visage le plus angélique au monde. La savoir en sécurité contre moi m'aide à atteindre un sommeil réparateur qui me fuit depuis longtemps.

Pour être franc, c'est la première fois que je dors dans un lit aussi confortable et j'ai bien l'intention de le garder quand… Quand quoi ? Est-ce que je compte vraiment chasser Annika du trône ?

Assoupie, elle pousse un petit soupir. Je me rappelle que ça, elle l'a déjà fait dans la grotte. J'aime la façon dont ses cheveux bouclent, ces petites frisettes dorées. Contempler Annika me suggère que j'ai gâché mon talent à l'épée. J'aurais mieux fait de m'armer d'un pinceau. De peindre une beauté aussi étourdissante et l'immortaliser sur une toile. Le monde ne sait pas ce qu'il rate.

Elle fronce légèrement les sourcils et se blottit contre moi, genoux repliés et mains croisées, la tête enfouie au creux de ma poitrine. Si menue, et pourtant si charismatique. Elle prend une profonde inspiration. Je sens qu'elle se réveille et je souris, heureux d'avoir retenu ce détail. Je me demande combien de ses petites manies je pourrais décrypter dans le courant de ma vie.

— Tu es là, lâche-t-elle, encore endormie.

— Je t'ai promis de rester à tes côtés. Je me suis rendu coupable de bien des choses, Annika, mais je ne t'ai jamais menti.

— C'est vrai.

— Je ne sais pas à quelle heure tu dois commencer ta journée, mais je n'avais pas du tout envie de te réveiller.

Elle se relève, les cheveux ébouriffés, la robe froissée.

— Mes journées ne s'arrêtent jamais, donc elles commencent un peu n'importe quand.

— Oh, dis-je en la ceinturant du bras. Dans ce cas, tu peux rester au lit.

Elle se laisse retomber avec un petit rire. À cet instant un désordre se fait entendre derrière la porte. La voix de Palmer retentit comme une mise en garde. Annika et moi nous redressons d'un bond.

— Monsieur, vous m'en voyez navré, mais Son Altesse n'est pas encore debout.

— J'exige de voir ma fiancée sans attendre !

C'est cher Nickolas, qui se permet de venir troubler notre repos.

— Vite, cache-toi, chuchote Annika.

Je saute à bas du lit et je me glisse en dessous. Une étoffe bouillonnée m'empêche de voir ce qui se passe dans la chambre tout en me dissimulant aux regards. Pas le moindre mouton de poussière au sol. Tout est d'une propreté impeccable. J'aperçois deux fixations vissées au sommier – et, accrochée à ces fixations, l'épée d'Annika. J'ébauche un sourire. À présent elle cache tous ses secrets au même endroit.

Je l'entends pousser un petit cri et, une seconde plus tard, ma besace, mon manteau et ma cape me rejoignent sous le lit. Mon épée suit le même chemin ; je la sors de son fourreau de quelques centimètres, au cas où se présenterait le besoin de m'en servir, et je reste tapi sans bouger d'un pouce.

— N'allez pas plus loin, sire. Depuis plusieurs jours Son Altesse est accaparée par sa fonction, elle se surmène. S'il y a bien une personne qui devrait se préoccuper de son bien-être, c'est vous, ajoute Palmer derrière la porte.

Il me plaît de plus en plus, cet homme.

— Comment osez-vous ? proteste Nickolas. Avez-vous la moindre idée...

— Vous pouvez le laisser entrer, officier, ordonne Annika, mettant un point final à l'escarmouche.

J'entends la porte s'ouvrir, puis un bruit de pas. Palmer reprend la parole.

— Pardonnez-moi, Votre Altesse. Je n'avais pas l'intention de vous réveiller, dit-il.

— Vous n'avez rien à vous reprocher, mon brave, lui répond ma bien-aimée avec, dans la voix, une froideur qui ne lui ressemble pas.

— Quand vous aurez fini de donner audience au duc, je vous remettrai un paquet qui vous a été adressé. Je dois vous le remettre en privé.

— Merci. À tout à l'heure.

Quelqu'un quitte la chambre. Je ferme les yeux et je prends de profondes inspirations, dans l'espoir de calmer mes nerfs. Si l'on me découvre, je me tiens prêt à riposter.

— Il y a une pomme par terre, lance une voix moqueuse.

Ce maudit Nickolas, encore. Annika lui répond par un silence dans lequel je devine sa colère.

— Je vous remercie de vous préoccuper autant de moi, Nickolas, mais je préférerais éviter qu'on me réveille en hurlant devant ma porte.

— C'est ce garde insolent, répond-il sans se départir de son calme. Jamais je ne me serais permis de hausser le ton s'il ne m'avait pas refusé l'accès à votre chambre.

— L'officier Palmer a pour mission de me protéger. S'il se montre intransigeant, il ne faut pas lui en tenir rigueur.

— Vous protéger de quoi ? Il ne m'a rien expliqué. Comment puis-je vous protéger, moi, si je reste dans le noir ? Pourquoi tant de secrets autour de vous depuis quelque temps ? Des menaces non identifiées. Des plis dont l'expéditeur reste anonyme. Que me cachez-vous encore ?

Annika laisse échapper un petit rire qu'elle tente de camoufler en quinte de toux. Je me mords la lèvre.

Ah, Nickolas, quel imbécile tu fais.

— Navrée de vous décevoir, Nickolas, mais vous serez toujours tenu en dehors de certaines affaires d'État. C'est ma fonction qui réclame cela.

Bravo, mon amour.

Un nouveau silence pesant. Le goujat revient à la charge :

— Dans ce cas, dois-je moi aussi taire ce que je sais ? Est-ce ainsi que vous envisagez le mariage ?

Veux-tu que je te passe au fil de mon épée ? Si tu lui parles sur ce ton encore une fois…

— Vous voudrez bien tenir votre colère en bride. Ce que vous venez de dire ressemble fort à une menace et je vous rappelle que vous êtes un sujet comme un autre. Même si vous n'êtes pas d'accord avec mes décisions, vous me devez le respect.

— Pourquoi vous obstinez-vous à me chercher querelle, Annika ?

Quel individu exaspérant. C'est lui qui lui met des coups d'aiguillon depuis son arrivée.

— J'ai une nouvelle urgente à vous communiquer, poursuit-il. Vous me sermonnez parce que je me présente à votre porte, vous me tenez à distance et ensuite, vous m'humiliez ? Quel homme pourrait tolérer pareil traitement ?

Premièrement, tu déformes toutes ses paroles. Deuxièmement, si on m'offrait cette chance, je me mettrais chaque jour à genoux devant Annika Vedette.

— Un tel homme n'existe pas, déclame Nickolas, répondant à sa propre question. Avec les événements de ces dernières semaines, avec les coups qu'a endurés la monarchie, qu'arriverait-il si je refusais de m'unir à vous, Annika ?

Personnellement, j'organiserais un feu d'artifice. Mais je ne suis pas en fonds en ce moment.

— Nickolas, vous n'êtes pas le bienvenu dans ma chambre, ni dans mon bureau. Ne m'imposez plus votre présence.

— Quoi ?!

Mais oui !

— Vous êtes libre, déclare Annika. Et je ne vous retiens pas. J'en épouserai un autre. Un autre qui m'aime ; un autre qui veut de moi.

Un autre qui se cache sous son lit en ce moment même.

— Je vous aime plus qu'aucun autre, proteste Nickolas, aussi chaleureux qu'un glaçon.

Je l'entends s'éloigner, la porte se referme derrière lui. Je sors la tête de sous le lit.

— Quel effroyable manipulateur.

— Tu trouves ? Parfois je me demande si je ne laisse pas les émotions avoir raison de moi. Après tout lui aussi est victime du destin.

— Non. Tu as été parfaite. Veux-tu que je le tue ?

— Non.

— Tant pis. Me permets-tu de le tuer quand même ?

— Non !

Je lui adresse un sourire et je sens la tension quitter ses épaules. Mon Annika redevient elle-même.

— Tu es d'humeur taquine ce matin, me fait-elle remarquer.

— J'ai passé la nuit entre les bras de ma bien-aimée. Cela mettrait n'importe qui de bonne humeur, non ?

À cet instant on frappe à la porte et je regagne ma cachette à toute vitesse.

— Entrez.

— Ce n'est que moi, lance Palmer.

Je jaillis de sous le lit.

— Votre Altesse, veuillez accepter mes excuses. J'ai essayé de parler le plus fort possible, pour vous faire gagner du temps. Ce paquet est adressé à Lennox. J'ai anticipé. Si je me suis trompé, je peux rendre cette tenue à qui de droit.

Je découvre ce que Palmer m'a apporté. Un habit identique à celui qu'il porte.

— Votre flair est infaillible, officier. Bien sûr, la décision revient à Lennox.

Annika veut que je me fasse passer pour un soldat kadiérien. Elle comprend que j'aie des réticences, mais c'est le plus sûr moyen de rester à ses côtés. Seuls Annika, Palmer et Nickolas sont capables de me reconnaître. Les deux premiers sont mes alliés, le troisième vient d'être banni de l'intimité de la princesse donc, en théorie, je ne risque plus rien de ce côté. Et je dois rester coûte que coûte auprès d'Annika.

— Alors, qu'en dites-vous ? me demande Palmer. Acceptez-vous cet uniforme ?

— Rien ne me rendrait plus heureux.

ANNIKA

C'est inexplicable, mais je me sens indestructible quand Lennox est à mes côtés. Je me tiens plus droite, je marche d'un pas plus énergique. J'ai presque envie que quelqu'un me contrarie, pour voir ce que j'ai dans le ventre. Je jette un coup d'œil par-dessus mon épaule, subjuguée. Il a fière allure dans cet uniforme.

Ce qui me monte un peu trop à la tête, c'est le fait que nous soyons ensemble au grand jour, sans nous cacher. Cela paraît inimaginable et pourtant, c'est ce qui se passe en ce moment même. Dans la réalité.

Je découvre Escalus assis sur son lit, adossé à des oreillers. Un signe encourageant. Et je le trouve moins pâle qu'hier. Il ne va pas tarder à se rétablir totalement.

Je tiens à la main un panier qui contient un tambour à broder, une toile ainsi que plusieurs bobines de fil.

— Que m'apportes-tu là ? me demande-t-il.

— De quoi t'occuper. J'ai pensé que tu devais t'ennuyer à mourir.

Il soulève le couvercle et explore l'intérieur du panier.

— Noemi, aurais-tu la gentillesse d'enfiler cette aiguille ? Ma main est encore capricieuse.

— Bien sûr, Votre Altesse.

Lorsque Noemi s'approche, nos regards se croisent. Elle a l'air plus heureuse aujourd'hui, plus sereine.

— Nous avons beaucoup de choses à nous dire, commence Escalus.

— Très certainement.

Le regard de mon frère se pose sur Lennox, qui se tient debout à quelques pas du lit.

— Vous voulez bien nous laisser seuls, officier ?

— L'officier Palmer m'a donné pour consigne de rester aux côtés de Son Altesse, réplique Lennox sur un ton ferme.

— Ne vous faites pas de souci, lui répond Escalus du tac au tac. Je suis peut-être diminué, mais je la protégerai mieux que vous.

Lennox toise mon frère, puis il hoche la tête.

— Dans ce cas, nous servons le même objectif.

Ayant dit cela il s'incline, recule et se poste contre le mur.

— Il me plaît, celui-là, chuchote Escalus. Il ne s'embarrasse pas de formalités.

— Il vient d'intégrer la garde, je crois. Tu avais une question… ?

— As-tu des nouvelles de Père ce matin ?

— Non, mais je me rends à son chevet tout de suite après. Je suis venue te voir dès mon réveil.

— Ce qui explique ta coiffure.

— Il y a un problème avec mes cheveux ? Je leur ai mis un coup de brosse !

— Laissez-la tranquille, le gronde Noemi. Vous êtes ravissante, Votre Altesse. Votre pauvre frère n'y entend rien en mode capillaire.

— Sottises, proteste Escalus. J'aime beaucoup la façon dont toi, tu t'es coiffée aujourd'hui.

— Tenez, lui dit Noemi en lui tendant le tambour de broderie qu'elle a préparé.

— As-tu fixé une date pour ton mariage ? me demande-t-il tout à trac.

Une boule se forme dans ma gorge. Cela me gêne d'aborder ce sujet en présence de Lennox.

— Pas tout à fait. Je ne sais même pas… Ce qui nous a retenus, c'est ton état de santé, et celui de Père. Tout est resté en suspens.

— Dans ce cas, puis-je te demander une faveur ?

— Tu es l'héritier officiel, Escalus. Tu n'as aucune faveur à me demander.

— Peu importe. Me permets-tu ?

— Mais je t'en prie.

— Accepterais-tu que je me marie le premier ? Je t'ai dit que je voulais m'unir à Noemi dès que j'aurai la force de me mettre debout, et je le pensais vraiment.

Je distingue la réaction de surprise quasi inaudible qui franchit les lèvres de Lennox. Je regarde mon frère, les sourcils froncés.

— Mon petit doigt me dit que tu essaies de passer la bague au doigt de Noemi avant que Père se réveille, pour le mettre devant le fait accompli.

Escalus me fixe du regard, puis il se tourne vers Noemi.

— Elle est trop maligne.

— Elle l'a toujours été.

— Je ne sais pas trop. Je n'ai pas oublié la fois où elle a failli me trancher le bras.

— C'était une égratignure ! Et un accident !

Escalus laisse échapper un faible rire qui se transforme en quinte de toux et je me raidis en même temps que Noemi. Je regarde sa main se crisper sur sa poitrine. Il inspire plusieurs fois, le regard baissé.

— Ça va mieux, nous rassure-t-il.

Les gouttes de sueur qui perlent à son front me disent qu'il ne se sent pas aussi bien qu'il le prétend. Plus solide qu'hier, sans doute, mais encore loin d'un rétablissement complet.

— Si j'attends, et si Père passe de vie à trépas entre-temps, les conseillers vont juger bon d'intervenir. Ils me sépareront de Noemi… j'ai toujours admiré ton sens du sacrifice, Annika. Sincèrement, je trouve cela remarquable. Mais je refuse que les devoirs que j'ai envers Kadier se mettent en travers de mon amour. Peut-être suis-je trop égoïste. Je ne peux pas me résoudre à m'unir à une étrangère, ni pour ma patrie, ni pour Père, ni même pour toi.

— Je comprends. Noemi, tu as été comme une sœur pour moi la moitié de ma vie. Pourquoi ne pas faire de toi ma sœur tout court ?

Les deux amoureux échangent un regard joyeux.

— Escalus, qui te dit qu'il faut une cérémonie grandiose ? Qui te dit qu'il faut impressionner les esprits ? Donne-moi jusqu'à demain, je vais arranger votre mariage. Il nous faut simplement un prêtre qui accepte de vous unir et ce prêtre, je compte bien le trouver, même si je dois le faire venir de Cadaad. Repose-toi, Escalus, parce que demain, tu te maries.

— Merci, murmure mon frère.

— Je vais vous laisser. J'ai beaucoup à faire.

Des noces à organiser, d'autres à reporter, un pays à diriger… je ne risque pas de m'ennuyer aujourd'hui. Je me mets debout et je tends un autre ouvrage d'aiguille à Noemi.

— Toi aussi, il te faut quelque chose pour passer le temps.

— Merci.

Je salue le malade d'une courbette et je quitte la chambre, Lennox sur les talons. Je connais son pas à présent, le rythme de sa respiration. Je remonte le couloir et je m'arrête devant une porte. Deux soldats qui montent la garde s'inclinent en me voyant, l'un d'eux tourne la poignée. Je pénètre dans la chambre royale. Ici l'ambiance est différente. Plus lourde. Je me retourne. Lennox a les yeux braqués sur mon père allongé dans le lit. L'horreur se peint sur son visage. Comme je le comprends.

J'adresse un signe aux médecins et je traverse la pièce pour aller m'asseoir au bord du lit. Tous ont la courtoisie de s'écarter et de me laisser tranquille avec mon père.

— Je ne sais pas si tu peux m'entendre, mais le temps file à un point que tu n'imagines même pas. Sache que je ne te fais aucun reproche. Je comprends comment l'amour peut changer une personne. Et le chagrin, aussi. Parce que le chagrin, c'est de l'amour que ne peut pas recevoir la personne à qui il est destiné.

» Tu vois ce jeune soldat derrière moi ? Je l'aime. Je l'aime tellement que j'affronterais les pires des dangers pour lui. Et si je le perdais… je ne sais pas de quoi je serais capable.

» Tu as voulu nous garder sous ta coupe, mais je ne t'en veux pas. Tu as voulu orchestrer chaque étape de ma vie, mais je ne t'en veux pas non plus. Je sais que tu essayais de protéger ce qui restait de ta famille. Et je te pardonne.

Je prends mon courage à deux mains, puis j'ajoute :

— Et je suis certaine que tu pardonneras les décisions que je vais prendre à l'avenir.

LENNOX

Cela ne m'a pas dérangé d'écouter la conversation qu'Annika a eue avec son frère, mais j'ai l'impression de violer son intimité dans la chambre de son père et je reste à distance respectueuse. Je n'ai pas le cœur de lui dire que j'ai vu assez de morts dans ma vie pour savoir que cet homme ne va jamais se réveiller.

Ce n'est pas mon rôle de souffler la flamme de son espoir. Je décide donc de concentrer tous mes efforts sur un seul et unique objectif, identifier le traître qui a livré Kadier aux mains de Kawan. Malheureusement, les suspects sont innombrables et je dois me méfier de tout le monde.

Je l'admets à contrecœur, mais mes soupçons se sont spontanément portés sur Nickolas. Je n'aime pas ce ton condescendant qu'il prend pour s'adresser à Annika et c'est un manipulateur chevronné qui sait se poser en victime. L'unique souci, c'est que je n'ai aucune preuve pour les étayer. Où les chercher, ces preuves ? Peut-être que Kawan a croisé Nickolas sur l'Île, que ce dernier a été assez stupide pour lui révéler quels liens l'unissent à Annika… tout est possible. D'un autre côté, je nourris pour lui le plus profond mépris et il n'est pas impossible que cela joue en sa défaveur.

Je regarde Annika déposer un baiser sur le front du roi. Il respire à peine. On dirait qu'il a déjà un pied dans la tombe.

C'est l'homme qui a condamné mon père à mort, qui a placé son cadavre décapité sur une charrette, sans se préoccuper de savoir s'il allait recevoir une sépulture décente. Mais c'est aussi l'homme qui a transmis ses gènes à Annika. Il a fait d'elle une jeune femme à la fois douce et audacieuse, inflexible et généreuse. Au bout du compte, j'ai du mal à le haïr. Et même s'il ne me voit pas, je me prosterne devant lui.

Annika se met debout, les yeux embués. Elle quitte la pièce, je la rattrape dans le couloir.

— Il ne va pas s'en sortir, n'est-ce pas ? me demande-t-elle.

— Il n'y a rien à faire, à part attendre. Et tenir le gouvernail du royaume ; c'est ce qu'il aurait voulu.

Elle plante son regard sur moi. Quand elle me regarde comme ça, je n'ai qu'une envie, la cueillir dans mes bras et l'emmener loin, très loin. Je veux partir avec elle et courir sans m'arrêter. Vivre une existence paisible à ses côtés.

Je m'attache à ses pas tandis qu'elle traverse le palais. Les couloirs s'enchaînent, les salles défilent où s'affiche un luxe insolent. Tableaux, mobilier fastueux, sculptures, où que les yeux se portent. Des domestiques s'affairent, des soldats se tiennent discrètement à l'affût et les courtisans devisent par petits groupes, reconnaissables à leur perruque poudrée et à leur pourpoint en soie.

J'aurais pu éprouver du dédain pour ces privilégiés… sauf qu'ils semblent porter Annika aux nues. Les dames la saluent d'une profonde révérence, tous ou presque s'enquièrent de sa santé. Je me demande s'ils savent que leur roi est à l'agonie ; personne n'aborde ce sujet délicat.

Une part de moi s'étonne : *Comment est-il possible qu'ils l'aiment autant ?* Et une autre part répond aussitôt : *Comment serait-il possible qu'ils la détestent ?*

Nous mettons derrière nous la rumeur des conversations, nous remontons des corridors où nous ne croisons pas âme qui vive et nous atteignons une double porte aux dimensions impressionnantes. Annika m'explique alors :

— Derrière se trouve la bibliothèque. L'endroit qui m'a servi de refuge une grande partie de ma vie. Puis-je te montrer quelque chose ?

J'accepte d'un hochement de tête. Annika pousse les portes en grand et révèle un endroit qui dépasse ce que j'aurais pu imaginer. Je sais écrire, et je sais lire... mais cela fait bien longtemps que je n'ai pas eu le plaisir de tenir un livre, un vrai, entre les mains, bien longtemps que je n'ai pas senti de papier sous mes doigts.

— Déjà de retour ? lance une voix. Vous n'avez pas un royaume à diriger ?

Un jeune homme coiffé de boucles blondes et doté d'un sourire étincelant se tient debout près d'une table de lecture. Celui-là, il prend beaucoup trop de libertés à mon goût.

— Le royaume peut bien attendre quelques minutes, lui répond Annika. J'ai des vérifications à faire. Comme tu le vois, je suis sous bonne escorte.

— Un seul garde ? s'étonne-t-il, presque vexé. À en croire l'officier Palmer, plus il y a de monde autour de vous, plus cela éloigne le danger.

Annika lui adresse un sourire rassurant. La diplomatie doit compter parmi les nombreuses cordes qu'elle a à son arc.

— Cet officier-là est très compétent, n'en doute pas une seule minute. Rhett, je suis un peu pressée. Comme tu me l'as rappelé, j'ai un royaume à diriger. Cela ne prendra que quelques instants.

Sans attendre son autorisation, elle se dirige droit vers ce qu'elle cherche. Je la suis sans accorder le moindre regard au freluquet sur mon passage, refusant de jouer à son petit jeu. Elle me conduit jusqu'à un rayonnage qui accueille des dizaines de livres retenus par une chaînette et elle en sort un qu'elle feuillette.

— Qui est-ce ?

— Rhett. Le bibliothécaire.

— Il m'inspire autant confiance que Nickolas.

— Ne soyons pas trop durs avec lui, chuchote-t-elle. C'est grâce à ses leçons que j'ai réussi à échapper aux griffes d'un scélérat.

— Vraiment ?

— Et je lui en serai éternellement reconnaissante. Si je ne m'étais pas évadée ce jour-là, je ne serais pas en mesure d'offrir au scélérat en question ce cadeau extraordinaire.

— Un cadeau ?

Elle me tend le livre ouvert.

— Un petit bout de son arbre généalogique.

Je pose mes yeux sur la double page, interloqué. Je reconnais le symbole brodé sur le col de la cape de mon père – des armoiries. En dessous, je découvre un nom étrangement similaire au mien.

— Annika… Annika, qu'est-ce que c'est ?

— Un livre de mythologie, m'explique-t-elle en passant la main sur la chaînette en cuivre. Tu sais, j'ai déjà vu ce genre de bibliothèque. Dans un monastère à Nalk, et au palais de Kialand aussi. C'est ainsi qu'ils conservent les ouvrages les plus précieux, afin que personne ne puisse les emporter. Mais je commence à me demander si ce n'est pas une stratégie pour que le bibliothécaire sache précisément qui les consulte et l'empêche d'emprunter le livre pour le montrer à d'autres personnes, extérieures au palais.

Toujours pas remis de la vague d'émotions qu'a déclenchée la vue de l'emblème et de mon nom, j'ai le plus grand mal à suivre. Elle pousse un soupir et reprend le fil de sa réflexion :

— Il est curieux que quelqu'un ait pris un jour la décision d'enchaîner les livres de mythologie, au milieu de tous les ouvrages que nous avons à notre disposition. J'en suis arrivée à la conclusion que ces pages contiennent des vérités longtemps cachées. Les noms, les dates, les armoiries. Celle-ci, ajoute-t-elle, l'index pointé sur le haut de la page, m'a frappée immédiatement.

— C'est mon nom, aucun doute là-dessus.

— Non, Lennox. Ici. Regarde.

Et elle montre un mot imprimé sous le patronyme que je n'utilise plus. *Chef.* Soudain le vertige me prend et mes poumons refusent de fonctionner.

— Cela ne m'étonne pas que Kawan ait été ravi de trouver ton père, poursuit-elle à voix basse. Cela ne m'étonne pas non plus qu'il vous empêche, toi et ton peuple, d'en savoir plus sur votre histoire. Il est peut-être le seul à connaître ton identité réelle. Et c'est sans doute pour cette raison qu'il a resserré son étau sur toi. Si quelqu'un d'autre levait le voile sur la vérité et comprenait qu'il a tout fait pour te nuire, eh bien, il aurait des comptes à rendre. Après tout, il te doit obéissance. Tu es son souverain.

Le sol tangue sous mes pieds. Je perds l'équilibre et je me rattrape à une étagère, puis je respire profondément. Mes pensées ne cessent de tourbillonner.

— Son souverain ?

— Je crois que l'un de tes ancêtres a été couronné par les autres clans, qui étaient au nombre de six. Et je crois que les autres chefs ont renoncé à leur titre pour que les tiens deviennent rois…

Moi, du sang royal qui coule dans mes veines ? Alors que j'ai dormi sur un grabat presque toute ma vie ? Impossible.

— Mais qu'est-ce que cela implique ?

— Cela implique que si quelqu'un avait le droit de venir réclamer le trône que mon père occupe, c'était bien ton père. Cela implique que si quelqu'un a le droit de me chasser du pouvoir, c'est toi.

J'ai les yeux voilés de larmes, les siens sont secs. Pourtant, elle vient de m'avouer que ses ancêtres sont des usurpateurs.

— Tu as tout quitté pour venir me défendre, ajoute-t-elle. Peut-être qu'à cause de moi, une armée se prépare à nous envahir. Si cela se produit, je veux que tu saches la vérité. Quand viendra l'heure de choisir, je ne te jugerai pas.

Ma gorge se serre.

— Dans ce cas, je choisis…

Elle pose ses doigts sur mes lèvres et ne me laisse pas finir ma phrase. Cette main sait tirer l'aiguille, brandir l'épée, s'enfoncer dans mes cheveux. Et m'interrompre en plein élan.

— Ne dis rien, souffle-t-elle. Si tu me dis que tu veux finir ta vie avec moi, ce sera une douleur pire que la mort lorsque tu seras obligé de renoncer à ton plan. Mais si tu te tais, et si tu choisis la couronne et le royaume, alors je serai capable de vivre – ou de mourir – en paix. Parce que tu ne m'auras fait aucune promesse.

— Peut-on faire sortir ce livre de la bibliothèque ? J'aimerais y jeter un œil plus tard. J'ai du mal à croire qu'il existe un ouvrage entier consacré à mon histoire.

Elle me sourit, esquisse un geste de la main. Aussitôt, Rhett se matérialise à ses côtés. Nous observe-t-il depuis le début ?

— Rhett, il est possible que mon père soit sur son lit de mort et mon frère a exprimé le souhait de me laisser les pleins pouvoirs pour un laps de temps indéterminé. Il n'y a personne dans ce palais… ou plutôt, personne dans ma famille, dont le rang soit plus élevé que le mien. Je veux emprunter ce livre afin de l'étudier dans ma chambre et je te saurais gré d'ouvrir ce cadenas.

Rhett pose sur Annika un regard paniqué.

— Je ne peux pas. Il me faut l'accord du roi.

— Rhett. Je suis régente.

— Je… c'est impossible.

Je vois l'agacement se peindre sur les traits d'Annika, puis elle est frappée d'une inspiration. Elle respire un grand coup, opine lentement, se dirige vers Rhett et lui offre sa main. Enfin elle esquisse une expression enjôleuse que j'ai déjà vue sur son visage – à son entrée dans la bibliothèque et à Vosino, dans le cachot – et se rapproche dangereusement du jeune homme.

— Pardonne-moi, mon cher Rhett, susurre-t-elle. Je suis épuisée. Je sais que tu es l'un des plus fidèles serviteurs de Kadier et je t'en remercie chaleureusement.

Je vois les épaules de notre freluquet s'affaisser sous l'effet du soulagement. Il n'aime pas contrarier Annika. Il ne sait pas ce qu'il rate, le pauvre petit.

— Merci, Annika. Revenez me voir aussi souvent que vous le souhaitez. Sans faute.

Elle incline de nouveau la tête, très calme, et nous quittons la bibliothèque.

ANNIKA

Une fois dans le couloir j'accélère le pas, même si je sais que je ne crains rien. Lennox ne me quitte pas d'une semelle.

— Ne te fixe pas sur ce problème, me dit-il. Nous avons d'autres sujets de préoccupation. Tu as fait de ton mieux pour faire sortir ce livre de la bibliothèque et je t'en suis reconnaissant.

Je me retourne et je lui lance un sourire moqueur.

— Tu continues à me sous-estimer, Lennox Au Sucrit ? Je t'ai dit que Rhett m'a appris à crocheter les serrures. Et c'est devenu l'un de mes passe-temps favoris. Mais les cadenas qui retiennent ces livres pèsent une tonne et une épingle à cheveux n'y suffira pas. Donc, j'ai décidé de mettre en pratique la deuxième partie de l'enseignement de Rhett…

Levant la main, je révèle une clef qui se balance au bout de mon doigt.

— … le vol à la tire.

— Comment ? À quel moment ? bafouille Lennox, impressionné.

— Quand je lui ai donné ma main. Il fallait que je me rapproche.

— Tu es vraiment spectaculaire, dans ton genre.

— Ah, j'aime quand tu me couvres de compliments !

Lennox lâche un petit rire. Je lui tends la clef.

— Je te la confie. Retournons à la bibliothèque à la nuit tombée. Rhett ne se doutera de rien. Il ne devrait pas remarquer que la clef a disparu. Si, pour une raison ou pour une autre, je ne peux pas t'accompagner, demande à Palmer. Cela me rassurera de savoir que tu n'es pas seul.

— Si tu insistes.

Nous prenons la direction de la pièce qui me sert de bureau. Lennox me suit comme une ombre, silencieux, la démarche assurée. Je me doute qu'une véritable tempête se déchaîne sous son crâne et je me répète que je ne fais que réparer une injustice. Si Lennox récupérait ce qui lui revient de droit, ma vie serait plus simple, non ? Plus rien ne m'obligerait à épouser ce boulet de Nickolas. Et je pourrais me défaire des entraves du protocole et des responsabilités qui viennent avec le pouvoir. Peut-être que cela me ferait du bien, en quelque sorte… Mais si je perds la maison que j'ai toujours connue, le royaume que j'ai toujours servi, je serai seule responsable de cette débâcle. Et je risque de perdre Lennox dans la foulée.

J'aperçois Nickolas qui sort précipitamment de mon bureau. Il me jette un coup d'œil et part dans la direction opposée. Il ne s'arrête même pas pour me présenter des excuses ou, au contraire, en exiger de ma part après la dispute de ce matin.

— Halte ! lance Lennox, prenant tout le monde de court.

Je me fige. Nickolas pile lui aussi au beau milieu du couloir. Mon bien-aimé le foudroie du regard.

— Vous ne saluez pas votre souveraine ? gronde-t-il.

— Vous osez vous adresser à moi ? Au mépris du protocole ? ricane Nickolas.

— Justement, le protocole exige que vous témoigniez votre respect à Son Altesse. Un simple signe de tête, est-ce trop vous demander ? Non, vous l'ignorez comme une simple domestique. Si c'est ainsi que vous vous comportez avec elle, comment traitez-vous les petites gens, les sans-grades ?

La question que pose Lennox enlève les écailles sur mes yeux. En plus d'être un grand guerrier, c'est un fin observateur de l'âme humaine. Il a réussi à mettre en mots ce qui me hérisse tant chez Nickolas. Si mon cousin me manque à ce point de considération alors qu'il est censé s'aplatir devant moi, comment pourrait-il prendre soin de nos sujets ? Jamais il ne tiendra compte de leurs besoins. C'est aussi clair que le jour. Le monde de Nickolas ne tourne qu'autour d'une seule personne : lui-même.

— Officier Au Sucrit, inutile de déranger ce gentilhomme.

— Comme vous êtes un sans-grade, justement, je n'ai aucune obligation de vous répondre, rétorque Nickolas, imperturbable. Et sachez que l'étiquette, à laquelle vous semblez si attaché, vous interdit de m'interpeller quand l'envie vous en prend. Par ailleurs, vous l'avez entendu de la propre bouche de Son Altesse, elle ne le retient pas contre moi... Au Sucrit. Quel nom ridicule.

Nickolas secoue la tête et s'éloigne, drapé dans sa dignité. Décidément, Nickolas incarne tout ce qui me répugne au plus haut point.

Je réconforte Lennox en posant une main sur son bras.

— Tu n'étais vraiment pas obligé de prendre ma défense. Il est insignifiant à mes yeux.

— Pas aux miens, réplique Lennox. Cela me met en rage que tu sois fiancée à ce malotru. Il m'est parfaitement odieux. J'aimerais vraiment que tu m'autorises à débarrasser le palais de sa personne.

— Il te faut un nouveau hobby.

LENNOX

La plaisanterie d'Annika détend l'atmosphère et c'est le sourire aux lèvres que je la suis à l'intérieur de son bureau. Je remarque plusieurs tables qui disparaissent sous les cartes, les registres, les documents et les encriers. Preuve, s'il en faut, qu'elle travaille comme une forcenée au service de son royaume.

— J'ai une question à te poser, déclare-t-elle d'une voix mal assurée.

— Tu peux me poser toutes les questions que tu veux. Quand tu le veux.

— Tu m'as dit que vous accueillez à bras ouverts les malheureux qui échouent devant les portes de votre Castel. C'est bien ça ?

— C'est un pacte que rien ne peut briser. Une fois que tu arrives à Vosino, tu ne peux pas en partir. Nous vivons en autarcie, pour éviter que l'ennemi nous localise et nous débusque. Les personnes à qui nous offrons l'hospitalité sont des marginaux, des anonymes, des obscurs. À ce stade je ne saurais même pas te dire qui est dahrainien de souche.

— Est-ce triste ou beau ? Je n'arrive pas à me décider.

— Moi non plus. Mais nous en faisons nos frères, et nous leur racontons notre histoire jusqu'à ce qu'ils l'assimilent. Au bout du compte, nous formons une communauté, un collectif solidaire et fier de son identité. Peut-être est-ce là…

La gorge serrée, je repense à la moquerie de Nickolas.

— Peut-être que c'est quoi ? m'encourage Annika.

— Cela fait bien des saisons que je n'ai pas utilisé mon nom de famille, dis-je avec un pâle sourire. Toi seule le connais. Cela m'a fait mal d'entendre l'autre railler la façon dont je m'appelle.

— N'écoute pas cet imbécile. Moi, ton nom, je le trouve magnifique. Si j'en avais la liberté, je le ferais mien.

Je pose les yeux sur Annika. Elle, faire sien mon patronyme ? Cela voudrait dire… accepterait-elle… ? Je dois me faire violence pour ne pas me jeter à ses pieds et l'implorer de renoncer à épouser Nickolas, ce pitoyable pantin – et au diable Kadier.

— Revenons à ma question, fait-elle à cet instant.

— Je suis tout ouïe.

— Lorsque j'étais au cachot, Blythe m'a dit que le château dans lequel vous vivez, vous ne l'avez pas bâti de vos propres mains. Il était abandonné, et c'est là que Kawan a choisi de s'établir.

— En effet.

— Tu t'y es installé, avec ces gens qui cherchent à mettre un toit au-dessus de leur tête ?

— Oui.

— Admettons que les descendants du gentilhomme qui a édifié le Castel veuillent le récupérer… te sentirais-tu capable de vider les lieux ?

Mon sang se glace dans mes veines. Spontanément, j'ai envie de répondre non. Hors de question. Vosino est sans doute une ruine, mais c'est notre ruine à nous. Et nous avons tenté de le remettre en état, même si le résultat n'est pas à la hauteur de nos espérances. Mais je ne peux pas admettre à voix haute que renoncer à Vosino, ce serait comme me couper un bras.

Par chance, un solide gaillard vêtu d'un uniforme aux épaulettes rebrodées d'or fait son entrée à ce moment-là.

— Votre Altesse, j'ai reçu l'ordre de venir vous voir de toute urgence.

— Oui, général Golding, merci de vous être déplacé si promptement. Il faut préparer nos hommes à une attaque imminente. Vous êtes déjà mobilisés, je le sais, mais je sais aussi de source sûre que l'armée dahrainienne ne va pas tarder à frapper.

Je me retire dans un coin de la pièce, laissant Annika à ses responsabilités. Elle travaille plusieurs heures à la suite, sans la moindre pause, et elle prête une oreille attentive à des doléances ridicules, offre des solutions improvisées à des problèmes qu'elle découvre en même temps que moi et étudie des rapports rédigés par diverses commissions. Son pays est en grand danger et, pourtant, elle accorde de l'importance à chaque requête, à chaque tâche. Je dois reconnaître que je trouve tout cela terriblement ennuyeux. Je suis un homme d'action, j'aime le mouvement. Je ne suis pas fait pour me noyer dans la paperasse. C'est donc cela, être roi ? Rester assis à un bureau et écouter les pleurnicheries des uns et des autres ?

Alors que le soleil flirte avec l'horizon, Annika s'écarte du bureau et s'étire, exténuée. À cet instant, Palmer pousse la porte et se dirige vers moi.

— Est-ce que j'ai raté quelque chose ? me demande-t-il à voix basse.

J'ai découvert que cette terre, votre terre, me revient de droit.

— Non. Enfin si, un petit détail.

— Lequel ?

— Saviez-vous que la bonne d'Annika, Noemi, vit une histoire d'amour avec le prince ?

Palmer me dévisage, bouche bée.

— Ce n'est pas… mais comment… ?

— J'ai accompagné Annika lorsqu'elle a rendu visite à son frère ce matin et il lui en a parlé sans s'en cacher le moins du monde. Il va essayer de se marier avant que son père reprenne conscience et n'y mette son veto.

— Il n'y a plus aucun risque que le roi s'oppose à quoi que ce soit, soupire tristement Palmer.

Un frisson me parcourt l'échine. Cela ne peut signifier qu'une chose.

— Il est mort, chuchote-t-il. Il y a une heure de cela, peut-être deux. La procédure pour déclarer le décès d'un monarque est très longue, et fastidieuse. Je n'ai pas pu venir plus tôt.

— Vous vous trouviez au chevet du roi ?

Palmer confirme d'un signe de tête.

— Elle prépare le pays à la mobilisation générale, lui dis-je. Elle a tout organisé pendant qu'il rendait son dernier souffle.

— Elle a eu le temps de s'en charger, donc réjouissons-nous de cela. Je dois lui annoncer la terrible nouvelle et cela me paralyse d'angoisse, avoue Palmer.

J'étudie son profil, sa mâchoire crispée et ses sourcils tordus par le désarroi. J'ai mis des années avant de baisser ma garde et d'accepter la main que me tendait Inigo.

Il semblerait qu'à présent, je sois prêt à offrir mon amitié en l'espace de quelques heures.

— Laissez-moi m'en charger, Palmer. Ce n'est pas un souci pour moi.

Je lui mets une petite tape sur l'épaule et je vais m'agenouiller à côté d'Annika qui s'est plongée dans la lecture d'un document, le front barré d'une ride soucieuse.

— Annika ?

— Oui ?

— Annika, mon amour. Je suis désolé, mais j'apporte une bien triste nouvelle.

Elle me fixe quelques instants puis elle prend une profonde inspiration, se préparant au pire.

— Je t'écoute.

Je me noie dans ses yeux qui ne me cachent rien. Et je lui brise le cœur.

— Annika, ton père nous a quittés.

Sa lèvre inférieure se met à trembler mais elle réussit à se dominer.

— Est-ce que mon fr… est-ce que Sa Majesté en a été informé ?

Du regard, j'interroge Palmer qui hausse les épaules.

— Je n'en ai aucune idée, répond-il.

Annika renifle à plusieurs reprises, puis elle défroisse sa robe et se met debout, les mains jointes.

— Dans ce cas, il faut que j'aille lui porter la nouvelle.

Elle avance de quelques pas, puis elle pivote sur ses talons et souffle à mon oreille :

— Ne me quitte pas. Pas tout de suite.

— Je reste près de toi.

Elle adresse un signe à Palmer, parfaitement calme, et nous quittons le bureau ensemble. Quelques instants plus tard un soldat surgit dans le couloir, lancé à pleine vitesse. Il ralentit lorsqu'il aperçoit notre petit groupe. Hors d'haleine, incapable d'enchaîner deux mots, le regard affolé.

— Mamun ? s'écrie son supérieur. Qu'y a-t-il ?

— Officier Mamun ? insiste Annika.

— Parlez, bon sang, ordonne Palmer. Il ne peut y avoir de secrets entre nous.

Le nouveau venu se prosterne devant Annika.

— Le roi est mort, déclare-t-il.

— Oui, je viens de l'apprendre. J'allais justement…

— Et le prince a disparu.

ANNIKA

Je sens mes genoux se dérober sous moi. Heureusement Lennox, qui n'est jamais très loin, tend les bras et me rattrape.

— Pardon ?

— Il n'est plus là, répète Mamun.

Je ne puis le croire. Mon frère, disparu ? Impossible. Pas maintenant. Je retrousse mes jupes et je me mets à courir. La porte qui mène à la chambre d'Escalus est grande ouverte, personne ne monte la garde. Je me précipite à l'intérieur. Les tiroirs de sa commode ont été vidés, on a emporté les objets de valeur.

Je suis foudroyée. Où peut-il être ? Où est-il parti ? Que s'est-il passé ? L'a-t-on kidnappé ? J'envisage tous les scénarios. Noemi manque à l'appel, elle aussi. Et s'il est parti de son propre chef, chargé de richesses qu'il peut facilement revendre, accompagné de Noemi…

Il m'a forcément laissé un message. Je le connais. Je sais ce qu'il ferait dans ce cas-là. Je gagne ma chambre à toute allure, Lennox, Palmer et Mamun sur les talons. Rien près de l'entrée, rien au niveau de la cheminée… là, sur mon oreiller, une feuille pliée en deux. Posé dessus, en guise de presse-papiers, le sceau royal.

Le sceau dans une main et la lettre dans l'autre, je tente de garder les yeux fixés sur les lignes qui se brouillent.

Annika,

Pardonne-moi. Je t'implore de trouver en toi la force de faire preuve d'indulgence à mon égard.

Nous avions prévu autre chose, j'en ai conscience, mais la mort de Père rebat les cartes. S'il avait vécu assez longtemps pour accepter Noemi au sein de notre famille, cela ne poserait pas problème. À présent que je suis l'héritier en titre, je vais devoir prendre femme avec l'intérêt du royaume en tête.

Et je m'y refuse.

C'est non, Annika. J'espère qu'un jour, tu rencontreras toi aussi la personne qui saura abreuver ton cœur assoiffé, la personne qui te poussera à donner le meilleur de toi-même. C'est un amour qui permet de se transcender.

Je quitte Meckonah pour épouser Noemi. Alors même que j'écris ces mots, elle parlemente pour que je revienne sur ma décision, mais je vais rester ferme. Pardonne-moi, je t'en supplie. D'ici quelques années, quand mon mariage ne choquera plus personne et que j'aurai moi-même des héritiers, je reviendrai te délester du fardeau du pouvoir. Avec ton accord, bien sûr. Ce que je t'ai dit le soir de tes fiançailles vaut encore aujourd'hui : tu feras une reine bien plus capable que moi. Ta régence est un succès retentissant et je suis fier de ma sœur, de ses compétences, de son intelligence, de son courage. En tant que souverain de Kadier, je te cède officiellement ma couronne.

Vive la reine Annika, la souveraine la plus clémente et la plus gracieuse que Kadier ait connue dans son histoire.

Je t'adjure une fois encore de trouver en toi la force de nous pardonner. Je t'aime, Annika, et un jour, je reviendrai.

Escalus

Ma main tremble si fort que j'ai du mal à lire la signature. Je reste frappée de stupeur. Je comprends, sans doute mieux que quiconque, que l'amour déclenche des comportements qui peuvent sembler irrationnels... mais je n'arrive pas à croire qu'il ait pu m'abandonner ainsi. Mon propre frère.

Ma mère n'est plus là.

Mon père non plus.

Je suis reine.

Tu m'as promis de rester toujours à mes côtés.

Je me tourne vers Lennox, qui ne m'a pas quittée des yeux. Je lui tends la lettre, qu'il parcourt à toute vitesse et qu'il plaque sur le torse de Palmer avant de mettre un genou en terre.

— Vive la reine Annika ! s'exclame-t-il de façon à se faire entendre de tous.

Aussitôt, Palmer et Mamun l'imitent. Deux soldats qui passaient devant la porte restée ouverte assistent à la scène et me témoignent eux aussi leur respect. Soudain, je sens la couronne peser de tout son poids sur ma tête. Cela m'effraie, je ne le cache pas. Je glisse le sceau royal à mon pouce et je donne mes premiers ordres :

— Officier Palmer, faites poster des gardes devant la chambre de mon père ; que personne ne touche à sa dépouille. Et la disparition d'Escalus ne doit pas sortir de ces murs. J'en aviserai le peuple de Kadier en temps et en heure. Officier Au Sucrit, ayez l'obligeance de me suivre.

Messieurs, je vais vous demander de garder les yeux grands ouverts, maintenant plus que jamais. Il faut impérativement que je me rende à la bibliothèque.

Et je quitte ma chambre la tête haute. Je n'occuperai peut-être le trône que quelques heures, mais dans l'intervalle je veux montrer un visage digne de la monarchie.

— Annika, souffle Lennox. Annika, la bibliothèque peut attendre demain. Tu n'as rien mangé. Tu as subi un grand choc. Il faut te reposer.

Soudain je suis prise de vertige et je m'effondre contre le mur. Lennox se rue sur moi. Sa paume épouse ma joue et il me force à le regarder.

— Annika. Par pitié. Rien ne nous force à aller à la bibliothèque. Rien ne nous force tout court.

— Tu n'es pas heureux, Lennox ? Ton travail porte ses fruits ce soir. Et avec quelle facilité ! Tu n'auras pas à faire couler la moindre goutte de sang pour récupérer ta couronne.

— Cette couronne, je n'en veux pas. Je veux simplement vivre sur la terre de mes ancêtres. Sans me cacher. Ce serait possible. Je pourrais rester ici. Avec toi. Rien ne nous force à passer par ces épreuves, Annika, répète-t-il.

— Oui, tu pourrais. Mais tu ne t'en contenteras pas. Parce qu'au fond de toi, Lennox, tu n'es pas seulement un gentilhomme. Tu es un roi. Si tu vivais heureux à mes côtés alors que tes frères moisissent dans cette ruine aux confins du royaume, tu finirais par ne plus pouvoir te regarder dans le miroir. Tout comme moi, je me dégoûterais si je restais avec toi alors que mon peuple serait forcé à l'exil.

Nos regards s'entremêlent. Les événements nous mettent face à cette vérité que nous avons refusé d'admettre.

— Toi et moi, Lennox. Nous ne pouvons pas gagner sur les deux tableaux. En fait, nous ne pouvons pas gagner du tout. Si nous partons vivre librement notre amour, le chaos se déchaînerait. Qui sait combien d'innocents trouveraient la mort parce que nous avons manqué de courage ? Penses-tu que notre amour survivrait à cette lâcheté ? L'un de nous doit régner, l'autre renoncer au pouvoir.

— Je ne peux pas…

— Je sais.

Je me remets d'aplomb et je reprends la direction de la bibliothèque. Lennox m'emboîte le pas en silence. Je pense à ces moments passés ensemble dans la grotte. Avant que nous arrivions à trouver un terrain d'entente, l'ambiance était pesante. À cet instant, c'est encore pire.

Je pousse les portes de la bibliothèque et je suis surprise de trouver Rhett à l'entrée. Plié en deux, le front ployé, il s'appuie au bureau comme s'il avait le cœur brisé. Au moment où il entend les gonds grincer, il relève la tête. Ce n'est pas du chagrin qu'il y a au fond de ces yeux ; c'est de la rage.

— Où est la clef ? lance-t-il.

— Il va falloir changer de ton, lui ordonne Lennox.

Rhett le toise avec un mépris qui me fait frémir.

— La clef, où est-elle ? répète-t-il avec des accents menaçants dans la voix. Vous êtes la seule personne qui aurait pu me la prendre.

— Oui, je l'ai prise. Et j'en ai tout à fait le droit. Je suis reine à présent, lui dis-je en montrant le sceau à mon doigt.

De la main, j'intime le silence à Rhett. Lennox sort de sa poche la fameuse clef.

— Désolé, l'ami, mais j'ai besoin de ce livre. Écarte-toi.

— Je ne sais pas qui est cet homme, ni comment vous l'avez connu, ni ce qu'il trame, gronde Rhett en montrant Lennox du doigt. Mais il se berce d'illusions. Il n'aura pas ces ouvrages, et il ne vous aura pas vous non plus.

— Rhett !

— Je vous l'ai dit, Annika. Je l'ai dit il y a bien longtemps. Vous êtes mienne depuis toujours. Personne ne vous aime comme moi, je vous aime.

Rhett s'approche de nous, une lueur de haine dans le regard. Il ne m'a paru dangereux qu'une seule fois et cet instant ressurgit dans ma mémoire avec une parfaite netteté. Il m'avait confié, sans la moindre trace d'ironie, sans la moindre hésitation, que tout homme qui s'interposerait entre lui et moi deviendrait son ennemi juré. Je vois à présent que ce n'était pas une plaisanterie de mauvais goût.

Je constate alors qu'un gouffre sépare ce que je suis prête à faire par amour, de ce que Rhett est prêt à faire. D'ailleurs, peut-on qualifier d'amour ce qui n'est qu'une soif de vengeance ?

À l'instant où Rhett prend son élan pour se jeter sur Lennox, un cri retentit dans la bibliothèque.

Palmer est là. Il jette deux épées, l'une qui atterrit entre les mains de Lennox, l'autre dans les miennes. En revanche il n'accorde aucune attention, pas même un regard, à Rhett.

— Pas de temps à perdre, Votre Majesté. Le palais est pris d'assaut.

LENNOX

Je sors l'épée de son fourreau et, laissant Rhett à ses élucubrations, je m'attache à Palmer qui remonte le couloir et s'engage dans l'escalier comme s'il avait le feu aux trousses.

— Ont-ils ouvert une brèche dans les remparts ?

— Oui. Plusieurs régiments se préparent à contre-attaquer. Il faut évacuer le palais.

— Entendu. Après l'humiliation qu'ils ont subie lors de la bataille navale, ils ne feront pas de quartier.

— Je vais en informer les hommes.

— Et moi, que dois-je faire ?

Je me retourne. Malgré sa robe froufroutante, malgré ses souliers de satin à talons hauts, Annika nous a rattrapés. Je lui réponds :

— Votre mission, Votre Altesse, c'est de rester en vie. Y a-t-il une cachette sûre au palais ? Un endroit que personne ne connaît en dehors de vous ?

À son expression je constate qu'elle fulmine, et je recule d'un pas.

— Parce que tu crois que je vais me cacher ? Maintenant ? Alors que des gens vont mourir ? Dans ton camp comme dans le mien ? Je ne vais pas prendre les jambes à mon cou pendant que d'autres sacrifient leur vie en mon nom.

— Dans ce cas, restez à mes côtés. Vous ne pouvez pas me quitter, même l'espace d'une seconde.

Elle acquiesce, puis elle se débarrasse de ses souliers et se sert de sa propre épée pour fendre le tissu de sa robe et la rendre plus fonctionnelle. Ainsi, elle ne s'empêtrera plus dedans.

— Je descends, déclare Palmer. Vous deux, restez à l'étage. Espérons que personne ne réussisse à monter, mais préparez-vous quand même au pire.

Et il s'éclipse, nous laissant seuls. Je me tourne vers Annika.

— Je suis désolé d'avoir déchaîné cette tempête.

— Je suis désolée que tu n'aies pas pu faire autrement.

— Sache que c'est toi que je choisis. Pas le territoire, ni la couronne. J'ai rêvé de Dahrain presque toute ma vie mais je n'ai jamais aimé que toi. S'il m'arrive quelque chose, ne l'oublie pas.

— Et c'est toi que je choisis. Mais gare à toi, Lennox : ceux que j'aime, je finis par les perdre, toujours, précise-t-elle d'une voix pleine d'angoisse.

Je connais par cœur la liste de ceux qu'elle a aimés et je considère comme un honneur de figurer dedans, même si c'est au prix de ma vie. Je referme la distance qui nous sépare et je l'embrasse à pleine bouche. Si je dois mourir, je mourrai aimé d'Annika Vedette. Je scelle dans ma mémoire son parfum, la chaleur qui émane de son corps, le goût de ses lèvres. Quoi qu'il arrive, personne ne pourra me voler le souvenir de cette étreinte passionnée.

Le fracas des combats finit par nous parvenir. Nous nous détachons l'un de l'autre en nous dévisageant une dernière fois. Le danger se matérialise dans la personne de Mamun qui remonte l'escalier à reculons, pourchassé par Blythe, laquelle place ses pas dans les siens sans la moindre hésitation. Derrière eux Palmer et Griffin sont engagés dans un combat féroce et Inigo croise le fer avec un soldat kadiérien que je ne connais pas. En mettant en présence toutes les personnes auxquelles je suis attaché, le destin semble m'adresser un pied de nez.

— Lennox, souffle Annika, contre qui doit-on se battre, au juste ?

— Personne, dans l'idéal, mais tout le monde si nous ne pouvons faire autrement.

Blythe se désintéresse un instant de Mamun et nos regards se croisent. Lorsqu'elle avise Annika, un rictus déforme ses traits. Je vois toujours en elle une amie mais elle, elle n'a toujours pas digéré ma trahison – et elle va me la faire payer.

Mamun profite de ce moment de distraction pour la frapper au bras, ce qui ne l'empêche pas d'avancer inexorablement dans ma direction, déterminée qu'elle est à me faire souffrir autant qu'elle souffre. Il me faut une bonne seconde pour me remettre du choc. Annika devine ma vulnérabilité et se dresse devant moi, l'épée hors du fourreau, pour parer l'attaque de Blythe avec son élégance habituelle.

— Mademoiselle, lâchez votre arme, l'implore-t-elle.

— Écarte-toi ! gronde Blythe.

Je reste cloué sur place, incapable de décoller les yeux du spectacle que m'offrent les duellistes. L'affrontement de la grâce et de la fureur débridée. Fascinant.

Inigo apparaît dans mon champ de vision. Il a réglé son compte à son premier adversaire, qui gît sur le sol, et il s'approche de moi.

— Tu étais mon ami, assène-t-il.

— Je le suis toujours. Plus que jamais, peut-être.

— Tu nous as abandonnés.

— Je suis venu sauver la femme que j'aime et j'ai trouvé un moyen de te sauver, toi aussi. De nous sauver tous.

Une fraction de seconde, l'espoir éclaire son visage. Il veut me croire. Mais un autre soldat se rue sur lui et m'empêche de lui révéler ce que j'ai découvert.

— Il faut que je trouve Kawan !

— Pourquoi ? lance Inigo en bloquant les coups qui pleuvent sur lui. Qu'est-ce qu'il est censé faire ?

— Nous massacrer, si personne ne l'arrête. Je te jure que nous pouvons mettre un terme à tout cela sans faire de victime supplémentaire.

— Rangez vos armes ! hurle Annika, et tous lui obéissent comme un seul homme.

Blythe est en très mauvaise posture. Un garde l'a enferrée et elle s'est effondrée par terre, le dos barré d'une profonde plaie. Annika déchire un pan de sa robe et plaque ce tampon de fortune sur la blessure pour étancher le sang, qui jaillit à gros bouillons.

— Non, murmure Inigo. Si l'un de nous devait en sortir vivant, c'est bien elle.

— Son cœur bat encore, le rassure Annika. Il faut qu'elle soit vue par un médecin.

Personne ne bouge. Elle lève la tête, interloquée. Dans son monde, quand Annika Vedette parle, on obéit à la seconde. J'aurais pensé que voir la puissante reine de Kadier à genoux, en train de se porter au secours de son ennemie, pousserait les belligérants à cesser les combats. J'avais tort.

Griffin a peut-être fait la paix avec la mort de Rami, mais il en veut toujours à ceux qui lui ont pris sa bien-aimée.

L'épée au clair, il se rue sur Annika. Si personne ne l'arrête, il va la décapiter. Mon bras semble bouger de sa propre volonté. J'enfonce la lame dans la poitrine de Griffin, jusqu'à la garde. Mon ami n'émet pas un bruit. Le souffle coupé, il s'effondre. Je me précipite vers lui.

— Griffin. Griffin, pardonne-moi. Je ne voulais pas... je...

Sa main ensanglantée se cramponne à la mienne. Parcouru de tremblements, il lâche dans un râle :

— C'était trop dur... de continuer... sans elle... tu sais.

Je coule un regard à Annika, dont les yeux se voilent de larmes, puis je me retourne vers lui.

— C'est ce que je ressens.

Un éclair enflamme fugacement les pupilles de Griffin. Il me comprend.

— Dans ce cas... je te... pardo...

Sa main devient flasque. Adieu, mon ami. Je me détache de lui, horrifié. Moi qui voulais éviter un bain de sang, je viens de tuer l'un de mes plus proches compagnons de lutte.

— Où est Kawan ?

Inigo, Palmer, Mamun et le soldat anonyme se tiennent immobiles, la langue nouée. Annika n'a pas quitté Blythe. Personne n'a de réponse à me donner, mais peu importe. Une autre vague de soldats armés jusqu'aux dents, écumant de rage, émerge de l'escalier. Nous entendons la pétarade des mousquets – un danger qui vient s'ajouter aux autres. Nous voilà contraints de repartir au combat. Je récupère mon épée, toujours plantée dans la poitrine de Griffin, et je protège Annika en faisant barrage de mon corps.

— Essayez de les ralentir, mais épargnez-les autant que faire se peut, dis-je à Inigo, sur ma droite, et Palmer sur ma gauche.

Mamun et son collègue se jettent dans la mêlée, frappant là une jambe, ici un bras, avec une précision chirurgicale.

— Quoi ? Nous sommes alliés à présent ? s'étonne Inigo.

— J'ai des preuves. Des éléments qui viennent étayer notre histoire. Grâce à Annika.

Je dois me concentrer sur mes adversaires et j'affûte chacun de mes sens en espérant ne pas répéter l'erreur que j'ai commise avec Griffin. Annika se bat à mon côté, aussi insaisissable qu'une ombre.

— Mais que faites-vous ?! lance une voix empreinte d'une stupéfaction rageuse.

Ce cher Nickolas nous a rejoints, je ne sais comment, au cœur de la bataille. Décidément, nous n'arriverons jamais à nous débarrasser de lui.

— J'essaie de sauver des vies, rétorque Annika.

— Je n'en crois pas mes yeux…

— Écartez-vous ! hurle-t-elle, et elle le pousse avant de parer le coup d'un soldat dahrainien.

— Ne restez pas là ! s'exclame-t-il en la tirant vers lui.

Cette fois-ci, il va trop loin. À cause de lui Annika présente le flanc au soldat ennemi qui en profite pour lui passer sa lame au travers du corps.

— Ah ! lâche-t-elle, la main crispée sur sa poitrine.

Mon regard croise celui de Nickolas et je suis animé d'une pulsion meurtrière. Il donne l'impression de saisir l'étendue de son idiotie et décide de réparer son erreur. Annika pousse un cri lorsqu'il la prend dans ses bras. La blessure est peut-être plus grave que ce qu'il m'a paru au premier abord.

Alors Annika me montre du doigt et hurle assez fort pour se faire entendre des deux armées :

— C'est votre roi ! C'est votre roi ! Sauvez le roi !

ANNIKA

Je suis loin de souffrir le martyre, mais Nickolas ne m'a pas ratée. Cette blessure fait quand même un mal de chien. J'appuie dessus de toutes mes forces ; j'espère que je ne vais pas m'effondrer avant de pouvoir regagner ma chambre.

La pointe de l'épée a trouvé l'interstice entre deux baleines de mon bustier et fendu le tissu tout en m'entamant la chair. Nickolas ne s'encombre pas de douceur, il cavale dans les couloirs et m'entraîne avec lui comme s'il avait le diable aux trousses. Le sang coule goutte à goutte, tiède et poisseux, et la douleur se réveille à chaque fois que j'inspire. Je ferme les yeux, quelques secondes seulement. Surtout, tenir jusqu'au bout.

La porte de ma chambre est restée ouverte et Nickolas la referme dès qu'il a franchi le seuil, puis il pousse le verrou. Il s'adosse au mur pour reprendre haleine et reste ainsi quelques instants avant de lâcher à mon adresse :

— C'est insensé, purement et simplement.

— J'ai fait ce que le devoir exige de moi. Il me faut quelque chose pour nettoyer le sang. Si je ne me trompe pas, il y a des mouchoirs dans ce tiroir.

— « Sauvez le roi » ? Qu'est-ce que cela veut dire, sacrebleu ?

— Cela veut dire que cet homme a des droits sur le trône. Vous allez devoir vous contenter de cette information pour l'instant.

— Qui donc, le garde ? s'étrangle Nickolas.

Je me rends compte que je n'ai pas révélé le nom de Lennox, ni son identité. Sage décision.

— Je sais que ça paraît absurde. Mon père…

— Votre père est mort.

— Je sais.

— Et votre frère suivra bientôt le même chemin.

Je pose les yeux sur Nickolas et ce que je vois sur ses traits ne me plaît pas. Un frisson court le long de ma colonne vertébrale. Qu'est-ce donc ? Une émotion qui va au-delà de la détermination. Plus loin que l'amour. Un feu effrayant qui le consume de l'intérieur. Cette émotion, je l'ai déjà vue dans le regard de Rhett.

L'obsession.

Tout devient clair dans mon esprit. Jamais Nickolas ne se serait satisfait de moi. Jamais il ne se serait satisfait de son statut de prince consort. Ce qu'il veut, c'est la couronne, point barre.

Alors, une métamorphose s'opère sous mes yeux éberlués. Toute sa raideur s'évapore et il arpente ma chambre d'une démarche nonchalante avant de s'agenouiller devant moi et de m'agripper par les cheveux – ces cheveux qu'il a toujours détestés.

— Vous avez failli m'échapper une fois. Pas ce coup-ci.

Il m'adresse un sourire aussi réjoui que cruel et sort de sa poche deux anneaux en or. Deux alliances.

— Si vous voulez vivre, mettez ceci à votre doigt.

Je ne suis pas sienne. Jamais je ne le serai. Mais je suis trop faible pour riposter. Et il faut que je vive assez longtemps pour retrouver Lennox, pour le soutenir après lui avoir confié les clefs du royaume. Alors, je prends l'anneau et je le glisse à mon doigt.

— Nos fiançailles ont été proclamées il y a bien longtemps, il ne sera pas difficile de convaincre nos sujets que nous nous sommes mariés en secret. Désormais ce qui vous appartient m'appartient ; ce qui m'appartient vous appartient.

— Ne vous réjouissez pas trop vite.

— Toujours aussi contrariante. Contrariante et froide. Cela va changer. Nous avons besoin l'un de l'autre. Il me faut un héritier pour unir définitivement nos lignées. Et vous, il vous faut rester en vie.

Une lueur maniaque s'allume au fond de ses yeux. Je dois rester calme. Je peux me tirer d'affaire, à condition de gagner du temps.

— Votre frère, en revanche, a le malheur de se dresser entre moi et la couronne, ajoute Nickolas, et j'ai bien l'intention de me débarrasser au plus tôt de cet obstacle. L'attaque de ces gueux est la couverture parfaite.

Il ne sait pas qu'Escalus a quitté le palais. Mon frère, au moins, sera épargné. C'est une petite consolation.

— J'essaie d'éliminer votre frère depuis la minute où nous avons débarqué. Je savais que votre père n'en avait plus pour très longtemps mais Escalus est plus jeune, plus têtu. Quelle idée d'insister pour que votre bonniche reste à son chevet ?

Nickolas se redresse et, me tirant les cheveux une dernière fois, m'abandonne par terre.

— Elle aura décampé à l'heure qu'il est, ou alors l'une de ces brutes lui a réglé son compte. Je m'en vais tout de même vérifier que le prince n'est plus de ce monde. Restez ici. Vous allez devoir apprendre à m'écouter, à moins que vous ne vouliez finir comme lui.

— Kawan sait-il qu'il s'est allié à un serpent ?

— Kawan ?

— Vous allez droit à l'échec, avec ou sans lui.

Il m'attrape par le menton.

— Je n'ai besoin de personne, Annika. Ni du chef de ces loqueteux, ni de vous. Je me suis préparé pour ce moment toute mon existence, et seul. Si vous voulez rester en vie, il va falloir prendre le pli de vous taire, conclut-il.

Il quitte la pièce et ferme la porte à clef. Le pauvre, s'il croit que cela va suffire à me retenir. Je vais chercher dans mon armoire des ciseaux de couturière avec lesquels je découpe ma jupe et mon bustier. Malheureusement je n'ai pas de compresse sous la main, ni de bandage. Qu'à cela ne tienne : je plie en deux une serviette que je plaque sur la plaie et j'enfile comme je peux un corset propre, qui appuiera dessus, puis une robe. Espérons que cela tienne. Je suis dans un bien triste état. Mais je n'ai pas de temps à perdre en me lamentant sur mon sort.

Je m'approche de la porte et je risque un coup d'œil par le trou. Nickolas n'a même pas eu la présence d'esprit de me faire surveiller par un garde. J'ai déjà crocheté cette serrure, si souvent que cela me prendra moins d'une minute. D'abord, je vais chercher mon épée sous le lit et je la fixe à ma ceinture avant de retirer une épingle de mes cheveux. J'ai mal partout. Aux côtes, à la tête, au cœur. La journée n'a pas été de tout repos et mes mains sont moins assurées que je le souhaiterais. D'ordinaire, dans ces moments-là, je pense à Rhett, à la façon qu'il a de me guider, à ses conseils. À présent, c'est Lennox que je visualise. Ses cheveux ébouriffés, son sourire espiègle, ses sourcils froncés lorsqu'il s'abîme dans ses pensées. *Tu vas y arriver,* me dit-il.

— Je vais y arriver.

Les yeux fermés, je guette à l'oreille et au doigt le déclic. Quelques secondes plus tard, je sens le mécanisme céder. Le couloir est désert et je dois prendre une décision capitale. Comment sauver les autres ? Quelle aide leur apporter ?

Je ne vois qu'un seul moyen de parvenir à mes fins. Je referme la main autour de la poignée de mon épée et je m'envole.

LENNOX

— Où l'aurait-il emmenée ?

— Dans sa chambre, j'imagine, me répond Palmer. Mais ils pourraient se trouver n'importe où.

— C'est lui, la taupe ? demande Inigo. Tu en es sûr ?

Malgré les derniers événements, Inigo ne s'est pas posé de questions. Il m'a regardé tuer Griffin et il ne l'a pas retenu contre moi. Il m'a aidé à mettre Blythe en lieu sûr puis il m'a emboîté le pas, en même temps que Mamun. Je ne sais pas ce qui le pousse à me suivre – le royaume, son amour-propre, l'affection qu'il a pour Blythe, mais je me réjouis de le compter de nouveau parmi mes alliés.

— Je ne peux pas en jurer. Je le déteste, et c'est vers lui que se portent mes soupçons, mais je n'ai aucune preuve.

Palmer a pris la tête de notre petit groupe. Il se repère comme personne dans le dédale des couloirs. Arrivés devant la chambre d'Annika, nous trouvons la porte grande ouverte…

… et Nickolas à l'intérieur, qui s'est emparé d'un tisonnier et qui s'en sert pour fracasser tout ce qui a le malheur de croiser son chemin. Palmer incline la tête, frappé de dégoût.

— Monsieur, contenez-vous. Nous sommes en guerre.

Nickolas brandit son arme improvisée dans notre direction. Il est proprement méconnaissable.

— Lequel d'entre vous l'a fait sortir d'ici ? aboie-t-il. Je l'ai enfermée pour… pour qu'elle soit hors de danger, et elle s'est volatilisée !

— Avez-vous oublié que Sa Majesté sait crocheter les serrures ? dis-je, les bras croisés sur ma poitrine. Parce que moi, je ne l'ai pas oublié.

— Sa Majesté ? répète Nickolas, les yeux mi-clos.

J'échange un regard avec Palmer. En deux mots, j'ai réussi à divulguer la disparition d'Escalus.

— Le prince est mort, lui aussi ? ajoute mon rival, les lèvres étirées par un étrange sourire.

Ce sourire… je l'ai déjà vu sur le visage de Kawan, quand le corps de mon père a été identifié. C'est le sourire d'un scélérat qui apprend qu'un obstacle a été levé, que la tragédie d'un autre signe sa victoire. Et c'est un sourire que j'ai l'intention d'effacer une bonne fois pour toutes.

Palmer s'interpose.

— Pas de temps à perdre avec ces histoires. Nous devons trouver Sa Majesté.

— Toi, m'interpelle Nickolas. Pourquoi t'a-t-elle donné le titre de roi ? Depuis quand un simple soldat aurait des visées sur le trône de Kadier ?

— À votre place je ferais preuve d'un peu plus de respect envers les membres de l'armée, lui dit Palmer. Nous sommes trois, trois contre un. Et nous avons enrôlé en route ce gaillard très serviable qui a l'air disposé à vous arracher un bras, ajoute-t-il en désignant Inigo, lequel confirme sur un ton placide :

— Je ne suis pas contre.

— Et moi, je ne suis pas d'humeur pour les devinettes, grogne Nickolas. Qui es-tu ?

— Moi non plus, je ne suis pas d'humeur. Qu'est-ce que Kawan vous a promis en échange de la vie d'Annika ?

Je m'approche de lui en le menaçant de mon épée. Mon ennemi recule de quelques pas, le tisonnier à la main.

— Quoi ?

— Je ne sais pas ce qu'il vous a fait miroiter, mais vous ne le verrez jamais.

— Votre chef ne présente aucun intérêt pour moi. Ce que je veux, c'est le voir embroché sur une épée kadiérienne avant le lever du jour. Le roi est mort, le prince est mort et désormais, grâce aux liens du mariage, je vais récupérer cette couronne qui n'aurait jamais dû m'échapper. Donc, je ne sais pas ce qu'elle t'a laissé espérer à toi… mais tu ne le verras jamais non plus.

Je regarde l'alliance à sa main gauche. Le ciel me tombe sur la tête. Impossible. À moins que…

S'il a mis le couteau sous la gorge à Annika en lui assurant que son frère allait souffrir entre ses mains – ou quelqu'un d'autre, n'importe qui – elle aurait accédé à toutes ses demandes. Elle n'a pas peur de se sacrifier. Eh bien, je vais devoir la délivrer de ces chaînes.

— Tout le monde semble obnubilé par Kawan, lance Nickolas. Annika d'abord, ensuite vous.

— Où étiez-vous pendant que l'ouragan se déchaînait sur l'Île ? demande Palmer.

— Je n'ai pas de comptes à vous rendre. Et je ne me prosternerai jamais devant toi.

Il brandit le tisonnier et vise ma tête. Aussitôt, Mamun et Inigo s'interposent. Il s'avère que Nickolas n'a pas à rougir de ses talents de bretteur. Il repousse ses deux adversaires, esquive leurs attaques avec un certain talent. Inigo et Mamun l'encerclent, comme s'ils s'entraînaient ensemble depuis toujours. Nickolas en est réduit à faire des moulinets de droite et de gauche. L'alliance renvoie un éclat. Ce n'est que du métal. Comme une lame, comme une serrure. Et le métal, cela peut casser.

Je m'avance à pas lents. J'ai envie de prendre tout mon temps avant de le tuer, de savourer ce moment. Alors, une dizaine de souvenirs macabres défilent dans ma mémoire. Griffin, qui a accueilli la mort comme une libération. La mère d'Annika. D'innombrables recrues dont je n'ai pas retenu le nom.

Je ne peux pas. Je ne peux pas lui faire de mal. Et j'abaisse le bras. Palmer remarque que je ne suis pas dans mon état normal.

— Lennox ? lâche-t-il.

Nickolas se tourne vers moi, défiguré par la rage.

— C'est toi, Lennox ?

Mamun profite de cet instant d'inattention pour lui enfoncer sa lame dans le dos. Nickolas tombe à genoux, livide. Inigo lui ôte le tisonnier des mains et il reste dans cette position, réduit à l'impuissance, condamné à mourir. Je m'approche de lui, je retire l'alliance sans qu'il puisse protester et je la jette au feu.

— J'ignore ce que vous pensez avoir accompli, mais c'est un échec retentissant. Vous n'aurez pas Annika, vous n'aurez pas la couronne, vous n'aurez rien. Vous êtes comme Kawan, trop lâche pour gagner à la fin.

Il secoue la tête avec un rictus à faire frémir, du sang à la commissure des lèvres.

— Vous m'ennuyez avec votre Kawan. Mais cela n'a pas d'importance. Elle va échouer. Elle est beaucoup trop faible. Et si je ne peux pas avoir Kadier, justice sera rendue si elle perd tout.

— Annika ? Faible ? C'est vous qui êtes à l'agonie pendant qu'elle sauve la vie de ses sujets, de mes frères. Elle laissera sa trace dans l'histoire. Vous ? Vous sombrerez dans l'oubli.

Le sourire de Nickolas s'éteint, ses yeux se révulsent et il s'affaisse sur le sol, inerte. Je dois reconnaître que sa mort ne m'apporte aucune satisfaction. Et, pour une fois, ce n'est pas moi qui ai du sang sur les mains. J'essaie de trouver du réconfort là-dedans. Quand je vois l'expression hagarde de Mamun, mon cœur se serre.

— Tu as déjà tué quelqu'un à la guerre ?

— Oui, sur l'Île. Mais c'était… c'était différent là-bas.

— Ne te mets pas martel en tête, lui dis-je en posant la main sur son épaule. C'est la guerre qui veut cela. Ce sont ses victimes, pas les tiennes.

Il m'étudie, comme si mes paroles l'avaient aidé à secouer son apathie.

— Vous avez l'air d'être quelqu'un de bien, Lennox. Je comprends qu'elle vous apprécie.

— Dans ce cas, aide-moi à la retrouver.

ANNIKA

Je cherche refuge dans l'unique endroit qui compte à mes yeux : la bibliothèque. J'ai laissé la clef à Lennox mais il me faut absolument certains ouvrages et je compte bien mettre la main dessus. Si l'envahisseur s'implante au palais, le peuple doit savoir que Lennox peut revendiquer le trône ; si, au contraire, mon armée le repousse, j'ai besoin d'un élément qui justifiera ma décision de me retirer du pouvoir.

J'ai la tête qui tourne. Trop d'émotions pour une seule journée, sans oublier que je suis en train de me vider de mon sang. Mais je dois m'accrocher, coûte que coûte. Les reines ne s'évanouissent pas au moindre prétexte.

Je pousse doucement la porte. Les sentiments que Rhett nourrit à mon égard sont plus violents que je ne l'avais estimé. Peut-être ne s'attendait-il pas lui-même à un tel déferlement de passion. Il a fini par accepter que j'en épouse un autre ; ce qu'il n'accepte pas, c'est que j'en aime un autre.

Rhett est toujours là, comme statufié. Il donne l'impression de ne pas avoir changé de place.

— Tu es resté sans rien faire ? Alors qu'une armée a envahi le palais ?

Il ne prend même pas la peine de répondre à ma question.

— Ce garde. C'est Lennox, n'est-ce pas ? Après votre kidnapping, vous parliez de lui avec des accents de douceur dans la voix. Et au retour de l'Île, vous n'étiez plus la même personne. Vous étiez presque nostalgique… pourquoi ne m'avez-vous jamais désiré comme vous le désirez lui ?

— Rhett, je n'ai pas le temps pour ces inepties. La guerre a éclaté. Et je dois récupérer ces livres.

— Vous allez épouser ce porc et lui donner nos précieux ouvrages, c'est ça ? Annika, vous… si vous haïssez autant Kadier, pourquoi ne pas avoir accepté mon offre ? Je vous ai proposé de partir ! Je vous aimais !

— Ce n'est pas de l'amour, Rhett ! Ça n'a jamais été de l'amour. Tu t'es agrippé à moi parce que j'étais la seule femme que tu fréquentais. Et j'ai failli tomber dans le panneau, par naïveté. Regarde ton comportement ! Tu mets en péril la vie de centaines de personnes ! Tu n'as pas honte ?

Les bras croisés, il s'abîme dans ses réflexions. Il se passe avec lui ce qu'il s'est passé tout à l'heure avec Nickolas dans ma chambre : le Rhett que j'ai face à moi est un étranger.

— Vous avez raison. Vous êtes celle qui m'a brisé le cœur. Celle qui a trahi son pays, sa couronne. Vous êtes responsable de leurs vies, vous aussi.

Il retourne à son bureau, et attrape une besace qu'il met sur son épaule. Ses paroles menaçantes contredisent son calme apparent et je suis soulagée qu'il ait décidé de débarrasser le plancher. Alors il s'empare de la lampe à huile qui éclaire son bureau et la projette à travers la bibliothèque. Le réservoir se brise en entrant en contact avec les rayonnages de la section histoire, puis se transforme en boule de feu. Les livres s'enflamment en un clin d'œil.

— Rhett !

— Montrez à vos sujets qui vous êtes réellement, Annika. Allez-vous sauver notre histoire... ou la sienne ?

Je n'hésite pas une seule seconde. Je me rue vers la section mythologie et j'attaque les chaînes à grands coups d'épée. La lame réussit à entamer le bois, mais pas plus. Bien que la douleur se réveille entre mes côtes, je m'obstine. Au bout d'un moment je réussis à libérer le livre qui m'intéresse et son voisin, reliés par la même chaîne. Je les serre contre moi, je remets mon épée dans son fourreau, je fusille Rhett du regard puis je me précipite vers les livres d'histoire. Les bras toujours chargés – je ne veux pas prendre le risque que mon ancien ami me dérobe les livres, ou qu'une braise les enflamme – j'essaie de soulever de ma main restée libre le couvercle du seau qui contient le sable. Comme le seau est trop lourd pour moi, je fais une pelle de ma main et je commence à projeter le sable par petites poignées sur les flammes. À part laisser la fumée me suffoquer, je n'arrive à rien. Je vais perdre cette bataille.

Je recule d'un pas, sentant les larmes monter. Toutes ces pages imprimées. Ces histoires. La chronique de ce qui nous a construits, le bien comme le mal, détruite par les flammes. *Pardonne-moi, Kadier... ce n'est pas faute de t'avoir aimé.*

Rhett se matérialise à côté de moi.

— Pourquoi lui ? insiste-t-il.

— Aide-moi, Rhett ! Tu as protégé la bibliothèque au péril de ta vie ; aide-moi à sauver ce qu'elle contient !

— Il a tué votre mère ! C'est un monstre !

— Peut-être que c'est tout ce qui survivra à cette invasion ! Aide-moi à conserver notre mémoire.

— C'est moi qui suis resté à vos côtés à travers toutes les épreuves ! enchaîne-t-il, hystérique.

— Et pourtant, c'est toi qui me déçois le plus.

Je m'apprête à partir. Il faut que je retrouve Lennox. Rhett me retient en saisissant mon poignet.

— Vous allez le rejoindre, vraiment ? Maintenant ? Vous laissez la bibliothèque partir en fumée ?

Il ose m'accuser, ce pyromane ? La colère monte en moi, une colère dévastatrice, si bien que je lâche les livres, la chaîne toujours enroulée autour de mon bras, je prends mon élan et je m'en sers comme d'un fléau, en visant Rhett à la tête. En plein dans le mille. Il s'effondre. Je me plante au-dessus de lui et je lui crache en plein visage :

— Si Kadier survit à cette invasion, je te conseille de ne plus te montrer au palais. Je te ferai jeter au cachot pour trahison.

Et je franchis les portes à toutes jambes, car j'ai des vies à sauver – la mienne, celle de Lennox, celles d'innombrables anonymes.

Dans le couloir, je croise quatre gardes.

— La bibliothèque ! Vite ! Au feu !

Ils filent dès qu'ils entendent mon ordre et j'avance dans la direction opposée, sans savoir où mes pas vont me porter.

LENNOX

— Ne tuez personne ! Faites autant de prisonniers que possible ! hurle Parlmer.

Ses exhortations ne servent à rien. Partout où le regard se pose, des cadavres. Le soleil va se lever sur une véritable boucherie. S'il finit par se lever…

Mamun propose de gagner le grand hall, où les combats font rage, paraît-il. Bonne idée. Nous suivons Palmer dans ces corridors labyrinthiques. J'espère trouver Annika saine et sauve au bout de ce dédale.

Je devine que nous avons atteint le hall aux flaques de sang par terre. Des empreintes m'indiquent qu'une jeune femme chaussée d'escarpins a tenté de prendre la fuite ; j'espère qu'elle a pu s'en sortir indemne. Nos pas résonnent dans cette salle haute de plafond. Quelques bougies éclairent de leur lueur tremblotante une scène de carnage. Nous nous frayons un chemin entre les chaises renversées et les éclats de verre, tout ce qu'il reste des fenêtres.

D'Annika, nulle trace… mais nous ne sommes pas seuls.

— Lennox ! lance une voix emplie d'espoir.

C'est ma mère, qui esquisse un pas dans ma direction. Kawan la rattrape par le poignet. On dirait qu'il a trouvé un trône. Mon trône.

— Il faut toujours que tu t'ingénies à compliquer les choses, pas vrai ? me lance-t-il.

Je me dirige vers lui à pas lents, devinant que la confrontation finale approche. Il lâche ma mère et s'adresse à moi avec une colère mal réprimée.

— Tu n'attends jamais. Tu n'écoutes jamais. Et jamais, au grand jamais, tu n'obéis. Quand tu as quitté Vosino, je me suis dit : « Si ce gamin stupide peut s'introduire dans ce palais seul, sans se faire repérer, qu'est-ce qui me retient de lancer mon armée ? » Et j'ai vu juste.

Il éclate d'un rire satisfait. Il s'esclaffe au milieu des cadavres. Quelle indécence.

— Et tu t'es tiré une balle dans le pied, qui plus est ! Tu as trahi ton peuple alors que la victoire était à portée de main. Qui va te suivre à présent ?

Cela l'amuse, la crapule. Je prends la parole à mon tour :

— Tu savais ? Le jour où tu es venu chez nous, le jour où tu as discuté avec mon père et tu l'as convaincu de se rallier à la cause… est-ce que tu connaissais la vérité, même à cette époque-là ?

Seul le silence me répond. Je poursuis :

— Nous avons toujours cru que mon père avait voulu assassiner le roi de son propre chef. C'est toi qui lui as confié cette mission ? Espérais-tu le voir échouer ? Le voir mourir ?

Kawan gigote sur son trône, mal à l'aise.

— Tu pensais qu'en me mettant plus bas que terre, tu finirais par me détruire ? Faire de moi ton esclave ? M'empêcher de réclamer ce qui m'appartient ?

— Mais qu'est-ce qu'il raconte ? veut savoir ma mère, interrogeant Kawan du regard.

Je n'ai pas le temps de répondre : une main agrippe mes cheveux et une lame apparaît au niveau de mon cou. Je lâche un cri de surprise, étouffé par les hurlements de ma mère. Palmer et Inigo se retournent, l'épée brandie.

— Lâche ton arme, grommelle Mamun au creux de mon oreille. Si tu ne veux pas mourir.

Je m'exécute. Mon épée frappe le marbre avec un grand fracas. C'est ainsi que je vais mourir, égorgé par une lame souillée, après avoir subi tant de revers de fortune ? Encore un de ces pieds de nez dont le destin a le secret…

— Je l'achève tout de suite ? demande Mamun.

— Pas encore. Je vais peut-être avoir besoin de lui, l'informe Kawan.

C'est donc un homme de rang qu'il a choisi de corrompre – pas bête. Je suis presque impressionné par sa ruse. Jamais un subalterne n'aspirerait au pouvoir, jamais il n'irait à contre-courant des ordres. Il se contenterait de peu. Cela explique pourquoi Mamun n'a pas réfléchi à deux fois avant de liquider Nickolas : il fallait l'empêcher de nous mettre sur sa piste.

Je lui parle à voix basse :

— Je ne sais pas ce qu'il t'a promis mais ce que j'ai dit à Nickolas vaut pour toi, jamais tu n'en verras la couleur.

— Et les autres, où sont-ils ? demande Kawan.

— Le roi est mort cet après-midi. Le prince se remet d'une grave blessure, il n'a repris connaissance qu'hier. Par chance, il a fui le palais pour convoler avec une soubrette.

— Je te faisais confiance, se lamente Palmer. Comment as-tu pu passer à l'ennemi ?

— Tu étais là, pourtant ! proteste Mamun. Tu l'as vu quand il l'a poussée contre une table en verre ! Tu as vu cet homme blesser sa propre fille. Tu sais que le prince est un monstre d'égoïsme. Tu as vu le roi prendre des décisions absurdes. Tu n'en as pas assez, de ces incapables ? Je refuse d'être à leur botte ! Je refuse de m'incliner devant eux, ou devant ces courtisans arrogants qui me tendent leur verre vide comme si j'étais leur valet de pied. C'est fini ! Je veux vivre dans un pays libre !

— Tu penses que l'homme qui envoie ses propres frères en mission suicide va t'accorder la liberté ? s'écrie Palmer, en faisant allusion à Kawan.

— Parce que notre roi valait mieux, peut-être ? réplique Mamun, ce qui réduit l'autre soldat au silence. Non. Nous ferons table rase du passé une fois qu'elle aura disparu.

Il s'adresse ensuite à Kawan :

— La princesse est soit morte soit vivante à l'heure qu'il est. Nous n'avons aucun moyen de le savoir. Il est fort possible qu'elle veuille rejoindre Lennox dans la tombe si elle découvre son cadavre.

— Tu ne sais pas si elle est en vie ? s'énerve Kawan. Comment t'accorder ma confiance si tu as perdu de vue la seule personne que je veux voir morte ?

— Oh, je suis en vie, rassurez-vous.

Annika. Je me tords le cou et je l'aperçois à la limite de mon champ de vision. Elle est là, pieds nus, et elle avance en traînant son épée sur les dalles en marbre, chargée de deux livres reliés par une chaîne qu'elle a enroulée autour de son poignet. Une tache de sang s'étale sur son bustier et elle semble recouverte d'une fine poussière noire – des cendres ? On dirait qu'elle vient de traverser les sept cercles de l'enfer.

— Nous revoilà face à face, lance-t-elle à Kawan en guise de salutations. Pour quelqu'un qui a des vues sur le trône de Kadier, vous avez des manières de rustre.

— Le moment est mal choisi pour s'envoyer des noms d'oiseaux à la figure. J'ai ton royaume à ma merci, fillette. Dois-je donner l'ordre d'exterminer tes sujets, du premier au dernier ? Parce que leur pauvre petite princesse n'a pas su tenir sa langue ? On ne t'a pas appris à rester à ta place ?

Elle pousse un soupir et me regarde, une expression blasée imprimée sur ses traits. Rien ne semble la choquer, ni voir son bien-aimé sous la menace d'une lame, ni voir son ennemi occuper le fauteuil de son père. Elle braque la pointe de son épée sur Kawan et s'adresse à lui avec une voix teintée d'agacement :

— Encore un qui croit qu'il peut me forcer la main. Libérez le trône de Sa Majesté, ordonne-t-elle.

— Ton père est mort, rétorque Kawan sur un ton amusé.

Elle lui répond du tac au tac :

— Mais le roi est vivant. Vous le savez aussi bien que moi.

Le sourire de Kawan s'efface instantanément.

— Tue-le ! hurle-t-il.

— Baisse-toi ! s'exclame Annika.

Je me laisse tomber par terre, mais pas assez vite : Annika tranche le cou de Mamun en emportant au passage une mèche de mes cheveux. Le malheureux recule de quelques pas, la main crispée sur sa gorge, tandis qu'un jet de sang fuse de la carotide. J'attrape mon épée et je charge Kawan. Le temps de parcourir les quelques mètres qui me séparent de lui, il abat sa dernière carte : il sort de son étui une dague qu'il plonge, jusqu'à la garde, dans le ventre de ma mère. Elle s'effondre par terre.

— Non ! s'écrie Annika.

Si je pouvais tuer Kawan d'un seul regard, je ne m'en priverais pas. Je suis prêt à tout pour lui régler son sort une bonne fois pour toutes, et de la manière la plus expéditive possible. Hélas, Inigo me prend de vitesse. Il a toujours été plus rapide que moi. Plus fort, plus intelligent, plus raisonnable. Il flanque un coup de poing à Kawan et l'accule contre le trône, s'interposant entre lui et moi.

— Es-tu vraiment roi ? me demande-t-il.

Annika, qui s'est précipitée au côté de ma mère, lève la tête et répond à ma place :

— Oui. Oui, c'est notre roi.

— Dans ce cas, apporte-nous la preuve que tu es de sang royal. Accorde-lui un procès dans les règles. Tu es venu ici en paix ; lui a déclenché la guerre. Montre que tu sais prendre de la hauteur.

Une fois encore, Inigo affiche une noblesse d'âme dont peu d'aristocrates peuvent se targuer.

— Je suis certaine que l'officier Palmer sera ravi de l'emmener au donjon, fait remarquer Annika.

— Ligotez-le.

Inigo ne se fait pas prier pour obéir à mon ordre : aussitôt, il plaque Kawan à terre.

— Il faudra plus que ça, marmonne ce misérable.

— J'en doute fort.

— Reine douairière, souffle alors Annika. Avez-vous des requêtes particulières, Votre Grâce ? En quoi puis-je vous servir ?

Ma mère pose ses yeux sur elle. Une écume teintée d'écarlate est apparue à l'angle de sa bouche. La fin est proche. Accablé, je me désintéresse de Kawan et je viens m'agenouiller à son côté.

— Est-ce que mon Lennox est réellement roi ? demande-t-elle avec un faible sourire.

— Oui. J'en ai la preuve ici, dans ces livres. Et je vais utiliser le peu d'autorité qu'il me reste pour m'assurer qu'il monte sur le trône. Vous n'avez aucun souci à vous faire.

Ma mère s'adresse alors à moi :

— Tu as bien choisi. Mieux que ton père.

— Ne dis pas des horreurs pareilles.

— J'étais trop désespérée pour faire preuve de courage. Pardonne-moi.

— Cela fait bien longtemps que je t'ai pardonné. Et j'espère que tu me pardonneras aussi.

— Dans ce cas, j'ai une requête.

J'incline la tête, lui témoignant le respect qu'elle aurait dû recevoir depuis des années.

— Parle, et j'obéirai.

— Vis. Que ta vie déborde de joie.

Ma lèvre inférieure se met à trembler. Je ne veux pas fondre en larmes devant elle. Je ne veux pas que mon chagrin soit l'image qu'elle emporte dans l'au-delà.

— Oui, madame.

Ainsi, elle rend son dernier soupir. Annika et moi nous retrouvons orphelins le même jour. Triste coïncidence.

Je ne trouve pas les mots pour exprimer ce que je ressens. L'abattement, l'espoir, l'incertitude. J'ai gagné un trône, mais ce n'est pas ce trône qui va remplir le gouffre qui s'est ouvert au fond de mon estomac, qui va atténuer cette sensation de vide.

Au bout du compte, peu importe. Exténuée, Annika perd connaissance et s'affale dans mes bras.

ANNIKA

À la seconde où la lumière me réveille, je prends conscience d'une douleur cuisante au niveau de mon buste. J'essaie de m'étirer mais cette sensation déplaisante, presque une brûlure, m'en empêche.

Je grimace et j'approche la main de ma poitrine.

— Non ! C'est en train de cicatriser. N'y touche pas.

J'ouvre vivement les paupières. Escalus est là, assis à mon chevet.

— Crois-moi, ajoute-t-il, se remettre d'une blessure aussi grave, ce n'est pas une promenade de santé. Il faut y aller en douceur.

Éperdue de joie, j'éclate en sanglots.

— Je sais, me dit-il d'un air contrit. Je sais, et tu as parfaitement le droit de me haïr après le mauvais tour que je t'ai joué. Jamais je n'aurais dû…

— Réponds à une question, une seule. Est-ce que j'ai enfin une sœur ?

Il opine, ému, et jette un regard dans la direction de Noemi, qui a pris place près de la fenêtre. Elle porte une robe jaune tournesol, avec des fronces et des manches garnies de rubans. Une tenue qui lui ressemble tellement… je me demande si elle l'a cousue en cachette, espérant un jour avoir l'occasion de la porter.

— Quand êtes-vous revenus ? À quel moment avez-vous décidé de rentrer à la maison ?

À la maison. Cela m'a échappé. Il va falloir me faire à l'idée que nous allons peut-être devoir très bientôt quitter Meckonah.

— Nous ne sommes pas allés très loin, figure-toi. Nous nous sommes mariés dans une petite église à quelques lieues du palais. Nous avions prévu de passer notre nuit de noces dans une auberge et, au beau milieu de la nuit, le seigneur Lehmann a déboulé en hurlant. Il nous a informés qu'une armée avait pris d'assaut le palais, que la famille royale s'était volatilisée et que le royaume allait être envahi si les Kadiériens ne prenaient pas les armes. Il était tellement paniqué qu'il ne m'a pas reconnu.

» Je suis allé réveiller Noemi. Personne ne semblait savoir que Père n'était plus de ce monde, ni que j'avais quitté Meckonah. Personne non plus n'a pu me dire si tu étais saine et sauve, ou si l'ennemi t'avait tuée – auquel cas, j'aurais dû repartir défendre le trône. Noemi, elle, n'avait qu'une idée en tête, te rejoindre.

» Nous sommes arrivés au palais et nous avons vu les grilles défoncées, les remparts abattus. Les cadavres, aussi. Toute une aile ravagée par les flammes. Des scènes de désolation. En quelques heures seulement.

— Et ensuite ? Quelqu'un a essayé de vous arrêter ?

— Non. À l'heure où nous sommes arrivés, les combats avaient cessé. À ce stade, ma seule préoccupation, c'était de te trouver. Mais un jeune soldat de l'armée dahrainienne m'a trouvé en premier. J'ai dégainé mon épée… Annika, j'avais à peine la force de la tenir… Bref, il m'a demandé mon nom, je lui ai répondu. Il m'a dit que je n'avais rien à craindre et que je devais le suivre. J'avais certains doutes mais il m'a conduit en lieu sûr. L'officier Palmer – tu le connais, je crois ?

Je réponds d'un sourire las.

— L'officier Palmer, donc, était assis par terre avec deux livres ouverts devant lui. Acccompagné de l'officier Au Sucrit, ajoute Escalus (au regard qu'il me lance, je devine qu'il sait tout de Lennox à présent), et il étudiait chaque page comme s'il venait de tomber sur un trésor.

Je me redresse péniblement.

— Lennox ! Où est-il ?

— Alors c'est vrai ? lance mon frère, stupéfait.

— Quelle partie ?

— Il m'a raconté beaucoup de choses que j'ai eu le plus grand mal à croire – au sujet de notre histoire et de sa dynastie – mais le plus choquant, c'est le nombre de fois où il a répété qu'il t'aimait plus que tout au monde.

— Il t'a dit ça ?

Escalus confirme d'un hochement de tête. Noemi intervient, un sourire espiègle aux lèvres :

— Il a avoué ses sentiments avec une éloquence dont seraient jaloux les auteurs de ces livres que vous lisez. Si je n'étais pas mariée moi-même…

Escalus fait mine d'entrer dans une colère noire.

— Trop tard. Tu es prise. Par moi !

Sa femme éclate d'un petit rire charmant.

Ça y est, ils se tutoient. Ils ont franchi ce cap.

Je poursuis le fil de ma réflexion :

— Dans ce cas, tu sais que le royaume lui revient de droit ?

— Si je n'avais pas eu les livres sous les yeux, jamais je ne l'aurais cru, soupire mon frère. J'aurais volontiers abdiqué pour toi. Je n'ai pas besoin du trône, ni du prestige qui vient avec. Et cela ne me dérange pas non plus de rendre mon sceptre pour réparer une terrible injustice.

» La seule chose qui me fait hésiter, c'est que je ne sais rien de ce Lennox en dehors du fait qu'il a tué notre mère. Et je ne veux pas que tu sois privée d'une couronne qui te va si bien. Cela me briserait le cœur de te voir chassée du trône, du palais, et peut-être du royaume.

— J'ai déjà pris ces éléments en considération. Je sais que tu ne connais pas Lennox, mais j'espère que tu me croiras si je te dis que moi, je le connais bien. Il a joué un rôle dans l'exécution de Mère, il l'assume, mais il le regrette et cela le hante. Sais-tu combien de fois il m'a épargnée ? Combien de fois il m'a sauvé la vie ?

» Tu n'as rien à craindre, Escalus. Moi aussi, je suis triste de voir tout cela me filer entre les doigts. À l'instant où j'ai appris que j'allais coiffer la couronne, cela m'est monté à la tête. Pas le pouvoir, à proprement parler, mais les responsabilités qui viennent avec. J'ai pensé aux efforts que j'ai fournis, à l'énergie que j'y ai mise, au bonheur de servir mon peuple. Au bien que je pourrais faire autour de moi.

» Mais si je dois m'assurer de transmettre le pouvoir à la bonne personne… je ne reculerai pas devant mon devoir.

— Tu es toujours obligée de composer des poèmes quand tu parles ?

La voix de Lennox me submerge à la façon d'une vague. Il a mis de l'ordre dans son apparence, des vêtements propres. Il a l'allure d'un gentilhomme, à ceci près qu'il a toujours les cheveux mi-longs – ce qui ne me déplaît pas, je l'avoue.

Je rétorque :

— Cela m'arrive seulement quand je parle de toi.

— Ah ! C'est le signal, je dois vous libérer de ma présence, déclare Escalus.

Il s'équipe d'une canne que je n'avais pas remarquée et noue son bras dans celui de Noemi, qui part d'un rire cristallin.

— Tu te rends compte que toi aussi, tu pars dans des envolées lyriques quand tu parles de moi ? Et même pire, le taquine-t-elle.

— Bien sûr. Et je n'ai pas l'intention de m'arrêter en si bon chemin. Aide-moi à regagner notre chambre.

Mon frère s'adresse ensuite à Lennox :

— Quoi que vous ayez à lui dire, ménagez-la. Cela ne fait que quelques minutes qu'elle est réveillée.

Je regarde le jeune couple quitter la pièce, bras dessus bras dessous. À ce moment je me rends compte que je ne me trouve pas dans ma chambre. Où suis-je, alors ? Je n'en ai pas la moindre idée.

Lennox capte mon regard perdu.

— Pardon. Je ne sais pas ce qu'Escalus t'a dit, mais le palais est un champ de ruines. Nous t'avons conduite dans l'une des rares chambres restées en bon état. Dans l'aile est, au deuxième étage, si cela t'aide à te repérer.

— Oui. Cela m'aide beaucoup.

Il a dans les mains les livres que j'ai sauvés des flammes. Je les montre d'un signe de tête.

— N'écoute pas mon frère. Dis-moi tout. Je suis assez forte pour l'entendre.

— Tu en es certaine ?

Non. Je ne suis pas prête à t'entendre dire que nos chemins vont se séparer à tout jamais.

— Tout à fait.

LENNOX

Je vois qu'Annika se prépare au pire. Si je lui brise le cœur, jamais elle ne le reconnaîtra et elle l'acceptera avec sa grâce habituelle, et avec le sourire. Le portrait craché de sa mère.

— Tu sais déjà l'essentiel : ton frère et son épouse sont vivants, nous aussi. Je qualifierais cela de miracle.

— C'est ainsi que je le qualifierais également.

— Ma mère est morte dans tes bras et, je ne sais pas si quelqu'un t'en a informé, mais Nickolas a été tué hier soir par Mamun.

Annika se redresse dans son lit.

— Quoi ?

— Je comprends à présent que Mamun essayait d'effacer ses traces. Il ne savait pas combien de temps le pacte qu'il a scellé avec Kawan resterait secret, alors il a fait taire Nickolas de peur qu'il en dise trop. Nickolas avait beau être un lâche, il n'avait rien à se reprocher de ce côté-là.

— Ne parle pas trop vite, me dit Annika. Il m'a enfermée dans ma chambre et il est reparti assassiner Escalus – il ignorait que mon frère n'était plus au palais. J'ai crocheté la serrure et je me suis échappée.

— Je te reconnais bien là, dis-je, ô combien fier d'elle. Bravo. Kawan croupit dans un cachot, ainsi que Mamun, et ils auront droit à un procès en bonne et due forme. Inigo, mon ami, est sain et sauf, et Blythe a survécu à ses blessures. Inigo la soigne avec un zèle immense, il est sur un petit nuage. Palmer a reconverti une salle en infirmerie et les gardes s'assurent que les hommes tombés au combat reçoivent une sépulture décente.

— Tu essaies de gagner du temps, c'est ça ? Je veux savoir ce qui m'attend, pas ce qui s'est produit pendant que je dormais.

— Je comprends. Dans ce cas, j'ai une question à te poser.

— Laquelle ?

— Elle est très simple : Annika Vedette, me feras-tu l'honneur insigne de devenir ma femme ?

Elle me fixe, les yeux embués.

— J'aimerais accepter, tu le sais bien… mais si mon peuple doit quitter sa terre natale, tu ne seras pas étonné…

Je pose les deux livres sur la courtepointe en secouant la tête.

— J'ai lu et relu ce que contiennent ces pages, j'y ai croisé des noms qui me paraissent familiers et des histoires que je suis certain d'avoir entendues avant… mais ce que tu as trouvé ici, dans ce second volume, est tout aussi fascinant.

Je feuillette un ouvrage pour montrer à Annika une carte ancienne qui prouve, point par point, l'existence des sept clans, et qui donne à voir les terres occupées par chaque famille.

— Regarde, souffle Annika. Tu es ici. Nous étions voisins.

Et elle passe le doigt sur la ligne qui matérialise la frontière séparant les terres que possédaient ses ancêtres et les miens.

— Effectivement. Tu as vu la superficie de ton royaume ? Pas surprenant que ton peuple se soit senti spolié quand mon aïeul a été proclamé roi. Et j'ai découvert autre chose, figure-toi.

» Ce livre décrit la façon dont tes ancêtres ont coordonné les sept familles pour mettre sur pied une armée commune et faire face aux multiples envahisseurs qui lorgnaient leur territoire. J'ai étudié leurs stratégies, les sacrifices consentis, leur travail titanesque. Annika, nous ne serions pas là sans le courage de ton clan. Il faut que cela reste dans les mémoires.

— J'en suis ravie. Je suis ravie que nous ayons sauvé le royaume. Et je suis ravie de te le donner en un seul morceau.

— Vraiment, Annika ? Souhaites-tu réellement me faire cadeau de ton royaume ?

— Non. Je veux te rendre ce qui t'appartient, chuchote-t-elle, et elle ôte le sceau qu'elle porte à son doigt pour le laisser tomber dans ma paume.

Les larmes roulent sur son visage. Je la laisse reprendre ses esprits ; il faut qu'elle entende ce que j'ai à dire.

— Tu te rappelles sans doute que mon peuple n'est pas dahrainien de souche. Ils viennent d'un peu partout et nous les avons pris sous notre aile. Je n'ai pas l'intention de leur barrer l'accès de Dahrain… pas plus que je n'ai l'intention d'en chasser ton peuple.

» Et je ne cesse de penser à ta mère. Jusqu'à son dernier souffle, Annika, elle a voulu la paix. Ne crois-tu pas qu'elle serait heureuse de voir nos deux familles unies ?

Annika ferme les yeux, puis elle hoche la tête. Je m'agenouille à son chevet.

— D'après cet ouvrage, tu as raison : je devrais être roi. La couronne devrait être transmise de génération en génération dans ma lignée mais, sans la tienne, je ne serais même pas là. Donc, pour une fois, passons l'étape du choix cornélien. Toi et moi, Annika, nous pouvons former un couple. Nous pouvons bâtir quelque chose ensemble. Alors reste à mes côtés. Épouse-moi. Sinon, cette victoire sera vide. Je serai vide… Annika ?

J'ai cru un instant l'avoir perdue mais je devine, derrière la main qu'elle plaque sur sa bouche, qu'elle sourit.

— Pardon. Tout ce temps, j'ai cherché mon histoire d'amour idéale dans les contes de fées. On dirait bien que j'ai étudié les mauvais livres. Lennox Au Sucrit. Je ne veux rien de plus au monde qu'être tienne.

Et c'est ainsi qu'en moins d'une journée, je deviens l'homme le plus riche au monde. Riche de l'amour d'Annika Vedette.

On frappe à la porte. Palmer fait son entrée. Il voit Annika essuyer ses larmes et s'en inquiète :

— Comment vous portez-vous, Votre Majesté ?

— Oh, très bien, lui répond-elle. Et vous, Votre Majesté ?

Il me faut un instant avant de comprendre qu'elle s'adresse à moi – que mes rêves ont été exaucés. Je m'approche d'elle et je dépose un baiser sur son front, galvanisé par son sourire radieux.

— Jamais je ne me suis aussi bien senti.

Épilogue

Annika Au Sucrit admire le bébé qui bâille au creux de son bras. Une petite merveille qui lui coupe le souffle aussi sûrement que le soleil lorsqu'il se lève à l'horizon, ou une symphonie. Lennox semble frappé de stupeur tandis que le nourrisson s'agrippe à son doigt, celui qui porte l'alliance. Il n'ose l'avouer à voix haute, mais il est terrifié – et il n'arrive pas à donner le change à sa femme.

Lennox pose son regard sur Annika et il se dit qu'elle fera une mère merveilleuse. Elle excelle dans tous les domaines, après tout. Et cette nouvelle existence, ce nouvel être – qui semble avoir ses yeux et son nez –, qui sait quels exploits il accomplira un jour ?

À présent, ils sont trois. Ils auront le temps de savourer ce nouveau chapitre plus tard, une fois que le cortège de visiteurs se sera tari. En attendant, ils profitent de ces quelques minutes volées au tumulte de la vie royale.

Lennox veut enseigner à sa progéniture les jeux auxquels Annika a joué enfant, la chasse aux cailloux multicolores. Annika, elle, compte lui apprendre certaines danses, surtout celle où l'on tourne jusqu'au vertige. Leurs enfants ne porteront pas le nom de leurs grands-parents, ni le nom de leurs aïeux ; ils auront des noms bien à eux.

Et ils ont fait le serment solennel de tout leur raconter. Les erreurs commises par les deux camps, le travail d'amnistie et de réconciliation. Le passé, l'histoire des uns et des autres, mais aussi l'avenir qui représente le champ de tous les possibles. Le sens des responsabilités et l'indulgence. Et même si le mensonge triomphe, ce n'est que temporaire : au bout de plusieurs générations, la vérité finit par l'emporter.

Le frère d'Annika et son épouse, le duc et la duchesse, sont les premiers à saluer la jeune mère et son enfant. L'émotion étreint les deux femmes qui s'émerveillent devant le jeune prince. Escalus est tellement soulagé de voir sa sœur bien portante qu'il accorde à peine un regard au bout de chou. À l'arrivée d'Inigo et de Blythe, Annika confie son fils à sa nouvelle amie, heureuse de l'impliquer dans son bonheur familial. Lennox doit se faire violence pour ne pas pleurer quand Inigo le prend dans ses bras, le torse gonflé de fierté. Quant à Palmer, il monte la garde près de la porte et il se crispe au moindre bruit.

D'autres visiteurs défilent. Des seigneurs, des dignitaires, des ambassadeurs, d'humbles sujets qui apportent des cadeaux au nom de leur bourg ou de leur village. Même si des voix se sont élevées pour protester contre certaines de leurs décisions, il est indéniable que le couple royal agit au mieux pour réparer ce que le passé a détruit, relever le royaume de ses ruines. D'ailleurs Kadier et Dahrain n'existent plus : le pays sur lequel règnent les jeunes souverains s'appelle désormais Avel.

C'est en fin de journée, pas avant, que Lennox peut s'accorder un moment de relâche et bercer son fils, alors que sa femme s'endort appuyée à son épaule. Ils partagent tout – le royaume, la couronne, leur patronyme – et les défis qui se présentent à chaque étape du chemin, ils ont su les affronter et les résoudre, ensemble. Pourtant, à chaque fois qu'ils vivent un bonheur, petit ou grand, le jeune roi se raidit et attend que ce bonheur lui soit enlevé par le destin. Mais il a beau attendre, le pire ne vient jamais.

Son trésor dans les bras, Lennox se promet de faire sien, un jour, l'optimisme d'Annika. Main dans la main, ils avanceront d'un pas confiant vers l'avenir.

Ce livre existe grâce au travail de toute une équipe.

Communication : Caroline Babulle, Sandrine Perrier-Replein, Typhaine Maison, Inès Paulin, Adélaïde Yvert.

Coordination administrative : Martine Rivierre.

Studio : Pascaline Bressan, Barbara Cassouto-Lhenry, Joël Renaudat.

Fabrication : Muriel Le Ménez, Céline Ducournau, Bernadette Cristini, Sophia Paroussoglou, Isabelle Goulhot.

Commercial, relation libraires et marketing : Laetitia Beauvillain, Perrine Therond, Ombeline Ermeneux, Élise Iwasinta, Morgane Rissel, Arthur Rossi, Aurélie Scart.

Cessions de droits : Isabelle Votier, Benita Edzard, Lucile Besse, Sonia Guerreiro, Costanza Corri.

Gestion : Sophie Veisseyre, Chloé Hocquet, Isabelle Déxès, Camille Douin.

Services auteurs : Viviane Ouadenni, Jean-François Rechtman, Catherine Reimbold.

Ressources humaines : Mylène Bourreau.

Juridique : Laëtitia Doré, Anaïs Rebouh, Valérie Robe, Lucie Bergeras, Julia Crosnier.

Avec le soutien des équipes d'Interforum et d'Editis qui participent à la création, la diffusion et la distribution de ce livre.

Canoros Vehit Canentes

Imprimé en France par CPI
en décembre 2022

Composition réalisée par Nord Compo à Villeneuve-d'Ascq

#lisez! engagé
www.lisez.com
Pour plus d'information :
Imprimé sur du papier issu de forêts gérées durablement.

N° d'édition : 63873/01 – N° d'impression : 3050763